本书为 2013 年国家社会科学基金一般项目“唐人乐府论著辑考与研究”（13BZW063）最终成果；获咸阳师范学院学术著作出版基金、中国语言文学重点学科建设经费资助。

国家社科基金丛书
GUOJIA SHEKE JIJIN CONGSHU

唐人乐府论著辑考与研究

A Textual Study
on Tang Yuefu Works

亓娟莉　著

人民出版社

序

李　浩

亓娟莉在西北大学读书时，硕士学位论文围绕《乐府诗集》一书选题，博士学位论文又以《〈乐府杂录〉校注》为题①。毕业14年后，呈献给学术界的这部《唐人乐府论著辑考与研究》，属于她主持的国家社科基金项目结题成果，仍然在乐府学领域内深耕，论域上从一部专书到整个有唐一代，方法上也从对原典的校释到乐府文献的辑录。

我有幸再次在亓娟莉新书出版前拜读，感到与她已有成果及坊间相关的著述相比，本书有以下几个特点：

一是方法的科学性。亓娟莉首先给我们综述了有关乐府研究的学术史，在充分肯定前哲与时贤取得的成就后，她同时也指出，目前的研究存在以下不足：一是研究成果主要集中在《教坊记》《乐府杂录》《乐府古题要解》等少数几部文献；二是没有形成唐代乐府文献的系统整理研究，尚无全唐视角下乐府论著的系统整理，未能形成有序推进的研究态势。所以，她的研究就不完全是"照着说"，而是一种"接着说"，以已有研究为出发点的一种学术的拓展，资料的扩充和相关问题的讨论和订正。

① 段安节撰，亓娟莉校注：《〈乐府杂录〉校注》，上海古籍出版社2015年版。

亓娟莉的这部《唐人乐府论著辑考与研究》主要对唐人乐府论著进行考察，梳理相关目录文献、个人传记、乐志以及唐宋笔记杂著等史料记载，并就论著作者生平、作时等加以考索，辑录相关佚文，探讨文献价值。

作者还对唐人乐府论著进行分类。从内容方面划分，大致可将本研究考察的唐人乐府撰著归纳为综合、琴学、解题及歌辞乐章、笔记杂著等四类。通过研究，她发现唐人乐府四类论著中，琴学类最为丰富，其传承贯穿了整个唐代。其次为综合类，综合类乐书的撰者又以乐府专职人员为主，带有一定的官方性质。盛唐前后集中出现了一批解题类著作，代表了唐人对乐府诗歌创作的总结和批评，今传唐人乐府论著则以笔记杂著类为主。就时间跨度而言，本研究所谓唐人乐府论著上起李唐立国，涵盖赵邪利等由隋入唐人士之撰著，下则讫于唐末五代时期。对所搜集的论著从作者、作时、佚文及文献价值等几个方面加以全面考察，首先梳理目录文献著录信息，其次结合史籍就作者生平、作时等加以考索，最后辑录相关佚文，分析其历史文化信息及文献价值。佚文辑录方面，考虑到文献之间相互转引的情况以及古人转引、传抄文字的特点，以辑录最早、最可靠的佚文为主。研究重点以前人未曾整理辑录或较少研究的乐书为主，凡研究较多、成果丰富者则不作重点考察。

我认为这些分类和划分都是有意义的。虽然不能说都精准确切，但是这种尝试和努力还是值得肯定的，体现了当代乐史乐论研究的不断深化和细化。

第二是辑录乐府文献的丰富性。本研究辑考唐人乐府论著六十余种。其中作时、作者可考者依其作时分别归入《初盛唐乐府论著》及《中晚唐及五代乐府论著》，其次将因文献资料所限，无法判断作者、作时或辑录佚文者归入《佚名及其他待考论著》。

亓娟莉所做的这些工作，具有重要的音乐史料学价值。本研究首次全面辑录整理唐五代乐府论著的工作，搜集整理散佚的唐五代乐府论著，挖掘新的史料，探寻文献作者、作时，分析解读其文献价值及历史文化信息。所辑乐府文献或尚未引起学界重视，或未为学界所知。《律书乐图》《大周正乐》《音律图》等均属首次辑录整理，有许多佚文提供了可资研究的新证据，从文献角度完整展示了唐五代乐府的总体面貌，有助于厘清乐府发展中的诸多问题，兼具史料价值和学术价值，对进一步全面系统描述唐五代乐府发展提供有力支持。

亓娟莉在做了大量深入研究的同时，也清醒地认识到她所做的工作尚存在一些不足：一是部分论著如《音律图》《琴操通》等，因资料所限，无法推知其具体成书时间及撰者，甚至有的如《沈氏琴书》究竟是否为唐人所作，亦难以判断。二是部分史料需进一步考证解读。许多佚文属首次辑录，其中不乏极为独特者，需要仔细研究综合解读。

其实，除了亓娟莉所提及的这两个方面，我认为还可以从以下几点拓展：一是海外汉文献，二是地下新出文献。包括文字文献、图绘文献及文物遗存。

总体看来，本研究的选题和已有的开拓都是值得充分肯定的。更应该肯定的是，亓娟莉在内地二线城市的一所普通师范院校里，几十年如一日，孜孜矻矻，契而不舍，咬定青山不放松，围绕着唐代乐府论著和乐府文献有计划、有目标，一步一个脚印朝前走，不急躁，但也不放弃，既不重复别人，也不重复自己。在功利主义和浮躁学风弥漫的当下，人文学科特别是传统文史学科如何接续传统，深耕当下，面向未来？亓娟莉以她的踏实努力作了回答。所以我乐于向学界推荐，并希望亓娟莉和乐府学的同道在这一领域作出更多的新探索。

谨为序。

2023 年 12 月 4 日

目　　录

中　编　中晚唐及五代时期乐府论著

下　编　佚名及其他待考论著

附　录

前　言

唐代疆域广阔，国力强盛，其文化兼容并蓄，开放且自信。多元文化的融合形成了流光溢彩的唐代乐舞，乐舞的兴盛促进了乐府文学的繁荣，产生了一批重要的乐府文献，在数量和质量上均远超前代。史料丰富，自是好事，但另一方面，我们不得不面对绝大多数文献早已散佚的事实。曾经精心结撰的乐府论著，或唯余残章断篇，或仅存作者、书名等信息。东鳞西爪，片羽吉光，记录着那个时代的灿烂华章。

一、乐府论著与乐府文献

诗乐本自一体，《尚书》谓“诗言志，歌永言”。《毛诗序》谓诗者“情动于中而形于言”，言之不足不知嗟叹之，咏歌之，以至于手之舞之、足之蹈之。就诗乐一体的渊源而言，诗歌尤其是乐府诗歌与音乐的关联是与生俱来难以分割的。即便在唐代，虽出现了不入乐歌唱的乐府诗，但其与音乐仍有着千丝万缕的联系。乐府文学本属音乐文学或“音乐文艺”。故言乐府者不可不关注音乐，且无论是研究乐府文学还是古代音乐都不能忽略相关领域的史料文献。诗乐天然的渊源使我们很难将所谓“乐府文献”与“音乐文献”作出泾渭分明的分割，同一本书难免部分内容涉及文学领域，另一部分或述及音乐、歌舞。

从诗乐同源抑或音乐文学角度考量，唐人“乐府论著”或即“音乐论著”。故本书所谓唐人“乐府论著”并不排斥“音乐论著”这一概念，甚至在一定程度上，认为二者是等同的。

唐代乐府研究历来不乏重要研究成果，20世纪中期以来，乐府文学与文献学研究日益受到关注，产生了许多重要成果。吴相洲先生在《乐府学概论》中系统阐述了“乐府学”这一概念，从研究内容、方法等层面探讨了乐府研究中的一些重要问题。指出“乐府学主要从文献、音乐、文学三个层面进行研究”，三者缺一不可，其中文献工作是研究的基础。① 若就文献、音乐、文学“三个层面”而言，本书无疑是属于文献整理这一基础研究，故以下学术史回顾以唐代乐府文献整理成果为主，其于乐府文学、音乐理论等研究大致从略。

文献辑佚及校勘整理方面，吉联抗《隋唐五代音乐史料》梳理了隋唐时期重要的音乐史料，并阐述了它们之间的关系。其《古乐书佚文辑注》是古代音乐文献整理的重要成果，其中收录了吴兢《乐府解题》、郗昂《乐府解题》等唐人乐府论著。专书校勘整理成果主要集中在《教坊记》《乐府杂录》等音乐文献。清道光间，钱熙祚等以《墨海金壶》本为底本，对《教坊记》《羯鼓录》《乐府杂录》等详加校勘。《中国古典戏曲论著集成》本等皆以钱校本为底本，在资料方面又各有补充，但内容上大致承袭钱校。任半塘《教坊记笺订》对《教坊记》一书诸条内容详加校订增补，极大地丰富了原书的资料。拙著《〈乐府杂录〉校注》对《乐府杂录》文本加以校勘、注释，补充了相关研究资料。②

文献综合考察方面，王小盾《隋唐音乐及其周边》将音乐史料及音乐史研

① 吴相洲：《乐府学概论》，人民文学出版社2015年版。吴相洲：《唐诗创作与歌诗传唱关系研究》，北京大学出版社2004年版。

② 吉联抗：《隋唐五代音乐史料》，上海文艺出版社1986年版。吉联抗：《古乐书佚文辑注》，人民音乐出版社1990年版。（唐）崔令钦撰，任半塘笺订：《教坊记笺订》，中华书局1962年版。（唐）段安节撰，亓娟莉校注：《〈乐府杂录〉校注》，上海古籍出版社2015年版。

究相结合,探讨了音乐文献研究中的许多重要问题。台湾学者沈冬《唐代乐舞新论》通过对典型乐舞的系统梳理分析了唐代乐舞的特征。关也维《唐代音乐史》是音乐断代史专著,系统描述了唐代乐舞的发展。孙尚勇《乐府文学文献研究》一书对吴兢及其《乐府古题要解》等乐府研究中的重要问题加以考察,并对文本文字进行辨析。赵玉卿《〈乐书要录〉研究》是该书研究的重要成果,其中辑录了部分佚文。孙晓辉《两唐书乐志研究》对《唐书》乐志的文献来源等做了分析溯源,指出了其史源文献。① 日本学者林谦三《东亚乐器考》、岸边成雄《唐代音乐史的研究》等成果为研究唐代音乐提供了丰富的资料,对唐代乐府及音乐史学研究有诸多启发。②

学术论文方面也取得了许多重要成果,钱志熙《唐人乐府学述要》探讨了唐人乐府和乐府学的内涵,指出其乐府学具有理论与创作同条共生的特点。《刘贶与〈太乐令壁记〉》《刘贶〈太乐令壁记〉新证与辑补》《唐佚名〈古今乐纂〉辑考》《唐徐景安及其〈历代乐仪〉辑考》等对作者及佚文进行了详细考察。③《汉唐音乐典籍叙录》对汉唐音乐典籍做了搜集和梳理,《隋唐五代音乐文献概论》正编及续编指出了这一时期音乐文献的类别、特点等,揭示了研究的重要方法和角度。《唐代笔记小说中的音乐史料》采摭三十余部唐人笔记小说中的音乐史料,并对部分史料做了注释说明。《汉唐散佚乐书概论》对汉唐散佚乐书的相关问题进行梳理和讨论,《从〈体源钞〉看中国典籍与日本

---

① 王小盾:《隋唐音乐及其周边》,上海音乐学院出版社 2012 年版。沈冬:《唐代乐舞新论》,北京大学出版社 2004 年版。关也维:《唐代音乐史》,中央民族大学出版社 2006 年版。孙尚勇:《乐府文学文献研究》,人民文学出版社 2007 年版。赵玉卿:《〈乐书要录〉研究》,中央音乐学院出版社 2004 年版。孙晓辉:《两唐书乐志研究》,上海音乐学院出版社 2005 年版。

② [日]林谦三著,钱稻孙译,曾维德、张思睿校注:《东亚乐器考》,上海书店出版社 2013 年版。[日]岸边成雄:《唐代音乐史的研究》,台湾中华书局 1973 年版。[日]岸边成雄撰,秦序译:《唐代音乐文献解说》,《交响》1987 年第 1 期。

③ 秦序:《刘贶与〈太乐令壁记〉》,《武汉音乐学院学报》1993 年第 1 期。亓娟莉:《刘贶〈太乐令壁记〉新证与辑补》,《音乐研究》2015 年第 8 期。岳珍:《唐佚名〈古今乐纂〉辑考》,《华中科技大学学报》2006 年第 6 期。亓娟莉:《唐徐景安及其〈历代乐仪〉辑考》,《交响》2014 年第 6 期。

乐书的关系》考察了其中引用的中国乐书。[①] 尚有许多著作及论文从不同角度对唐人乐府论著进行考察,因篇幅所限,未能一一列举。

就目前研究现状而言,存在以下特点:一是研究成果主要集中在《教坊记》《乐府杂录》《乐府古题要解》等少数几部文献;二是没有形成唐代乐府文献的系统整理研究,尚无全唐视角下乐府论著的系统整理,未能形成有序推进的研究态势。

基于以上原因,本书对唐人乐府论著的研究,不限于一般意义的文献整理,而是希望将史料整理与研究结合起来,进行一个多角度的整体研究,以期取得集文献辑录、校勘整理与乐府研究为一体的综合性成果。

二、研究范围、方法与主要内容

就时间跨度而言,本书所谓唐人乐府论著上起李唐立国,涵盖赵邪利等由隋入唐人士之撰著,下迄于五代时期。公元 907 年唐王朝覆亡至公元 960 年赵宋立国,处于唐、宋之间的五代十国,虽仅短短五十余年,其间许多唐籍尚存,其所编著多有所本,而所载唐史故事亦可谓信然有征,故五代时期《大周正乐》《乐苑》等亦包括其中。本书搜集、筛选唐五代乐府论著以唐宋目录文献为主,辅以两《唐书》之《音乐志》、《礼乐志》及唐宋人笔记杂记等资料。研究重点以前人未曾整理辑录或较少研究的乐书为主,凡前哲今贤研究较多、成果丰富者如《教坊记》等则不作重点考察。具体论著的整理研究方面,首先梳理目录文献著录等信息,其次就作者生平、作时等加以考索,再次辑录相关佚

① 喻意志:《汉唐音乐典籍叙录》,浙江大学博士后研究工作报告,2006 年。喻意志:《唐宋乐府解题类典籍考辨》,《音乐研究》2011 年第 2 期。王小盾、陈珺璐:《隋唐五代音乐文献概论》正编及续编,《黄钟》2022 年第 1 期、2023 年第 2 期。徐元勇:《唐代笔记小说中的音乐史料》,《音乐探索》2011 年第 4 期。金溪:《汉唐散佚乐书概论》,《中国音乐》2016 年第 3 期。王小盾、宁倩、刘盟:《从〈体源钞〉看中国典籍与日本乐书的关系》,《音乐文化研究》2018 年第 1 期。

文，探讨其文献价值。辑佚文字及考释内容因史料文献多寡而参差不齐，有的书目考释详尽，有的受史料所限而相对简略。唐五代音乐史料是“有血缘关系的史料”，传抄、重复的地方很多。考虑到文献之间相互转引、传抄的特点，本着查找最原始文献的原则，一般情况下，仅辑录最早的、第一次征引的佚文，其他文献所见同一段文字，如有较大出入，则以按语加注。

本书辑考唐人乐府论著六十余种，大致采用时间先后及辑考内容相结合的原则加以编次。先将作者、作时等有据可考者据其成书时间大致分为初盛唐文献、中晚唐及五代文献，分别归入上编“初盛唐乐府论著”及中编“中晚唐及五代时期乐府论著”。有的论著如佚名《音律图》《唐乐图》等虽不见于诸家目录，然唐宋文献或有征引，或见于个人传记、唐宋笔记小说等，亦尽可能加以详细考释整理。有的可资研究的史料有限，无法就其作者、作时、内容等展开详细考察。但此类文献亦是唐人乐府论著的重要组成部分，其中不乏资料十分独特者，一并放入下编“佚名及其他待考论著”。

在大致依时间排序的同时，也酌情“以类相从”，即将内容、撰者或书名相关联的文献依次放在一起，比如解题类文献吴兢《乐府古题要解》、郗昂《乐府古今题解》、王昌龄《续乐府古解题》、刘悚《乐府古题解》、沈建《乐府广题》以及佚名《乐府解题》等，这些解题文献，虽未必全是盛唐人所撰，但书名相近，内容相关，且文献著录亦有含混不清之处，故将其考释依次而列，有助于学人比照研究。此外，吕渭、李良辅二家《广陵止息谱》，李勉《琴说》，李约《东杓引谱》等，亦皆属“以类相从”的考虑。

附录中收录了《教坊记》《羯鼓录》《乐府杂录》《乐府古题要解》，四书保存相对完整，学界研究成果丰硕，本次未将其作为考察重点。此四书是唐人乐府论著的重要组成部分，其重要性显而易见，故将《教坊记》《羯鼓录》《乐府杂录》《乐府古题要解》一并收入本书附录。

若以内容划分，大致可将本次考察的唐人乐府撰著归纳为综合、琴学、解题及歌辞乐章、笔记杂著等四类。

（一）综合类：综合类乐书内容广泛，涉及唐代音乐制度、乐曲及乐律等许多方面，其作者以任职于音乐机关的专业人员为主，多带有一定的官方性质。此类书主要有窦琎《正声乐调》、张文收《新乐书》、刘贶《太乐令壁记》、宋沇《乐书》、徐景安《历代乐仪》及窦俨《大周正乐》等，此外佚名《律书乐图》《音律图》等亦属综合类乐书。

综合类乐书呈现明显的专业性质，部分与正史乐志等存在史源关系，可能是正史乐志的史源文献，如《太乐令壁记》与《通典·乐》及《旧唐书·音乐志》，《律书乐图》与《新唐书·仪卫志》，《音律图》与《旧唐书·音乐志》等，前者可能就是后者的史源文献。

（二）琴学类：唐代琴学论著甚丰，本书集录琴学论著三十余种。包括：赵邪利《琴叙谱》等，僧道英《琴德谱》，陈怀《琴谱》，董庭兰《大胡笳十九拍》，沈遼《大胡笳十八拍》，司马承祯《琴三诀》，李隆基《金风乐》，李良辅及吕渭《广陵止息谱》各一卷，李勉《琴说》，李约《东杓引谱》，萧祐《无射商九调谱》，齐嵩《琴雅略》，陈康士《琴谱》等，赵惟暕《琴书》，王大力《琴声律图》，薛易简《琴诀》，陈拙《大唐正声新徵琴谱》，此外尚有佚名《琴议》《琴集》《琴谱调》等。

唐代古琴音乐初步呈现流派化特征：一为《崇文总目》《乐书》等所谓的“沈家声”与“祝家声”，是以代表琴家为核心的琴乐流派；一为赵邪利等所论“蜀声”与“吴声”，呈现鲜明的地域风格。唐代琴人之间的师承关系亦较为明显，如赵邪利与僧道英，潘师正与司马承祯，陈怀古与董庭兰，僧思古与李良辅及吕渭，梅复元与陈康士、陈拙等。

（三）解题及歌辞乐章类：盛唐至中唐时期，比较集中地出现了一批乐府题解类著作，这类文献以解释乐府古题本意为主，有的兼收乐府歌诗。以吴兢《乐府古题要解》为代表，郗昂《乐府古今解题》、王昌龄《续乐府古解题》、刘悚《乐府古题解》、沈建《乐府广题》以及佚名《古解题》《乐府解题》等相继产生，成为这一时期唐人乐府诗理论构建与批评的主要表现形式。此外，歌辞乐章类还有翟子《乐府歌诗》《三调相和歌辞》、佚名《历代歌辞》、佚名《外国伎曲名》等,惜其今皆不传。

(四)笔记杂著类:今所谓唐人乐府论著中,有一些作者并非音乐专职人员,其作意抑或本不在于记录乐舞建制,而是出于追忆或纪事,属笔记杂著性质。此类作品包括崔令钦《教坊记》、南卓《羯鼓录》、段安节《乐府杂录》等,于今保留下来的以此类论著为主。

总体而言,唐人乐府论著中,琴学著作最为丰富,其传承贯穿了整个唐代。其次为综合乐书,综合乐书的撰者又以乐府专职人员为主,带有一定的官方性质。盛唐前后集中出现了一批解题类著作,代表了唐人对乐府诗歌创作的总结和批评,今传唐人乐府论著则以笔记杂著类为主。

三、唐人乐府论著特点综述

总体而言,唐人乐府论著呈现以下特点:

第一,前期较少,中后期为多,且撰写心态及动机明显不同。

以安史之乱为界,唐代音乐文献呈现明显的前、后期的特点。就两《唐书》《通典》《唐六典》等史料看,前期乐舞资料丰富,记载详细,后期资料相对简略。但就唐人乐府撰著而言,呈现出与正史、政书等相反的特点:前期数量相对较少,中后期为多。本次梳理唐人乐府论著六十余种,仅有十余种可确定或基本确定为初盛唐人所作。安史之乱后,私家论著内容丰富,数量较前期明显增多。

就撰写动机而言,前后期撰写者的心态和撰写动机亦明显不同。初盛唐时期以重传承、促发展为主,中晚唐时期则以纪变迁、忆盛景为多。

初盛唐时期的唐人乐府论著,撰著者或出于个人喜好,或出于传承和发展的使命感。吴兢《乐府古题要解》序中阐述撰著该书的缘起:为使后人创作古题乐府诗歌时有所“取正”,刘贶《太乐令壁记序》“采之记传,以考兴废”。吴兢、刘贶等唐前期作者或出于促其良好发展的愿望,或纪史实、考兴废,皆以一种积极传承的视角记录其时乐府、乐舞盛事,欲使乐府建制、乐曲乃至乐府歌章在后世承继有绪，因而提笔撰述。

《教坊记》《羯鼓录》《乐府杂录》等产生于开、天盛世之后，三书作者皆是有感于乱离而作，崔令钦"今中原有事，漂寓江表，追思旧游，不可复得"；南卓"宜为文纪，不可令湮没也"；段安节"洎从离乱，礼寺隳颓，簨虡既移，警鼓莫辨。梨园弟子，半已奔亡。乐府歌章，咸皆丧坠"。三书皆与追忆盛景、叹惋离乱以来乐舞飘零丧坠有关。与处于盛唐时期的刘贶、吴兢等相较，其心态变化何其明显。安史之乱后，政局动荡，时运维艰，自然勾起唐人对昔日太平盛世的追忆，杜甫《忆昔》所谓"忆昔开元全盛日"，而精彩纷呈的乐舞是那个时期留给人们的美好记忆之一，故而提笔追忆昔日歌舞盛景、妙曲佳人，但其心态与吴兢等初盛唐人已大是不同。

第二，出现了一批以解题为主的乐府批评论著。

盛唐至中唐时期，唐人对乐府古题、歌诗的记录和论述也出现了新的趋势，比较集中地出现了一批乐府题解类著作，以吴兢《乐府古题要解》为代表，郗昂、王昌龄、刘悚等所撰解题论著相继产生。这一现象与初、盛唐以来诗人大量创作乐府诗歌密切相关，是传统诗歌在新的社会环境、社会需求中的调整和演进，反映了乐府诗歌在"复""变"交织中的发展，也反映了诗人对继承和发展乐府诗歌的探索和思考，是这一时期唐人乐府诗理论构建与批评的主要形式。这些论著不仅在当时产生了一定影响，对后世《乐府诗集》等的编撰也产生了重要影响。

第三，琴学论著丰富。

虽然唐代诗人不断慨叹古琴音乐"今人多不弹"的冷清境遇，但就本次考察看，唐代琴人众多，琴学著述亦十分丰富。本次考察唐代琴家二十余人，集录琴学论著三十余种，其中赵邪利、陈康士等琴学论著皆多达数种。综合诸家文献记载看，唐人琴学理论探讨广泛而深入，涵盖斫琴、弹琴、琴谱以及琴道美学等各个方面，涉及琴材择取、斫琴步骤、弹琴手势、甲肉技巧以及琴谱传承、记谱方式等理论。尤其是在琴谱创制、记谱方式方法方面，自初唐琴家赵邪利至晚唐陈康士、陈拙等，在文字谱和减字谱的发展演进中贡献良多，具有承前启后的重要作用。

第四，专业乐书大多亡佚，笔记、杂著类仍有流传。

就存佚状态而言，《教坊记》《羯鼓录》《乐府杂录》三种保存相对完整，此三种常被归入唐人笔记小说或杂著类。若论其作意，或“追忆旧游”（《教坊记序》），或“助宾筵之谈话”（《羯鼓录》），或“以耳目所接”记录所见所闻（《乐府杂录》）。而真正意义上的纯音乐专业论著如张文收《新乐书》、窦琎《正声乐调》、刘贶《太乐令壁记》、徐景安《历代乐仪》等咸皆散佚。究其原因，大约《教坊记》等多载乐舞逸闻或趣谈，稍稍有助语资，而《古今乐纂》等专以音乐为主，所记相对单一，且专业理论精奥复杂，难为大众所接受，故渐至湮没不传。

四、研究价值及存在问题

本研究的目的和价值主要体现在以下两个方面：

（一）拓展乐府研究的深度和广度

本书搜集整理散佚的唐五代乐府论著，挖掘新的史料，探寻文献作者、作时，分析解读其文献价值及历史文化信息。所辑乐府文献或尚未引起学界重视，或未为学界所知。《古今乐纂》《律书乐图》《大周正乐》《辨音集》《音律图》等均属首次辑录整理，有许多佚文提供了可资研究的新证据。这些文献从不同方面、不同层次记录了唐五代乐舞的发展变迁，展示了唐五代乐府的总体面貌，有助于厘清乐府发展的诸多环节，拓展了乐府研究的深度和广度。

（二）为建设唐五代音乐史料数据库奠定基础

唐五代音乐史料卷册浩繁，数量庞大，寻检耗时费力，颇为不易。就当前社会发展及研究现状而言，亟待对全唐五代音乐史料加以整理汇编，在此基础上建设唐五代音乐史料数据库及其检索系统。本书通过对唐五代乐府论著的全面梳理、辑录和考辨，使零散断滥之史料，井然类聚，初步形成了一个完整有序、易于检索征引的史料体系，对进一步全面系统描述唐五代乐府发展提供有力支持，也为建设唐五代音乐史料数据库奠定了基础。这一工作不仅对唐五代乐府文学及音乐研究有所裨益，对研究中国古代历史也具有现实意义。

然而，目前研究工作尚存在以下不足：

一是部分论著作时、撰者无法确定。本次所整理辑录唐人乐府论著，部分可确知其成书年代，但仍有一些论著如《音律图》《琴操通》等，因资料所限，无法推知其具体成书时间及撰者。二是部分史料需进一步考证解读。许多佚文属首次辑录，其中不乏极为独特者，需要仔细研究综合解读。如《崇文总目》《乐府诗集》等所载唐代古琴音乐沈家声、祝家声等问题，此“二家声”各有何特点，其源流、传承如何？需要对材料进行综合解读。再如如何继续扩大搜集史料的范围和深度，如何科学分析所辑佚文及各种文献之间的关系等等。唐五代乐府论著涉及文学、音乐、文献学等多个学科，囿于笔者学识，尚有许多问题有待进一步深入探讨。

2019 年 9 月

上编

初盛唐乐府论著

一　赵邪利及其琴学论著

赵邪利其名，诸史所录多有不同。《太平御览》《琴史》等记作赵耶利外，或作“赵耶律”“赵邦利”。《旧唐书·经籍志》：“《琴叙谱》九卷，赵耶律撰。”①《新唐书·艺文志》：“赵邪利《琴叙谱》九卷。”②《宋史·艺文志》又作“赵邦利”。此外，《日本国见在书目录》有：“《琴法》一卷，越赵耶挈撰。”其后为僧道英《琴德谱》，结合书名及该书在目录中的次序，此“越赵耶挈”应即赵耶利。孙猛又考云：“疑此人乃胡人，其名乃音译，故译名参差。”③但文献中除记载赵邪利名字略为“参差”外，核其生平事迹，未有任何赵氏为胡人的线索，此说似仍需进一步考证。

钱大昕《二十四史考异》以为《宋史》中“‘邦’当作‘邪’。字之讹也”。④陈汉章亦认为“邪”字不误，“耶、邪字通”。⑤ 按《新唐书》及钱、陈二家考释，赵氏名中第一字当记作“邪”，但早期文献如《旧唐书》以及《御览》所引《唐史》《乐纂》均作“耶”，宋人《新唐书·艺文志》《崇文总目》等始将该字记作“邪”，后《直

---

① （后晋）刘昫等：《旧唐书》，中华书局1975年版，第1976页。

② （宋）欧阳修、宋祁等：《新唐书》，中华书局1975年版，第1436页。

③ 孙猛：《日本国见在书目录详考》，上海古籍出版社2015年版，第182页。

④ （清）钱大昕著，方诗铭、周殿杰校点：《廿二史考异》，上海古籍出版社2014年版，第1022页。

⑤ 陈汉章：《崇文总目辑释补正》，《宋元明清书目题跋丛刊》，中华书局2006年版，第221页。

斋书录解题》《通志》《玉海》等均袭新志记作“邪”。以笔者陋见，“邪”“耶”之中，似当以早期文献所记“耶”字为是。学界目前多将赵氏姓名记作“赵邪利”，为行文方便，除引用文字外，本书中赵氏姓名统一作“赵邪利”。

赵邪利其人，《隋书》及两《唐书》等无传，通过散见于古籍文献的资料，大致可以梳理出赵邪利的生平事迹。

一、赵邪利生平事迹

《太平御览》卷五七九、《册府元龟》卷八五七载：

> 《唐书》乐志曰：赵师，字耶利，天水人也。在隋为知音，至唐贞观初，独步上京，遽入琴苑，畴之嵇氏。累代居曹，遂令曹郡琴者。所修《五弄》具列于曹，妙传濮州司马氏，琴道不坠于地也。师云：吴声清宛，若长江广流，绵绵徐逝，有国士之风。蜀声躁急，若击浪奔雷，亦一时俊快也。

> 《乐纂》曰：赵耶利居士，唐初天水人也。以琴道见重海内，帝王贤贵靡不钦风，旧错谬十五余弄，皆削凡归雅，无一徽玷，不合于古，述《执法象》及《胡笳五弄谱》两卷。弟子达者三人，并当代翘楚。贞观十年，终于曹，寿七十六。弟子宋孝臻、公孙常数，百年内将传于马氏。（《御览》卷 579）①

> 赵师，字邪利，天水人也。善琴，贞观初，独步上京。尝云：吴声清婉，若长江广流，绵绵徐逝，有国士之风。蜀声躁急，若击浪奔雷，亦一时也。（《册府元龟》卷 857）②

北宋朱长文《琴史》对赵邪利记载较为详细：

---

① （宋）李昉等编：《太平御览》，中华书局 1985 年版，第 2616 页。按：本书辑录保存于《太平御览》中的佚文时，为行文简洁，简称该书为《御览》，下同。

② （宋）王钦若等编：《册府元龟》，中华书局 1983 年版，第 10180 页。

赵耶利，曹州济阴人。慕道自隐，能琴无双，当世贤达，莫不高之，谓之赵师。所正错谬五十余弄，削俗归雅，传之谱录。每云："吴声清婉，若长江广流，绵延徐逝，有国士之风。蜀声躁急，若激浪奔雷，亦一时之俊。"又言："肉甲相和，取声温润，纯甲，其声伤惨，纯肉，其声伤钝。"尝以琴诲邑宰之子，遂作谱两卷以遗之。今传焉。其序者称耶利云："弱年颖悟，艺业多通，束发自修，行无二过，清虚自处，非道不行，笔妙穷乎钟、张，琴道方乎马、蔡。"贞观十三年，卒于曹，年七十六。当文皇兴乐之时，而耶利不见收擢，盖不求闻达故也。或云，蔡邕撰《游春》《渌水》《幽居》《坐愁》《秋思》，以传大史令单扬。自扬十七传而至耶利，耶利传濮人马氏，又传宋孝臻，孝臻亡，师资遂绝。①

据《唐书》《乐纂》等文献，赵邪利于贞观十年(636)终于曹州，卒年七十六。以此推算，赵氏生年当在公元560年，这一年是北周武帝武成二年，北齐皇建元年，陈文帝天嘉元年，距隋开皇元年(581)立国尚有21年。

《唐书》等均载赵邪利本陇西天水人氏，但"累代居曹"，即居住于山东曹州。曹州其时为北周属地，《太平寰宇记》卷十三《河南道》"曹州"条："曹州济阴郡……周武帝宣政元年，改西兖州为曹州，取曹国为名也。隋大业三年，改为济阴郡。"②就归属地而言，这一时期赵氏应属北周人。

《琴史》对赵氏籍贯、卒年的记载与《唐书》《乐纂》《册府元龟》等文献皆有出入。笔者以为，《御览》所引《唐书》为唐代文献，《乐纂》为唐人所撰，③以当时人记当时事，应更为真实可信；《册府元龟》为北宋初官修文献，其可靠性亦高于《琴史》。《琴史》载赵邪利为曹州济阴人，大约是因其"累代居曹"，并且"终于曹"之故。

---

① (宋)朱长文：《琴史》，中国书店2018年版，第172页。

② (宋)乐史：《太平寰宇记》，中华书局2007年版，第257页。

③ 亓娟莉：《唐人〈古今乐纂〉〈乐纂〉辑考》，《广西社会科学》2015年第3期。

《御览》卷五七九所引“唐书乐志”文字，不见于今两《唐书》之《音乐志》及《礼乐志》，而唐史臣如韦述、柳芳等所撰部分史志、实录、起居注等宋时尚存。岑仲勉《旧唐书佚文辨》以为：“《御览图书纲目》云《唐书》者，并韦、柳两书言之也，《旧唐书》者，指历朝《实录》等言之也，惟卷内引文又统称曰《唐书》，则直犹通名之唐史矣。”①《御览》所引应来自唐史臣所编“《唐史》乐志”，此节文字或可补两《唐书》乐志之不足。

开皇元年(581)隋立，赵邪利由北周入隋，时年21岁。在隋度过青壮年时期的赵邪利，其时已是名著一时的琴家。《琴史》云其不求闻达“不见收擢”，似乎这一时期仍以隐逸修道为主。唐高祖武德元年(618)李唐立国，赵氏由隋入唐，步入人生的第三个朝代，其时赵氏58岁，已是年近花甲的老人了。历经隋代近四十年的修炼，其琴技愈加精纯。太宗贞观中，赵邪利曾至长安，以琴技“独步上京”，一时帝王贵胄“靡不钦风”，堪称隋唐时期引领琴界的代表琴家。《唐音癸签》卷一四：“一代精此艺者，自赵耶利、董庭兰、贺若夷。”②三人皆唐代重要琴家，亦说明这一问题。

赵邪利不仅善于鼓琴，还能斫琴。《困学斋杂录》：“商左山寒字号，赵耶利斫。”③《辍耕录》卷二九载历代斫琴名家，隋有“赵取利”，疑“取”为“耶”字之误，所言当即赵邪利。

有关赵氏生平事迹，有两个问题堪殊注意：一是《直斋书录解题》等载赵邪利为“唐道士”，《琴史》亦谓赵邪利“慕道自隐”“束发自修，行无二过，清虚自处，非道不行”。则是赵邪利曾入道修行，为初唐道教人士。据《琴史》文字看，似乎其很早就自隐修道，至于其究竟何时入道，因资料所限尚难断定。

二是《唐书》《乐纂》等载赵邪利入唐长安后，“遽入琴苑”，“以琴道见重海内，帝王贤贵靡不钦风”，或是赵氏曾以琴艺入为唐宫廷乐师？如若赵氏果

① 岑仲勉：《旧唐书佚文辨》，《岑仲勉史学论文集》，中华书局1990年版，第597页。

② (明)胡震亨：《唐音癸签》，上海古籍出版社1981年版，第149页。

③ (元)鲜于枢：《困学斋杂录》，上海古籍出版社1993年版，第13页。

入为宫廷琴师,则其影响必又有不同。

二、赵邪利著述

赵邪利琴学著述颇丰,以下为文献中相关记载:

(一)《琴叙谱》九卷

《旧唐书·经籍志》:"《琴叙谱》九卷,赵耶律撰。"《新唐书·艺文志》:"赵邪利《琴叙谱》九卷。"《通志·艺文略》:"《琴叙谱》九卷,赵邪利。"

(二)《(弹)琴手势谱》一卷

《新唐书·艺文志》:"赵邪利《琴手势谱》一卷。"《宋史·艺文志》:"赵邦利《弹琴手势谱》一卷。"《崇文总目》卷一:"《琴手势谱》一卷,唐道士赵邪利撰。记古琴指法,为左右手图二十一种。"①《玉海》卷一一〇《音乐》:"唐赵邪利《琴手势谱》一卷。(赵师,字邪利,善琴。贞观初,独步上京)载调弦用指制之法及音律二十四时五图。"②

所谓"琴手势"涉及弹奏时双手的位置、高低、力度以及指法的运用等,弹琴"手势"对演奏效果有重要影响。一些较为复杂的乐段,初学者如未经一定指导训练,有时甚至难以应付,因此"手势"在弹琴中十分重要。《崇文总目》载该书"为左右手图二十一种",《玉海》又云其"载调弦用指制之法及音律二十四时五图",则《琴手势谱》应属图文兼具的"图书"。按《玉海》所载,该书记录了古琴调弦及用指的方法,同时还附有音律及二十四时对应关系的图谱说明。古人认为天地阴阳、五音、四时、四方、五行等之间存在一定的对应关系,只有调和天人及阴阳等关系,乐才可以和畅。而古琴又是中国传统音乐的

---

① (宋)王尧臣等:《崇文总目》,《中国历代书目丛刊》,现代出版社1987年版,第19页。

② (宋)王应麟:《玉海》,《四库全书》第945册,上海古籍出版社1987年版,第873页。

代表，尤其重视“琴德”等审美体验与天、地、人的相互关系，所谓“音律二十四时五图”可能就是这一方面的内容。

（三）《指诀》（《弹琴古手法》）一卷

《直斋书录解题》卷一四：“《指诀》一卷，唐道士赵邪利撰。一名《弹琴古手法》。”①

《玉海》卷一一〇《音乐》：“《艺文志》乐类：赵邪利《琴叙谱》九卷，《琴手势谱》一卷。《书目》又有《古手法》一卷。”②又：唐赵邪利“《弹琴右手法》一卷，论指法四百余言”。《宋史·艺文志》：“赵邦利《弹琴手势谱》一卷，又《弹琴右手法》一卷。”

《指诀》，又名《弹琴古手法》，亦简称《古手法》。《宋史》有所谓《弹琴右手法》，弹琴为双手协同完成，疑“右”为“古”字之误。《玉海》引《书目》文字，说明《中兴馆阁书目》亦载此书。《日本国见在书目录》乐类所载“越赵耶挈撰”《琴法》一卷，不知是否即赵邪利《弹琴古手法》。

《乐书》《琴书大全》中有“古者手势所象，本《蔡氏五弄》，赵邪利所修也”一段文字（详见下文），这段文字开篇论及“手势所象”本于赵邪利所修之《蔡氏五弄》，其下述及五指与天地日月、风云山水等的对应关系，谈及弹琴手势、指法，笔者推测，可能有部分文字来自赵邪利《琴手势谱》或《指诀》。

（四）《胡笳五弄谱》《执法象》

此二种仅见于《太平御览》引文，目录文献无著录，他书亦无征引。《乐书》卷一二八“胡弄”：“刘琨世为乐吏，制《胡笳五弄》，赵耶利所修者也。”③此

---

① （宋）陈振孙撰，徐小蛮、顾美华点校：《直斋书录解题》，上海世纪出版股份有限公司、上海古籍出版社2015年版，第400页。

② （宋）王应麟：《玉海》，《四库全书》第945册，上海古籍出版社1987年版，第873页。

③ （宋）陈旸：《乐书》，《四库全书》第211册，上海古籍出版社1987年版，第564页。

《胡笳五弄》和《胡笳五弄谱》可能有一定关系。《执法象》就书名看,似仍与弹琴方法、手势等有关,未知是否即《琴手势谱》或《指诀》其中一种,抑或为赵邪利另一部琴学著述。

此外,《崇文总目》卷一载:"《琴式图》一卷,阙。不著撰人名氏,以琴制度为图,杂载赵邪利《指诀》,又有白云先生《三诀》。"①此《琴式图》是否为赵邪利所撰,为何杂赵氏《指诀》,又为何将《三诀》同时著录?相关问题尚待进一步研究。

三、赵邪利琴学理论及其贡献

赵邪利不仅以琴艺"见重海内",在琴谱撰修及琴学理论方面亦颇有造诣,是南北朝隋唐时期古琴艺术承前启后的代表琴家,其琴学思想及贡献主要表现在四个方面:

(一)指出了吴声、蜀声及其风格特点

赵氏首次指出了隋唐时期古琴音乐存在吴声、蜀声的区别。所谓吴声、蜀声主要指吴、蜀两地古琴音乐风格及审美的不同:吴声清宛,蜀声躁急,带有明显的地域风格特点。赵邪利作为北方琴学的代表人物,于截然相反的两种琴乐风格无所偏颇,皆持赞赏肯定态度,其不执一隅的批评态度甚为可贵,所具琴学审美意识亦超乎常人之上。恰如学者所言,赵邪利有着"宽大的""大音乐家的美学观"。② 吴声、蜀声理论对当时及后人均产生了很大影响。《崇文总目》载僧道英《琴德谱》一卷,该书"述吴、蜀异音及辩析指法,道英与赵邪利

① (宋)王尧臣等:《崇文总目》,《中国历代书目丛刊》,现代出版社 1987 年版,第 21 页。

② 李祥霆:《论唐代古琴演奏美学及音乐思想》(上),《中央音乐学院学报》1995 年第 3 期。

同时,盖从邪利所授。"①僧道英著述亦论及"吴、蜀异音",内容大概是对其师赵邪利吴声、蜀声理论的阐发,也从一定角度反映了赵氏吴声、蜀声理论的影响。《乐书》卷一四三"琴声下"载,琴声有"胡笳声、止息声、吴声、蜀声"等。②已将吴、蜀琴风作为与胡笳声等并列的琴乐类别。

吴声、蜀声两种琴乐风格与吴、蜀两地斫琴方法抑或相关。《乐书》卷一四二《琴制》:"然斫制之妙,蜀称雷霄、郭谅,吴称沈镣、张越。霄、谅清雅而沈细,镣、越虚鸣而响亮。"③《云烟过眼录》卷四"古今斫琴名手":"唐雷霄、雷威、雷珏、郭亮,并蜀人。张钺、沈镣皆江南人。"④二书皆载唐代斫琴名家以蜀、吴两地最为著名,蜀地制琴清雅沉细,吴人斫琴虚鸣响亮,或琴中蜀声、吴声与两地斫琴特点亦有关联。赵邪利以古琴艺术大家的敏感和风范,首次指出了吴声、蜀声两种具有地域风格的琴乐流派的存在,并对二家的风格加以肯定,这一理论对研究隋唐时期古琴音乐的发展提供了重要参考。

(二)琴道渊源有自,传承有绪

除琴技高超外,赵邪利又授徒传艺。上引《唐书》乐志有"妙传濮州司马氏,琴道不坠于地",《琴史》亦载"以琴诲邑宰之子"。《乐纂》又云其"弟子达者三人,并当代翘楚……弟子宋孝臻、公孙常数,百年内将传于马氏"。《崇文总目》著录唐因寺僧道英《琴德谱》一卷,而"道英与赵邪利同时,盖从邪利所授"⑤。《崇文总目》卷一又云:"《琴式图》一卷,阙。不著撰人名氏,以琴制度为图,杂载赵邪利《指诀》,又有白云先生《三诀》。""白云先生"为司马承祯号,赵邪利、司马承祯活动时间前后相承,均长于琴艺,《琴式图》杂载司马承

① (宋)王尧臣等:《崇文总目》,《中国历代书目丛刊》,现代出版社1987年版,第21页。
② (宋)陈旸:《乐书》,《四库全书》第211册,上海古籍出版社1987年版,第655页。
③ (宋)陈旸:《乐书》,《四库全书》第211册,上海古籍出版社1987年版,第653页。
④ (宋)周密:《云烟过眼录》,《四库全书》第871册,上海古籍出版社1987年版,第77页。
⑤ (宋)王尧臣等:《崇文总目》,《中国历代书目丛刊》,现代出版社1987年版,第19页。

祯《琴诀》与赵邪利《指诀》为一书,或者二者之间亦有师承。

《琴书大全》卷十《弹琴》中有《琴曲传授》一节,述及历代琴人之间的传授和师承关系,其云:

> ……惟唐初有曹郡赵耶利,得嵇生、冯氏之妙,最为杰出。……
>
> 蔡邕《游春》等五弄,传太史令单飏,飏传王阳,阳传陈群,群传冯道,道传子感神,感神传嵇康,康传子绍,绍传子粲,粲传孙悦,悦传子简,简传子洪,洪传子逸趣,(逸)趣传子元,元传孙测,测传孙元寿,(元)寿传冯怀宝,(怀)宝传子辨,辨传子道,道传曹郡赵耶利,耶利传濮州马氏,又传宋臻,臻亡,遂绝。嵇康《长清》等四弄,传钟会,会传戴逵,逵传子颙,颙传沈庆之,庆(之)传沈约,约传沈扃,扃传沈瞻,瞻传孙寮,寮亡,遂绝。
>
> 刘琨《胡笳》等五弄,传甥陈通,通传柳进思,思传司马,均加五乐声,传工普明,普明传封袠,袠传陈宜都,宜都亡,遂绝。要妙数家之传,惟有袁准、蔡伽、赵耶利得其要旨,余多谬。赵耶利曰:"叔夜造汉魏之声,传之曰其体百忧。"近有冯氏怀宝父子传及三代,至子辨特加润色,为时所重,遂号"冯家五弄"。沈胜(一曰瞻)孙寮(一曰镣),精名擅齐,更曰"沈氏四弄",皆自名家云。①

将赵氏琴法追溯至蔡邕、嵇康等汉魏名家。其师承关系依次为蔡邕、太史令单飏、王阳、陈群、冯道、道子感神、嵇康、嵇绍、嵇粲、嵇悦、嵇简、嵇洪、嵇逸趣、嵇元、嵇测、嵇元寿、冯怀宝、冯辨、冯道、赵耶利、濮州马氏、宋臻。恰如《琴曲集成》所言,"要妙数家之传",惟有赵邪利等少数几人得其要旨。以上说明赵氏琴艺渊源有自,且传承有绪,弟子众多,在当时影响极大,可谓已自成一派。

---

① 中国艺术研究院音乐研究所、北京古琴研究会编:《琴曲集成》第五册,中华书局2010年版,第210页。

（三）参酌古今，推动文字谱、减字谱的发展

就笔者掌握的文献看，赵邪利在琴谱方面的成就尤为突出。《玉海》卷一〇五《音乐》："琴则有桓谭、孔衍之操，刘氏、周氏、陈怀、赵邪利之谱。"①《乐纂》及《琴史》载赵邪利又修习《蔡氏五弄》《胡笳五弄》，修正旧有琴谱数十弄，"削俗归雅，传之谱录"；又"作谱两卷"以授生徒，至宋朱长文撰《琴史》时仍然流传于世，是赵氏于修订、编写琴谱之外，又撰有新的琴谱。《琴曲集成》卷五言及琴谱渊源流变：

> 制谱始于雍门周，张敷因而别谱，不行于后代。赵耶利出谱两帙，名参古今，寻者易知。先贤制作，意取周备，然其文极繁，动越两行，未成一句。后曹柔作减字法，尤为易晓也。②

隋唐时期正是文字谱演变和减字谱产生的重要阶段，而较古谱"易知"正是减字谱的优点所在。赵邪利制谱"名参古今"，说明其制谱参酌古谱，又加以创新、发展，从而使新谱具有了"易知"的特点。古籍中多次载及赵邪利以古谱为本，修谱、作谱、传谱，在蔡邕、刘琨等前代琴家琴谱基础上重加修订，或并有所创制，形成新的琴曲乐谱。大概正是不断修订、编撰琴谱的探索，使琴谱逐渐变得更为"易知"，促进了"尤为易晓"的减字谱的产生。

《碣石调·幽兰》古琴谱是现存最早的琴谱，现藏于东京国立博物馆。清末驻日公使黎庶昌于日本访书得见，于光绪十年(1884)编入《古逸丛书》，刊载行世。该谱抄本后还记录了59首琴曲名，如《楚调》《白雪》《石上流泉》《广陵止息》《楚妃叹》《乌夜啼》等。查阜西先生在《幽兰指法集解·前言》云："自《古逸丛书》于光绪十年(一八八四)影印行世以来，我国琴家、史家、考古家对于此谱之为唐代写本，均无异词，《幽兰》古琴谱遂为现

---

① (宋)王应麟：《玉海》，《四库全书》，上海古籍出版社1987年版，第763页。

② 中国艺术研究院音乐研究所、北京古琴研究会编：《琴曲集成》第五册，中华书局2010年版，第151页。

存我国最古之乐谱矣。”①

此谱后所附琴用手法辑录了北魏陈仲儒、隋僧冯智辨、唐人赵邪利等多家弹琴指法。其中收录赵邪利琴用指法谱字并注释四十个。“琴用手法”采用文字记写模式。“赵邪利：龊三、龊四、龊六、间构……”南北朝隋唐期间，文字记写琴曲的方式承袭了以文字表示演奏技法的传统，为琴人所广泛采用，并逐步形成较完善的文字谱式，对中晚唐减字谱的创立提供了至关重要的线索和基础。② 吴钊先生认为，唐代中后期创制初期的古琴减字谱时，也是依据赵邪利《弹琴右/古手法》所订的指法加以简化合并而成的，赵邪利在文字谱和减字谱的发展中“具有承前启后的意义”。③ 结合史籍记载看，此说颇为中肯。

（四）图说弹琴“手势”，指出“肉甲”效用

赵氏所撰《琴手势谱》记古琴指法，为左右手图二十一种，兼有调弦用指制之法、音律二十四时五图等，是以图谱形式说明弹琴手法。朱载堉《乐律全书》卷首《乾隆乙卯重题朱载堉琴谱》云：“盖琴之有书，自西汉；其指法，自蔡邕；著谱，自唐以前；谱手势，自赵耶利。”④按此说法，以图谱说明弹琴手势似始于赵邪利，果若如此，赵氏于中国古琴音乐的传承及发展功莫大焉。

《乐书》卷一四二“琴势”云：

> 古者手势所象，本《蔡氏五弄》，赵耶利所修也。左大指象天，左中指象日，右(左?)无名指象月。⑤ 右大指象大风，右食指象青云，右中指象高山，右小指象地，右无名指象下水。龙行者，指行如之。虎

① 查阜西编：《幽兰研究实录》第1辑，中央音乐学院民族音乐研究所，1957年4月油印本，第3页。喻意志、王蓉：《〈碣石调·幽兰〉序之“宜都王叔明”考——兼及〈幽兰〉谱的抄写年代》，《音乐研究》2013年第1期。

② 杨秋悦：《古琴指法谱字研究》，《中国音乐》2013年第3期。

③ 吴钊：《碣石调〈幽兰谱〉——琴曲文字谱简介》，《人民音乐》1962年第2期。

④ （明）朱载堉：《乐律全书》，《四库全书》，上海古籍出版社1987年版。

⑤ 按：下文述右手五指，有“右无名指象下水”。据文意推测，本句“右”，疑为“左”字之讹。

> 行者，指步如之。蟹行者，伦指如之。鸾行者，转指如之。轻行者，泛指是也。儒父(公)吟，[①]未接(按)覆手是也。亮(郎)生啸，小起手是也。仙人笑(啸)，下瓅是也。然弹琴之法，必两手相附，其犹双鸾对舞，两凤同翔，要在附弦作势，而不在声外摇指。赵师弹琴，未有一声无法。凡一弄之内，清侧殊途；一句之中，莫不有阴阳派润。至如《楚明光》《白雪》，寄清调中弹楚清声《易水》《凤归林》，寄清调中弹楚侧声《登垄》《望秦》，寄胡笳调中弹楚侧声《竹吟》《风哀》《松露》，寄胡笳调中弹楚清声，若此之类，非一可谓妙矣。[②]

这段又见于《琴书大全》卷八《指法》中《手势》一节，二者仅有个别字不同。[③] 文字开篇论及“手势所象”本于赵邪利所修之《蔡氏五弄》；其下以五指与天地日月风云山水等的对应关系，谈及弹琴手势、指法，文中又再次提及“赵师弹琴，未有一声无法”。而赵邪利著有《琴手势谱》，该书“记古琴指法，为左右手图二十一种”，笔者推测，上引文字很可能出自赵邪利《琴手势谱》或《指诀》。文中有关左右手十指所象、转指、伦指以及清侧之声等皆弹琴技法及传统琴道美学思想的主要内容，对研究这一时期古琴艺术的发展极为重要。

另外，《琴史》所载“甲肉”理论阐述用指甲、指腹弹奏古琴的效果，“肉甲相和，取声温润，纯甲，其声伤惨，纯肉，其声伤钝”，甲、肉对古琴演奏影响极大，是需要琴人注意的弹奏技巧。李祥霆先生认为“甲肉”理论指出了“最纯正的音质的取得方法”。[④] 中晚唐薛易简在其《琴诀》中再次述及“甲肉”理论，其“用指兼以甲肉”部分与赵邪利“肉甲相和”前后相承并有所发

---

① 按：父，《琴书大全》作“公”。引文括号中为《琴书大全》异文。

② (宋)陈旸：《乐书》，《四库全书》第211册，上海古籍出版社1987年版，第653页。

③ 中国艺术研究院音乐研究所、北京古琴研究会编：《琴曲集成》第五册，中华书局2010年版，第161页。

④ 李祥霆：《论唐代古琴演奏美学及音乐思想》(上)，《中央音乐学院学报》1995年第3期。

展，这些论述不仅对研究古琴弹奏艺术有一定价值，对今日弹奏用指亦有启发。

要之，赵邪利作为魏晋南北朝至隋唐时期承前启后的古琴家，琴技高超，琴学论著丰富，在琴道美学、琴谱传承等方面对古琴艺术发展作出了重要贡献。

二　僧道英《琴德谱》

《琴德谱》一卷，诸家目录文献多有著录：《崇文总目》："《琴德谱》一卷，唐因寺僧道英撰。述吴、蜀异音及辩析指法，道英与赵邪利同时，盖从邪利所授。阙。"钱注："见天一阁钞本。"①《宋史·艺文志》："僧道英《琴德谱》一卷。"又见《通志·艺文略》。《玉海》卷一一〇《音乐》："《国史》志，蔡翼《琴调》、僧道英《琴德谱》、王邈《琴谱》、沈氏《琴书》各一卷。"②此外《日本国见在书目》"乐家"有："《琴德谱》五卷。"不著撰人。孙猛以为"此书乃僧道英撰"③。

僧道英事迹，史籍无传。《崇文总目》载其撰者为"唐因寺僧道英"，隋唐史籍中并无关于"唐因寺"的记载。有学者指出："唐"与"因"之间，"因"与"寺"之间，或有脱文。④

唐有二"道英"：一为蒲州普济寺释道英，一为京兆法海寺道英。释道宣《续高僧传》卷二五有《唐蒲州普济寺释道英传》，⑤《宋高僧传》卷一八有《唐京兆法海寺道英传》⑥。但二者皆不言其好琴或有琴学论著，难以推断与《琴

① (宋)王尧臣等：《崇文总目》，《中国历代书目丛刊》，现代出版社1987年版，第21页。
② (宋)王应麟：《玉海》，《四库全书》第945册，上海古籍出版社1987年版，第873页。
③ 孙猛：《日本国见在书目录详考》，上海古籍出版社2015年版，第185页。
④ 孙猛：《日本国见在书目录详考》，上海古籍出版社2015年版，第185页。
⑤ (唐)道宣：《续高僧传》，中国书店2018年版，第172页。
⑥ (宋)赞宁：《宋高僧传》，中国书店2018年版，第246页。

德谱》的关系。据《崇文总目》知释道英与赵邪利同时，又从赵邪利学习琴艺。赵邪利是隋至初唐时人，于贞观十年（636）卒，故僧道英亦当为隋至初唐时人。

《琴德谱》述及“吴、蜀异音”，“吴、蜀异音”应指吴、蜀两地古琴音乐相异之处，对此赵邪利尝有论述：“吴声清宛，若长江广流，绵绵徐逝，有国士之风。蜀声躁急，若击浪奔雷，亦一时俊快也。”[①]据此看来，僧道英所述大概是对其师赵邪利吴声、蜀声理论的进一步发展。另外该书还述及“辨析指法”，弹琴指法历来是琴家讨论的重点问题之一，赵邪利有《琴手势谱》一卷，又有《指诀》即《弹琴古手法》一卷，探讨“古琴指法”，僧道英所述或许与此有一定关联。

就书名中“琴德”二字来看，书中可能会包含部分古琴美学理论。古琴在中国传统音乐中地位特殊，堪称传统乐器之王。琴乐悠远玄阔，古雅清澹，令人有林泉之意，尘外之思，儒家乐论以为“乐者，天地之和也”，琴乐的特征与此正相一致。自五帝先王及至文人雅士皆喜好与琴相伴，以琴修身正意，吟咏情志，故有“士无故不彻琴瑟”之说。[②] 嵇康云“众器之中，琴德最优”[③]，应劭《风俗通义》：“琴之大小得中而声音和，大声不哗人而流漫，小声不湮灭而不闻，适足以和人意气，感人善心。故琴之为言禁也，雅之为言正也，言君子守正以自禁也。”[④]所谓“大小得中而声音和”实即儒家的审美标准，也是“琴德”的重要内容。

① （宋）李昉等编：《太平御览》，中华书局1985年版，第2616页。

② 《礼记正义》，阮元校刻：《十三经注疏》（全二册），中华书局1980年版，第1259页。

③ 戴明扬校注：《嵇康集校注》，人民文学出版社1962年版，第84页。

④ （汉）应劭撰，吴树平校释：《风俗通义校释》，天津人民出版社1980年版，第235页。

三　窦琎《正声乐调》

《新唐书·艺文志》:"窦琎《正声乐调》一卷。"《正声乐调》又作《正声调》。《旧唐书》卷六一《窦威传》末附窦琎事迹:

> 琎字之推,抗季弟也。大业末,为扶风太守。高祖定京师,以郡归国,历礼部、民部二尚书。从太宗平薛仁杲。寻镇益州,时蜀中尚多寇贼,琎屡讨平之。时皇甫无逸在蜀,与之不协,琎屡请入朝,高祖征之,中路诏令还镇。琎不得志,遂于路左题山,以申郁积。有使者至其所,进宴之卧内,遗以绫绮。无逸奏其事,坐免官。未几,拜秘书监,封邓国公。贞观初,授太子詹事。后为将作大匠,修葺洛阳宫。琎于宫中凿池起山,崇饰雕丽,虚费功力,太宗怒,遽令毁之。坐事免。会纳其女为酆王妃,俄而复位,加右光禄大夫。七年卒,赠礼部尚书,谥曰安。琎颇晓音律。武德中,与太常少卿祖孝孙受诏定正声雅乐,琎讨论故实,撰《正声调》一卷,行于代。①

按《旧唐书》本传载,窦琎由隋入唐,唐高祖时历礼部及民部尚书,又任秘书监,封邓国公。唐高祖初定基业,又曾封归降的隋扶风太守窦琎为燕国公。《资治通鉴》卷一八四《隋纪八》:"以窦琎为工部尚书,燕国公。"《唐大业起居

① (后晋)刘昫等:《旧唐书》,中华书局1975年版,第2371页。

注》卷下载:“琎及河池郡守萧瑀相继归京师,于是拜琎为户部尚书、上柱国,封燕国公。”唐太宗时,窦琎曾任将作大匠一职,于东都洛阳修葺宫室,因过于奢靡,触怒太宗而被免职。

此外,窦琎又曾参与撰修《陈史》。《旧唐书·令狐德棻传》载:武德五年(622)十二月,诏“秘书丞窦琎、给事中欧阳询、秦王文学姚思廉可修《陈史》。务加核详,博采旧闻,义在不刊,书法无隐”。①

窦琎“颇晓音律”,唐高祖武德间,曾任协律郎一职,并与太常少卿祖孝孙受诏修订“正声雅乐”。《册府元龟》卷七八六:“唐窦琎性宽厚,工书,解钟律,兼有巧思。”《旧唐书·祖孝孙传》载:“武德七年,始命孝孙及秘书监窦琎修定雅乐。”②《新唐书·礼乐志》亦载:“唐兴即用隋乐,武德九年,始诏太常少卿祖孝孙、协律郎窦琎等定乐。”③

窦琎《正声乐调》的撰写当是与其修订雅乐有关,史载“琎讨论故实,撰《正声调》一卷”。书名中即有“正声”二字,推测该书所载应为朝廷雅乐体系。所谓“讨论故实”或是对南北朝及隋等前代雅乐乐制的论述。两《唐书》载,窦琎、祖孝孙修乐是在武德七年(624)至九年,该书的成书时间可能亦在此间或略后。但宋以后目录文献未见此书,大约于唐后失传。

① (后晋)刘昫等:《旧唐书》,中华书局1975年版,第2597页。

② (后晋)刘昫等:《旧唐书》,中华书局1975年版,第2710页。

③ (宋)欧阳修、宋祁等:《新唐书》,中华书局1975年版,第460页。按:两《唐书》载窦琎事迹互有抵牾,《旧唐书》本传载窦琎武德“七年卒”。

四　陈怀《琴谱》

《旧唐书・经籍志》:“《琴谱》二十一卷,陈怀撰。”《新唐书・艺文志》:“陈怀《琴谱》二十一卷。”《玉海》卷一〇五《音乐》:“琴则有桓谭、孔衍之操,刘氏、周氏、陈怀、赵邪利之谱。”同书卷一一〇《音乐》:“《志》:唐以前有刘氏、周氏《琴谱》四卷,陈怀《琴谱》二十一卷,《琴集历头拍簿》一卷。”①

陈怀事迹,史籍无载。其《琴谱》不见于《隋书・经籍志》,而《旧唐书・经籍志》《新唐书・艺文志》同时著录,位在赵邪利之下,《玉海》载其位在赵邪利之上。据著录特点看,陈怀可能为初唐人,大约与赵邪利同时或略晚。赵邪利为由隋入唐之人,王应麟《玉海》将其《琴谱》归为“唐以前”人论著,或与此有关。

卢言《卢氏杂记》是目前所知最早载及陈怀(古)的唐代文献。②《太平广记》卷二〇三“董庭兰”条引《卢氏杂记》云:“弹琴近代称贺若夷、甘党,前有董庭兰、陈怀古。怀(古)能沈、祝二家声,谓大、小胡笳也。”③“陈怀古”似亦可称作“陈怀”,《卢氏杂记》前称其“陈怀古”,后称其为“陈怀”。史籍中不乏此种例证。如唐代著名诗人杜牧、近代学者胡适,若以字称,亦可称杜牧之、胡适之。当然陈怀、陈怀古这种情况也有可能属于因传抄导致的脱文。《琴史》

① (宋)王应麟:《玉海》,《四库全书》第945册,上海古籍出版社1987年版,第751、876页。

② 周勋初:《卢言考》,《唐人笔记小说考索》,江苏古籍出版社1996年版,第119页。

③ (宋)李昉等编:《太平广记》,中华书局1961年版,第1539页。

《乐书》等宋代文献亦载及陈怀古,《乐书》卷一三〇《胡笳》条有:"沈遼集《大胡笳十八拍》,世号为沈家声。《小胡笳十九拍》,末拍为契声,世号为祝家声。唐陈怀古、刘光绪尝勘停歇句度无谬,可谓备矣。"①《琴史》董庭兰传亦提及陈怀古:"董庭兰,陇西人。在开元、天宝间,工于琴者也。天后时凤州参军陈怀古善沈、祝二家声调,以胡笳擅名。怀古传于庭兰,为之谱。"②总体而言,陈怀古、陈怀一字之差,活动时间接近,且同为精通琴曲胡笳之琴人,"陈怀古""陈怀"或为同一人。

就《乐书》等文献看,陈怀古对唐代古琴艺术的发展有重要影响,尤其于沈、祝二家声及琴曲胡笳的传承贡献颇多。首先,《卢氏杂记》所谓"能沈、祝二家声,谓大、小胡笳也",即陈怀古擅长沈、祝二家声及大、小胡笳琴曲。《乐书》又载其曾经对沈家声即《大胡笳十八拍》、祝家声即《小胡笳十九拍》乐谱进行过全面勘正,修订了该曲的乐句停歇,所谓"尝勘停歇句度无谬"。其次,是沈遼之后对琴曲《胡笳》加以勘定的重要琴人,后又将琴谱传与了盛唐琴师董庭兰。陈怀古曾将所擅沈、祝二家声编写成谱,并传之于董庭兰,所谓"怀古传于庭兰,为之谱"。而琴曲《胡笳十八拍》正是在董庭兰手中普及并流行一时。

"琴谱"本身是一个概括性极强的普通词,可以泛称所有琴谱及与琴谱相关的琴学论著。史籍中有多种书名为《琴谱》的论著。《隋书·经籍志》"《琴谱》四卷,戴氏撰"、《新唐书·艺文志》"刘氏周氏《琴谱》四卷"、"陈康士《琴谱》十三卷"等。因资料所限,无法窥知陈怀《琴谱》内容,但据《乐书》等所载陈怀古于大小胡笳及沈、祝二家声之贡献看,其《琴谱》或应包含其所修订、擅长的《大胡笳十八拍》及《小胡笳十九拍》曲谱。自《旧唐书·经籍志》《新唐书·艺文志》载录陈怀《琴谱》之后,《玉海》再次述及该书,其后不见于史籍(后人引用《玉海》等文字除外)。

---

① (宋)陈旸:《乐书》,《四库全书》第211册,上海古籍出版社1987年版,第579页。

② (宋)朱长文:《琴史》,中国书店2018年版,第194页。

五　张文收《新乐书》

《新唐书·艺文志》:"张文收《新乐书》十二卷。"《通志·艺文略》:"《新乐书》十二卷,张文牧。"(按:牧,当为"收"字之讹)《新唐书·张文琮传》:"文琮从父弟文收,终太子率更令,善音律,著《新乐书》十余篇。"①《旧唐书》对张文收事迹有较详记载,《旧唐书·张文收传》:

> 文琮从父弟文收,隋内史舍人虔威子也。尤善音律,尝览萧吉《乐谱》,以为未甚详悉,更博采群言及历代沿革,裁竹为十二律吹之,备尽旋宫之义。时太宗将创制礼乐,召文收于太常,令与少卿祖孝孙参定雅乐。太乐有古钟十二,近代惟用其七,余有五,俗号哑钟,莫能通者。文收吹律调之,声皆向徹,时人咸服其妙。寻授协律郎。十一年,文收表请厘正太乐,上谓侍臣曰:"乐本缘人,人和则乐和。至如隋炀帝末年,天下丧乱,纵令改张音律,知其终不和谐。若使四海无事,百姓安乐,音律自然调和。不藉更改。"竟不依其请。十四年,景云见,河水清,文收采《朱雁》《天马》之义,制《景云河清》乐,名曰《燕乐》,奏之管弦,为乐之首,今元会第一奏者是也。咸亨元年,迁太子率更令,卒官。撰《新乐书》十二卷。②

---

① (宋)欧阳修、宋祁等:《新唐书》,中华书局1975年版,第4188页。

② (后晋)刘昫等:《旧唐书》,中华书局1975年版,第2817页。

张文收之父为隋内史舍人张虔威，据《隋书》卷六六《张虔威传》载，“张虔威，字元敬，清河东武城人也”①。张虔威曾任北齐太常丞，故张文收之任职太常也算是承其父业，有一定的家学渊源。但本传载张虔威“有子爽，仕至兰陵令”，不知何故并未提及张文收。张文收子孝询，后官至太常少卿。②

张文收于乐律特为精通，除本传载其吹律调钟、备十二旋宫之义外。《通典·乐》载：“总章中，润州得玉磬以献，张文收试扣其一，曰：‘是晋某岁闰月造者，得月数，当十二枚，今阙其一，于黄钟东九尺掘必得焉。’下州求之，如言而得。”③亦说明张文收于乐律颇为精通。

张文收与祖孝孙、窦琎等共同参与了初唐雅乐修订，其任协律郎间，裁考律吕，制定燕乐，于唐初礼乐重建贡献良多。《讌乐》即《景云河清》是张文收所制最有影响的乐舞，为唐宫廷“元会第一奏”。除制定《讌乐》外，张文收还有其他创制，《乐府诗集》卷八〇引《乐苑》云：“《大酺乐》，商调曲，唐张文收造。”《全唐诗》卷三八存张文收《大酺乐》一首：“泪滴珠难尽，容残玉易销。倘随明月去，莫道梦魂遥。”

《玉海》卷一〇五《音乐》：“张文收善音律，著《新乐书》十余篇。贞观初，召文收与祖孝孙参定雅乐，文收采三礼更加厘革。”结合本传及《玉海》等记录推测，《新乐书》内容应该以隋唐雅乐为主，可能包括以下方面：一是隋唐乐律。本传载张文收认为萧吉《乐谱》未甚详悉，故“博采群言及历代沿革，裁竹为十二律吹之，备尽旋宫之义”，《太乐令壁记》等又载其调定哑钟，此二者皆与律吕紧密相关，张文收精通乐律理论，推测隋唐乐律应该是《新乐书》的内容之一。其次，该书可能记录了张文收参与修订朝廷雅乐的相关情况。刘贶《太乐令壁记》、佚名《乐苑》均援引了张文收音乐理论，《太乐令壁记》述初唐雅乐重建，多次提及张文收：“累代皆黄钟一均，变极七音则钟废而不击，反谓

① （唐）魏徵等：《隋书》，中华书局1973年版，第1557页。
② （宋）欧阳修、宋祁等：《新唐书》，中华书局1975年版，第2714页。
③ （唐）杜佑：《通典》，中华书局1984年版，第748页。

之哑钟。孝孙革其非，张文收为协律，依《周礼》以圆钟至夷则为宫，食举随月律为宫。”“燕乐，张文收所造也。”（详见本书《刘贶与〈太乐令壁记〉》一节）这些内容或与《新乐书》密切相关。张文收、窦琎皆以协律郎身份参与制定礼乐，与太常少卿祖孝孙共同商讨参定雅乐，是初唐雅乐体系的重要建设者。

《新乐书》见载于《旧唐书》张文收本传，又见于《新唐书·艺文志》《通志·艺文略》《玉海》等，但不见载于《崇文总目》等目录文献，宋以后该书未见著录，亦不见征引。

六　司马承祯《琴三诀》

《直斋书录解题》卷一四:“《琴三诀》一卷,称天台白云先生。”《崇文总目》卷一:“《琴式图》二卷,阙。不著撰人名氏,以琴制度为图,杂载赵邪利《指诀》,又有白云先生《三诀》。”①

就《崇文总目》等著录看,《琴三诀》又可称《三诀》。《崇文总目》录《三诀》于《琴式图》之下,二书同为琴学论著,之间应存在一定关联。其撰者“白云先生”即唐著名道士司马承祯。

《旧唐书》卷一九二《司马承祯传》:

> 道士司马承祯,字子微,河内温人。周晋州刺史琅邪公裔玄孙。少好学,薄于为吏,遂为道士。事潘师正,传其符箓及辟谷导引服饵之术。师正特赏异之,谓曰:“我自陶隐居传正一之法,至汝四叶矣。”承祯尝遍游名山,乃止于天台山,则天闻其名召至都……景云二年,睿宗令其兄承祎就天台山追之至京,引入宫中,问以阴阳术数之事……承祯固辞还山,仍赐宝琴一张及霞纹帔而遣之。朝中词人赠诗者百余人。开元九年,玄宗又遣使迎入京,亲受法箓,前后赏赐甚厚。十年驾还西都,承祯又请还天台山,玄宗赋诗以遣之。十五

① (宋)王尧臣等:《崇文总目》,《中国历代书目丛刊》,现代出版社 1987 年版,第 21 页。

年，又召至都……①

《琴史》卷四《司马子微》与《旧唐书》等所载略同：

> 司马承贞，字子微，少事潘师正，传辟谷法、导引术，无不通。师正异之，曰："我得陶隐居正一法，逮汝四世矣。"因辞去，遍游名山，庐天台不出。余尝得《素琴传》，云子微所作，然辞或舛误，颇为勘定。其传曰：桐琴，字清素……子微肥遁自养，睿宗命其兄承祎就起之。既至，引入中掖庭。问其术，对曰："为道日怡，损之又损，以至于无为，况可攻异端而增智虑哉。"帝嘉之，赐以宝琴霞纹帔。唐人高子微之风者众矣，其操履艺业盖可师云。②

《旧唐书》本传及《琴史》等载，司马承祯返山时，睿宗赐宝琴一张，应是司马氏喜琴、善琴。本传中又载及陶隐居（弘景）、潘师正及司马承祯之间的师承关系，陶、潘皆道教名士。《云笈七签》卷五"真系"记载："上清经法，陶弘景授王远知，王授潘师正，潘授司马承祯，自陶氏至司马承祯为四世。"③

司马承祯自号"白云子"，又号"天台白云"。《大唐新语》卷一〇："司马承祯字子微，隐于天台山，自号白云子。"④崔尚《唐天台山新桐柏观之颂并序》："花散金地，香通玄极。真侣好道，是游斯息。微我练师，孰能兴之。练师名承祯，一名子微，号曰'天台白云'，河内温人，晋宣帝弟太常馗之后，祖晟仕隋为亲侍大都督，父仁最唐兴为朝散大夫、襄州长史。名贤之家，弈代清德（《唐文粹》卷二一）。"

《旧唐书》等载司马承祯遍游名山而"止于天台山"。天台山在今浙江台州。《资治通鉴》卷二一〇《唐纪二十六》："上召天台山道士司马承祯。"其下注云："《临海记》：天台山超然秀出，山有八重，视之如一，高一万八千丈，周回

---

① （后晋）刘昫等：《旧唐书》，中华书局1975年版，第5127页。

② （宋）朱长文：《琴史》，中国书店2018年版，第173—182页。

③ （宋）张君房：《云笈七签》，书目文献出版社1995年版，第27页。

④ （唐）刘肃：《大唐新语》，中华书局1985年版，第113页。

八百里。又有飞泉，垂流千仞。时属台州唐兴县界。”《旧唐书·地理志》卷四十“江南道”：“台州上，隋永嘉郡之临海县。武德四年，平李子通，置海州，领临海、章安、始丰、乐安、宁海五县。五年，改为台州。……乾元元年，复为台州。临海，汉回浦县，属会稽郡。后汉改为章安，吴分章安置临海县。武德四年，于县置台州，取天台山为名。”①

正如《琴史》所言，“唐人高子微之风者众矣”，司马承祯在唐代声誉极高。三代皇帝请其入京，司马承祯请还时，不仅“朝中词人赠诗者百余人”，玄宗亦为之亲自赋诗。唐李适等有赠别司马承祯诗集，名《白云记》。《旧唐书·李适传》：“李适者，雍州万年人。景龙中，为中书舍人，俄转工部侍郎。睿宗时，天台道士司马承祯被征至京师，及还，适赠诗，序其高尚之致，其词甚美，当时朝廷之士，无不属和，凡三百余人，徐彦伯编而叙之，谓之《白云记》，颇传于代。寻卒。”②

司马承祯与卢藏用以及陈子昂等友善，有“方外十友”之称。《新唐书·陆余庆传》：“（余庆）雅善赵贞固、卢藏用、陈子昂、杜审言、宋之问、毕构、郭袭微、司马承祯、释怀一，时号‘方外十友’。”③

司马承祯撰著甚多，主要为道教文献。《新唐书·艺文志》：“道士司马承祯《坐忘论》一卷。又《修生养气诀》一卷。《洞元灵宝五岳名山朝仪经》一卷。”此外宋朱长文《琴史》卷四录司马承祯《素琴传》一卷（又见《全唐文》卷九二四）。《全唐文》卷九二四收录其所撰《陶弘景碑阴记》一篇（以下为《素琴传》）。

素　琴　传

桐琴字清素，临海桐柏山灵墟之木也。其先自开辟之初，禀角星

① （后晋）刘昫等：《旧唐书》，中华书局1975年版，第1591页。

② （后晋）刘昫等：《旧唐书》，中华书局1975年版，第5027页。

③ （宋）欧阳修、宋祁等：《新唐书》，中华书局1975年版，第4239页。

之精，含少阳之气，昭生厚土，挺出崇岳。得水石之灵，育清高之性，擢干端秀，抽枝扶疏。盘根幽阜，藏标散木，经亿万岁，人莫之识，唯凤从之游，以栖荫焉。神茂灵嗣，子孙弥远。承先胄之乔者，聚于鲁郡峄山之阳，分株徙植，略遍诸岳。既因地受气，亦殊体异材，云和空桑，冬夏异奏，绕梁焦尾，世代奇声。昔伏羲氏之王天下也，以谐八音，皆相假合，思一器而备于律吕者，编斫众木，得于梧桐，制为雅器，体名曰"琴"。琴者禁也。以禁邪僻之情，而存雅正之志，修身理性，返其天真。

夫琴之制度，上隆象天，下平法地，中虚合无外响（阙）晖晖有十三，其十二法六律六吕。其一处中者，元气之统，则一阴一阳之谓也。而律管有长短，故晖间有赊促，当晖则鸣，差则否，亦犹气至灰飞，时移景正。神理不测，其在兹乎？上为人颈人肩，取其发声之位也。中为凤翅，取其来仪之音也。末为龙龂，取其幽吟之感也。其余形制，各因用立名。施以五弦，绳缫有差，品以五音，调韵成弄。于是奏之，通神明之德，合天地之和。黄帝作清角于西山，用会鬼神。虞舜以南风之诗，而天下理。此皇王以琴道致和平也。故曰"琴者乐之统"，君臣之恩矣。师旷为晋平公奏清征，元鹤二八，降于廊门。再奏之，引颈而鸣，舒翼而舞。瓠巴鼓琴，则飞鸟集舞，潜鱼出跃。师文各叩一弦，乃变节候，改四时。总诸弦，则景风翔，庆云浮，甘露降，醴泉涌。此明闲音律者，以琴声感通也。黄老君弹云和流素之琴，真人拊云和之琴，《内经》号"琴心"，文涓子著《琴心论》，此灵仙以琴理和神也。孔子穷于陈蔡之间，七日不火食，而弦歌不辍。原宪居环堵之室，蓬户瓮牖褐塞匡坐而弦歌，此君子以琴德而安命也。许由高尚让王，弹琴箕山；荣启期鹿裘带索，携琴而歌，此隐士以琴德而兴逸也。伯牙鼓琴，锺子期听之，峨峨洋洋，山水之意，此琴声导人之志也。有抚琴见螳螂捕蝉，蔡邕闻之，知有杀音，此琴声显人之情也。是知琴之为器也，德在其中矣。琴之为声也，感在其中矣。无成与亏，雅量贞固；有操而作，响应通变。至于五性有殊，习之而愈励，则箕子以全忠，子夏以明孝。六情有偏，听之而更切，则景公之酣乐，汉祖之伤心。与夫冥寂之士，怡闲之居者，希音通于反听，太和冲于浩然，则孙登之神游宇外，稷公之道长邱中。猗欤！夫子之所玩也。宏矣深矣！

予以癸卯岁居灵墟，至丙午载，有桐生于阶前。迨壬子祀，得七岁，而材成端伟，枝叶秀茂。松竹为林，坚贞益其雅性；飙涧为友，清泠叶其虚心。意欲留之栖凤，而凤鸟未集；不若采以为琴，而琴德可久。候琼霜之既降，俟圭叶之凋去，定阴阳之向背，揆长短之尺寸。尔乃取其元干，不暇待其孙枝，以甲寅年，手操斤斧，自勤斫削，重其清虚，外运力思。然琴之体，既有人肩，而无其首。尚象之义，将为未备。斯所以圆其首，曲其翅，方其肩，短其足。自余改制，颇殊旧式。七月丙戌朔七日壬辰造毕。于是施轸珥，调宫商，叩其音韵，果然清远。故知彼群山之常材，此台岳之秀气，用白贲之全质，施绿绮之华彩。遁世无闷，有讬心之所；寂虑怡神，得导和之致。与其游灵溪，登华峰，坐皓月，凌清飙，先奏《幽兰》《白雪》，中弹《蓬莱操》《白雪引》，此二弄自造者。其木声也，则琅琅锵锵，若球琳之并振焉。诸弦合附，则采采粲粲，若云雪之轻飞焉。众音谐也，则喈喈噰噰，若鸾凤之清歌焉。因时异态，变化不穷，触类通神，幽兴无已。非丝桐之奇致，何感会之若是？取声之入神者清角清徵，体之全真者素也。故云“见素”，字以厥义，式表其德。敬而友之，期乎益矣！

夫木之为用也多矣，乐之为声也众矣，未若以桐制琴之为也。何者？咸池率舞，资八音之协；箫韶来仪，备九成之奏。而桐树自延于丹凤，琴声乃降诸元鹤，为感通之所致。斯在乐之特优，岂不以其象法天地；其音谐律吕，导人神之和，感情性之正者哉？自古贤人君子，莫不操之以无闷，玩之而无斁。左琴右书，盖有以也。清素者，以山

> 名桐柏，而桐树生焉。地号灵墟，而灵气出焉。故有将遽长佳材，则成雅器，调高方外，弄送邱中。同心之言，得意于幽兰矣！岁寒之操，全贞于风松矣！相与为冥寂之友者，淡交于琴乎？

《素琴传》载及司马氏自斫素琴一张，取名“清素”，因为“声之入神者清角清徵，体之全真者素也”。并且对琴式亦有改制：圆首，方肩，曲翅，短足。对其改制颇为自得：“自余改制，颇殊旧体。”司马承祯尝携琴登临山水，坐月听风，并弹奏自制琴曲《蓬莱操》《白雪引》等。

七　沈遼《大胡笳十八拍》

《崇文总目》著录《小胡笳十九拍》一卷，其中载及沈遼《大胡笳十八拍》："《小胡笳十九拍》一卷，伪唐蔡翼撰。琴曲有大、小胡笳。《大胡笳十八拍》，沈遼集，世名沈家声。小胡笳又有契声一拍，共十九拍，谓之祝家声。祝氏，不详何人，所载乃小胡笳子。"钱注云："阙。见天一阁钞本。"①

除《崇文总目》外，《乐书》《乐府诗集》等亦载沈遼《大胡笳十八拍》。《乐书》卷一百三十"胡笳"条有："沈遼集《大胡笳十八拍》，世号为沈家声。《小胡笳十九拍》，末拍为契声，世号为祝家声。唐陈怀古、刘光绪尝勘停歇句度无谬，可谓备矣。"②《乐府诗集·琴曲歌辞》卷五九《胡笳十八拍》载："《琴集》曰：《大胡笳十八拍》《小胡笳十九拍》并蔡琰作。按蔡翼《琴曲》有大、小《胡笳十八拍》，沈遼集，世名沈家声。小胡笳又有契声一拍，共十九拍，谓之祝家声。祝氏不详何代人，李良辅《广陵止息谱》序曰：契者，明会合之至理，殷勤之余也。李肇《国史补》曰：唐有董庭兰善沈声、祝声，盖大、小胡笳云。"③

诸书记载沈遼《胡笳十八拍》时，均载及与之相关的"沈家声""祝家声"。《大胡笳十八拍》琴曲于唐始特为兴盛，有关沈遼《大胡笳十八拍》及沈家声、

① （宋）王尧臣等：《崇文总目》，《中国历代书目丛刊》，现代出版社 1987 年版，第 21 页。

② （宋）陈旸：《乐书》，《四库全书》第 211 册，上海古籍出版社 1987 年版，第 579 页。

③ （宋）郭茂倩：《乐府诗集》，中华书局 1979 年版，第 860 页。

祝家声未见于唐前文献，唐人戎昱、李肇、卢言等最早载及《大胡笳十八拍》及沈、祝二家声。

诗人戎昱《听杜山人弹胡笳》诗云：

> 绿琴胡笳谁妙弹，山人杜陵名庭兰。杜君少与山人友，山人没来今已久。当时海内求知音，嘱付胡笳入君手。杜陵攻琴四十年，琴声在音不在弦。座中为我奏此曲，满堂萧瑟如穷边。第一第二拍，泪尽蛾眉没蕃客。更闻出塞入塞声，穹庐毡帐难为情。胡天雨雪四时下，五月不曾芳草生。须臾促轸变宫征，一声悲兮一声喜。南看汉月双眼明，却顾胡儿寸心死。回鹘数年收洛阳，洛阳士女皆驱将。岂无父母与兄弟，闻此哀情皆断肠。杜陵先生证此道，沈家祝家皆绝倒。如今世上雅风衰，若个深知此声好。世上爱筝不爱琴，则明此调难知音。今朝促轸为君奏，不向俗流传此心。

萧涤非指出诗中“山人杜陵名庭兰”说的就是董庭兰，董庭兰将其技艺传给了杜山人。①诗歌记录了听杜山人弹奏董庭兰所传琴曲胡笳时的感受。诗中所谓“沈家、祝家”二家声正是董庭兰所擅长的琴曲风格，这是目前所知首次明确提到沈、祝二家声的唐人诗歌。

李肇《唐国史补》：“董庭兰、尤善泛（沈）声、祝声。”②唐卢言《卢氏杂记》亦载及沈、祝二家声。③《太平广记》卷二〇三“董庭兰”条引《卢氏杂记》云：“弹琴近代称贺若夷、甘党，前有董庭兰、陈怀古。怀（古）能沈、祝二家声，谓大、小胡笳也。”④王小盾教授指出，“沈遼即‘沈家声’的创始人”。⑤即便沈遼不是“沈家声”的创始人，至少“沈家声”的发扬光大以及流传是与沈遼密不可分的。史籍载录沈遼及“沈家声”时，亦同时载及“祝家声”，且每每沈家声、祝

---

① 萧涤非：《乐府诗词论薮》，齐鲁书社1985年版，第54页。

② （唐）李肇：《唐国史补》，上海古籍出版社1979年版，第58页。

③ 《卢言考》，周勋初：《唐人笔记小说考索》，江苏古籍出版社1996年版，第119页。

④ （宋）李昉等编：《太平广记》，中华书局1961年版，第1539页。

⑤ 王小盾：《琴曲歌辞〈胡笳十八拍〉新考》，《复旦学报》1987年第4期。

家声并举，《琴史》称为“沈、祝二家声”。

文献中有关沈、祝二家的记录，涉及姓名及所在朝代两个方面。但其语言描述差异甚大，一些细节堪殊注意。

一是姓名方面：诸家于“沈家”沈遼的姓名、琴学论著记载清楚明了，而于后者则记载为“祝氏”，有姓无名，信息模糊。二是所历朝代方面：目录文献于祝氏明确记录为“不详何代人”，而于沈遼朝代则只字未提。出现这种差异的原因，而笔者推测，不载沈遼何代人氏，应是诸家于沈遼其人相对清楚，也可能是沈遼影响极大，为大众所熟知，故不多言其何代人氏。而“不详何代人”的祝氏，已难知晓其所历确切朝代。

沈家声的传承与唐初琴家陈怀（古）密不可分。北宋朱长文《琴史》：“天后时凤州参军陈怀古善沈、祝二家声调，以胡笳擅名，怀古传于庭兰。为之谱。”[①]初唐陈怀古为善沈、祝二家声，说明二家声于初唐已经出现。作为沈家声的“创始人”或重要集录、传承人，沈遼应略早或与陈怀古同时，为初唐或隋时人。

就沈、祝二家声流行时间看，初唐琴家陈怀古擅长沈、祝二家声，并将之传与董庭兰，陈、董分别为初、盛唐琴家，说明沈、祝二家声传承有绪，且不论其唐前之流传，仅是李唐时期，历经初、盛唐以至中唐，绵延百余年，在当时影响较大，多部文献都有记载，称得上这一时期的重要琴学流派。《琴书大全》卷十三《曲调拾遗》一章有：“《大胡笳弄》二十拍，祝氏。《中胡笳弄》十八拍，沈氏。”“诸家声调”下又有“沈家声”“冯家声”等。[②] 其中沈氏、祝氏应该就是沈、祝二家声。

沈遼生平，史籍无载。其为何朝何代人，目前学界尚无考证成果。唐有姓名与沈遼相近且与古琴艺术关系密切者：沈镣、沈寮。

---

① （宋）朱长文：《琴史》，中国书店 2018 年版，第 194 页。

② 中国艺术研究院音乐研究所、北京古琴研究会编：《琴曲集成》第五册，中华书局 2010 年版，第 294 页。

《云烟过眼录》卷四“古今斫琴名手”:“唐雷霄、雷威、雷珏、郭亮,并蜀人。张钺、沈镣皆江南人。”①《乐书》卷一四二《琴制》:“然斫制之妙,蜀称雷霄、郭谅,吴称沈镣、张越。霄、谅清雅而沈细,镣、越虚鸣而响亮。”江南吴地有斫琴名家沈镣,这位与沈遼是否有关呢?

《琴书大全》卷十《弹琴》中有《琴曲传授》一节,述及历代琴人之间的传授和师承关系,其云:

> 嵇康《长清》等四弄传钟会,会传戴逵,逵传子颙,颙传沈庆之,庆(之)传沈约,沈约传沈扃,扃传沈瞻。瞻传孙寮,寮亡,遂绝。②
>
> ……惟唐初有曹郡赵耶利,得嵇生、冯氏之妙,最为杰出……近有冯氏怀宝父子传及三代,至子辨特加润色,为时所重,遂号“冯家五弄”。沈胜(一曰瞻)孙寮(一曰镣),精名擅齐,更曰“沈氏四弄”,皆自名家云。③

《琴曲传授》中讲到两个重要信息:一是寮,“一曰镣”,沈寮即沈镣,是同一人姓名的不同写法。二是沈寮琴艺师承自嵇康,其师承关系依次为嵇康、钟会、戴逵、戴颙、沈庆之、沈约、沈扃、沈瞻、沈寮(镣)。并且正是在沈寮这里将著名的《嵇氏四弄》变更为“沈氏四弄”,说明沈寮对前代琴艺有所创新和发展,或者说沈氏所传琴乐在沈寮这里发扬光大,达到了一个新高度,“沈氏四弄”进一步促进了“沈家声”的传播。综合诸家文献,笔者推测,诸书所谓沈镣、沈寮、沈遼可能为同一人。

---

① (宋)周密:《云烟过眼录》,《四库全书》第871册,上海古籍出版社1987年版,第77页。

② 中国艺术研究院音乐研究所、北京古琴研究会编:《琴曲集成》第五册,中华书局2010年版,第210页。

③ 中国艺术研究院音乐研究所、北京古琴研究会编:《琴曲集成》第五册,中华书局2010年版,第210页。

八　沈氏《沈氏琴书》

《崇文总目》有："《沈氏琴书》一卷，沈氏撰，不著名。首载嵇中散《四弄》，题赵师法撰。次有《悲风》《三峡》《流泉》《渌水》《昭君》《下舞》《间弦》并《胡笳四弄》，题盛通师撰。盖诸家曲谱，沈氏集之。阙。"钱注云："见天一阁钞本。"①《玉海》卷一一〇《音乐》："《国史》志，蔡翼《琴调》、僧道英《琴德谱》、王邈《琴谱》、沈氏《琴书》各一卷。"②

《沈氏琴书》的撰者"沈氏"究竟是谁呢？笔者以为，"沈氏"可能就是"集"《大胡笳十八拍》的沈遼（参见上节《沈遼〈大胡笳十八拍〉》）。做出这一推测的原因如下：其一，沈遼本身可泛称为"沈氏"。其二，《沈氏琴书》与《大胡笳十八拍》成书方式相同，皆为"集"而成书，可能同为沈遼搜集整理的琴书，只是一者为琴曲《大胡笳十八拍》的单行专书，一者以嵇氏《四弄》等"诸家曲谱"为主。其三，《沈氏琴书》"首载嵇中散《四弄》"，而沈镣（寮）琴艺师承自嵇康，并且是嵇氏《四弄》的重要传人。《琴书大全》卷十《弹琴·琴曲传授》一节述及历代琴人之间的师承关系："嵇康《长清》等四弄传钟会，会传戴逵，逵传子颙，颙传沈庆之，庆（之）传沈约，沈约传沈扃，扃传沈瞻。瞻传孙寮，寮亡，遂绝。""沈胜（一曰瞻）孙寮（一曰镣），精名擅齐，更曰'沈氏四弄'，

① （宋）王尧臣等：《崇文总目》，《中国历代书目丛刊》，现代出版社 1987 年版，第 21 页。

② （宋）王应麟：《玉海》，《四库全书》第 945 册，上海古籍出版社 1987 年版，第 873 页。

皆自名家云。”①

沈氏不仅是《嵇氏四弄》的重要传承者，且在长期的演奏、传承中逐渐形成了自己独有的风格，将乐曲改编为《沈氏四弄》。“沈氏”所集《沈氏琴书》“首载嵇中散《四弄》”，这一“巧合”不能不让人想到此书与《胡笳十八拍》可能均为沈遼所集，因为并非完全原创，故“集”字最为恰切，是沈氏集录众家琴乐编辑而成书。

① 中国艺术研究院音乐研究所、北京古琴研究会编：《琴曲集成》第五册，中华书局2010年版，第210页。

九　武则天《乐书要录》

武则天《乐书要录》十卷，见著于唐宋诸家目录文献。《旧唐书·经籍志》："《乐书要录》十卷，大圣天后撰。"①《新唐书·艺文志》："武后《乐书要录》十卷。"②

武则天身份特殊，是中国历史上唯一的女皇帝，不仅有治国之略，且广涉文籍编纂。内容涉及政治、伦理以及音乐等许多领域，作为治理皇皇大国的君主，武则天是否有时间、精力以及必要的专业知识储备去亲自编撰《乐书要录》这类专著，不能不令人怀疑。一般认为，著录为"大圣天后"或"武后"的《乐书要录》《字海》等文籍是学者元万顷等奉敕撰成。③《新唐书·艺文志》载录"武后《字海》一百卷"，其下注云："凡武后所著书，皆元万顷、范履冰、苗神客、周思茂、胡楚宾、卫业等撰。"④《旧唐书·则天皇后本纪》："尝召文学之士周思茂、范履冰、卫敬业，令撰《玄览》及《古今内范》各百卷，《青宫纪要》《少阳政范》各三十卷，《维城典训》《凤楼新诫》《孝子》《列女传》各二十卷，《内轨要略》《乐书要录》各十卷，《百僚新诫》《兆人本业》各五卷，《臣轨》两

① (后晋)刘昫等:《旧唐书》,中华书局1975年版,第1975页。
② (宋)欧阳修、宋祁等:《新唐书》,中华书局1975年版,第1436页。
③ 商立君:《〈乐书要录〉若干问题探微》,《音乐研究》2011年第3期。
④ (宋)欧阳修、宋祁等:《新唐书》,中华书局1975年版,第1450页。

卷,《垂拱格》四卷,并文集一百二十卷藏于秘阁。”①这条史料亦可为元万顷等代为编撰一说提供佐证。《乐书要录》是一本记录隋唐乐律的专业论著,结合史实看,应该仍属元万顷等所撰。②

关于该书的具体编纂和成书时间,主要有以下三种观点:一是久视元年(700)成书。杨荫浏认为:“《乐书要录》,唐武则天著(公元 700 年)。”刘再生亦认为成书于久视元年,是武则天 77 岁时召集著作郎元万顷等编撰而成。③二是上元二年(675)。罗元贞在《武则天历史简表》中提出,上元二年,武后敕元万顷等人开始编撰《乐书要录》。三是永昌元年(689)为成书下限。赵玉卿认为,到公元 689 年为止,元万顷、范履冰、周思茂、苗神客、胡楚宾、刘袆之都已过世。故可把公元 689 年作为《乐书要录》成书时间的下限,成书年限最宽为公元 675—689 年。④

《乐书要录》国内久佚,日本遣唐使团留学生吉备真备归国时,将《乐书要录》带回日本,后在日本辗转相传,亡佚过半。清末傅增湘等学者从日本抄回其中一部分,目前可以见到的有卷五、卷六、卷七等三卷,以《丛书集成》影印本较常见。

《乐书要录》是唐代重要的乐律学著作,《玉海》卷一〇五“唐乐三十一家”:“武后《乐书要录》则乐律之书也。”⑤该书汇聚了隋至初唐时期的乐律理论,记载了旋宫方法、十二律吕相生图,抄录了部分今已失传的乐书如苏夔《乐志》等论著的梗概,在中国乐律学史上占有十分重要的位置。《丛书集成》

① (后晋)刘昫等:《旧唐书》,中华书局 1975 年版,第 133 页。

② 赵玉卿:《〈乐书要录〉研究》,中央音乐学院出版社 2004 年版。[日]羽塚啓明著,赵玉卿译,俞人豪校:《〈乐书要录〉解说》,《中央音乐学院学报》2001 年第 2 期。商立君:《〈乐书要录〉若干问题探微》,《音乐研究》2011 年第 3 期。

③ 杨荫浏:《中国古代音乐史稿》,人民音乐出版社 1981 年版,第 267 页。刘再生:《中国古代音乐史简述》,人民音乐出版社 2006 年版,第 357 页。

④ 罗元贞点校:《武则天集》,山西人民出版社 1987 年版。赵玉卿:《〈乐书要录〉研究》,中央音乐学院出版社 2004 年版,第 7 页。

⑤ (宋)王应麟:《玉海》,《四库全书》第 945 册,上海古籍出版社 1987 年版,第 751 页。

收录了《乐书要录》部分佚文，今在学界已有整理成果基础之上，结合其他古籍整理其佚文如下：

《乐书要录》卷五

辨音声，审音源

七声相生法

论二变义

论相生类例

论三分损益通诸弦管

论历八相生意

七声次第义

论每均自立尊卑义

叙自古书传论声义

乐　谱

1.《辨音声，审音源》

夫道生气，气生形（《记》云："无声之乐，无体之礼。"无体无声者，道也。《华谭论》曰："夫无声者，五音之祖；无形者，万物之君的。"本其祖，然后精商徵之妙；理其君，然后正研朴之容也）。形动气微，声所由出也。然则形、气者，声之源也。声有高下，分而为调，高下方殊，不越十二。假使天地之气噫而为风，速则声上，徐则声下，调则声中，虽复众调烦多，其率不过十二。然声不虚立，因器乃见，故制律吕以纪名焉。十二律者，天地之气，十二月之声也，循环无穷，自然恒数，虽大极未兆，而冥理存焉，然象无形，难以文载，虽假以分寸之数，粗可存其大略，自非手操口咏、耳听心思，则音律之源，未可穷也。故蔡雍《月令章句》云："古之为钟律者，以耳齐其声。后人不能，则假数以正其度，度数正则音亦正矣。以度量者，可以文载口传，与众共知，然不知耳决之明也。”此诚知音之至言，入妙之通论也。

2.《七声相生法》卷五

宫生徵，徵生商，商生羽，羽生角，角生变宫，变宫生变徵。凡欲解七声相生者，当先以十二律管依辰位布之，但从一律为首者即是宫，又左旋数之至八即是徵，从徵数至八即是商，从商数至八即是羽，从羽数至八即是角，从角数至八即是变宫，从变宫数至八即是变徵。还合于律吕相生法。（假令十一月黄钟为宫，历八生六月林钟，即林钟为徵；又历八生正月太簇，即太簇为商；太簇又历八生八月南吕，即南吕为羽；南吕又历八生三月姑洗，即姑洗为角；姑洗又历八生十月夹钟，即应钟为变宫；应钟又历八生五月蕤宾，即蕤宾为变徵。虽十二律互相为官，然“七声循环”咸同此术也。）

3.《论二变义》卷五

夫七声者，兆于冥昧，出于自然。理乃天生，非由人造。凡情性内充，歌咏外发，即有七声，以成音调。五声二变，经纬相成，未有不用变声能成音调者也。故知二变者，宫徵之润色，五音之盐梅也。变声之充赞五音，亦犹晕色之发挥五彩，不知音者，莫识其源。或云：武王克商，自午至子，凡有七辰，故加以七音。所以儒者相传，皆云变徵、变宫起自周武。若如所言，即夏殷以前乐不成调，《箫韶》《大夏》何以克谐？斯乃拘文守见之谈，非知音达乐之说。

4.《论相生类例》

夫相生之声，类例无别，为高下相间。乍听时则迷，以清浊相明，则反覆皆倒。（疑声浊不例者，则以清声并之，声清不例者，则以浊声并之，即审清浊。同声则晓，相生同例。故知宫之向徵、徵之向商、商向羽、羽向角、角向变宫、变宫向变徵，一种无别者，资清浊而悟也。）

夫声折半及倍加，只是一声，但清浊异耳，凡听共晓，不待知音。

欲以数求，但反损益上下之术也。唯以三分率之，则得折倍之声也。（假令黄钟九寸，林钟六寸，旧来三分损一，下生林钟，今倍加林钟，则一尺二寸，则损三分益一，始得上生太簇。旧下生今上生，旧损一今益一，故云“反损上下之术”。林钟之生太簇，旧是益一上生，由太簇八寸、林钟六寸故也。若用尺二之管，还是损一下生，三分之率依前不改，且折黄钟、太簇之半，林钟六寸不移，黄钟亦上生林钟，林钟亦下生太簇，以此为率，□余皆可知，数求之术，斯为要矣。）

5.《论三分损益通诸弦管》

琴不择长短，但调取一弦与黄钟同声，即于其上分作三分，捻却一分而弹之，即与六寸林钟声合。又于中更分作三分而益一分捻之，即与八寸太簇声合。如此展转，终于十二，与律吕相并，遂无毫厘之差。琵琶、尺八、横笛之属并亦准此。明知三分损益，冥数相符，理出自然，非由造作。

6.《论历八相生意》

声无形象，默识者希也。故假以管寸之数，历八相生。古贤立此术者，欲令不知音者有推求之理，使其所历满七，即知有七声，既知七声所在，然后从宫却向商，从商修角，次及变徵、徵、羽、变宫，以此为次，乃识音调，此是修涂辙推求之法。若知音者，则不要藉此术，但随所逢遇，遂便施为，自然宫商暗合。

7.《七声次第义》

一为宫，二为商，三为角，四为变徵，五为徵，六为羽，七为变宫。凡歌，识七声次第者，但定一律为宫，即在旋之：隔一月即是商，又隔一月即是角，又隔一月即是变徵，次变徵之月即是正徵，从正徵又隔一月即是羽，又隔一月即是变宫。变宫与正宫比月，亦如变徵之比正徵，他皆仿此。

夫律吕循环，递传相似，其变徵渐难可分别，隔月则形象始著，宫商乃见，可得而识。然声不可以言载，合者略以喻明：譬犹五色，从白至黑，亦以变徵渐而成，何者？白似碧，碧似青，青似紫，紫似黑，然此诸色各有浅深之渐。又如十二月节气之变，亦有徵渐也。相近则难分，相远则易辨，故错杂五色所以成文章，间采七声所以成音调。

8.《论每均自立尊卑义》卷五

凡律吕布在辰位，自以长短清浊为大小。若立均调，则随宫商为尊卑，亦不均以长短清浊，故宫未必皆浊，羽未必皆清（凡管，长则声浊，短则清。假令夹钟之宫，黄钟为羽。夹钟短于黄钟，则是宫未必浊，黄钟短于夹钟，则是羽未必清。无射宫以黄钟为商，亦宫清而商浊之类是也）。

蔡雍《月令章句》曰："琴紧其弦则清，缦其弦则浊。瑟前其柱则清，却其柱则浊。"故知清浊者，一弦之缓急也，无尊卑之差。宫商者，五音之唱和也，有君臣之别。唱不必浊，和不必清。尊卑系于宫商，不由清浊（宫为君，商为臣。无射为宫，虽清而尊；黄钟为商，虽浊而卑。如此，则宫不废清，商不废浊也）。

9.《叙自古书传论声义》

《左传》曰："先王齐五味，和五声，以平其心，成其政也。声亦如味，一气（须气以动也）、二体（舞者有文、武也）、三类（风、雅、颂也）、四物（杂周四方之物以成器也）、五声（宫、商、角、徵、羽也）、六律（黄钟、太簇、姑洗、蕤宾、夷则、无射也，阳声为律，阴声为吕，此十二月气者也）、七音（周武王伐纣，自午及子凡七辰，因以数合之，以声昭之。故以七同其数，以律和其声，谓之七音）、八风（八方之风也）、九歌（九功之德皆可歌也。六府、三事，谓之九功也），以相成也（言此九者合，然后相成为和乐也）。清浊、小大、长短、疾徐、哀乐、刚柔、迟速、高下、出入、周流，以相济也。君子听之，以平其心。"

《五经通义》曰："何谓声？何谓音？"曰："声也，人之本性也。情生于心而形于声，声成文，谓之音。宫、商、角、徵、羽，五声也。八音者，谓金（钟也）、石（磬也）、革（鼓也）、木（柷梧也）、竹（管也）、匏（笙也）、土（埙也）、丝（弦也），五声之散为文章，谓之音也。”

《汉书》曰：“声者，宫、商、角、徵、羽也。商之为言章也，物成熟，可章度也；角，触也，物触地而出，载芒角也；宫，中也。居中央，畅四方，唱始施声，为四声纲也；徵，祉也。物盛大而蕃祉也；羽，宇也。物聚藏宇覆之也。夫声者，中于宫，触于角，祉于徵，章于商，宇于羽，故四声为宫纪也。协之五行，则角为木，五常为仁，五事为貌；商为金，为义，为言；徵为火，为礼，为视；羽为水，为智，为聪；宫为土，为信，为思。”

10.《乐谱》

宫为君。宫音调则君道得，君道得则夫和妻柔，宫室制度，各得其宜，稼穑熟成，天下和平，四海冥服，镇星修度，麒麟在郊（麒麟者，土之精也）。圣人自来。宫乱则荒。

商为臣。商音调则臣道得，臣道得即节义廉直，谨身奉上。赏不违所仇，罚不阿所爱，不畏强御，各济其任，兵革不用，刑伐不作，太白修度，白虎在郊。商乱则陂。

角为人。角音调则人道得，人道得则君有恻隐之心，好生恶杀，不夺人时，同其忧乐，人有仁施之行而无争夺之心，不隐山薮，竟游道艺，岁星修度，和风顺节，苍龙在沼，□木并生。角乱则忧。

徵为事。徵音调则尊卑有别，贵贱有差，慈让在心，长幼有节，事无稽迟，必得其宜，荧惑修度，凤凰来游。徵乱则哀。

羽为物。羽音调则仓廪实货贿通，四人安业，各获其利，宗庙致敬，鬼神降祉，辰星修度，玄武来游。羽乱则危。

论曰：夫有象本于无象，无形生于有形。形既彰焉，则声斯著矣。声者音之质，音者声之文，非质无以成文，非文无以成乐。但声不独运，必托于诗。诗者阳之声，乐者阳之器也。故声之和也，则木石润色；声之悲也，则风云暴兴。乐之克谐，以声为主。然雅音未易，善听尤难，非由积学所能，谅出自然之性。至若钟期听曲，孔子闻《韶》，若此知音，千龄罕遇。昔舜以五声察政，处致休明，故知音声之道，为教所急，监抚之暇，可不崇焉！

《乐书要录》卷六

纪律吕

乾坤唱和义

谨权量

审飞候

1.《纪律吕》

《大戴礼》曰："圣人慎守日月之数，以审星辰之行，以序四时之顺逆，谓之历。截十二管，以察八音之上下、清浊，谓之律。律历递相理，其间不容发。"

《律历志》曰："律有十二，阳六为律，以统气类物。一曰黄钟，二曰太簇，三曰姑洗，四曰蕤宾，五曰夷则，六曰无射。阴六为吕，以旅阳宣气。一曰林钟，二曰南吕，三曰应钟，四曰大吕，五曰夹钟，六曰中吕。黄帝使伶伦自大夏之西（应劭曰：'大夏，西戎之国也。'），昆仑之阴，取竹之解谷（孟康曰：'解，脱也；谷，竹沟也。取竹之脱，无沟节者也。一说昆仑之北谷名也。'）生，其窍厚均者（应劭曰：'生者，理之也；窍，孔也。'孟康曰：'竹孔与肉厚薄等也。'）断两节间而吹之，以为黄钟之宫，制十二筒以听凤凰之鸣，其雄鸣为六，雌鸣亦六，以比黄钟之宫，而皆可以生之，是为律本。圣化之代，天地之气合以生风，天地之风气正，十二律定。"

《三礼义宗》曰："十二律者，谓阳管有六，阴管有六，凡有十二，配之十二辰，故有十二律：子为黄钟，丑为大吕，寅为太簇，卯为夹钟，辰为姑洗，巳为中吕，午为蕤宾，未为林钟，申为夷则，酉为南吕，戌为无射，亥为应钟。阳六为律：黄钟、太簇、姑洗、蕤宾、夷则、无射，此六者，阳月之管，谓之律。律者，法也，言阳气施生，各有其法。”一义云：“律者，帅也，所以帅导阳气，使之通达。”阴六为吕：大吕、应钟、南吕、林钟、中吕、夹钟。此六者，阴月之管，谓之吕。吕者，助也，所以助阴成功也。一义云：“吕者，侣也。所以□律导气，与之为侣也。”

《黄钟》：

《律历志》曰：“黄者，中之色，君之服也；钟者，种也。天之中数五，五为声，声上宫，五声莫大焉：地之中数六，六为律，律有形有色，色上黄，五色莫盛焉的。故阳气施种于黄泉，孳萌万物，为六气元也。以黄色名元气律者，著宫声也。宫以九唱六（黄钟阳九，林钟阴六，言阳唱阴和也），变动不居，周流六虚。始于子，在十一月。”《月令》曰：“仲冬之月，其音羽，律中黄钟。”（郑玄曰：“黄钟者，律之始也，律长九寸。仲冬之气至，则黄钟之律应。”）《周语》曰：“景王问律于伶州鸠，对曰：‘度律均钟，百官轨仪，纪之以三（天、地、人也。古者纪声合乐，以舞天神、地祇、人鬼，故能人神以和），平之以六（六律也），成于十二（十二律吕也），天之道也（天之大数不过十二）。夫六，中之色也，故名之曰黄钟（十一月曰黄钟，乾初九，六者，天地之中。天有六气降生五谷，天有六甲，地有五子，十一而天地毕矣。而六为中，故六律六吕而成天道。黄钟初九，六律之首，故以六律五色为黄钟之名，重元正始之生也。黄钟，阳之变也，管长九寸，以九为法，得林钟初六，六吕之首，阴之变也，管长六寸。林钟六月，律坤之始也。故九六、阴阳，夫妇、子母之道，是以初九为黄钟。黄，中之色；钟之言聚，阳气钟聚于下也。）所以宣养六气、九德也。’（宣，遍也。六气：阴、阳、风、雨、晦、明；九德，九功之德：水、火、金、木、土、谷、正德、利用、厚生也。十一月阳伏于下，物始萌，于五声为宫，含含处中，所以遍养六气，九德之本。)"《三礼义宗》曰："黄者，土之色也，阳气在于地中，故以黄为称；钟者，动也、聚也。言阳气潜动于黄泉，聚养万物，萌牙将出，故曰黄钟。"

《大吕》：

《律历志》曰："吕，旅也。言阴大，旅助黄钟宣气而牙物也。位于丑，在十二月。"《月令》曰："季冬之月，其音羽，律中大吕。"(郑玄曰："大吕者，蕤宾之所生，三分益一，律长八寸二百四十三分寸之一百四。季冬之气至，则大吕之律应。")《周语》曰："大吕，助宣物也。"(十二月曰大吕，坤六四也。管长八寸八分，二百四十三分寸之一百四。大吕，助阳宣散物也。天气始于黄钟，萌而赤；地受之大吕，牙而白，成黄钟之功也。)《三礼义宗》曰："大吕者，吕，助也。十二月之时，阳方生长，阴气助之，生育之功，其道宽大，故大吕。"

《太簇》：

《律历志》曰："簇，凑也。言阳气大，凑地而达物也。位于寅，在正月。"《月令》曰："孟春之月，其音角，律中太簇。"(郑玄曰："律，候气之管；中，犹应也。孟春之气至，则太簇之律应。太簇者，林钟之所生，三分益一，律长八寸。凡律，空涅三分围九分。")《周语》曰："太簇，所金凑赞阳出滞也。"(正月曰太簇，乾九二也。管长八寸。太簇，言阳气太簇达于上。赞，佐也。太簇正声为商，故为金凑，所以佐阳发、出滞伏也。明堂《月令》：正月，"蛰虫始震"。)《三礼义宗》曰："簇者，臻凑之义，正月之时，万物之生随于阳气凑地而出，故曰太簇。"

《夹钟》：

《律历志》曰："夹钟，言阴狭助太簇，宣四方之气而出种物也。位于卯，在二月。"《月令》曰："仲春之月，其音角，律中夹钟。"(郑玄曰:“夹钟者,夷则之所生,三分益一,律长七寸二千一百八十七分寸之千七十五,仲春之气至,则夹钟之律应。”)《周语》曰:“夹钟,出四隙之细也。”(二月曰夹钟,坤六五也。律长七寸二千一百八十七分寸之千七十五。隙,间也,夹钟助阳。钟,聚也,细也;四隙,四时之间,气微细者也。春为阳中,万物始生,四时之微气,皆始于春而出之,三时奉而成之,故夹钟出四时之微气。)《三礼义宗》曰:“夹者,佐也。二月之中,物未尽出,阴佐阳气,聚物而出也。亦云:夹者,使也。言万物为孚甲所侠,至时分解,钟聚而出也。”(一名圜钟,圜者,周匝之义。此时阴气助阳生长,理无不周。)

《姑洗》:

《律历志》曰:“洗,洁也,阳气洗物,辜洁之也。(或曰:辜,必也,必使之洁也。)位于辰,在三月。”《月令》曰:“季春之月,其音角,律中姑洗。”(郑玄曰:“姑洗也,角吕之所生,三分益一,律长七寸九分之一,季春之气至,则姑洗之律应。”)《周语》曰:“姑洗,所以修洁百物,考神纳宾也。”(三月曰姑洗,乾九三也。管长七寸九分寸之一。姑,洗也;洗,濯也;考,合也。言阳气养生,洗濯枯秽,改柯易叶也。于正声为角。是月一日物修洁,故用之宗庙,合致神人;用之飨宴,可以纳宾也。)《三礼义宗》曰:“姑洗者,洗濯之义也。姑,枯也。三月之时,物生新洁,洗除其枯,改柯易叶。亦云:姑者,古也;洗者,鲜也。言万物去古而就鲜也,故曰姑洗。”

《中吕》:

《律历志》曰:“中吕,言微阴始起未成,著于其中。旅助姑洗宣气齐物也(音齐,洁也)。位于已,在四月。”《月令》曰:“孟夏之月,其音徵,律中中吕。”(郑玄曰:“夏之气至,则中吕之律应。中吕者,无射之所生,三分益一,律长六寸万九千六百八十三分寸之万二千九百七十四。”)《周语》曰:“中吕,宣中气也。”(四月曰中吕,坤上六也。管长六寸万九千六百八十三分寸之万二千九百七十四,阳气起于中,至四月,宣散于外,纯乾用事,闭藏于内,所以助阳成功也。故曰:正月,正阳之月也。《三礼义宗》曰:“中吕者,四月之时,阳气盛长,阴助功微,故谓之中吕。亦中吕者,助阳宣中气。或云:吕者,距难之义,言阴气欲出,阳气难之,以其时未至,故于中距难之,故曰中吕。”

《蕤宾》:

《律历志》曰:“蕤,继也;宾,导也。言阳始导阴气,使继养物也。位于午,在五月。”《月令》曰:“仲夏之月,其音徵,律中蕤宾。”(郑玄曰:“蕤宾者,应钟之所生,三分益一,律长六寸八十一分寸之二十六。仲夏之气至,则蕤宾之律应。”)《周语》曰:“蕤宾者,所以安靖神人,献酬交酢也。”(五月曰蕤宾,乾九四也。管长六寸八十一分寸之二十六。蕤,萎,柔貌也。言阴气为主,萎蕤于下,阳气盛长于上,有似于宾主,故可用之宗庙、宾客,以安靖神人,行酬酢也。酬,劝也;酢,报也。)《三礼义宗》曰:“蕤宾者,葳蕤垂下之义;宾者,敬也。五月之中,阳气下降,阴气始起,共相宾敬也,故曰蕤宾。”

《林钟》:

《律历志》曰:“林,君也。言阴气受任,助蕤宾君主种物。使长大楙盛也。位于未,在六月。”《月令》曰:“季夏之月,其音徵,律中林钟。”(郑玄曰:“林钟者,黄钟之所生,三分去一,律长六寸。季夏之气至,则林钟之律应。”)《周语》曰:“林钟,和展百事,俾莫不任肃纯恪也。”(六月曰林钟,坤初六也。管长六寸。林,众盛也;钟,聚也。于正声为徵。展,审也;俾,使也;肃,速也;纯,大也;恪,敬也。言时务和审,百事无有伪诈,使莫不任其职事,速其功,大敬其职。)《三礼义宗》曰:“林者,茂也,盛也。六月之中,物皆茂盛聚积于野,故谓之林钟。亦云“林,众也。言万物成就种类众盛也”。(一名亟者,容之义也。未为土,土能亟容万物,故以为名也。)

《夷则》:

《律历志》曰:"则,法也。言阳气正法度,而使阴气夷当伤之物也。位于申,在七月。"《月令》曰:"孟秋之月,其音商,律中夷则。"(郑玄曰:"孟秋之气至,则夷则之律应。夷则者,大吕之所生,三分去一,律长五寸七百二十九分寸之四百五十一。")《周语》曰:"夷则,所以咏歌九则,平人无贰也。"(七月曰夷则,乾九五也,管长五寸七百二十九分寸之四百五十一。夷,平也;则,法也。言万物既成,可法则也,故可以咏歌九功之则,成人之志,使无疑贰也。)《三礼义宗》曰:"夷,平也;则,法也。七月之时,万物将成,平均结实,此有法则也。亦云:"皆可法则,故曰夷则。"亦云:"夷者,伤夷之义,言时万物被形法而伤其性,故以为名。"

《南吕》:

《律历志》曰:"南,任也。言阴气旅助夷则,任成万物也。位于酉,在八月。"《月令》曰:"仲秋之月,其音商,律中南吕。"(郑玄曰:"南吕者,大簇之所生,三分去一,律长五寸三分寸之一。仲秋之气至,则南吕之律应。")《周语》曰:"南吕,赞阳秀物也。"(八月曰南吕,坤六二也,管长五寸三分寸之一。不荣而不实曰秀。南,任也。阴任阳事,助成物也。赞,佐也。)《三礼义宗》曰:"南者,任也。八月之中,物皆含秀,有怀任之,象阴任阳功助成之义,故曰南吕。"

《无射》:

《律历志》曰:"射,厌也。言阳气穷物,而使阴气毕剥落之,终而复始,无厌已也。位于戌,在九月。"《月令》曰:"季秋之月,其音商,律中无射。"(郑玄曰:"无射者,夹钟之所生,三分去一,律长四寸六千五百六十一分寸之六千五百二十四。季秋之气至,则无射之律应。")《周语》曰:"无射,所以宣布哲人之令德,示人轨仪也。"(九月曰无射,乾上九也。管长四寸六千五百六十一分寸之六千五百二十四。宣,遍也;轨,进也;仪,法也。九月,阳气上升,阳气收藏,万物无射见者,故可以遍布前哲之令德,示道法也。)《三礼义宗》:"射,厌也,厌恶之义。九月之中,物皆成实,无可厌恶,故谓之无射。"亦云:"射,终也,言万物将随阴而复阳后,更随阳而起,无终极也,故以为名。"

《应钟》:

《律历志》曰:"应钟,言阴气应无射,该藏万物而杂阳阂种也。(阂,藏塞也。阴杂阳气,藏塞为万物作种也。"晋灼曰:"外闭曰阂。"或曰:"音亥。位于亥,在十月。")《月令》曰:"孟冬月,其音羽,律中应钟。"(郑玄曰:"孟冬之气至,则应钟之律应。应钟者,故洗之所生也,三分去一,律长四寸二十七分寸之二十。")《周语》曰:"应钟,均利器用,俾应复也。"(十月曰应钟,坤六三也。管长四寸二十七分寸之二十。言阴应阳用事,万物钟聚也,百嘉具备,时务均利,百官、器用、程度、庶品使皆应其礼,复其常也。《月令》:"孟冬,命工师效功,陈祭器,安程度,毋或作为淫巧以荡上心,必功致为上也。")《三礼义宗》曰:"应钟者,十月之时,岁功皆成,阴气之用应阳气之功,收而聚积之,故应钟。"

2.《乾坤唱和义》

《易》曰:"一阴一阳之谓道。"故黄钟之宫以九唱六,律吕唱和,乾坤之道也。乾坤六子错为六十四卦,继天顺地、序气成物之数也。《律历志》曰:"黄钟之初九,律之首,阳之变也。林钟之初六,吕之首,阴之变也。皆叁天两地之法也(三三而九,二三而六,叁两之义)。九六,阴阳夫妇子母之道也。律娶妻而吕生子。"如淳曰:"黄钟生林钟,林钟生太簇。"

《三礼义宗》曰:"阴阳相生之体为六合,同位者象夫妇,异位者象母子,谓黄钟初下生林钟之初六,为律娶妻(同是初位,故谓之夫妇，一阴一阳相配合之道）。林钟初六上生太簇之九二，为吕生子（林钟与太簇异位，林钟是吕，阴也；太簇是律，阳也。故言吕生子也，以下准此）。太簇九二下生南之六二，律娶妻也（同位夫妇也）。南吕六二上生姑洗之九三，吕生子也（异位母子）；姑洗九三下生应钟之六三，律娶妻也；应钟六三上生蕤宾之九四，吕生子也；蕤宾之九四下生大吕之六四，律娶妻也；大吕六四上生夷则之九五，吕生子也；夷则九五下生夹钟之六五，律娶妻也；夹钟六五上生无射之上九，吕生子也；无射上九下生中吕之上六，律娶妻也；中吕上六复生黄钟之初九，又为吕生子，极而子变也。”

3.《谨权量》

《汉书·律历志》曰：夫推历生律制器，规圆矩方，权量衡平，准绳嘉量，探赜索隐，钩深致远，莫不用焉。度长短者不失毫厘，量多少者不失圭撮，权轻重者不失黍累。纪于一，协于十，长于百，大于千，衍于万，其法在算术。宣于天下，小学是则。职在太史，义和掌之。

度者，分、寸、尺、丈、引也，所以揆物知长短也。本起于黄钟之长，以子谷秬黍中者（子，北方，北方黑，谓黑黍）。度之九十黍，得黄钟之长（黄钟九寸）。一黍广为一分，十分为寸，十寸为尺，十尺为丈，十丈为引，而五度审矣。

量者，龠、合、升、斗、斛也，所以容物知多少。本起于黄钟之重，用度数审其容，以秬黍中者，千有二百实其龠，两之为合，十合为升，十升为斗，十斗为斛，而五量嘉矣。

权者，铢、两、斤、钧、石也，所以称物平施，知轻重也。本起于黄钟之重。一龠容千二百黍，重十二铢，二十四铢为两，十六两为斤，三十斤为钧，四钧为石。权与物钧而生衡，衡运生规，规圆生矩，矩方生绳，绳直生准，准正则平衡而均权矣。是为五则也，位于北方。

太阴为冬，为智，为水，水曰润下。智者谋，谋而深，故为权，北方之义也。大小有准,轻重有数,各应其象,五权量矣。

4.《审飞候》

司马彪《续汉书志》曰:“候气之法,为室三重,户闭,涂认真亹必周,密布缇缦,室中以木为案,每律一各,内庳外高,从其方位,加律其上,以莩灰抑其内端,案历而候之。气至者,灰去;其为气所动者,其灰散;人衣风所动者,其灰聚。”

信都芳《乐书·注图法》:“候气之法,为室三重,户闭,涂亹必周,密布缇缦室中。(缇谓赤色,黄也,染白练为之。三重室者,外室南户,次室北户,中室南户,室皆上圆下方,各闭使密,勿得来风。外室之内以布幔之,复以缇缦之,次室、中室亦然。通壁三重,杨子谓之九闭,如此作者令微风不起,纤尘不形,清静闲居,外无声振,用水平地,是名律室也。)以木为案,每律各一,内庳外高,从其方位加律其上,葭莩灰抑其内端。(用木为案,床象圆斗,泽浅从律而小厚也,底中为孔。白雾轻,重烧为灰,未之似起虚布,罗上不得坚实,抑当律孔内端,勿令外出,皆从律吕方位,四面置案,人伺居中。亦可同为一案,各作圜斗,以生罗幔之,人伺在外,凡置此案,平县若水,绳也。)案历而候之,气至者,灰去。(律气去者,吹其灰去离管首。刘向《鸿范》曰:‘以灰实律,气至通芳,谓实者,当律端也。’)其为气所动者,其灰散。(气据口气,非谓律气。律气应者,灰去管孔近而不远,为口气所动者,其灰四散或偏离而远。)人衣风所动者,其灰聚。(若衣风拂于室中,两边各生旋风,律管之灰为旋风所动,是以聚也,故伺律者于中气前后五日之内,明灯室视气应否安神调性,举动以仪,不可不谨也。)殿中候用玉律十二,唯二至乃候。(谓前殿之中作律室,用律伺气,言候二至律者,所以和阴阳。气应闻于天子,余律设备,有司观之。)”

苏夔《乐志》:“候气者,旧说密室中,依辰埋管,云齐管端,以轻薄沙縠覆之,加以葭莩灰候之,黄钟管则十一月甲子朔,只夜半,冬至而气吹灰，他管准之。郑小同所传者：以灰实管内，以沙縠覆之。司马彪候法：为室三重，户闭，必周，密布缇缦，室中以木为案，每律各一，内庳外高。从其方加律，以葭莩灰内其内端，气至灰则和，若气动者，其灰则散。若人衣风所动者，其灰则聚。《尚书》中候云：用玉律唯二至乃候。灵台用竹律十六候四，各如其历。若非气应，是动触及为风所动者，其灰则聚而不散；若是气应，则灰飞上薄縠。《隐义》云：阳气应而不和，或气过微而不能，若应者，灰则厚薄偏颇亦不均也。此□诸家法，而欲其最者，以二至乃候者为胜。何以知之？二至，极书夜长短，是阴阳盛气之时，以其时管候乃得天飞；若非二至，其阴阳气甚微，或阴阳交多少等，何可徵灰也？置灰法依旧说。气沙縠上内端者，取气之同，然其沙縠体疏薄，从令灰至，恐不能留；若气能吹灰至，沙縠上之灰必为飞散，是以故取二至，气灰同旧说。其余诸义，亦非无一涂，并恐竟为异端耳。"

《礼记·月令》疏解："孟春之月，律中太簇。"注云：律，候气之管也，以铜为之；中，犹应也，孟春气至，则太簇之律应。应，谓吹灰也。《正义》曰："应，谓吹灰者。"蔡邕云："为室三重，户闭，涂衅必周，密布缇缦，室中以木为案，每律各一案，内庳外高，从其方位加律其上，以葭灰实其端，其月气至，则灰飞而管通也。"知蔡所云，则是为十二月律布室内十二辰，若其月气至，则其辰之管灰飞而管空也。然则十二律各当其辰耶，埋地下入地处庳，出地处高，黄钟之管埋于子位，上头向南，以外诸管推之可悉。又《律书》曰：以河内葭莩为灰，宜阳金门山竹为管。熊氏云：案《礼》，秘吹灰者，谓作十二管于室中，四时位上埋之，取芦莩烧之作灰而实之律管中，以罗縠覆之，气至则吹灰动縠矣，小动为气和，大动为君弱臣强，专縠为君严猛之应云。

论曰：夫元气始于无形，律吕生于元气，实阴阳之所系，乃清浊之攸分。上生下生随月均而唱和，损一加一逐灰位以循环，所以熔铸八音，陶甄九奏。是故凝寒之谷可以致温辉，精阳之年可以来阴气。六乐之本事极于斯，非至圣者不能达其源，非至明者不能详其奥。昔在黄帝道昭玄枢，故令伶伦叶声仙凤，遂开钟律之始，方兴历数之萌，嘉量自此而生，飞候由其取，则通微入妙，可不尚欤，故叙其相生，以为此篇云尔。

《乐书要录》卷七

律吕旋宫法

识声律法

论一律有七声义

1.《律吕旋宫法》

夫曲由声起，声因均立，均若不立，曲亦无准，似非之间，好多差误，推挍不审，则致迷方。故立诸均，析其声调，理微词简，条流可观，使作者不疑，听者不惑，条环曲备，无相夺伦。《周礼》："大司乐掌成均之法。"《礼运》言"旋相为官"，今故立均，作旋官之法。

此图者，月建十二律图也。何者以十二支与七声共顺旋？在之故也。而黄钟月建子，故名之律，大吕月建丑，故名之吕。次太簇月建寅，故名之律，夹钟月建卯，故名之吕。余月建律吕，可准知之。夫子、寅、辰、午、申、戌六律也，又名六阳律也。丑、卯、巳、未、酉、亥六吕也，又名六阴律也。

右旋相为官法，从黄钟起，以相生为次，历入左旋之数，上生三分益一、下生三分损一，五下七上乃终复焉，以相生为次立均，则音调正而易晓，每均七调、每调有曲，终十二均合八十四调也。

《旋官法》：

十一月黄钟均

黄钟为官，太簇为商，姑洗为角，蕤宾为变变徵，林钟为徵，南吕为羽，应钟为变宫。

六月林钟均

林钟为官，南吕为商，应钟为角，太簇为变徵，太簇为徵，姑洗为羽，蕤宾为变宫。

正月太簇均

太簇为官，姑洗为商，蕤宾为角，夷则为变徵，南吕为徵，应钟为羽，大吕为变宫。

八月南吕均

南吕为官，应钟为商，大吕为角，夹钟为变徵，姑洗为徵，蕤宾为羽，夷则为变宫。

三月姑洗均

姑洗为官，蕤宾为商，夷则为角，无射为变徵，应钟为徵，大吕为羽，夹钟为变宫。

十月应钟均

应钟为官，大吕为商，夹钟为角，中吕为变徵，蕤宾为徵，夷则为羽，无射为变宫。

五月蕤宾均

蕤宾为官，夷则为商，无射为角，黄钟为变徵，大吕为徵，夹钟为羽，中吕为变宫。

十二月大吕均

大吕为官，夹钟为商，中吕为角，林钟为变徵，夷则为徵，无射为羽，黄钟为变宫。

七月夷则均

夷则为官，无射为商，黄钟为角，太簇为变徵，无射为徵，黄钟为羽，太簇为变宫。

二月夹钟均

夹钟为宫，中吕为商，林钟为角，南吕为变徵，无射为徵，黄钟为羽，太簇为变宫。

九月无射均

无射为官，黄钟为商，太簇为角，姑洗为变徵，中吕为徵，林钟为羽，南吕为变宫。

四月中吕均

中吕为宫，林钟为商，南吕为角，应钟为变徵，黄钟为徵，太簇为羽，姑洗为变宫。

右十二宫尽中吕，中吕生黄钟，又起黄钟，终而复始。

2.《识声律法》

假令以黄钟为宫，则先吹黄钟管，听之精审，宫声既定，吹林钟之管，是为徵声。（黄钟之徵，所谓宫生徵也。）

三分损一，下生之声也。（谓分黄钟作三分，损去一分即是林钟之管，故林钟之管六寸也。）

次吹太簇之管，是为商声。（黄钟之商，所谓徵生商也。）

三分益一，上生之声也。（林钟六寸，分作三分，则每分有二寸，更益一分，通前八寸，太簇之管八寸。以后，上下三分损益皆以例，推之可知也。）

次吹南吕之管，是为羽声。（黄钟之羽，所谓商生羽也。）

三分损一，下生之声也。次吹姑洗之管，是为角声。（黄钟之角，所谓羽生角也。）

三分益一，上生之声也。次吹应钟之管，是为变宫。（黄钟之变宫，所谓角生变宫也。）

三分损一，下生之声也。次吹蕤宾之管，是为变徵。（黄钟之变徵，所谓变宫生变徵也。）

三分益一，上生之声也。黄钟均子，次以林钟作均。（黄钟生林钟也。）

依前历八法推七声：

林钟了，次以太簇作均。（林钟生太簇也。）

太簇了，次以南吕作均。（太簇生南吕也。）

南吕了，次以姑洗作均。（南吕生姑洗也。）

姑洗了，次以应钟作均。（姑洗生应钟也。）

应钟了，次以蕤宾作均。（应钟生蕤宾也。）

蕤宾了，次以大吕作均。（蕤宾生大吕也。）

大吕了，次以夷则作均。（大吕生夷则也。）

夷则了，次以夹钟作均。（夷则生夹钟也。）

夹钟了，次以无射作均。（夹钟生无射也。）

无射了，次以中吕作均。（无射生中吕也。）

中吕了，复至黄钟作均。（中吕生黄钟也。）

终而复始用一，依黄钟例推之，如此则声律可知。

3.《论一律有七声义》

夫旋相为宫，举其一隅耳。若穷论声意，以旋相当为商，旋□□为角，余声亦尔。故一律得其七声。《乐记》曰："小大相成，终始相生，唱和清浊，迭相为经。"是也。

一律有七声图

此图者，月将十二律图也。何者以十二支与七声共逆旋？在之故也。而黄钟月将丑，故名之吕；大吕月将子，故名之律。次太簇月将亥，故名之吕；夹钟月将戌，故名之律。余月将吕律可准知之。复丑、卯、巳、未、酉、亥，六吕也，又名六阴律也；子、寅、辰、午、申、戌，六律也，又名六阳律也。

十一月黄钟：黄钟自为当月之宫，为九月无射之商，为七月夷则之角，为五月蕤宾之变徵，为四月中吕之徵，为二月夹钟之羽，为十二月大之变宫。

十二月大吕:大吕自为当月之官,为十月应钟之商,为八月南吕之角,为六月林钟之变,为五月蕤宾之徵,为三月姑洗之羽,为正月太簇之变官。

正月太簇:太簇自为当月之官,为十一月黄钟之商,为九月无射之角,为七月夷则之变徵,为六月林钟之徵,为四月中吕之羽,为二月夹钟之官。

二月夹钟:夹钟自为当月之官,为十二月大吕之商,为十月应钟之角,为八月南吕之变徵,为七月夷则之徵,为五月蕤宾之羽,为三月姑洗之变。

三月姑洗:姑洗自为当月之官,为正月太簇之商,为十一月黄钟之角,为九月无射之变徵,为八月南吕之徵,为六月林钟之羽,为四月中吕之变官。

四月中吕:中吕自为当月之官,为二月夹钟之商,为十二月大吕之角,为十月应钟之变徵,为九月无射之徵,为七月夷则之羽,为五月蕤宾之官。

五月蕤宾:蕤宾自为当月之官,为三月姑洗之商,为正月太簇之角,为十一月黄钟之变徵,为十月应钟之徵,为八月南吕之羽,为六月林钟之变官。

六月林钟:林钟自为当月之官,为四月中吕之商,为二月夹钟之角,为十二月大吕之变徵,为十一月黄钟之徵,为九月无射之羽,为七月夷则之变官。

七月夷则:夷则自为当月之官,为五月蕤宾之商,为三月姑洗之角,为正月太簇之变徵,为十二月大吕之徵,为十月应钟之羽,为八月南吕之变官。

八月南吕:南吕自为当月之官,为六月林钟之商,为四月中吕之角,为二月夹钟之变徵,为正月太簇之徵,为十一月黄钟之羽,为九月无射之变宫。

九月无射：无射自为当月之宫，为七月夷则之商，为五月蕤宾之角，为三月姑洗之变徵，为二月夹钟之徵，为十二月大吕之羽，为十月应钟之变宫。

十月应钟：应钟自为当月之宫，为八月南吕之商，为六月林钟之角，为四月中吕之变徵，为三月姑洗之徵，为正月太簇之羽，为十一月黄钟之变宫。

另外，据王小盾等学者研究，日籍《体源钞》中也引用了《乐书要录》部分佚文：①

《乐书要录》曰：夫金，刚健而能断。其位西方，以法制恩，不畏强御，不侮鳏寡，赏赐不违所憎，诛罚不阿所爱。乐当宫于南吕，用钟和乐于西郊。（平调）

《乐书要录》曰：夫木，阳气盛则而茂荣，内有仁恩。其位东方，其时主春，其声主角。是故仁君好生而恶夺。见人饥寒，则心为之悲。事之劳苦，心为之哀，与人同忧。乐当于宫夹钟，用鼓和乐于东郊。（双调）

《乐书要录》曰：夫火，精阳炎于上，挍然有尊卑之别、贵贱之序。其位南方，其时夏，声中徵。故礼，君在上，制尊卑，定贵贱，别亲疏，殊内外，使家家有礼仪。乐当宫于蕤宾，用弦和乐于南郊。（黄钟调）

《乐书要录》曰：夫水，修理归下，进退不解，日夜不已。其位北方，其时主冬，其声中羽。故智君在上，昭然犹见化道之原，得失之几。乐当宫于黄钟，用管和乐于北郊。（盘涉调）

《乐书要录》曰：土者为四方中，位有中央，其声中宫。四方不土不宁，木不土不生，火不土不荣，水不土不清，金不土不成，八音不土不调，味不甘不和，色不黄不正。乐当宫于林钟，用磬和乐于中郊。（壹越调）

① 王小盾、宁倩、刘盟：《从〈体源钞〉看中国典籍与日本乐书的关系》，《音乐文化研究》2018 年第 1 期。

一〇　刘贶《太乐令壁记》

《太乐令壁记》三卷，唐太乐令刘贶撰。《新唐书·艺文志》《崇文总目》《遂初堂书目》等诸家书目多有著录，《崇文总目》："《太乐令壁记》三卷，唐叶律郎刘贶撰。分乐元、正乐、四夷乐，合三篇。"①《玉海》卷一〇五《音乐》："唐《太乐令壁记》，唐《志》：刘贶，三卷（协律郎）。《书目》三卷。上卷乐元，中卷正乐，下卷四夷乐。"②

此书久已亡佚，秦序《刘贶与〈太乐令壁记〉》（以下简称"秦文"）等对该书撰者刘贶作了较为详细的考证，并辑录了部分佚文。③ 本文依据新检得史料，对刘贶仕履及该书性质重加探讨，并增补新辑佚文。

"壁记"即所谓以"壁"载"记"，是直接书写或刻写在墙壁上的文章。这种形式或源自先秦两汉的青铜铭文及石刻文字，至唐代自成一体并盛行一时。④ 唐前总集或别集均未专收此种文体，宋人编纂唐文集《文苑英华》始载

---

① （宋）王尧臣等：《崇文总目》，《中国历代书目丛刊》，现代出版社 1987 年版，第 17 页。

② （宋）王应麟：《玉海》，《四库全书》第 945 册，上海古籍出版社 1987 年版，第 763 页。

③ 秦序：《刘贶与〈太乐令壁记〉》，《武汉音乐学院学报》1993 年第 1 期。黄佳：《三种唐、五代音乐文献佚文辑录与研究》，《中国音乐学》2008 年第 1 期。

④ 赵殷尚：《"厅壁记"的源流以及李华、元结的革新》，《文献》2006 年第 4 期。刘兴超：《论唐代厅壁记》，《四川大学学报》2008 年第 3 期。陈可：《唐代厅壁记源流再探》，《首都师范大学学报》2011 年第 1 期。黄炳琛：《唐代官厅壁记小议》，《文史杂志》1998 年第 1 期。

录“厅壁记”一类，将厅壁记分为中书、翰林、尚书省、御史台、宴飨等十七种。就数量而言，《全唐文》收录唐人厅壁记多达八十余篇，作者三十多位，其数量之多亦属前所未有，可见“厅壁记”在唐代已成为重要文体之一。

入唐以来，朝廷各官署办公处所多有壁记，据封演《封氏闻见记·壁记》载：“朝廷百司诸厅皆有壁记，叙官秩创置及迁授始末。原其作意，盖欲著前政履历，而发将来健羡焉。”后来地方官署也起而效法，《封氏闻见记》：“然则壁记之由，当是国朝以来，始自台省，遂流郡邑耳。”①

官府壁记内容多叙述官署创置、官秩的确定以及官员迁授流转等。《直斋书录解题》卷六载录：“《重修翰林壁记》一卷，唐学士丁居晦撰。开元二年也，所记姓名讫于咸通，而独无天宝大历学士，为不可晓。”②元结《道州刺史厅壁记》云：“自置州以来，诸公改授迁黜年月，则旧记存焉。”③最典型的大概要数韩愈《蓝田县丞厅壁记》，其文末段有云：“丞厅故有记，坏漏污不可读。斯立易桷与瓦，墁治壁，悉书前任人名氏。”以上记人事更迭。刘宽夫《汴州纠曹厅壁记》：“夫公署有记，其来自远，灿名氏于屋壁，示成败于将来。”④白居易《苏州南禅院千佛堂转轮经藏石记》：“夫记者，不唯记年月，述作为，亦在乎辨兴亡，示劝戒也。”⑤则有鉴戒之意。顾况《华亭县令延陵包公壁记》云：“旧章壁记，记其官叙，野史之流也。”⑥是认为壁记有记史功能。

总体而言，壁记这一形式，或记录官署变迁，或记录职官名氏，二者或分或合，保留了大量唐代政治、历史、官制、地理、经济方面的珍贵资料，具有独特的文献价值。《太乐令壁记》即是如此。

---

① （唐）封演：《封氏闻见记》，中华书局2005年版，第41页。

② （宋）陈振孙撰，徐小蛮、顾美华点校：《直斋书录解题》，上海世纪出版股份有限公司、上海古籍出版社2015年版，第175页。

③ （清）董诰等编：《全唐文》，中华书局1983年版，第3875页。

④ （清）董诰等编：《全唐文》，中华书局1983年版，第7645页。

⑤ （唐）白居易撰，顾学颉校点：《白居易集》，中华书局1979年版，第1488页。

⑥ （清）董诰等编：《全唐文》，中华书局1983年版，第5373页。

一、刘贶生平事迹

(一)家世与交往

两《唐书》有刘贶生平小传,均附其父《刘子玄传》后。《旧唐书·刘子玄传》附有简短记载:

子玄子贶、餗、汇、秩、迅、迥,皆知名于时。

贶,博通经史,明天文、律历、音乐、医算之术,终于起居郎、修国史。撰《六经外传》三十七卷、《续说苑》十卷、《太乐令壁记》三卷、《真人肘后方》三卷、《天官旧事》一卷。①

《新唐书·刘子玄传》:

(子玄)六子:贶、餗、汇、秩、迅、迥。

贶字惠卿。好学,多所通解。子玄卒,有诏访其后,擢起居郎。历右拾遗内供奉。献《续说苑》十篇,以广汉刘向所遗,而刊落怪妄。贶尝以《竹书纪年》序诸侯列会皆举谥,后人追修,非当时正史。如齐人歼于遂,郑弃其师,皆孔子新意,《师春》一篇录卜筮事,与左氏合,知按《春秋》经传而为也,因著《外传》云。子滋、浃。②

刘贶父刘知幾(661—721),字子玄,是史学巨著《史通》撰者。唐高宗永隆元年(680)举进士,武则天长安二年(702)任史官,撰起居注,历任著作郎、秘书少监、太子左庶子、左散骑常侍等职,兼修国史。武周时期与朱敬则等撰《唐书》八十卷,与徐坚等撰《武后实录》。玄宗时期,与谱学家柳冲等撰《姓族系录》二百卷,与吴兢撰成《睿宗实录》二十卷,重修《则天实录》三十卷、《中宗实录》二十卷。开元九年(721)卒。

① (后晋)刘昫等:《旧唐书》,中华书局1975年版,第3174页。

② (宋)欧阳修、宋祁等:《新唐书》,中华书局1975年版,第4523页。

刘贶兄弟六人：餗、汇、秩、迅、迥，与刘贶皆知名于时。刘氏家族有多位任职史馆或职务与修史相关，其父刘知幾以史学巨著《史通》著名，刘汇“博涉经史”，刘秩撰有《政典》《止戈记》《至德新议》等凡数十篇，刘迅撰有续《诗》《书》《春秋》等五说，刘迥有集五卷。刘贶、刘餗二人在文史方面成就尤为突出。《文苑英华》卷九四四《给事中刘公墓志》载：“居巢文公讳子玄。初，文公儒为天下表，有才子六人，曰贶，曰餗，继文公典司国史，时议比子长、孟坚。”[①]《册府元龟》卷五六一《国史部·世官》：“刘子玄则天长安中为左史兼修国史，子贶为起居郎修国史，弟谏右补阙集贤殿学士修国史。”[②]长子刘贶大概是文史方面成就最大的一个。《册府元龟》卷七六八《儒学第二》：“刘子玄本名知幾，与兄知柔俱以词学知名，代传儒学之业。子玄子贶，博通经史。”[③]就目前史料来看，刘贶著述至少七种，分别为《六经外传》三十七卷、《续说苑》十卷、《太乐令壁记》三卷、《真人肘后方》三卷、《天宫旧事》一卷。其中《天官旧事》《六经外传》《续说苑》《真人肘后方》均见于《新唐书·艺文志》。《续说苑》分别见于《崇文总目》《遂初堂书目》等。可以说刘贶所在家族是一个有深厚文史修养和传统的家族。刘贶出身史学世家，这样的家学渊源必然会对其修史、撰著产生重要影响。

就家庭交往而言，刘贶父子与许多文史学者关系密切。其中值得注意的是史学家吴兢，《旧唐书·刘子玄传》：“知幾自负史才，常慨时无知己，乃委国史于著作郎吴兢。”[④]《史通·自叙》：“及年已过立，言悟日多，常恨时无同好。可与言者，维东海徐坚，晚与之遇，相得甚欢，虽古者伯牙之识钟期，管仲之知鲍叔，不是过也。复有永城朱敬则、沛国刘允济、吴兴薛谦光、河南元行冲、陈留吴兢、寿春裴怀古，亦以言议见许，道术相知，所有榷扬，得尽怀抱。每云德

① （宋）李昉等编：《文苑英华》，中华书局 1966 年版，第 4966 页。
② （宋）王钦若等编：《册府元龟》，中华书局 1983 年版，第 6737 页。
③ （宋）王钦若等编：《册府元龟》，中华书局 1983 年版，第 9128 页。
④ （后晋）刘昫等：《旧唐书》，中华书局 1975 年版，第 3173 页。

不孤，必有邻，四海之内，知我者不过数子而已矣！"①吴兢所编《乐府古题要解》，至今仍是研究乐府古题的重要文献。刘知幾与吴兢既相友善，刘贶又与其同修唐史，对吴兢应该相当熟悉。处身于这样一个家族及"朋友圈"，其家庭、交友等对刘贶撰写《太乐令壁记》应亦有一定影响。

刘贶有二子：刘滋、刘浃。值得一提的是，刘滋亦曾任职最高音乐机关太常寺，官至太常少卿、太常卿，掌管国家礼乐事宜。《旧唐书·刘滋传》卷一三六："刘滋字公茂，左散骑常侍子玄之孙。父贶，开元初为左拾遗，父子仍代为史官。贶依刘向《说苑》撰《续说苑》一十卷以献，玄宗嘉之。滋少以门荫，调授太子正字，历涟水令。吏部侍郎杨绾荐滋堪为谏官，拜左补阙，改太常卿，复为左补阙。辞官侍亲还东都……迁司勋郎中，累拜给事中。从幸奉天，转太常少卿，掌礼仪。"②刘滋仕途顺利，德宗时官至宰相。《新唐书》卷一三二《刘滋传》："贞元二年，擢左散骑常侍、同中书门下平章事。"③

（二）仕途履历

结合两《唐书》等史籍，我们可以对刘贶家世及仕履有一个大致勾勒：刘贶字惠卿，徐州彭城（今江苏徐州）人，为刘知幾长子。博通经史，对天文、律历、音乐、医算等皆有涉猎。刘贶入仕似非以科举一途，当是以荫擢起居郎，曾修国史，历太乐令、右拾遗内供奉。

刘贶任太乐令一职。见载于刘子玄本传，《旧唐书·刘子玄传》："九年，长子贶为太乐令，犯事配流。子玄诣执政诉理，上闻而怒之，由是贬授安州都督府别驾。"④《新唐书·刘子玄传》："子贶为太乐令，抵罪，子元请于执政，玄

---

① （唐）刘知幾撰，浦起龙释：《史通通释》，上海古籍出版社1978年版，第289页。

② （后晋）刘昫等：《旧唐书》，中华书局1975年版，第3751页。

③ （宋）欧阳修、宋祁等：《新唐书》，中华书局1975年版，第4523页。

④ （后晋）刘昫等：《旧唐书》，中华书局1975年版，第3171页。

宗怒，贬安州别驾，卒年六十一。"[①]可见开元九年（721）时，刘贶正在太乐令任上。至于因何"犯事配流"，有学者推测与轰动一时的"伶人舞黄狮"案有关。[②] 开元九年，时任太常丞的王维因此事被贬济州（在今山东）司仓参军，时为王维上司的太乐令刘贶恐亦因此被贬。从时间、人物关系而言，这种推理是有其合理性的，只是仍需更直接的证据来进一步证实推理。

太常寺是掌管国家礼乐事务的行政机构，唐太常寺以国家著令的形式开展仪式性、制度化的音乐活动，是国家仪制的重要组成部分。《唐六典》卷十四《太常寺》中对唐代太常寺主要乐官的设置、职责等都有描述："太常卿之职，掌邦国礼乐郊庙社稷之事，以八署分而理焉。一曰郊社，二曰太庙，三曰诸陵，四曰太乐，五曰鼓吹，六曰太医，七曰太卜，八曰廪牺。总其官属，行其政令。"[③]太乐署主要担任郊庙、殿庭演奏，太乐令是太常八署之一太乐署长官，太乐丞为太乐署副长官。《唐六典·太常寺》："太乐署：令一人，从七品下……太乐令掌教乐人调合钟律，以供邦国之祭祀、飨燕，丞为之贰。"[④]太乐署在唐代太常寺中的地位十分重要，从某种意义上来讲，可以说是太常寺的核心机构。唐玄宗开元二年（714）之前，朝廷雅乐及胡乐、俗乐均由太乐署管理。[⑤]《唐会要》卷三三"诸乐"条载天宝十三载，"太乐署供奉曲名及改诸乐名"[⑥]，这组供奉曲以胡乐、俗乐为主，多为当时流行的乐曲，体现了太乐署的职能之一。唐代诗歌入乐演唱的工作亦由太乐署的乐官和乐工承担，《旧唐书·音乐志》：开元二十五年，太常卿韦縚令人整理"前后所行用乐章为五卷，以付太乐、鼓吹两署，令工人习之"。[⑦] 太乐署作为重要的国家音乐机构，其长

---

① （宋）欧阳修、宋祁等：《新唐书》，中华书局1975年版，第4522页。

② 秦序：《刘贶与〈太乐令壁记〉》，《武汉音乐学院学报》1993年第1期。

③ （唐）李林甫等撰，陈仲夫点校：《唐六典》，中华书局1992年版，第394页。

④ （唐）李林甫等撰，陈仲夫点校：《唐六典》，中华书局1992年版，第402页。

⑤ 亓娟莉：《〈乐府杂录〉校勘二则——兼及梨园、教坊分和之沿革》，《乐府学》2015年第9辑。

⑥ （宋）王溥：《唐会要》，中华书局1955年版，第614页。

⑦ （后晋）刘昫等：《旧唐书》，中华书局1975年版，第1089页。

官太乐令地位自然亦非常重要，故刘贶不仅承其家学，在史学方面造诣精深，同时亦是精通音律之人。

就其仕履而言，岸边成雄以为刘贶："系由协律郎（正八品上官位）升为太乐令，一旦流配，旋即复官。再由太乐令（从七品下）累升至起居郎（从六品上）。"①但秦序以为："认为刘贶在升任太乐令前曾任协律郎，是比较可信的。惟言贶开元九年流配后不久复官仍为太乐令，则不知何据。按前引《旧唐书·刘滋传》云'贶开元初为左拾遗'，则刘贶是先为左拾遗，后为协律郎及太乐令，还是太乐令流配后复起任左拾遗？看来后者可能性较大。"并认为"《旧唐书》所述刘贶职务的前后变迁顺序是正确的"。② 二家主要依据两《唐书》探讨刘贶仕履，持论虽异，对刘贶任协律郎、左拾遗、太乐令、起居郎等职均有涉及。但刘贶曾任朝议郎行太常博士兼史馆修撰等职目前尚未有人指出。《文苑英华》卷三八三收录孙逖所拟《授陈九言等起居舍人制》：

> 敕朝议郎守太子舍人摄殿中侍御史朔方节度判官陈九言、朝议郎行太常博士兼史馆修撰刘贶等，清才雅望，敏学工文。是周行之俊人，有致远之良，具史臣之选，公议所（一作攸）归，宜并拜于轩墀，俾分官于左右，九言可行起居舍人，□官如故。贶可行起居郎，余如故。③

据此可知，刘贶任起居郎之前为朝议郎行太常博士兼史馆修撰，朝议郎是正六品上散官，太常博士是从七品上职事官，其职事低于散官一阶。唐制，职事低于散官曰"行"，故刘贶为"行"太常博士。那么刘贶是在何时由朝议郎行太常博士兼史馆修撰迁起居郎的呢？唐前期掌管拟具诏制的主要为中书舍

① ［日］岸边成雄：《唐代音乐史的研究》，梁在平、黄志炯译，台湾中华书局1973年版，第615页。

② 秦序：《刘贶与〈太乐令壁记〉》，《武汉音乐学院学报》1993年第1期。

③ （宋）李昉：《文苑英华》，中华书局1982年版，第1953页。

人，其次有翰林学士及知制诰。此诏由孙逖拟就，孙逖拜中书舍人在开元二十四年(736)。《旧唐书·孙逖传》："(开元)二十四年，拜逖中书舍人。"[①]则该诏制最早写于开元二十四年，故刘贶卸任行太常博士等职最早在开元二十四年。

由此可在岸边成雄及秦序等学者研究基础上对刘贶仕履重做梳理：刘贶开元初任左拾遗，从八品上；后任协律郎，正八品上；开元九年，在太乐令任上，从七品下，因事流配；后复起为朝议郎行太常博士(从七品上)兼史馆修撰；开元二十四年(后)，为起居郎，从六品上，且官终起居郎。

刘贶撰写《太乐令壁记》与其担任协律郎、行太常博士、太乐令有直接关联，于其职位、家世、学识、交往而言，《太乐令壁记》亦属比较专业、可信的唐代乐府文献。

二、《太乐令壁记》佚文辑录

1.《太乐令壁记》序文。《玉海》卷一〇五《音乐》"太乐令壁记"条整段征引了《太乐令壁记》序文，今辑录如下：

> (唐《太乐令壁记》，《唐志》刘贶，三卷。《书目》三卷。上卷乐元，中卷正乐，下卷四夷乐。)序曰：魏明帝曰：礼乐之作，所以类物表庸，不忘其本。凡音乐以舞为主，自黄帝《云门》而下至周文武，其官皆号太乐，以总领诸物。昔者泰帝始造五十弦瑟，盖乐量之始也。伶伦采嶰谷之竹以为管，盖律吕之初也。其详无得言焉，而《咸池》之乐，始乎黄帝，则乐已备矣。汉制氏以知声律，善造钟，世在太乐，明帝改大予以应谶文，徒改其名而曲度仍旧，魏杜夔为太乐令，专总魏乐，晋泰始五年，荀勖典乐，始黜夔制，使郭夏、宋识造二舞，阮咸以

① (后晋)刘昫等：《旧唐书》，中华书局1975年版，第5044页。

非新律见斥，元康三年，诏勖子籓嗣其事，东晋省大乐鼓吹官，颇得登歌食举之乐，明帝令阮孚等增益之，成帝咸和中复太乐，以戴绥为令，鸠集遗逸而未有金石也，冉闵诛羯，乐人颇有归晋，谢尚因之以具钟磬，时郊庙虽有歌词，竟不设乐，太元中破苻坚，得其乐工，始备四厢金石，宋始复郊庙之乐，建平王宏造二舞，元嘉九年，钟宗之为太乐令，史调以金石，十四年治书令史，奚纵又改之。二十八年，南郊始制登歌，孝建二年，始用舞。江南之乐，梁世为盛，后魏得慕容氏乐，天兴元年，令邓渊修之，孝文太和六年，议郊祀之礼，以公孙崇为太乐令，史，与中书监高闾共定音律，宣武正始初诏，八座已下，集太乐考异同命太常刘芳专掌其事，永平三年，成二舞，登歌鼓吹诸曲，诏可其二舞而已，普泰中，张乾龟为太乐令，与太常祖莹讨论钟石，刘芳旧乐沦缺，无能言者，孝武以崔九龙为太乐令，纂集旧曲，齐周庾信、邢邵改制郊庙歌诗，长孙绍远、斛斯征等参正音律，隋牛宏为太常，祖孝孙为协律，平陈，获乐官蔡子元、于普明等，共定雅乐，稍备于前。唐贞观之初，十有余载，励精文教，合考隋氏所传南北之乐，以梁陈尽吴楚之声，周齐皆北鄙之音，乃命太常祖孝孙正宫调，起居郎吕才习音韵，协律郎张文收考律吕，作降神之乐，象功之舞，则天下靡然向风。周大司乐，乐官之长也。汉太乐令司歌奏之仪，平钧金石，魏晋以下，其职皆同今，采之记传，以考废兴。①

2.《太乐令壁记》三卷章次及类目。《中兴馆阁书目》逐一记录了该书三卷类目：

上卷乐元：歌一、诗二、舞三、抃四、律吕五

中卷正乐：雅乐六、立部伎七、坐部伎八、清乐九、西凉乐十

① （宋）王应麟：《玉海》，《四库全书》第945册，上海古籍出版社1987年版，第763页。

下卷四夷乐：东夷十一、南蛮十二、西戎十三、北狄十四、散乐十五、乐量十六、陈仪十七、兴废十八①

上卷　乐元

3.(《太乐令壁记》云)唐虞三代，舞用国子，欲其早习于道也。乐用瞽师，谓心专一也。汉魏以来，以国之贱隶为之，唯雅舞尚选用良家子。(《玉海》卷107)

4.(刘贶《太乐令壁记》)律家之说，伶伦始为律管，以象凤鸣。舜时得白玉之管，汉零陵舜祠下，实得玉管，晋汲冢亦获玉律，则古用玉律明矣。(《玉海》卷6)②

5.(刘贶《太乐令壁记》)周世旋宫因孝孙而再设，京房灰管遇毛爽而重彰，汉章和世，实用旋官，汉世群儒备言其义，牛弘、祖孝孙所由准的也。杜夔，汉世之乐郎，不识旋宫之义。荀勖，晋朝之博识，莫知古律之则。历动而右移，律动而左转，律以历合，气以错行，金奏随律而变宫，以宣地灵，登歌与历而改调，以应天气，歌奏相命，所以合天地之情也。(《玉海》卷7，又见《古俪府》卷8)③

6.(刘贶《太乐令壁记》)淳于圆如碓头，大上小下，垂以龙。(《玉海》卷109)

7.(唐协律郎刘贶作《太乐令壁记》谓)女娲氏列管于匏，以应立春。(《稗编》卷14)

8.(刘贶《壁记》云)今正声之库有铜律三百五十六。(《玉海》卷7)

9.(唐《太乐令壁记》亦云)筝与瑟正同而弦少，秦人有一瑟而

① (宋)陈骙等编撰，赵士炜辑考：《中兴馆阁书目辑考》，《中国历代书目丛刊》，现代出版社1987年版，第371页。

② 此条又见《乐律全书》卷二一：“刘贶曰：书传言，舜有白玉管，汉时舜祠下实得之，晋汲冢亦获玉律，则古用玉律明矣。”

③ 此条又见于《困学纪闻》卷九：“刘贶曰：历动而右移，律动而左转。”

争,蒙恬中分之,令各取半,因名秦筝。(《瑟谱》卷6)

10.(《大周乐正》曰刘贶曰)鼓,动也,冬至之音,万物合阳气而动。雷鼓八面以祀天,灵鼓六面以祀地,路鼓四面以祀。(《御览》卷582)①

11.(刘贶曰)天子设司乐之官,诸侯有乐正之职。(《玉海》卷103)

12.(刘贶《大乐壁记》云)汉祖饰干戚之容,光武尊郊祀之乐。(《玉海》卷104)

中卷　正乐

13.(《太乐令壁记》)周享神诸乐多以夏为名,宋以永,梁以雅,后周以夏,隋人因之。国家以和为名,祖孝孙始用旋宫法造十二和乐,合三十二曲,八十四调。旋宫之乐,汉章帝建初二年,大予丞鲍邺始请用之,顺帝阳嘉二年,复废之,累代皆黄钟一均,变极七音则钟废而不击,反谓之哑钟。孝孙革其非,张文收为协律,依《周礼》以圆钟至夷则为宫,食举随月律为宫。(《玉海》卷105)

14.(刘贶《太乐令壁记》)立部伎八部:《安乐》一,后周武帝平齐所作也。行列方正,象城郭,谓之城舞。舞者八十人,刻木为面,姿制犹作羌胡状。《太平乐》二,亦谓之《五方师子舞》。师子挚兽,出西南夷,缀毛为之,像俛仰驯狎之容。二人持绳秉拂为习弄之状,五师子各位其方色。百四十人歌太平乐,舞抃从之,服饰皆作昆仑象。《破阵乐》三,文帝所造也。百二十人,被甲持戟,以金银饰,发扬蹈厉,声韵慷慨,歌和云秦王破阵乐。《庆善乐》四,文帝所造也。舞六十四人,紫大袖裙襦,漆髻皮履,舞蹈安徐,以象文

① 按:《天中记》卷四三有:"《大周正乐》曰:'刘贶曰:鼓,动也。冬至之音,万物含阳气而动。'"

教洽。《大定乐》五,高宗所造,出自破阵乐舞。百四十人,被五彩文甲,持槊歌和云,八纮同轨乐,以象平辽东。《上元乐》六,高宗所造舞。百八十人,画云衣,备五色以象元气。《圣寿乐》七,高宗武后所作也。舞百四十人,金铜冠,五色衣,行列成字,十六变而毕。有“圣超千古,道泰百王,皇帝万年,宝祚弥昌”字。《光寿乐》八,今上玄宗所造舞。八十人鸟冠,五彩画衣,兼似《上元》《圣寿》之容,以歌王迹所兴。自《破阵舞》以下,(《通典》云自《安乐》以后)皆雷大鼓,杂以龟兹之乐,声振百里,动荡山谷。《大定乐》加金钲,唯《庆善舞》独用西凉乐,最为闲雅。《破阵》等八舞,声乐皆立奏之,乐府谓之立部伎。余总谓之坐部。坐部伎六:自《长寿乐》已下,皆用龟兹乐,舞人皆着靴,唯《龙池》备用雅乐而无声,舞人蹑履。(《玉海》卷107)

15.(《太乐令壁记》)坐部伎有《破阵乐》,今上玄宗所作也。生于立部伎,《破阵乐》舞四人,金甲胄。(《玉海》卷107)

(《太乐令壁记》)坐部伎六:燕乐,张文收所造也。工人绯绫袍,丝布裤,四部(同《志》)。《长寿乐》,武后长寿年所造。舞二十人,画衣冠。《天授乐》,天授年所造。舞四人,画衣,五彩鳳冠。《鸟歌万岁乐》,武后造。舞三人,绯大袖,画鸜鹆冠。《龙池乐》,今上为此乐。舞十二人,冠饰芙蓉。(《通典》:《龙池》《小破阵乐》,玄宗所作。)《破阵乐》,今上作。生于立部。《破阵乐》舞四人,金甲胄。(《玉海》卷107)

16.(《太乐令壁记》)燕乐,张文收所造也。乐用玉磬一架,登歌、磬以玉为之。(《玉海》卷109)

下卷　四夷乐

17. 七羽合二十八调而无徵调(裴瑾为太常主簿作《坐立二部伎图》),①(刘贶《太乐令壁记》)周官靺师掌教靺乐,鞮鞻氏掌四夷之乐,美德广之所及也。后魏有婆罗曹门,受龟兹琵琶于商人,世传其业,至孙妙达为北齐所重,周武帝有龟兹、疏勒、安国、康国之乐。张重华时,天竺重译致乐伎,后其国王为沙门,来游中土,又传其方音。宋世得高丽百伎,魏平冯跋亦得之而未具,周师灭齐,二国献其乐,合西凉乐凡九部,通谓之国伎。隋文平陈,得清乐及《文康》《礼毕》曲而黜百济乐,因为九部伎。炀帝平林邑,获扶南工人及匏琴,以天竺乐传写其声而不齿部。魏通高昌,始有高昌伎。唐太宗平高昌,收其乐,又造燕乐而去礼毕曲。今著令惟此十部。自周隋以来,管弦杂曲数百,多用西凉乐,鼓舞曲多用龟兹乐,唯弹琴家犹传楚汉旧声及清调、瑟调、蔡邕杂弄。西凉乐,盖后魏平沮渠氏所得也。乐有钟磬,盖凉人所传中国之旧乐而杂以羌胡之声也。(《玉海》卷105)

三、《太乐令壁记》作时等相关问题

关于《太乐令壁记》尚有许多问题值得探讨,如作时、刘贶时任官职以及该书的内容等。

(一)作时及刘贶时任官职

要探讨《太乐令壁记》究竟作于何时,必然牵涉到刘贶撰写《太乐令壁记》时的任职问题。

① 按:《玉海》中此句上接援引徐景安《历代乐仪》文字,难以判断到底属徐景安书还是刘贶书文字。因涉及唐乐二十八调记载,在乐律学研究方面影响甚大,暂时两存,以备考察。

一般而言，既是“太乐令壁记”，其作者为太乐令（丞）或太乐署其他乐官较为符合常理。虽然刘贶确曾担任太乐令一职，但《崇文总目》等著录《太乐令壁记》，皆录作“唐协律郎刘贶”。协律郎是太常寺乐官，但并非太乐署乐官。让非太乐署的人来撰写《太乐令壁记》令人有些费解。岸边成雄、秦序等学者对此一问题亦有探讨。

岸边成雄以为刘贶“在协律郎官位时所作之《太乐令壁记》，当为开元九年以前之事”①，将时间下限定在开元九年（721）。秦文则以为“有人认为是刘贶任协律郎时所作。然而，书名又名为《太乐令壁记》，故应是刘贶任太乐令后之见闻”②。两位学者看法并不一致。

刘贶以何种身份撰写该书直接关系到对该书成书时间的判断，从而影响到如何看待其中所载二部伎等重要问题，因而看似小问题，实则影响极大。本书以为，《崇文总目》《中兴书目》《玉海》等既然著录作者为“协律郎刘贶”，应是有所凭据的，而且对该书章目、序文记载如此之详，当是见过原书，或者就是径抄该书署名而来。结合序文分析，笔者推测，或许有这样一种可能，在开元初“礼乐大备”的情况下，太常寺欲撰文以纪此古今未有之乐舞盛况，需要选择一位精通太常寺乐舞及历史沿革的乐官来完成此项任务，而当时身为协律郎的刘贶大约是完成这一任务的最佳人选。协律郎是太常寺掌管具体乐舞事宜的主要乐官。《唐六典·太常寺》：“协律郎掌和六律六吕以辨四时之气八风五音之节……凡太乐、鼓吹教乐，则监试为之课限。”③甚至有学者认为“太常寺内乐官中，具有实际音乐知识且最高官位当推协律郎”④。刘贶不仅“博通经史，明天文、律历、音乐”，加之父子“代修国史”，使得身为协律郎的刘贶

---

① ［日］岸边成雄：《唐代音乐史的研究》，梁在平、黄志炯译，台湾中华书局 1973 年版，第 615 页。

② 秦序：《刘贶与〈太乐令壁记〉》，《武汉音乐学院学报》1993 年第 1 期。

③ （唐）李林甫等撰，陈仲夫点校：《唐六典》，中华书局 1992 年版，第 398 页。

④ ［日］岸边成雄：《唐代音乐史的研究》，梁在平、黄志炯译，台湾中华书局 1973 年版，第 112 页。

成为当时撰写此“壁记”的不二人选。据此看来,将《太乐令壁记》作时下限定在开元九年似乎更为合理。

(二)“太乐”所指的范围

今存序文中多次出现“太乐”一词,所谓“太乐”并非仅指太常寺太乐署之“太乐”。

序文往往是一书纲领性的说明或概括。《太乐令壁记》序文开篇即道:“凡音乐以舞为主,自黄帝《云门》而下至周文武,其官皆号太乐,以总领诸物。”所谓“其官皆号太乐”一句,若就官职论,是以为所有乐官都可称“太乐”之官;若就朝廷机构论,是指总领一国之乐的最高音乐机关,相当于后世之“太常”,而非太常寺太乐署之“太乐”,如此才可称“总领诸物”。其下所述乐官前有黄帝时伶伦、后有北魏太常卿刘芳及祖莹、隋太常卿牛宏、唐太常卿祖孝孙,同时指出了几位太常卿的贡献。具体到唐代太常寺,不仅讲到了最高长官太常卿祖孝孙,亦述及太常寺几位乐官的贡献:“(唐贞观之初)乃命太常祖孝孙正宫调,起居郎吕才习音韵,协律郎张文收考律吕,作降神之乐,象功之舞,则天下靡然向风。”就这一点而言,刘贶笔下所谓“太乐”已然是太常寺所掌全部乐舞。

唐太乐令所掌太乐署是太常寺核心部门,承担着朝廷庙堂之乐的制作及演出等重要任务。《唐六典·太常寺》“太乐署:令一人,从七品下……太乐令掌教乐人调合钟律,以供邦国之祭祀、飨燕。”①不仅在唐代,在前代亦是如此。《汉书·律历志》记载:“阴阳相生,自黄钟始而左旋,八八为伍。其法皆用铜,职在大乐,太常掌之。”②可以说太乐署都是太常(奉常)的核心部门。故序文中间所及“太乐”“太乐令”,作为国家音乐机关核心部分和主要乐官,仍是对国家音乐机关“太常”所辖乐舞与沿革的论述。

---

① (唐)李林甫等撰,陈仲夫点校:《唐六典》,中华书局1992年版,第402页。

② (汉)班固:《汉书》,中华书局1962年版,第965页。

就章目看，该书全面记述了包括“四夷乐”在内的太常寺所执掌乐舞。

《太乐令壁记》共分三章，上卷乐元，“元”有起始义，上卷取名“乐元”可能是对乐舞本原及历代流变的总体描述，大约相当于《通典·乐》中“历代沿革”部分。中卷“正乐”应该是该书最重要和最核心的内容，此部分包括雅乐、坐立二部伎、清乐以及西凉乐，与太常寺执掌庙堂雅乐以及宫廷燕乐等乐舞活动基本一致。但下卷为“四夷乐”，“四夷乐”是华夏正声之外的少数民族及外来乐舞，向来是与传统正声雅乐不相杂列的，显然超出了太乐署职责范围。而无论雅乐、四夷乐皆归太常寺管辖。故《太乐令壁记》不仅是对太乐署乐舞的记录，而且是对唐太常寺所执掌乐舞的全面描述。秦文在探讨该书文献价值时认为：“《壁记》篇目及佚文，表明它较全面系统地介绍各种音乐知识并大致依词目形式分条编列，已初具音乐百科全书的架构。”①这一评价是相当中肯的。

四、《太乐令壁记》的文献价值及相关问题

就今存《太乐令壁记》佚文而言，其内容涉及唐代乐舞的诸多方面，不仅是对唐代朝廷音乐的总结和记录，对后世史籍也产生了极大影响。该书的文献价值及影响主要体现在以下几个方面：

（一）是《通典·乐》及两《唐书》乐志的重要史源文献

《太乐令壁记》的文献价值向来为史家所重视，最早论及该书文献价值的恐非宋王应麟莫属。王应麟《困学纪闻》卷五：“《新唐书·乐志》多取刘贶《太乐令壁记》。”②《通典》为唐代史学家杜佑所撰，其中《通典·乐》部分文字从次序到文字内容与《太乐令壁记》皆相近，日本学者岸边成雄指出刘贶《太

① 秦序：《刘贶与〈太乐令壁记〉》，《武汉音乐学院学报》1993年第1期。

② （宋）王应麟著，栾保群、田松青校点：《困学纪闻》，上海古籍出版社2015年版，第129页。

乐令壁记》是《通典·乐》的"原来依据","甚至结构或许文章都相似"①。秦序、孙晓辉等以为旧志参考的初始文本,只是有的地方采用了转述,韦述所撰唐国史《音乐志》直接摘录了《太乐令壁记》中的雅乐、二部伎、清乐、四夷乐和八音等部分文字。② 从今两《唐书》乐志看,以上诸家所言颇有见地。

(二)记录了初盛唐乐舞的诸多方面,具有无可替代的文献价值

如上所言,从刘贶在序文中论述"太乐"时,已为全书奠定了记录太常寺乐舞的铺垫,其后不仅记录了朝廷雅乐以至俗乐、四夷乐等,也记录了律吕、乐器、权量以及兴废等情况。刘贶所记多亲见亲历的第一手资料,具有无可辩驳的可信度,是研究古代音乐特别是唐代音乐发展的重要史料。同时该书是目前所知较早记录唐坐立二部伎以及十部乐等唐代乐部的文献。乐舞分坐立二部伎等是隋唐乐舞的重要特色,唐初承袭隋九部乐,至贞观十一年(637)废《礼毕》,贞观十六年(642)唐太宗宴百僚,加奏《高昌伎》,始成十部乐,玄宗时又制坐立二部伎。这些史料于研究隋唐乐部制度特为重要。《太乐令壁记》是唐代前期音乐歌舞发展的总说,同时也是开元前期乐令的汇集,作为唐人所记,其材料具有无可替代的独特价值。甚至有学者以为刘贶书可以作为比较鉴别其他相关史料的"标准器"③。

《太乐令壁记》由太常寺乐官协律郎刘贶撰写,所谓"太乐"涵盖了太常寺之乐舞职能,就其章目、内容看,包括了庙堂雅乐以至四夷乐等太常寺所掌全部乐舞,是对国家音乐机关太常寺乐舞活动及沿革的总体描述。作为一种唐代"壁记",带有明显的官方性质,相当于太常寺对唐代乐舞的全面记录和总

---

① [日]岸边成雄:《唐代音乐文献解说》,秦序译,《交响》1987年第1期。

② 秦序:《刘贶与〈太乐令壁记〉》,《武汉音乐学院学报》1993年第1期。孙晓辉:《〈旧唐书·音乐志〉的史料来源》,《音乐研究》2002年第3期。

③ 秦序:《刘贶与〈太乐令壁记〉》,《武汉音乐学院学报》1993年第1期。

结，其性质相当于“太常寺壁记”。

五、待考问题

除可凭“太乐令壁记曰”等标志性文字确定佚文外，文献中尚有部分文字虽未直接说明出自该书，但就文字内容看，或亦出《太乐令壁记》。

1.《旧唐书》卷二九《音乐志》载及清乐时云：

> 武太后时，《明君》尚能四十言，今所传二十六言，就之讹失，与吴音转远。刘贶以为宜取吴人使之传习。以问歌工李郎子，李郎子北人，声调已失。①

按：旧志言“刘贶以为”等涉及隋唐清乐，疑其与《太乐令壁记》所记相关，据《玉海》记载，该书中卷第九为“清乐”，但今存佚文中无此类内容，或《旧唐书·音乐志》有关清乐文字亦出《太乐令壁记》？

2.《玉海》卷一一〇《音乐》“崔遵度琴笺”条：

> 唐协律郎刘贶，以乐器配诸节候，而谓琴为夏至之音。②

《宋史》卷四四一《崔遵度传》载崔遵度尝著《琴笺》云：

> 世之言琴者，必曰长三尺六寸象期之日，十三徽象期之月，居中者象闰，前世未有辨者。至唐协律郎刘贶以乐器配诸节候，而谓琴为夏至之音。③

《玉海》与《琴笺》皆为宋代文献，其中述及刘贶以乐器配诸节候，《玉海》载《太乐令壁记》上卷第五为“律吕”，下卷十六为“乐量”，崔遵度所言或与此部分内容有关，今佚文中无相关记录，究竟其内容如何尚有待研究。

---

① （后晋）刘昫等：《旧唐书》，中华书局 1975 年版，第 1068 页。

② （宋）王应麟：《玉海》，《四库全书》第 945 册，上海古籍出版社 1987 年版，第 876 页。

③ （元）脱脱等：《宋史》，中华书局 1977 年版，第 13063 页。

一一　吴兢《乐府古题要解》

《新唐书·艺文志》:"吴兢《乐府古题要解》一卷。"《宋史·艺文志》著录为两卷,《崇文总目》:"《乐府古题真解》一卷,唐吴兢撰,释古乐曲所以名篇之意。"①《直斋书录解题》:"《馆阁书目》又自有吴兢《题解》及别出《古乐府》十卷,《解题》一卷。"②是《中兴馆阁书目》亦载此书。《郡斋读书志》著录"《古乐府》十卷并《乐府古题要解》两卷":"唐吴兢纂。杂采汉魏以来古乐府词,凡十卷。又于传记及诸家文集中采乐府所起本义以释解古题云。"③《遂初堂书目》"乐类"载录《乐府古题要解》④,不著卷数、撰人。以上诸家对吴兢《乐府古题要解》著录相对清晰,唯卷数有一卷、二卷之异。

吴兢(670—749),汴州浚仪(今河南开封)人,唐代史学家,两《唐书》皆有传。《旧唐书》卷一百二《吴兢传》:

> 吴兢,汴州浚仪人也。励志勤学,博通经史。宋州人魏元忠、亳州人朱敬则深器重之,及居相辅,荐兢有史才,堪居近侍,因令直史馆,修国史。累月,拜右拾遗内供奉。神龙中,迁右补阙,与韦承庆、

① (宋)王尧臣等:《崇文总目》,《中国历代书目丛刊》,现代出版社1987年版,第18页。

② (宋)陈振孙撰,徐小蛮、顾美华点校:《直斋书录解题》,上海世纪出版股份有限公司、上海古籍出版社2015年版,第445页。

③ (宋)晁公武撰,孙猛校证:《郡斋读书志校证》,上海古籍出版社1990年版,第96页。

④ (宋)尤袤:《遂初堂书目》,《中国历代书目丛刊》,现代出版社1987年版,第18页。

崔融、刘子玄撰《则天实录》成,转起居郎。俄迁水部郎中……奏取兢所撰《国史》,得六十五卷。累迁台、洪、饶、蕲四州刺史,加银青光禄大夫,迁相州长史,封襄垣县子。天宝初改官名,为邺郡太守,入为恒王傅。

兢尝以梁、陈、齐、周、隋五代史繁杂,乃别撰《梁》《齐》《周史》各十卷、《陈史》五卷、《隋史》二十卷,又伤疏略。兢虽衰耗,犹希史职,而行步伛偻,李林甫以其年老不用。天宝八年,卒于家,时年八十余。兢卒后,其子进兢所撰《唐史》八十余卷,事多纰缪,不逮于壮年。兢家聚书颇多,尝目录其卷第,号《吴氏西斋书目》。①

《新唐书》卷一三二《吴兢传》:

吴兢,汴州浚仪人。少厉志,贯知经史,方直寡谐比,惟与魏元忠、朱敬则游。二人者当路,荐兢才堪论撰,诏直史馆,修国史。迁右拾遗内供奉。

神龙中,改右补阙。节闵太子难,奸臣诬构安国相王与谋,朝廷大恐。兢上言……

累迁起居郎,与刘子玄、徐坚等并职。玄宗初立,收还权纲,锐于决事,群臣畏服。兢虑帝果而不及精,乃上疏曰……

寻以母丧去官。服除,自陈修史有绪,家贫不能具纸笔,愿得少禄以终余功。有诏拜谏议大夫,复修史。睿宗崩,实录留东都,诏兢驰驿取进梓宫,以父丧解。宰相张说用赵冬曦代之,终丧,为太子左庶子。

开元十三年,帝东封太山,道中数驰射为乐。兢谏曰:"方登岱告成,不当逐狡兽,使有垂堂之危、朽株之殆。"帝纳之。明年六月,大风,诏群臣陈得失。兢上疏曰:"……愿斥屏群小,不为慢游,出不

① (后晋)刘昫等:《旧唐书》,中华书局1975年版,第3182页。

御之女，减不急之马，明选举，慎刑罚，杜侥幸，存至公，虽有旱风之变，不足累圣德矣。"

始，兢在长安、景龙间任史事，时武三思、张易之等监领，阿贵朋佞，酿泽浮辞，事多不实。兢不得志，私撰《唐书》《唐春秋》，未就。至是，丐官笔札，冀得成书。诏兢就集贤院论次。时张说罢宰相，在家修史。大臣奏国史不容在外，诏兢等赴馆撰录。进封长垣县男。久之，坐书事不当，贬荆州司马，以史草自随。萧嵩领国史，奏遣使者就兢取书，得六十余篇。累迁洪州刺史，坐累下除舒州。天宝初，入为恒王傅。虽年老衰偻甚，意犹愿还史职。李林甫嫌其衰，不用，卒，年八十。

兢叙事简核，号良史。晚节稍疏牾，时人病其太简。初与刘子元撰定《武后实录》，叙张昌宗诱张说诬证魏元忠事，颇言"说已然可，赖宋璟等邀励苦切，故转祸为忠，不然，皇嗣且殆"。后说为相，读之，心不善，知兢所为，即纵容谬谓曰："刘生书魏齐公事，不少假借，奈何?"兢曰："子元已亡，不可受诬地下。兢实书之，其草故在。"闻者叹其直。说屡以情蕲改，辞曰："徇公之情，何名实录?"卒不改。世谓今董狐云。①

结合两《唐书》本传看，吴兢一生著述颇丰，尤其是在修史方面用力甚勤。如果不究其内容或重复，仅就书名而言，除与刘知幾所撰《则天实录》(《武后实录》)外，尚有《国史》六十五卷以及《梁》《齐》《周史》《陈史》《隋史》等，惜其多已亡佚。《新唐书》本传称吴兢"世谓今董狐云"，所撰史书"号良史"，给予了极高的评价。所撰《贞观政要》至今仍是研究唐代历史的重要文献。吴兢博通经史，家藏图书甚富。本传载吴兢有家藏书目《吴氏西斋书目》，《郡斋读书志》著录此书："《吴氏西斋书目》一卷，唐吴兢录其家藏书，凡一万三千四

① (宋)欧阳修、宋祁等:《新唐书》，中华书局1975年版，第4525—4529页。

百六十八卷。兢自撰书，附于正史之末，又有续抄书列于后。”①此书是吴兢私家藏书目录，图书多至上万卷，可谓藏书宏富。

据晁氏著录，吴兢尚有《古乐府》十卷与《乐府古题要解》并行，晁志云其“杂采汉魏以来古乐府词”，可能是吴兢纂集的乐府歌诗汇编。赵希弁曾提及其所藏《乐府杂录》同《古乐府》《羯鼓录》二书的合刊本，《读书附志》卷下：“《乐府杂录》一卷，朝议大夫守国子司业上柱国赐紫金鱼袋段安节撰。《羯鼓录》一卷，婺州刺史南卓撰。乃唐人也。《读书志》载《古乐府》于别集类，而载段、卓二录于乐类，希弁所藏本乃刊三书为一集云。”②《读书志》载《古乐府》于“别集”类，说明该书与《羯鼓录》《乐府杂录》二书内容、性质不同，属于文学作品类，这一点与晁志所言该书“杂采汉魏以来古乐府词”相一致，推测《读书附志》所录《古乐府》可能就是吴兢所集。

吴兢《乐府古题要解》属唐人乐府题解类著作，该书的产生是乐府诗歌创作发展至唐代面临的现实问题的反映，也是乐府诗歌创作和进一步发展的需要。从该书序文看，撰者注意到时人用乐府古题创作歌诗，“或不观本章，便断题取义”，且积以为习，正是注意到乐府诗歌创作中出现的这种问题，所谓“面临歧路”，才提笔撰写此书，欲使后人知晓古题之意旨而有所“取正”。钱志熙指出“吴兢、李白以重古题、古义而否定齐梁以来专重赋题、多失古义的作风”“从强调汉魏古题、古意的角度来批评齐梁以来的拟乐府。吴兢的《乐府古题要解》，所针对的正是齐梁以降拟乐府竞用赋题之法，写作上着重于发挥题面、流于咏物，而失去了汉魏乐府的古意”③。从这一角度来讲，该书也是对初盛唐乐府诗歌创作的总结和批评。钱志熙在《唐人乐府学述要》中指出：“吴氏撰写《古题要解》，主要是利用其作为史官资料搜集上的便利，所以其成书，应该在武周末或开元初两次任史官时。无论是哪个时间，我们知道，正是

① （宋）晁公武撰，孙猛校证：《郡斋读书志校证》，上海古籍出版社1990年版，第400页。
② （宋）晁公武撰，孙猛校证：《郡斋读书志校证》，上海古籍出版社1990年版，第1215页。
③ 钱志熙：《唐人乐府学述要》，《中国社会科学》2013年第8期。

唐乐府发展中面临歧路的时候。吴氏大量古题的搜罗与题解,对盛、中唐古乐府创作的复兴,具有很重要的意义。”①吴兢以史学家眼光与睿智对乐府古题进行题解,可称得上是乐府诗学批判史上第一人,“以题解的形式,推动了唐代乐府诗理论的建构与批评”。② 以上观点从乐府文学发展的角度概括了该书的批判史意义。

一、《乐府古题要解》的版本与流传

学界对吴兢书流传、版本及其文献价值等多有研究,20 世纪王运熙《汉魏六朝乐府诗研究书目提要》肯定了该书的研究价值,孙尚勇在《乐府文学文献研究》中对该书作了更为详尽的考察。颜庆余《吴兢〈乐府古题要解〉杂考》主要对其佚文及版本加以考辨,高山《〈乐府古题要解〉考》对该书与刘悚所撰乐府论著进行了比较。③

目录文献所著录《乐府古题要解》书名、卷数等略有不同。宋代文献著录该书卷数,有一卷、二卷之别,此后直至清代,诸家书目所录均为《乐府古题要解》二卷。今《乐府古题要解》通行本主要有《学津讨原》本与《历代诗话续编》本两种,此二本皆以明末毛晋校刊《津逮秘书》本为祖本,故同为毛本体系。今传二本后有毛晋题跋:

> 汉武帝时乃立乐府,以李延年为协律都尉,举司马相如等数十人,造为诗赋,略论律吕,以合八音之调,盖乐府之所肇也。自汉迄唐,作者焱起云合,从未有汇成一编者。惟唐史臣吴兢纂采汉魏以来

① 钱志熙:《唐人乐府学述要》,《中国社会科学》2013 年第 8 期。

② 王辉斌:《唐人题解与吴兢〈乐府古题要解〉》,《南都学坛》2013 年第 1 期。

③ 王运熙:《汉魏六朝乐府诗研究书目提要》,《乐府诗述论》,上海古籍出版社 1996 年版,第 319 页。孙尚勇:《乐府文学文献研究》,人民文学出版社 2007 年版,第 340 页。颜庆余:《吴兢〈乐府古题要解〉杂考》,《图书馆理论与实践》2012 年第 9 期。高山:《〈乐府古题要解〉考》,《兰州文理学院学报》2014 年第 1 期。

> 古乐府词，分为十卷，惜乎不传。传者仅《古题要解》二卷，于传记及诸文集中，采其命名缘起，令后人知所祖习。又有《乐府解题》，不著撰人名氏，与吴兢所撰差异。今人混为一书，谬矣。但太原郭氏诸叙中辄引《乐府题解》，不及《古题要解》，不知何故。余家藏是书凡三本，一得之虞山杨氏，一得之锡山顾氏。二氏素称藏书家，不意施硃傅墨，较订数遍，其间脱简讹字，尚多于几上凝尘。既得元版，颇善，但《会吟行》俱误作《吴吟行》。按"会"谓会稽，谢灵运诗"咸共聆《会吟》"，故云"其致与《吴趋行》同"也。如《采薇操》亦曰《晨游高举》，《琴曲》注中引吴兢云云。兹集中不载，岂逸文尚多耶？海隅毛晋识。①

毛氏跋文对吴兢《古乐府》及《乐府古题要解》的流传等有简要撮述，但其所见《乐府古题要解》已是"脱简讹字，尚多于几上凝尘"，实在令人遗憾。《四库提要》对该书的流布叙述较为详细，但四库馆臣以为今传毛晋本《乐府古题要解》为元人"赝造"：

> 《乐府古题要解》·二卷（两江总督采进本）
>
> 旧本题唐吴兢撰。兢有《贞观政要》，已著录。考《崇文总目》载古《乐府古题要解》共十二卷。晁公武《读书志》称兢纂采汉、魏以来古乐府词凡十卷。又于传记及诸家文集中采乐府所起本义，以释解古题。观《崇文总目》称二书共十二卷，而《读书志》称古乐府十卷，则所余二卷为《乐府古题要解》矣。卷数与今本相合。《崇文总目》又载《乐府解题》，称不著撰人名氏，与吴兢所撰《乐府古题》颇同，以《江南曲》为首，其后所解差异。此本为毛晋津逮秘书所刊，后有晋跋，称今人以兢所撰与《乐府解题》混为一书。又称太原郭氏诸叙

① 丁福保辑：《历代诗话续编》（全三册），中华书局 1983 年版，第 67 页。

中，辄引《乐府解题》不及《古题要解》。今考郭茂倩《乐府诗集》所引《乐府解题》，自汉铙歌《上之回》篇始，乃明题吴兢之名。则混为一书，已不始于近代。然茂倩所引，其文则与此书全同，不过偶删一二句，或增入乐府本词一二句，不应互相剿袭至此。疑兢书久佚，好事者因《崇文总目》有"《乐府解题》与吴兢所撰乐府颇同"语，因捃拾郭茂倩所引《乐府解题》，伪为兢书。而不知王尧臣等所谓与乐府颇同者，乃指其解说古题体例相近，非谓其文全同。观下文即云以《江南曲》为首，其后所解差异，是二书不同之明证。安有两家之书如出一口者乎？且乐府自乐府，杂诗自杂诗，卷末乃载及《建除》诸体，并及于字谜之类，其为捃拾以足两卷之数，灼然可知矣。晋跋称是书凡三本，一得之广山杨氏，一得之锡山颜氏，最后乃得一元版。然则是书为元人所赝造也。①

四库馆臣首次对该书真伪提出质疑，认为今传吴兢书为好事者"伪为兢书"，又云"为元人所赝造"。但据孙尚勇研究，吴兢原著之《要解》在北宋前与《古乐府》并行，两宋之交《要解》经重刻由一卷析为二卷，后脱离《古乐府》单独流传。《要解》在元代流传不可考，但必经过一次重刻，此元本后为毛晋所得并据以付梓。元本之祖本为宋刻二卷本，重刻之宋二卷本至明代仍有流传：其一为虞山杨氏、锡山顾氏二藏本，二本据宋本"钞白"，后为毛晋所得。其二为明钞本，正德年间柳金据宋本抄写，至嘉靖年间经陆东重录并据《乐府诗集》略作校勘，后由河间知县汝南梁梧付梓。明钞本有天一阁藏本，至清归陆心源皕宋楼，此本今不可考。又有季振宜藏本，至1917年季氏藏本为傅增湘所得，遂传至今。② 此外，孙尚勇等认为《乐府古题要解》尚有节本传世，一为旧题朱胜非《绀珠集》卷八所引，题为吴兢《乐府题解》，录题21条，多见于今本。其二为涵芬楼本《说郛》卷四三《炙毂子杂录》所引《乐府题解》。

① （清）永瑢等：《四库全书总目》，中华书局2003年版，第1796页。

② 孙尚勇：《乐府文学文献研究》，人民文学出版社2007年版，第346页。

除以上两种节本，古籍中尚有《乐府解题》两部：宛委山堂本《说郛》卷一百所录《乐府解题》和《类说》卷五一《乐府解题》。以上四部均以乐府解题为主，但若以语言描述其文本异同，又极烦琐，读者亦未必能明了其异同，故不避重复，今附四本于此，以资比勘研究。

二、几种乐府解题类集录

（一）朱胜非《绀珠集》卷八吴兢《乐府题解》

乐府题解

吴兢

《绀珠集》卷八

1. 伯牙闻海水得琴妙

伯牙学琴于成连先生，成连曰："吾师子春在海中，能移人意。"与俱往。至蓬莱山，留伯牙曰："此居习之，吾将迎师。"刺船而去，旬日不返。伯牙但闻水声倾洞。山林冥杳，禽鸟啼号。乃叹曰："吾师谓移人意者，岂此也。"援琴而歌，顿悟其妙旨。

2. 白头吟

司马相如将聘茂陵女为妻，文君作《白头吟》云："凄凄重凄凄，嫁女不须啼。愿得一心人，白头不相离。"示相如以自绝，乃不聘。

3. 雉朝飞

齐宣王时，牧犊子五十无妻，见雉相随而作此曲。

4. 别鹄操

商陵牧子妻五年无子，父母将令改娶。妻闻之，作此曲。

5. 乌夜啼

宋彭城王义康与义庆相见而哭，帝怪之，征还，大惧。妓妾夜闻乌啼，叩阁曰：“明当有赦。”乃改南州，遂作此曲。

6. 藁砧今何在

藁砧为夫也。山上复有山，言夫出也。何当大刀头，问何时还也。破镜飞上天，言月半时还也。

7. 围棋烧败袄

梁简文《风人诗》云：围棋烧败袄，看子故依然。

8. 泰山吟

《薤露歌》，名《蒿里行》，又名《泰山吟》。

9.《挽柩歌》

汉武时，李延年分二曲以《薤露》送王公贵人，以《蒿里》送士庶，令挽柩者歌。又通谓之《挽柩歌》。

10. 乌生八九子

古词言：乌生八九子。端坐秦氏树。言乌生子当在岩，今来坐树间，故为弹所杀。

11. 陌上桑

旧说邯郸女子姓秦名罗敷，为王仁妻。仁事赵王为家令，罗敷采桑陌上，赵王见而悦之，置酒将夺焉。罗敷善筝，作此曲，自明不从。

12. 东门行

古词云：出东门，不愿归。言士有贫不能安者，拔剑将去。其妻止之曰：“时清不可为非，愿共餔糜，不求富贵。”

13. 君马黄

言君马黄，臣马苍，三马同逐臣马良。叹无罪见逐也。

14. 明君自请往单于

明君即昭君，避晋文讳改焉。《琴操》载，昭君齐人王穰女，极美,献之元帝,数年帝未见之。因单于入朝,帝宴之禁中,后宫执事嫔御皆侍,昭君在列。酒酣,帝曰:“欲以一女遗单于,谁能行者?”昭君怨帝,即出请往,帝见悔之。旧说不同。

15. 大垂手

言舞而垂手。亦有《小垂手》及《独摇手》之类。

16. 坎侯

汉武灭南越祠,太一后土令乐人依琴造坎,言坎坎应节也。侯,工人之姓,因曰坎侯。后讹为箜篌也。

17. 定情篇

汉繁钦所作。若臂环致拳拳,指环致殷勤,耳珠致区区,香囊致扣扣。跳脱致问佩玉结恩,皆妇人叙志之词也。

18. 合欢诗

晋杨方所作。食共并根穗,饮共连理杯。衣同双丝绡,寝共无缝裯。坐必接膝,行必携手。如鸟同心,如鱼比目。利断金石,密逾胶漆也。

19. 大山、小山

《招隐词》本楚声,淮南王安所作。大山、小山拟《诗》之《大雅》《小雅》也。

20. 离合诗

孔融作。离合其字以成文。

21. 薤露歌

田横门人为之。其词曰:“薤上露,何易晞。明朝还复落,人死一去归何时?”

以上《绀珠集》卷八所引古题,多见于今《历代诗话续编》本(以下简称“《续编》本”)吴兢《要解》,仅个别题名不同。如《续编》本中《伯牙操》此本作《伯牙闻海水得琴妙》,《王昭君》此本作《明君自请往单于》。另外,此本《围棋烧败袄》一条不见于《续编》本《乐府古题要解》,或可以资补阙。

（二）涵芬楼本《说郛》卷四三题为唐王献的《炙毂子杂录》所存《乐府题解》

乐府题解

涵芬楼本《说郛》卷四三唐王献《炙毂子杂录》

序乐，炙毂子曰：

《乐府题解》序云：乐府之兴，肇于汉魏。历代文士，篇咏实繁。或不睹本章，便断题取义，赠夫利涉，则述《公无渡河》。待彼再诞，乃引《乌生八九子》。赋雉班者，但美琇颈锦臆，歌马者，序驰骤乱踏。皆若兹，不可胜载，递相祖袭，积用为常，欲令后生何以取正。顷因涉阅传记，兼诸家文集，每有所得，辄以纪之。岁月积深，或成卷轴，因以编次，目之为《古题解》。甙学君子，无或忽之也。

《雉朝飞》，齐宣王时处士牧犊子所作也。

《走马引》，樗里牧恭所作也。

《别鹤操》，商陵牧子所作也。

《淮南王》，淮南小山所作也。

《武溪深》，马援南征所作也。

《吴趋曲》，吴人以歌其地也。

《箜篌引》，亦曰《公无渡河》。旧说朝鲜津卒霍里子高妻丽玉所作也。

《平陵东》，汉翟义门人所作也。

《薤露歌》《蒿里歌》并丧歌，出田横门人。

《长歌》《短歌》，言人寿命长短以定，不可妄求也。

《陌上桑》，一曰《日出东南隅》，亦曰《艳歌罗敷行》。

《杞梁妻》，杞慎妻妹所作也。

《钓竿》,《古今注》云,伯常子妻所作也。

《董逃歌》,《古今注》云,后汉游童所作也。

《短箫歌》,《古今注》云,黄帝使岐伯作也。

《上留田》,地名也。北地人有父母死,不接其孤弟者,邻人之贤者,为其弟作,以讽兄也。

《日重光》《月重轮》,群臣为汉明帝作。

《横吹》,胡乐也,李延年造。

《江南曲》

《度关山》,古诗云,魏武所作。

《鸡鸣曲》

《对酒》,古辞,魏武所作。

《乌生八九子》

《燕歌行》,晋用为乐章。

《秋胡行》,胡妻死后,人哀而赋之。

《苦塞行》,魏武赋,晋用为乐。

《塘上行》,一曰《塘上辛苦》,魏文甄后作。

《善哉行》《东门行》《西门行》《煌煌京洛行》

《艳歌何常行》,一曰《飞鹤行》。

《步出下东门行》,一曰《陇西行》。

《满歌行》

《櫂歌行》,晋奏乐。

《雁门太守行》

已上乐府相和歌。按相和歌并汉世街陌讴谣之词,丝竹更相和,为执节者歌者之。本一部,魏明帝分为二,更递夜宿。始十七曲,后合为十三曲,今所载之外,复有《气出唱》《精列》《东光引》等三篇。自《短歌行》已下,晋荀勖撰旧诗,旋用于汉魏,故其数广。

《殿前生桂树》，乐府辞，舞歌，汉代宴享用之，不详所起。其歌又有《关东有贤女》，章帝所造。章和二年，中乐久长四方望等五曲其辞皆亡。近史云《鞞舞》，本汉巴渝舞也，高祖造。

《白鸠篇》，按晋杨泓舞序云：自到江南见《白苻舞》或云《白凫》《白鸠》，其词吴人患孙皓之虐政，思从晋也。

《碣石》，晋乐，魏武帝辞。

已上乐府《拂舞篇》，按《拂舞》，前史云：出自江左，复有济济独禄等共五篇。今读其词，惟《白鸠》一篇，余并非吴歌，未详所起也。

《白纻歌》

已上乐府《白纻歌》。按旧史说，白纻吴地所出《白纻舞》也。梁武帝使沈约改其辞，为四时之歌，若兰叶参差桃半红，即春歌也。周处《风土记》云，孙权征公孙闵，浮海乘舶，舶，白也也。时和歌者犹云行行白纻，盖出于此。（《炙毂子》曰：白纻细白，生纻布也。今湖州者最上也。按《左传》，吴季札献缟带于子产，赠之以纻布也。）

《上之回》《巫山高》《君马黄》《芳树》《有所思》《雉子班》《临高台》

已上乐府铙歌。按汉明帝定乐四品，最末曰短箫歌，军中鼓吹之乐。旧说黄帝使岐伯所造，以建武威，扬德风，劝战士也。《周礼》所谓王大捷则令凯乐，军大捷则令凯歌也。《周礼》所谓皆。汉曲又有《朱鹭》《思悲翁》《艾如张》《如二雍》《离上陵》《将进酒》《上圣人出》《上邪》《远如斯》《石留寿》共十八曲。字皆纰缪，不可晓解。《钓竿》一篇，晋世亦称为汉曲，已上十八曲，恐非是也。

《陇头吟》《黄鹤吟》《望人行》《折杨柳》《关山月》《长安道》《横行》《梅花》《紫骝马》《骢马》《雨雪》《刘生》

已上乐府横吹曲。按北曲有鼓角，《周礼》：以鼖鼓鼓。角，旧说蚩尤氏率魑魅与黄帝战于涿鹿之野，帝始命吹角作龙吟以御之。乃魏武征乌桓,越沙漠,军士闻之悲思,于是减为中鸣,尤更悲矣。又有胡笳之声,后渐用之。又横吹者,即胡乐也。汉博望侯张骞入西域,传其法于西京,惟得《摩诃兜勒》二曲。李延年因胡曲变之,更造新声二十八解。其法乘舆以为武乐,东汉以给边将。和帝时,万人将三军得用之,魏晋以来二十八解不复具在也,在者止有《出关》《出塞》《入塞》《黄覃子》《赤之阳》《合上》《黄鹤吟》《陇头吟》《折杨柳》《望行人》等十曲,皆无其辞。若《关山月》以下十八曲,后代所加也。

《王昭君》,汉人怜昭君远嫁,为作歌。

《子夜》,晋有女子名子夜所作也。

《前汉》,晋车骑将军沈玩所作也。

《石城》,宋臧质所作也。

《乌夜啼》,宋临川王义庆所作也。

《莫愁》

《襄阳城》,宋随王诞所作也。

已上乐府清商曲,南朝旧乐也。故蔡邕云,清商曲,其辞不足采者。其曲名有《出郭西门》《陆地行车》《伕钟》《朱堂寝》《奉法》五曲,非止《王昭君》等。永嘉之乱,中朝旧曲散乱,江左无复宋梁新声,后魏孝文纂绪,收其所获南音,谓之清商乐,即此等是也。隋平陈,因置酒清商署。君巴谕白纻辞皆在焉。

《相逢狭路间行》亦曰《长安有狭斜行》。《艳歌行》《怨诗行》《饮马长城窟行》或云此蔡邕之词。《君子行》《鞠歌行》《豫章行》《门有车马客行》《猛虎行》《齐讴行》《会吟行》《出自蓟北门行》《结客少年场行》《东虎吟行》,或云无行字。《苦热行》《放歌行》《西上上长安行》《怨歌行》《凤将雏》,旧说汉世乐曲名也。《白马篇》《空城雀》《半渡溪》《起夜来》《独不见》《携手曲》《阳春曲》《新城》亦曰

《长乐官行》《大垂手》,又有《小垂手》及《独摇手》《行路难》《蜀道难》《秦王巷永》《轻薄篇》《苦哉行》《悲哉行》。

已上乐府虽题目,自《相逢狭路间》以下,皆不知所起。《君子有所思》以下,又无本辞。仲尼云:有所不知则阙之,以俟知者。今据后人所拟,采其意而注之,如曹植《鸳鸯》《种葛》《明君》《箜篌》《蒲生》《吾生行宴乐》,无,《少年》《东海》《人生》《坐三殿》《阊阖》《日与月》《日月既逝》《只翼》《太极》《白马》《名都》《盘古》《驱车》《东岳》《妍歌》《结客》《大垂手》等。《拟气出唱》,思为《喉干》,《酒行》为《于穆》《精列行》为《两仪》,《陌桑》为《望云》,《有所思》为《嗟佳人》,《善哉行》为《苦日短》,《长歌行》为《鰕□》,墨出《尺蠖》,《出东门》为《推贤》,《苦寒行》为《呼嗟》,《饮马长城窟》为《扶桑嗟生》,《豫章行》为《穷达》,《薤露》为《天地》,《秋胡行》为《在昔》,《妾薄命》为《日月》,《齐路行》为《美如太山》,《梁父吟》为《八方》等篇。虽大禹以上行亦多是拟古,所作后继之,故不录。如傅林变《有女秋兰》《草摇摇》《燕美人》,谢惠连《却东西》《晨风》《前有尊酒》《陈歌》《越谣》等行,缓声代后等歌。诸家集复有《城上麻》《携手雍台》《送归》《夹树》《渡易水》《胡无人》《桐栢出华阴山》,近代吴均辈多拟此等,并自为乐府,皆关古辞,亦不书,以俟知音也。

《思归引》一曰《离拘操》,卫女作。

《水仙操》,伯牙作也。

《公无渡河》本曰《箜篌引》也。

《走马引》《雉朝飞》《别鹤操》

已上乐府琴曲,皆出《琴操》,记事与本传相连,今并存之,以广异闻。

《上门怨》《婕妤怨》,《铜雀台》一曰《铜雀妓》。

《四愁》,张平子所作。

《同声诗》,亦张平子所作。

《招隐》，汉淮南王刘安小山所作。

《定情诗》，汉繁钦所作。

《合欢诗》，晋扬芳所作。

《反招隐》晋王康琚所作。

《藁砧今何在》

《联句》，起汉武栢梁宴，人作一句。

《自君之出矣》，出徐干宣思诗等三词云。

《离合诗》，起汉孔融，离合其字以成文。

《盘屈诗》，盘屈书之。是窦滔妻苏氏回文诗也。

《回文诗》，回复读之也，皆韵而成。见上注。

《百年歌》，每十岁为一首，陆士衡至百二十时也。

《步虚辞》，道观所唱。

《道里名诗》

草木鸟兽名，八音。

六府，建除。

《风人诗》，梁简文帝谓之《风人诗》。陈江总谓之吴歌。其文尽帷薄亵情，上句述一语，用下句释之以成云。《围棋烧败袄》，看子故依然，是此类也。

已上古题及后代杂题，按古题多起汉代，杂题多起齐梁。又有古歌诗数十篇，亦两汉之什，大行于世，而题目又如《两头纤纤》、《五杂俎》、桓敬道子诗等，体复不类，并不载之也。

炙毂子曰：此部全出《乐府题解》，予加以《古今注》附之，义有阙者，采经史以补之也。

整体而言，此本文字与《续编》本吴兢《要解》内容、次序大致相当，但在诗歌分类上与今吴兢书略有出入，如《上留田》《日重光》《月重轮》等吴兢书在“乐府杂题”类，而此本归入“相和歌”。另外文字颇多舛讹，部分文字难以理解。如《续编》本《乐府古题要解》"乐府杂题"部分,"乐府杂题"四字,此本作"乐府虽题目","傅休奕(按:傅玄,字休奕)"此本作"傅林变",横吹曲《望行人》作"望人行",《秦王卷衣》作"秦王巷永",如此等等,尚有多处。

此本文末有"炙毂子曰"一段,说明其文字"全出《乐府题解》",又加以《古今注》,并采经史以补之。孙尚勇等学者以为此本为吴兢书节本,但《炙毂子杂录》并未明确说明此文出自吴兢书。《郡斋读书志》卷十二:"《炙毂子杂录注解》五卷,唐王叡撰。《二仪实录》《古今注》载事物之始,《乐府题解》载乐府所由起。叡辑纂数家之言,正误补遗,削冗并归一编云。"①《直斋书录解题》卷十著录《炙毂子》:"《炙毂子》三卷,唐王睿撰。以《古今注》《二仪实录》《乐府解题》等书,删并为一编。"②其中亦未言所删并母本《乐府解题》是否为吴兢《乐府古题要解》。

(三)宛委山堂本《说郛》卷一百所录《乐府解题》

乐府解题

刘悚(目录);吴兢(正文)③

宛委山堂本《说郛》卷一百

1. 伯牙操

伯牙学琴于成连先生,成连曰:"吾师子春在海中,能移人意。"与俱往,至蓬莱山,留伯牙曰:"此居习之,吾将迎师。"刺船而去,旬日不返。伯牙但闻水声澒洞,山林冥杳,禽鸟啼号。乃叹曰:"吾师谓移人意者,谓此也。"援琴而歌,顿悟其妙旨。

---

① (宋)晁公武撰,孙猛校证:《郡斋读书志校证》,上海古籍出版社2011年版,第519页。

② (宋)陈振孙撰,徐小蛮、顾美华点校:《直斋书录解题》,上海世纪出版股份有限公司、上海古籍出版社2015年版,第307页。

③ 按:《说郛》总目中撰者题为刘悚,卷一百正文中题为吴兢。

2. 白头吟

司马相如将聘茂陵女为妻，文君作《白头吟》云："凄凄重凄凄，嫁女不须归。愿得同心人，白头不相离。"相如以是绝，乃不聘。

3. 雉朝飞

齐宣王时，牧犊子五十无妻，见雉相随而作此曲。

4. 别鹤操

商陵牧子妻五年无子，父母将令改娶，妻闻之作此曲。

5. 乌夜啼

宋彭城王义康与义庆相见而哭，帝怪之，征还，大惧。妓妾夜闻乌啼，叩阁曰："明当有赦。"乃改南州，遂作此曲。

6. 藁砧今何在

藁砧，为夫也。山上复有山，言夫出也。何时大刀头，问何时还也。破镜飞上天，言月半时还也。

7. 杂合诗

孔融作。合其字以成文。

8. 泰山吟

《薤露歌》，一名《蒿里行》，又名《泰山吟》。

9. 挽柩歌

汉武时，李延年分二曲，以《薤露》送王公贵人，以《蒿里》送士庶，令挽柩者歌。又通谓之《挽柩歌》。

10. 乌生八九子

古词言："乌生八九子，端坐秦氏树。"言乌生子当在岩，今来坐树间，故为弹所杀。

11. 陌上桑

旧说邯郸女子姓秦名罗敷，为王仁妻。仁事赵王为家令，罗敷采桑陌上，赵王见而悦之，置酒将夺焉。罗敷善筝，作此曲，自明不从。

12. 东门行

古词云:"出东门,不愿归。"言士有贫不能安,拔剑将去。其妻止之曰:"时清不可为非。愿共餔糜,不求富贵。"

13. 君马黄

言君马黄,臣马苍,三马同逐臣马良。叹无罪见逐也。

14. 明妃曲

明君即昭君,晋文帝讳改焉。《琴操》载,昭君,齐人王穰女,极美。献之元帝,数年帝未见之。因单于入朝,帝宴之禁中,后宫执事嫔御皆侍,昭君在列。酒酣,帝曰:"欲以一女遗单于,谁能行者?"昭君怨帝,即出请往,帝见悔之。旧说不同。

15. 大垂手

言舞而垂其手,亦有《小垂手》及《独摇手》之类。

16. 坎侯

汉武灭南越祠,太一后土令乐人依琴造坎,言坎坎应节也。侯,工人之姓,因曰坎侯。后讹为箜篌也。

17. 定情篇

汉繁钦所作。若臂环致拳拳,指环致殷勤,耳珠致区区,香囊致扣扣。跳脱致问,佩玉结恩,皆妇人叙志之词也。

18. 合欢诗

晋杨方所作。食共并根穗,饮共连理杯。衣同双丝绡,寝共无缝裯。坐必接膝,行必携手。如鸟同心,如鱼比目。利断金石,密逾胶漆也。

19. 大山、小山

《招隐词》本楚声,淮南王安所作。大山、小山拟《诗》之《大雅》《小雅》也。

宛委山堂本《说郛》卷一百《乐府解题》与《绀珠集》卷八所录《乐府题解》

解题次序、内容大体相同,文字小异,应出同一祖本。唯《绀珠集》卷八收 21 题,较宛委山堂本《说郛》本多出《薤露歌》《围棋烧败袄》二题。

(四)《类说》卷五一佚名《乐府解题》

曾慥《类说》卷五一有佚名《乐府解题》,释古题凡 45 首,其中部分与今传吴兢《乐府古题要解》同,且首题为《江南曲》。书名与首题及特征与《崇文总目》著录相契合,今附如下:

乐府解题

《类说》卷五一

1. 江南曲

《江南曲》云:江南可采莲,莲叶何田田。

2. 丧歌蒿里行

古丧歌本出田横门人,歌以送横。一章言人命奄忽,如薤露晞;二章言人死精归蒿里。汉武时李延年分为二曲,《薤露》送王公贵人,《蒿里》送士大夫庶人。亦曰《挽歌》。按《左传》齐将与莒战艾陵,公孙夏使其徒歌虞殡,杜注送丧歌,不由田横始也。

3. 陌上桑

《陌上桑》亦曰《艳歌罗敷行》。词云:月出东南隅,照我秦氏楼。邯郸女子秦罗敷采桑陌上,赵王登台,见而悦之,置酒夺焉。女素善弹筝,作《陌上桑》以自明不从。

4. 长歌、短歌

《长歌行》,魏武帝赋:对酒当歌,人生几何。旧说长歌、短歌大率言人寿命长短已定,不可妄求。

5. 董桃行

《董桃行》,后汉游童作。终有董卓之乱,卒以迸亡。晋傅休奕

《历九秋篇》,叙夫妇别离之思,云拟董桃行。

6. 白头吟

文君作《白头吟》云:皑如山上雪,皎如云间月。良人有两意,故来相诀绝。

7. 白纻歌

《白纻歌》称舞者之美,宜及芳时为乐。梁武帝令沈约改为《四时歌》。若兰蘂参差,桃枝半红即春也。

8. 有所思

《有所思》大略言所思乃在大海南,闻君有他心,烧之,当风扬其灰。

9. 子夜歌

《子夜歌》,晋有女子,夜所造,声过哀。

10. 乌夜啼

《乌夜啼》,宋彭城王义康徙豫章,王义庆时为江州,相见而哭。文帝闻之,召还,大惧。伎妾闻乌夜啼,叩阁曰:明日应有赦。及改南州,因作此歌,亦有《乌栖曲》。

11. 石城

石城宋藏质为竟陵守,城上见群小歌谣而为之。

12. 莫愁

石城有小女名莫愁,善歌谣。词云:莫愁在何处,莫愁石城西。艇子打两桨,催送莫愁来。

13. 太子歌

汉明帝为太子乐人,歌四章以赞德。一曰日重光,二曰月重轮,三曰星重辉,四曰海重润。

14. 饮马长城窟

《饮马长城窟》诗云:青青河畔草,绵绵思远道。伤良人游荡不归,蔡邕所作。若陈琳水寒伤马骨,则言秦人苦长城之役。

15. 齐讴、吴趋

《齐讴行》,陆士衡歌齐地之美。《吴趋行》,吴人歌其土地。

16. 结客少年场

《结客少年场》,言轻生重义,慷慨以立功名。

17. 放歌行

鲍照云:蓼虫葵槿之类,言朝廷方盛,君上爱才,何为临路将去也。

18. 关山曲

《关山曲》,伤别离也。

19. 雉朝飞

《雉朝飞》,齐宣王时处士牧犊子所作。年七十无妻,见野雉雌雄相随,因操琴而歌之。

20. 别鹤操

《别鹤操》,商陵牧子所作。娶妻五年无子,父兄将为之改娶,妻倚户悲哭。牧子乃怆然而歌曰:将乖比翼隔天端,山川悠悠路漫漫。

21. 水仙操

《水仙操》,伯牙学琴于成连,成连先生云:"吾师方子春在东海中,能移人情。"乃与伯牙俱往,至蓬莱山,留伯牙曰:"吾将迎师。"刺船而去,旬日不返。伯牙但闻水声澒洞,山林杳冥,群鸟悲号。叹曰:"先生将移我情。"援琴而歌,顿悟妙旨。成连刺船迎之,伯牙遂妙天下。

22. 公无渡河

《公无渡河》,本《箜篌引》。朝鲜津卒霍子高妻丽玉所作。子高晨起刺船,有白首狂夫,披发提壶出,乱流而渡。其妻呼止之,不及,溺死。于是援箜篌歌曰:"公无渡河,公竟渡河。公堕河死,当奈公何。"曲终投河而死,丽玉伤之,乃引箜篌写其声,闻者堕泪。

23. 坎侯

汉武帝灭南越，祠太乙后土，令乐人侯晖依琴造坎，言其坎坎应节也。侯，工人之姓，因曰坎侯。后语讹为箜篌。

24. 定情诗

《定情诗》，魏繁钦作。言妇人不能以礼从人，解衣服玩好结绸缪之志。若臂环致拳拳，指环致殷勤，珠致区区，香囊致扣扣，跳脱致契阔，珮玉结恩情，自以为至矣。而期于山阴山阳，山西山北，终不答，乃自悔焉。

25. 铜雀伎

《铜雀台》亦云《铜雀伎》。魏武帝遗命宫伎朔望登台望吾西陵，后人悲其意而为之咏。

26. 合欢诗

《合欢诗》，晋杨方作。言虎啸风起，龙跃云浮，磁石引针，阳燧致火，声比而应，同志相求。常愿食同并根穗，饮共连理杯，衣同双丝绢，寝共无缝绸。坐必接膝，行必携手，如鸟同心，如鱼比目。利断金石，密愈胶漆。

27. 招隐

《招隐》，汉淮南王安小山所作。山中不可久留，后人改为王言。左思《招隐》数篇，王康琚又反招隐，淮南书有小山、大山，言政大小，犹诗二雅。

28. 大刀头

藁砧今何在，藁砧夫也，问夫今何在。山上更安山，重山为出字，言出不在也。何当大刀头，刀头有环，问何时还也。破镜飞上天，月破当来也。

29. 连句

连句起自汉武帝栢梁宴，作人作一句，连以成文，七言诗始于此。

30. 爱妾换马

《爱妾换马》，淮南王安作。

31. 回文诗

回文诗，回复读之，皆类而成文。

32. 百年歌

《百年歌》，起总角，至百年，历述幼小、丁壮、耆耄之状，每十年一首，陆士衡独至一百二十。

33. 步虚词

《步虚词》，道观所唱，备言缥缈，众仙轻举之美。

34. 盘中诗

《盘中诗》，盘屈书之。诗云：山树高，鸟鸣悲。末云，当从中央周四角也。

35. 建除

《建除》，若鲍昭“建旗出敦煌，除去徒与驿”。但有建除字，而已不存其意。

36. 风人诗

梁简文《风人诗》上句一语用下句释之。成文“围棋烧败袄，著子知然衣”。

37. 乌生八九子

古词云：乌生八九子，端坐秦氏桂树间。言乌母本在山岩，来为秦氏弹丸所杀。黄鹄摩天，鲤在深泉，人得而煮之，寿命各有定分也。

38. 时清不可为非

《东门行》云：出门东行不愿归，言士有贫，不安其居，拔剑将去，妻子牵衣止之曰：时清不可为非，愿其餔糜，不求富贵。

39. 人生不满百

《西门行》云：人生不满百，常怀千岁忧。昼短苦夜长，何不秉烛游。

40. 巴渝之美

武王伐纣歌,使工习之,号巴渝之美。

41. 君马黄

君马黄,臣马苍,君马逐臣马良,叹无罪见逐也。

42. 明君歌

王明君歌,我本汉家子是也。王昭君,以汉讳,昭为明字。

清商曲,清商曲南朝旧乐,隋平陈因置酒清商署。《巴渝》《白纻》等曲皆在。

43. 大小垂手

《大垂手》言舞而垂其手,亦有《小垂手》及《独摇手》之类。

44. 携手曲

《携手曲》言携手行乐,恐芳时不留,君恩将歇。

45. 夜夜曲

《夜夜曲》伤独处也。《阳春曲》伤时也。

《类说》所存《乐府解题》,《风人诗》《建除》为《续编》本《乐府古题要解》所无。此文"长歌、短歌"条中,《乐府古题要解》作《长歌行》《短歌行》两首古题。其余有题名不同而内容一致者,如《大刀头》《人生不满百》二题,今《乐府古题要解》分别作《砧藁今何在》《西门行》。总体而言,其中文字舛讹颇多。如《风人诗》中所引梁简文帝诗句,古籍中一般引做"著子故依然",而此文作"著子知然衣",文字显然有误。《建除》中鲍照诗也与原诗有出入。

一二　郗昂《乐府古今解题》

《新唐书·艺文志》:“郗昂《乐府古今题解》三卷。一作王昌龄。”《崇文总目》卷一:“《乐府古今解题》三卷,唐郗昂撰。或云王昌龄撰。未详孰是。旧云《古今乐府解题》,又云《古题》,所载曲名与吴兢所撰《乐府解题》颇异,复有唐李百药辞,今定为《乐府古今解题》。”①此外,《通志·艺文略》:“《乐府古今题解》三卷,郗昂。”《玉海》卷一〇六《音乐》:“郗昂《乐府古今题解》三卷,一作王昌龄。《书目》一卷,凡释二十八题。”

综合《新唐书·艺文志》诸家著录,此书旧名《乐府古今题解》《古今乐府解题》《古题》等,《崇文总目》始定其名为《乐府古今解题》(以下除引文外,以《乐府古今解题》称之)。

郗昂,两《唐书》记作“郗纯”,避唐文宗讳,改“纯”为“昂”。② 字高卿,号伊川田父。高平金乡(今属山东)人。生卒年不详。《新唐书·艺文志》集部载其有《郗纯集》六十卷。③ 郗昂事迹附于其子郗士美本传。《旧唐书》卷一五七《郗士美传》:

① (宋)王尧臣等:《崇文总目》,《中国历代书目丛刊》,现代出版社1987年版,第18页。

② 郁贤皓:《李白交游杂考》,《李白丛考》,陕西人民出版社1982年版,第167页。傅璇琮:《王昌龄事迹考略》,中华书局1980年版,第141页。

③ (宋)欧阳修、宋祁等:《新唐书》,中华书局1975年版,第1605页。

> 郗士美字和夫，高平金乡人也。父纯，字高卿，为李邕、张九龄等知遇，尤以词学见推，与颜真卿、萧颖士、李华皆相友善。举进士，继以书判制策，三中高第，登朝历拾遗、补阙员外、郎中、谏议大夫、中书舍人。处事不回，为元载所忌。鱼朝恩署牙将李琮为两街功德使，琮暴横，于银台门毁辱京兆尹崔昭。纯诣元载抗论，以为国耻，请速论奏，载不从，遂以疾辞。退归东洛凡十年，自号伊川田父，清名高节，称于天下。及德宗即位，崔祐甫作相，召拜左庶子、集贤学士。到京，以年老乞身，表三上，除太子詹事致仕，东归洛阳。德宗召见，屡加褒叹，赐以金紫。公卿大夫皆赋诗祖送于都门，搢绅以为美谈。有文集六十卷，行于世。①

《新唐书》卷一四三本传所载略同。《文苑英华》卷三八二有常衮《授郗昂知制诰制敕》："朝散大夫检校尚书司勋郎中郗昂，冲和简朴，不饰其外，有雄俊之才。可变风雅，有精深之学。实究儒玄，加以忠敬，兼之亮直率由，兹道可谓正人。"②对郗昂才学品行均有赞赏。

除《乐府古今解题》外，郗昂尚有其他作品传世。《新唐书·艺文志》载王勃《才命论》一卷，小字注云："张鷟撰，郗昂注。一作张说撰，潘询注。"《金石录》载郗昂有《光福寺诗》及《八马坊碑》等。《文苑英华》卷八收《老人星赋》，卷一三零收《骊山伤古赋》，卷一四〇有《蚌鹬相持赋》等。

郗昂以才为李邕、张九龄等所赏识。除《旧唐书》本传所载外，《册府元龟》卷八八二："郗纯少时为李邕、张九龄等知遇，尤以词学见推。与颜真卿、萧颖士、李华、邵轸同志友善。故天宝中语曰：'殷、颜、柳、陆、萧、李、邵、赵'，以其重行义敦交道也。"③开元二十二年（734），郗昂与颜真卿、萧颖士、柳芳等同登进士第，并成为知己。《文苑英华》卷七〇一李华《杨骑曹集序》："刑部

---

① (后晋)刘昫等:《旧唐书》，中华书局1975年版，第4145页。

② (宋)李昉等编:《文苑英华》，中华书局1966年版，第1951页。

③ (宋)王钦若等编:《册府元龟》，中华书局1983年版，第10449页。

侍郎长安孙公逖，以文章之冠，为考功员外郎，精试群材。君与南阳张茂之、京兆杜鸿渐、琅琊颜真卿、兰陵萧颖士、河东柳芳、天水赵骅、顿丘李琚、赵郡李崿、李颀、南阳张阶、常山阎防、范阳张南容、高平郄昂等连年登第。”①诗人李白、杜甫与郗昂亦有交往。肃宗乾元元年(758)，郗昂被贬巴州清化尉，李白有《送郗昂谪巴中》：“瑶草寒不死，移植沧江滨。东风洒雨露，会入天地春。予若洞庭叶，随波送逐臣。思归未可得，书此谢情人。”杜甫《赤甲》：“荆州郑薛寄书近，蜀客郗岑非我邻。”其中“郗岑”即指郗昂、岑参。大历三年(769)，郗昂获罪宰相元载，托疾辞官，隐居洛阳。

前述目录文献中，《崇文总目》与《新唐书·艺文志》先后相继，著录郗昂或王昌龄所撰书名，或为《乐府古今题解》，或为《古今乐府解题》，又云《古题》，书名之异令人目眩。且此书又亡佚已久，因此学界于该书争议颇多：

第一，书名。今书名《乐府古今解题》为《崇文总目》编者所定，并非该书原名。《崇文总目》云该书旧题《古今乐府解题》，又云《古题》，但新志等皆载其书名为《乐府古今题解》，可见宋人对其书名已然混乱不清，相对于目录文献著录其他乐府论著时用语的清晰简洁，这一点颇有些奇怪。

第二，撰者。《乐府古今解题》为唐人所撰，但北宋人著录已不确定其撰者，此亦比较罕见。就著录内容看，该书所载与吴兢书“颇异”，差别应该比较大，但从今存解题文字看，倒是“颇同”多一些。

《乐府诗集》等古籍文献中引《乐府解题》文字一百余条。但“乐府解题”四字既可概称所有乐府解题类文献，亦可用来指称任何一本乐府解题专著。如《崇文总目》著录郗昂《乐府古今解题》时则云“所载曲名与吴兢所撰《乐府解题》颇异”，是以“乐府解题”简称吴兢之书。《乐府诗集》卷一六《鼓吹曲辞》中《上之回》解题云“吴兢《乐府解题》”，同书卷四五《清商曲辞》中《前溪歌》又云“郗昂《乐府解题》”，以“乐府解题”兼指吴兢《乐府古题要解》及郗昂

① (宋)李昉等编：《文苑英华》，中华书局1966年版，第3615页。

《乐府古今解题》。《乐府诗集》中今能确定引自郗昂《乐府古今解题》的文字仅有一条,即《乐府诗集》卷四五《清商曲辞》中《前溪歌》解题所引文字:“郗昂《乐府解题》曰:《前溪》,舞曲也。”此外,南宋施元之《施注苏诗》卷一二《赠张继愿》一诗小注亦引该书:“郗昂《乐府解题》许永新歌奏慢声,喜者闻之气勇,愁者闻之肠断。”①

总体而言,《乐府古今解题》在书名、撰者、卷数及内容等方面尚需进一步探讨研究。

① 按:疑此条为误记。引文或出段安节《乐府杂录·歌》:一日,玄宗大酺于勤政楼,永新“直奏曼声,至是广场寂寂,若无一人。喜者闻之气勇,愁者闻之肠绝”。参见(唐)段安节撰,亓娟莉校注:《〈乐府杂录〉校注》,上海古籍出版社2015年版,第50页。

一三　王昌龄与《续乐府古解题》

《新唐书·艺文志》:“郗昂《乐府古今题解》三卷。一作王昌龄。”《崇文总目》卷一:“《乐府古今解题》三卷,唐郗昂撰。或云王昌龄撰。未详孰是。旧云《古今乐府解题》,又云《古题》,所载曲名与吴兢所撰《乐府解题》颇异,复有唐李百药辞,今定为《乐府古今解题》。”《玉海》:“郗昂《乐府古今题解》三卷,一作王昌龄。《书目》一卷,凡释二十八题。”

《崇文总目》《新唐书·艺文志》等对郗昂、王昌龄二人乐府解题论著著录含混,学界于此亦颇多分歧。傅璇琮先生云:“《乐府古今题解》早已亡佚,此书为郗昂所作还是为王昌龄所作已不可考知。”①

王昌龄(690?—756?),字少伯,唐代著名诗人。两《唐书》皆有简短小传。《旧唐书》卷一九〇下《王昌龄传》:

> 王昌龄者,进士登第,补秘书省校书郎。又以博学宏词登科,再迁汜水县尉。不护细行,屡见贬斥,卒。昌龄为文,绪微而思清,有集五卷。②

《新唐书》卷二〇三《王昌龄传》:

> 昌龄字少伯,江宁人。第进士,补秘书郎,又中宏辞,迁汜水尉。不护细行,贬龙标尉。以世乱还乡里,为刺史闾丘晓所杀。张镐按军

① 傅璇琮:《王昌龄事迹考略》,《唐代诗人丛考》,中华书局1980年版,第141页。

② (后晋)刘昫等:《旧唐书》,中华书局1975年版,第5050页。

> 河南，兵大集，晓最后期，将戮之，辞曰："有亲，乞贷余命。"镐曰："王昌龄之亲欲与谁养？"晓默然。
>
> 昌龄工诗，绪密而思清，时谓王江宁云。①

王昌龄开元十五年(727)进士及第，时年约37岁。② 其时严挺之主持考试，所选号为得人。顾况《监察御史储公集序》："开元十四年，严黄门知考功。以鲁国储公进士高第，与崔国辅员外，綦毋潜著作同时，其明年，擢第常建少府、王龙标昌龄，此数人皆当时之秀。"③王昌龄进士及第后初任秘书省校书郎，开元二十二年(734)再登博学宏词科，为汜水尉，天宝中被谪龙标尉。安史乱起，为亳州刺史闾丘晓所杀。王昌龄与李白、高适、王维、王之涣、岑参等人交往深厚，诗以七绝见长，与高适、王之涣齐名。傅璇琮先生对王昌龄事迹有详细考证。④ 王昌龄在盛唐诗名籍甚，当时有"诗家夫子"之称。其乐府诗创作成就卓著，今存190余首诗歌中，乐府诗40首，其乐府诗歌把握了乐府诗的特质，扩展了乐府诗的表现形式。⑤ 就其大量创作乐府诗歌而言，王氏应是熟知乐府古题，此或其撰写乐府解题论著之重要基础。

《乐府古今解题》不传久矣，目录文献对王昌龄是否著有此书记载含糊，学界于此亦无定论。傅璇琮先生指出："《乐府古今题解》早已亡佚，此书为郗昂所作还是为王昌龄所作已不可考知。"⑥有学者以为"或云郗昂，或云王昌龄，不复可辨"。亦有学者以为王昌龄所撰当以《唐才子传》所言之"《古乐府解题》一卷"为是。⑦ 本次爬梳文献资料，比对诸家说释，认为王昌龄可能并没

---

① (宋)欧阳修、宋祁等：《新唐书》，中华书局1975年版，第5780页。

② 傅璇琮：《王昌龄事迹考略》，《唐代诗人丛考》，中华书局1980年版，第103页。本书王昌龄生平事迹主要参考傅璇琮的《王昌龄事迹考略》一文。

③ (宋)李昉等编：《文苑英华》，中华书局1982年版，第3624页。

④ 傅璇琮：《王昌龄事迹考略》，《唐代诗人丛考》，中华书局1980年版，第103页。

⑤ 刘亮：《形式的意义：王昌龄乐府诗研究》，《社会科学研究》1999年第5期。

⑥ 傅璇琮：《王昌龄事迹考略》，《唐代诗人丛考》，中华书局1980年版，第141页。

⑦ 喻意志：《唐宋乐府解题类典籍考辨》，《音乐研究》2011年第2期。王辉斌：《唐人题解与吴兢〈乐府古题要解〉》，《南都学坛》2013年第1期。

有独立的乐府解题论著,很有可能仅是续写或对郗昂所撰《乐府古今解题》进行了补充整理。提出此一观点的理由如下:

一、王昌龄可能没有独立的乐府解题类著作

首先,王昌龄两《唐书》皆有传,载王昌龄"工诗""有集五卷",但均未言其著有乐府解题类论著。其次,"郗昂《乐府解题》"尚有佚文存见于《乐府诗集》等文献中,而王昌龄乐府解题则未见征引。以王昌龄之盛名,若其果有乐府解题,恐更易于流传及被转引。再次,目录文献著录特点显示,诸家对王昌龄著《乐府古今解题》持怀疑态度。唐宋文献载及王昌龄乐府解题论著的凡三家:《崇文总目》《新唐书·艺文志》及《玉海》,三家皆首载郗昂著,次以"一作""一说""或云"附言王昌龄著。且郑樵《通志·艺文略》乐类题解有:"《乐府古今题解》三卷,郗昂。"但未及王昌龄。同为宋代目录文献,郑樵应该很清楚《新唐书·艺文志》等著录"一作"王昌龄撰,而能直接著录为郗昂,并未注"一作"类说明,恐非随意为之。

要之,目录文献显示宋人对王昌龄是否撰写该书已持怀疑态度。加之两《唐书》本传只字未提其有乐府解题类著述,本文以为,王昌龄可能并没有独立的乐府解题类论著。

但这里仍然有一个疑问,若王昌龄确无乐府解题类论著,何以目录文献中又有"一作""一说""或云"等辞?笔者以为,这一现象可能与王昌龄曾"续"某一乐府解题类著述有关。

二、王昌龄之"续"乐府解题

《遂初堂书目》有"《续乐府解题》",《宋史·艺文志》载"王昌龄《续乐府古解题》一卷"。笔者以为此一"续"字堪殊注意,就《崇文总目》等目录文献

著录看,王昌龄确有乐府解题类论著,但其书名或应为《续乐府解题》或《续乐府古解题》。既是"续"书,必有所"续"之原书在,王氏所"续"为哪本书呢?《新唐书·艺文志》等皆录郗昂书作者或作王昌龄,二者之间必是有一定关联,综合文献著录分析,王氏所"续"为郗昂《乐府古今解题》的可能性最大。

三、王、郗二人交集甚多,有续作的可能

首先,王、郗二人同为开元进士,有许多共同友人。

王昌龄与郗昂同为开元进士,时主考官均为严挺之。羊士谔乾元初赠严挺之诗"蕙兰留杂佩,桃李想华簪"句下注云:"时郄詹事昂自拾遗贬清化尉,黄门年三十余,且为府主,与郗意气友善,赋诗高会,文字犹存。"[①]其中与郗昂"义气友善"的严黄门就是严挺之。王昌龄开元十五年(727)进士及第,开元二十二年(734)再登博学宏词科,此年郗昂与颜真卿、萧颖士、柳芳等同登进士第,并成为知己。王、郗二人有共同友人张九龄、李白等,《郗士美传》载郗昂为"张九龄等知遇",王昌龄有《奉赠张荆州》,李白有《送郗昂谪巴中》诗,又有《闻王昌龄左迁龙标遥有此寄》。而王、郗二人与张九龄、李白均有交谊(参见傅璇琮《王昌龄事迹考略》)。《旧唐书》载,郗昂与颜真卿等相友善,而据傅璇琮先生考证,王昌龄好友高适与颜真卿等亦为好友,高适自述与颜"有周旋之分,而于词赋特为深知"。[②] 其次,开元、天宝间二人在长安有交集。王昌龄开元十五年进士登第后,补秘书省校书郎,一直在京任职,至二十二年迁汜水县尉,天宝初又曾因公在京。郗昂开元二十二年进士及第,继以书判制策,三中高第,一直在京任职,天宝末迁至拾遗。由王昌龄、郗昂生平交游等来看,二人同为开元间进士,期间有一段时期同在长安朝中,且二人有共同的朋友张九龄、李白、高适等,郗、王二人很有可能相识并有交往。

---

① (清)董诰等编:《全唐诗》,中华书局1983年版,第3699页。

② 傅璇琮:《高适年谱中的几个问题》,《唐代诗人丛考》,中华书局1980年版,第141页。

结合目录文献及王、郗二人的生平和交游特点，笔者推测有这样一种可能：郗昂首撰《乐府古今解题》，其后王昌龄有所补充、续写，大约因王昌龄之盛名，使得该书在流传中，王昌龄“续”写的事实不断被忽视或遗忘，原撰者郗昂之名逐渐弱化，以致“或云王昌龄撰”说法出现，使得《新唐书》史臣等难以取舍而著录含糊。唯《唐才子传》卷二云：王昌龄“述作诗格律、境思、体例共十四篇，为《诗格》一卷，又《诗中密旨》一卷及《古乐府解题》一卷，今并传”①。既云“今并传”，则应是辛文房曾亲见其书。此书很有可能就是郗昂原著、王昌龄“续”写的《续乐府古解题》。

以上仅是笔者一管之见，是否确实如此，尚需进一步考证。

① （元）辛文房撰，傅璇琮主编：《唐才子传校笺》，中华书局1987年版，第260页。

一四　刘悚《乐府古题解》

《新唐书·艺文志》集部:"刘悚《乐府古题解》一卷。"①

刘悚字鼎卿,彭城(今江苏徐州)人,生卒年不详。刘悚为史学家刘知幾(子玄)次子,太乐令刘贶弟。刘知幾是唐代著名史学家,其《史通》至今被史学界奉为典则。刘氏父子皆唐代史臣,父子俱典国史,皆有论著。两《唐书》刘悚事迹附于其父刘知幾(子玄)传后:

> 鹳,右补阙、集贤殿学士、修国史。著《史例》三卷、《传记》三卷、《乐府古题解》一卷。② ——《旧唐书·刘鹳传》

> 鹳,字鼎卿。天宝初,历集贤院学士,兼知史官。终右补阙。父子三人更涖史官,著《史例》,颇有法。③ ——《新唐书·刘鹳传》

两《唐书》记载刘悚文字虽简,但不难看出对其修史成就的重视。刘悚著述特重"严正有法",④对刘悚的史学成就评价甚高。

刘悚《史例》,今已不可见。《玉海》卷四九有:"刘悚《史例》三卷,以前史详略,由于无法,故隐括诸凡,附经为例。"⑤刘悚《传记》又作《国朝传记》或

① (宋)欧阳修、宋祁等:《新唐书》,中华书局1975年版,第3174页。

② (后晋)刘昫等:《旧唐书》,中华书局1975年版,第3174页。

③ (宋)欧阳修、宋祁等:《新唐书》,中华书局1975年版,第4523页。

④ 周勋初:《〈隋唐嘉话〉考》,《唐人笔记小说考索》,江苏古籍出版社1996年版,第176页。

⑤ (宋)王应麟:《玉海》,《四库全书》第945册,上海古籍出版社1987年版,第24页。

《国史异纂》,是史学与文学的结合体。因为采用了小说的体裁,有异于史书的纪传体例,被称为《国史异纂》。据周勋初、程毅中等学者考证,《传记》即今传《隋唐嘉话》。[①] 此外,刘悚又有《国朝旧事》四十卷、《六说》五卷等,惜其均已亡佚。今唯《隋唐嘉话》传世。刘悚《乐府古题解》一书久已亡佚,后世文献亦极少征引,学界对刘悚的研究主要与其所撰《隋唐嘉话》相关。

刘悚编撰乐府解题,与其家庭可能有一定关系。刘悚兄长刘贶亦编修唐国史,并曾任唐太乐令,其所撰《太乐令壁记》是研究唐代音乐的重要文献。其次,编撰《乐府古题要解》的吴兢可能也对刘悚产生了一定影响。吴兢是刘悚之父刘知幾挚友,又同修国史,刘悚对其应该相当熟悉(详见《吴兢〈乐府古题要解〉》及《刘贶〈太乐令壁记〉》)。《旧唐书·刘子玄传》卷一百二:"知幾自负史才,常慨时无知己,乃委国史于著作郎吴兢。"[②]吴兢撰有《乐府古题要解》一书,至今仍是研究乐府古题的重要文献。刘悚《隋唐嘉话》序中言及自己"余自髫丱之年,便多闻往说",[③]讲的应该就是父兄及吴兢等史学家们对自己潜移默化的影响吧。处身于这样一个家庭及"朋友圈",刘贶《太乐令壁记》、吴兢《乐府古题要解》不能不对刘悚编撰《乐府古题解》产生一定的影响。

《新唐书·艺文志》同时著录吴兢、郗昂、刘悚等乐府论著,前两种皆载于经部乐类,而刘悚《乐府古题解》则被放在了集部"总集类",说明刘悚与吴兢、郗昂二家乐府解题类之作有明显差异。刘悚书名为"题解",性质又属于集部"总集类",其特点应该是解题与歌诗兼备而以乐府歌诗集录为主。与刘悚书同属"总集类"的还有姚合《极玄集》、高仲武《中兴间气集》以及刘禹锡、白居易《刘白倡和集》等。刘悚书为以乐府歌诗记录为主兼及解题的专书,其体例大约与《乐府诗集》相类。

---

① (唐)刘悚撰,程毅中点校:《隋唐嘉话》,中华书局 1979 年版。周勋初:《〈隋唐嘉话〉考》,《唐人笔记小说考索》,江苏古籍出版社 1996 年版。

② (后晋)刘昫等:《旧唐书》,中华书局 1975 年版,第 3171 页。

③ (唐)刘悚撰,程毅中点校:《隋唐嘉话》,中华书局 1979 年版,第 1 页。

近年来有关《乐府古题解》的研究成果较多，王运熙、喻意志、孙尚勇、王辉斌等学者均提出了自己的观点，①但诸家观点亦有差异。元稹《乐府古题序》言及刘悚："刘补阙云：'乐府肇于汉魏。'"②其中刘补阙即刘悚，而今《乐府古题要解》序首句即云"乐府之兴，肇于汉魏"，与刘悚所言相合。高山《〈乐府古题要解〉考》（以下简称"高文"）通过对吴兢、刘悚二家书比较，认为今本吴兢《乐府古题要解》序言"乃是刘悚《乐府古题解》的序言"。③ 观其说亦有合理之处。若果如其所云，就序言看，书中确似包含乐府歌诗。今《乐府古题要解》序文云：

> 乐府之兴，肇于汉魏。历代文士，篇咏实繁。或不观本章，便断题取义。赠人利涉则述《公无渡河》；庆彼载诞，乃引《乌生八九子》。赋雉班者，但美绣锦臆；歌天马者，唯叙骄驰乱蹋。类皆若兹，不可胜载。递相祖袭，积用为常，欲令后生何以取正？余顷因涉阅传记，用诸家文集，每有所得，辄疏纪之。岁月积深，以成卷轴。向编次之，目为《古题要解》云尔。④

序中首言文士"断题取义"，积用为常，提出"令后生何以取正"的重要问题；次云自己涉阅"传记"及"诸家文集"，并有所疏纪。以上两点一涉解题，一涉"文集"作品，具备既集解题又乐府歌诗为一体的特点。

宛委山堂本《说郛》卷一百收录题为刘悚的《乐府解题》一书。今存《说郛》三种版本：涵芬楼一百卷本，陶珽重编百二十卷本即宛委山堂本，浙江临海市博物馆所藏汲古阁明钞《说郛》六十卷本，三者之中，唯宛委山堂本《说郛》卷一百收录题为《乐府解题》一书，释乐府古题 19 则，主要为乐府琴曲古

---

① 王运熙：《汉魏六朝乐府诗研究书目提要》，《乐府诗述论》，上海古籍出版社 1996 年版，第 319 页。喻意志：《唐宋乐府解题类典籍考辨》，《音乐研究》2011 年第 2 期。王辉斌：《唐人题解与吴兢〈乐府古题要解〉》，《南都学坛》2013 年第 1 期。

② （唐）元稹：《元稹集》，中华书局 1982 年版，第 255 页。

③ 高山：《〈乐府古题要解〉考》，《兰州文理学院学报》2014 年第 1 期。

④ 丁福保辑：《历代诗话续编》（全三册），中华书局 1983 年版，第 24 页。

题。值得注意的是,此书在《说郛》总目中题为刘悚,而在正文中却题为吴兢。王运熙以为“乐府题解(一卷),唐刘悚著”,并认为陶珽重编本《说郛》卷一百“收录此书,共十九则”。[①] 其后不乏赞同此一观点者。但亦有学者认为:“此本并非刘悚原本,亦非自刘悚原本中节录而得,而是后人(盖为明清时人)以南宋《绀珠集》中引吴兢《乐府题解》为蓝本编成。”[②]孙尚勇亦认为,其“实为吴兢《要解》之节录本,非唐志所著录之刘悚《乐府古题解》”[③]。

学人或认为刘悚《乐府古题解》“唐末宋初”亡佚,或认为,“似刘著当亡佚于北宋中后期”。[④] 如以目录文献著录为据,以上二说均可成立。就现存文献看,《通雅》卷三曾引刘悚书语“淮南《大山》《小山》,犹《诗》之《大雅》《小雅》也”。如其所引确出自刘悚原书原文,似该书明代尚存。

---

① 王运熙:《汉魏六朝乐府诗研究书目提要》,《乐府诗述论》,上海古籍出版社 1996 年版,第 320 页。

② 喻意志:《唐宋乐府解题类典籍考辨》,《音乐研究》2011 年第 2 期。

③ 孙尚勇:《乐府文学文献研究》,人民文学出版社 2007 年版,第 345 页。

④ 喻意志:《唐宋乐府解题类典籍考辨》,《音乐研究》2011 年第 2 期。王辉斌:《唐人题解与吴兢〈乐府古题要解〉》,《南都学坛》2013 年第 1 期。

一五　沈建《乐府广题》

沈建《乐府广题》见录于诸家目录文献，《宋史·艺文志》“乐类”：“沈建《乐府广题》二卷。”《玉海》卷一〇六《音乐》引《中兴书目》：“《书目》有沈建《乐府广题》二卷，上卷述，（阙），言至十一言诗句；下卷释乐章命题之意。”①《通志·艺文略》将《乐府广题》归入“曲簿类”。《文渊阁书目》卷十《文集·诗词》：“《乐府广题》，一部，一册。”②

除《乐府广题》外，沈建尚有《乐府诗目录》一卷。《崇文总目》卷四“目录类”有“《乐府诗目录》一卷”，未录撰者。《宋史·艺文志》卷二〇四“目录类”有“沈建《乐府诗目录》一卷”。《通志·艺文略》将《乐府广题》归入“曲簿类”，而《乐府诗目录》则被归入“解题类”。同属“解题类”的则有吴兢《乐府古题要解》等。《乐府诗目录》久佚，文献中亦无征用，就书名推测，应属记载乐府诗目录的文献。《崇文总目》《宋史·艺文志》皆将其归入目录类，而郑樵将其归入解题类，又将解题类《乐府广题》归入曲簿类，这一点颇有些令人不解。

沈建，生卒年不详。《元和姓纂》卷七载及唐沈务本：“给事中、薛王傅沈

---

① （宋）王应麟：《玉海》，《四库全书》第945册，上海古籍出版社1987年版，第796页。

② （明）杨士琦等：《文渊阁书目》，中华书局1985年版，第139页。

务本,称寂孙。挺。生利宾,大理评事。利宾生忌,忌生建、回、逵。逵,阆州刺史。"①其中沈务本生利宾,利宾生忌,沈忌生沈建等。岑仲勉据《金石录》等考证,沈务本肃宗至德年间尚在,则其为盛唐至中唐时人,以此推测沈建或为中晚唐人。若此沈建即《乐府广题》撰者,则该书应产生于中晚唐时期。沈建何人以及《乐府广题》成书于何时,因资料所限,尚需进一步考证,今据该书佚文及文献著录暂将其纳入研究范围。

据《玉海》等载,《乐府广题》分为上、下两卷,上卷包含杂言诗句,其字数多者至十一言,应属歌诗集录类作品。下卷所谓"释乐章命题之意",应该是属乐府解题类内容。《通志·艺文略》将《乐府广题》归入"曲簿类",同属此类的还有《太常寺曲名》《歌曲名》《历代曲名》《外国伎曲》等,据其特点看,其中以记录曲名、歌辞为主,或兼有释题。《乐府广题》兼有歌诗、解题,将其归入曲簿类文献自然是合适的。

吉联抗《古乐书佚文辑注》中据《乐府诗集》辑录《乐府广题》佚文 19 条,②本次佚文辑录,以《乐府诗集》所录文字为主,补入新辑佚文 2 条。

1. 上之回

(沈建《广题》曰)汉曲,皆美当时之事。(《诗集》卷 16)③

2. 燕歌行

(《广题》曰)燕,地名也。言良人从役于燕而为此曲。(《诗集》卷 32)

3. 从军行

(《广题》曰)左延年辞云:苦哉边地人,一岁三从军。三子到敦煌,二子诣陇西,五子远门去,五妇皆怀身。陈伏知道,又有《从军五更转》。(《诗集》卷 32)

① (唐)林宝撰,岑仲勉校记:《元和姓纂》,中华书局 1994 年版,第 1140 页。

② 吉联抗:《古乐书佚文辑注》,人民音乐出版社 1990 年版,第 72 页。

③ 按:本书辑录保存于《乐府诗集》中的佚文时,为行文简洁,简称该书为《诗集》。下同。

4. 秋胡行

(《广题》云)曹植《秋胡行》但歌魏德而不取秋胡事,与文帝之辞同也。(《诗集》卷36)

5. 饮马长城窟行

(《广题》曰)长城南有溪坂,上有土窟,窟中泉流。汉时将士征塞北,皆饮马此水也。按赵武灵王既袭胡服,自代立阴山下,至高阙为塞,山下有长城,武灵王之所筑也。其山中断,望之若双阙,所谓高阙者焉。(《诗集》卷38)

6. 上留田行

(《广题》曰)盖汉世人也。云里中有啼儿,似类亲父子。回车问啼儿,慷慨不可止。(《诗集》卷38)

7. 渡易水

(《广题》曰)后人以为琴中曲。按《琴操》商调有《易水曲》,荆轲所作。亦曰《渡易水》是也。(《诗集》卷58)

8. 仙人篇

(《乐府广题》曰)秦始皇三十六年,使博士为《仙真人诗》,游行天下,令乐人歌之。(《诗集》卷64)

9. 结客少年场行

(《广题》曰)汉长安少年杀吏,受财报仇,相与探丸为弹,探得赤丸,斫武吏。探得黑丸,杀文吏。尹赏为长安令,尽捕之,长安中为之歌曰:何处求子死,柏东少年场。生时谅不谨,枯骨复何葬。按《结客少年场》言少年时结任侠之客,为遊乐之场,终而无成,故作此曲也。(《诗集》卷66)

10. 丽人曲

(《乐府广题》曰)刘向《别录》云:昔有丽人善雅歌,后因以名曲。(《诗集》卷66)

11. 大道曲

(《乐府广题》曰)谢尚为镇西将军,尝着紫罗襦,据胡床,在市中佛国门楼上弹琵琶,作《大道曲》,市人不知是三公也。(《诗集》卷75)

12. 采荷调

(《乐府广题》曰)梁太尉从事中郎江从简,年十七,有才思,为《采荷调》以刺何敬容。敬容览之,不觉嗟赏,爱其巧丽,敬容时为宰相。(《诗集》卷75)

13. 邯郸行

(《乐府广题》曰)《邯郸》舞曲也。(《诗集》卷76)

14. 鸡鸣歌

(《乐府广题》曰)汉有鸡鸣卫士,主鸡唱。宫外旧仪,宫中与台并不得畜鸡。昼漏尽,夜漏起,中黄门持五夜,甲夜毕传乙,乙夜毕传丙,丙夜毕传丁,丁夜毕传戊,戊夜是为五更。未明三刻鸡鸣,卫士起唱。(《诗集》卷83)

15. 鲍司隶歌

(《乐府广题》曰)《列异传》云:鲍宣,宣子永,永子昱,三世皆为司隶,而乘一骢马,京师人歌之。(《诗集》卷85)

16. 并州歌

(《乐府广题》曰)晋汲桑力能扛鼎,呼吸闻数里。残忍少恩,六月盛暑,重裘累裀,使人扇之,忽不清凉,便斩扇者。并州大姓田兰、薄盛斩于平原,士女庆贺,奔走道路而歌之。(《诗集》卷85)

17. 苏小小歌

(《乐府广题》曰)苏小小,钱塘名倡也。盖南齐时人。西陵,在钱塘江之西,歌云:“西陵松柏下”是也。(《诗集》卷85)

18. 敕勒歌

(《乐府广题》曰)北齐神武攻周玉壁,士卒死者十四五,神武恚愤疾发。周王卜令曰:高欢鼠子,亲犯玉壁,剑弩一发,元凶自毙。神武闻之,勉坐以安士众,悉引诸贵,使斛律金唱《敕勒》。神武自和之,其歌本鲜卑语,易为齐言,故其句长短不齐。(《诗集》卷86)

19. 邯郸郭公歌

(《乐府广题》曰)北齐后主高纬,雅好傀儡,谓之郭公,时人戏为《郭公歌》。及将败,果营邯郸。高、郭声相近,九十九,末数也。滕口,邓林也。大儿,谓周帝,太祖子也。高冈,后主姓也。雉,鸡类,武成小字也。后败于邓林,尽如歌言,盖诗妖也。(《诗集》卷87)

20. (《乐府广题》所载乃不然,曰)桃叶复桃叶,渡江不用橹。风波了无常,没命江南渡。陈末人多歌之。(《演繁露》卷33)

21. (《乐府广题》曰)百者,数之终,一者,数之始。士有百行,终始如一,故云百一。应璩为曹爽大将军长史,前后为诗百余篇以讽爽,揉以习俗之言,傅会其意,名曰《百一》。爽卒不悟,以及于祸。《百一》诗序曰:时谓曹爽曰:公今闻周公巍巍之称,安知百虑有一失乎。(《野客丛书》卷27,又见《说略》卷14)

以上佚文内容涉及乐府古题的源流、出处等,是研究乐府古题的重要资料。从产生时间跨度看,上至先秦两汉,下迄于唐,又以两汉魏晋南北朝乐府古题最多。

就文献价值而言,部分乐府解题可能仅见于《乐府广题》。《乐府诗集》解释乐府古题多汇集诸家解说,有的引用文献多达五六种来解释题名缘起,但《乐府诗集》卷七五《大道曲》《采荷调》、卷八五《鲍司隶歌》《并州歌》《苏小小歌》、卷八六《敕勒歌》、卷八七《邯郸郭公歌》等几首乐府古题中,《乐府广题》是唯一的解题文字。应该是没有其他文献对上述乐府古题本意、缘起加以说释,或有所载而不足采证,难以追溯其产生渊源,独《乐府广题》对此有所记载,故仅以《广题》文字为之解题,而这一点也正是该书的文献价值所在。

一六　佚名《乐府解题》

《崇文总目》乐类载录乐府解题类文献三部：

> 《乐府古题真解》一卷，唐吴兢撰。释古乐曲所以名篇之意。
>
> 《乐府解题》一卷，不著撰人名氏，与吴兢所撰《乐府古题》颇同，以《江南曲》为首，其后所解差异。
>
> 《乐府古今解题》三卷，唐郗昂撰。或云王昌龄撰。未详孰是。旧云《古今乐府解题》，又云《古题》，所载曲名与吴兢所撰《乐府解题》颇异，复有唐李百药辞，今定为《乐府古今解题》。①

《通志·艺文略》录解题类五部：

> 《乐府古题要解》一卷，吴兢。《乐府古题解》一卷，刘鹳。《乐府诗目录》一卷，沈建。《乐府古今题解》三卷，郗昂。《乐府解题》一卷。②

"乐府解题"作为一个概括性极强的词组，可以是对所有解释乐府题名的泛称，也常被用以简称吴兢、郗昂等所撰乐府解题类论著。如《崇文总目》首释吴兢《乐府古题要解》，其后著录郗昂《乐府古今解题》时则云"所载曲名与吴兢所撰《乐府解题》颇异"，是以"乐府解题"简称吴兢之书。郭茂倩《乐府

---

① （宋）王尧臣等：《崇文总目》，《中国历代书目丛刊》，现代出版社1987年版，第18页。

② （宋）郑樵：《通志》，中华书局1987年版，第767页。

诗集》卷一六《鼓吹曲辞》之《上之回》解题云"吴兢《乐府解题》",同书卷一六《清商曲辞》之《前溪歌》又云"郗昂《乐府解题》",直接以"乐府解题"指称吴兢《乐府古题要解》及郗昂《乐府古今解题》。《崇文总目》及《通志·艺文略》著录显示,除吴兢、刘餗、郗昂或王昌龄书外,又有名为《乐府解题》的论著同时流传于世。《遂初堂书目》亦同时载录:《乐府解题》《乐府古题要解》《续乐府解题》三部。再次确认《乐府解题》是一本与吴兢、王昌龄所撰同时存在的书,而不是吴兢、郗昂之书或其他某一本书的简称。学界有关吴兢《乐府古题要解》、郗昂或王昌龄《乐府古今解题》、刘餗《乐府古题解》皆有研究,唯此佚名《乐府解题》鲜有人注意。

据《崇文总目》著录,此失名《乐府解题》"与吴兢所撰《乐府古题》颇同",则此《乐府解题》或亦仅释古题而不含乐府歌诗,即不同时兼有歌诗集性质。其次可以确定的是该书虽亦以《江南曲》为首,但与吴兢书并不完全相同。古籍文献中引用题为"乐府解题"的文字百余处,但因此本书名"乐府解题"的特殊性,难以断定即为该书佚文。

《直斋书录解题》卷十载:"《炙毂子》三卷,唐王睿撰。以《古今注》《二仪实录》《乐府解题》等书,删并为一编。"①《直斋书录解题》卷十四音乐类著录"《乐府集》十卷,《题解》一卷"时有云:唐志乐类有"吴兢《乐府古题要解》一卷"②。据此看《炙毂子》"删并"的《乐府解题》可能不是吴书简称,此《乐府解题》或即《崇文总目》等所载失名《乐府解题》。但今《说郛》本《炙毂子》所存书名为《乐府题解》,且首释古题并非《江南曲》而是《雉朝飞》。另外《宋史·艺文志》有失名《乐府题解》一卷,《文渊阁书目》卷二乐类有:"《乐府解题》一部,五册。《乐府解题》一部,二册。"③《澹生堂藏书目》卷十二集部同时著录

① (宋)陈振孙撰,徐小蛮、顾美华点校:《直斋书录解题》,上海世纪出版股份有限公司、上海古籍出版社2015年版,第307页。

② (宋)陈振孙撰,徐小蛮、顾美华点校:《直斋书录解题》,上海世纪出版股份有限公司、上海古籍出版社2015年版,第445页。

③ (明)杨士奇:《文渊阁书目》,商务印书馆1937年版,第121页。

吴兢《乐府古题要解》二卷及失名《乐府解题》一卷,不知是否即《崇文总目》所载《乐府解题》。

《太平御览》引题为《乐府解题》佚文四条,三条亦见于今通行本《乐府古题要解》,但文字略有不同。

1.《水仙操》,伯牙学琴于成连先生,三年不成,至于精神寂寞,情之专一,尚未能也。成连云:"吾师方子春,今在东海中,能移人情。"乃与伯牙俱往。至蓬莱山,留宿。伯牙曰:"子居习之,吾将迎师。"刺船而去,旬时不返。伯牙近望无人,但闻海水洞滑崩澌之声,山林窅寞,群鸟悲号,怆然而叹曰:"先生将移我情。"乃援琴而歌。曲终,成连回,刺船迎之而还,伯牙遂为天下妙矣。(《御览》卷578)

2.《雉朝飞操》者,齐宣王时处士沐犊子所作也。年七十无妻,出薪于野,见雉雌雄相随则心悲。乃仰天叹曰:"圣王在上,恩及草木鸟兽,而我独以不获。"援琴而歌以自伤。(《御览》卷578)

3.《思归引》,卫有贤女,邵王闻其贤,请聘之。未至,王薨,太子曰:"吾闻齐桓得卫姬霸,今卫女贤者,欲留之。"大夫曰:"不可。若贤,必不我听。若不贤,不足取。"太子不听,遂拘留深宫。思归不得归,援琴而歌。曲终,自缢而死。(《御览》卷578)

4. 魏武帝宫人有卢女者,故将军阴叔之姨也。七岁入汉宫,学鼓琴,琴特鸣异,善为新声。(《御览》卷579)

按:《水仙操》一题,不见于今传《乐府古题要解》。《乐府古题要解》有《雉朝飞》《思归引》《卢女篇》,但文字完全不同。另外《乐府诗集》援引吴兢《乐府解题》,其中有《雉朝飞》《思归引》《卢女篇》三条:

《乐府解题》曰:"若梁简文帝'晨光照麦畿',但咏雉而已。"(《诗集》卷57《雉朝飞》)

《乐府解题》曰:"若梁刘孝威'胡地凭良马',备言思归之状而已。"(《诗集》卷58《思归引》)

> 《乐府解题》曰:“卢女者,魏武帝时宫人也,故将军阴升之姊。七岁入汉宫,善鼓琴。至明帝崩后,出嫁为尹更生妻。梁简文帝《妾薄命》曰:‘卢姬嫁日晚,非复少年时。’盖伤其嫁迟也。”(《诗集》卷73《卢女篇》)

比堪以上引文,《御览》所存解题内容以琴曲为主,即皆为乐府琴曲曲名,而《乐府诗集》所引解题相对简略,但范围则更为宽泛。同为《乐府解题》引文,但差距甚大,似非同一书文字,二者与佚名《乐府解题》究竟属何种关系,尚待进一步研究。此外,明曹学佺《蜀中广记》存两则引文,未知是否为该《乐府解题》佚文,今并附于此,以备核考:

> (《乐府解题》曰)瞿,盛也。唐陂,池也。言盛水其中,可以行舟也。又云:夏则为瞿,冬则为唐。(《蜀中广记》卷21)

> (《乐府解题》曰)《蜀道难》,备言铜梁玉垒之阻,与蜀国弦颇同。(《蜀中广记》卷101)

曾慥《类说》卷五一有佚名《乐府解题》,释古题凡46首,其中部分与《续编》本吴兢《乐府古题要解》同,且首题为《江南曲》。书名与首题及特征与《崇文总目》著录相契合(文字见吴兢《乐府古题要解》一节)。

一七　董庭兰与琴曲《胡笳》

《直斋书录解题》卷十四“音乐类”：“《大胡笳十九拍》一卷，题陇西董庭兰撰。连刘商辞。又云祝家声、沈家谱，不可晓也。”①

唐宋文献中与琴曲胡笳“十八拍”“十九拍”相关的均为“大”胡笳十八拍和“小”胡笳十九拍，唯《直斋书录解题》载董庭兰有“大”胡笳十九拍。不能不令人怀疑其文字的准确性。以下是《崇文总目》《乐书》《乐府诗集》等记载：

> 《崇文总目》：《小胡笳十九拍》一卷，伪唐蔡翼撰。琴曲有大、小胡笳，《大胡笳十八拍》沈辽集，世名沈家声。小胡笳又有契声一拍，共十九拍，谓之祝家声。祝氏，不详何人，所载乃小胡笳子。阙。钱注：见天一阁钞本。②

> 《乐书》：沈辽集《大胡笳十八拍》，世号为沈家声。《小胡笳十九拍》，末拍为契声，世号为祝家声。唐陈怀古、刘光绪尝勘停歇句度无谬，可谓备矣。③

---

① (宋)陈振孙撰，徐小蛮、顾美华点校：《直斋书录解题》，上海世纪出版股份有限公司、上海古籍出版社2015年版，第401页。

② (宋)王尧臣等：《崇文总目》，《中国历代书目丛刊》，现代出版社1987年版，第21页。

③ (宋)陈旸：《乐书》，《四库全书》第211册，上海古籍出版社1987年版，第579页。

《乐府诗集》:《琴集》曰:《大胡笳十八拍》《小胡笳十九拍》,并蔡琰作。按蔡翼《琴曲》有大、小《胡笳十八拍》,沈遼集,世名流(沈)家声。小胡笳又有契声一拍,共十九拍,谓之祝家声。祝氏不详何代人。①

细读几家描述,陈录记载最是语焉不详,《崇文总目》等三家皆言“大胡笳十八拍”“小胡笳十九拍”,且成书均在《直斋书录解题》之前。岂《直斋书录解题》记载有误而董庭兰所传实为“小胡笳十九拍”或“大胡笳十八拍”?陈录中又有“连刘商辞”之说,而唐代诗人刘商所作唯有《大胡笳十八拍》辞,综合《崇文总目》及《乐府诗集》等文献,笔者以为《直斋书录解题》著录有误,其中董庭兰所撰应为《大胡笳十八拍》。

所谓胡笳“十八拍”与“十九拍”的区别,是十九拍“有契声一拍”“末拍为契声”,即在十八拍的基础上增加“契声一拍”,因而共十九拍。董庭兰善沈、祝二家声,是董氏必通晓“契声”,或以之入琴,写成《胡笳十九拍》。至于“契声”到底为何,《乐府诗集·琴曲歌辞》中《胡笳十八拍》解题云:“李良辅《广陵止息谱》序曰:契者,明会合之至理,殷勤之余也。”“契”本有“契合”义,与李良辅序所云“会合”一致,虽文中引李良辅《广陵止息谱》语加以解说,但仅凭简短语言描述,实难以准确把握。

一、董庭兰生平考

董庭兰两《唐书》无传,史籍中有关其生卒时间、生平事迹等语焉不详,学界对董庭兰的研究多与《胡笳十八拍》相关。

今存唐宋文献中,《琴史》于董庭兰事迹记载最详:

董庭兰,陇西人。在开元、天宝间,工于琴者也。天后时凤州参

① (宋)郭茂倩编撰:《乐府诗集》,中华书局1979年版,第861页。

军陈怀古善沈、祝二家声调，以《胡笳》擅名，怀古传于庭兰。为之谱，有赞善大夫李翱者序焉。然唐史谓其为房琯所昵，数通贿谢，为有司劾治，而房公由此罢去。杜子美亦尝云："庭兰游琯门下，有曰贫病之老，依倚为非。琯之爱惜人情，一至于玷污。"而薛易简称："庭兰不事王侯，散发林壑者六十载，貌古心远，意闲体和，抚弦韵声，可以感鬼神矣。"天宝中，给事中房琯，好古君子也，庭兰闻义而来，不远千里。余因此说，亦可以观房公之过而知其仁矣。当房公为给事中也，庭兰已出其门，后为相，岂能遽弃哉？又贿谢之事，吾疑谮琯者为之，而庭兰朽耄，岂能辩释，遂被恶名耳。房公贬广汉，庭兰诣之，公无愠色。唐人有诗云："七条弦上五音寒，此乐求知自古难。唯有开元房太尉，始终留得董庭兰。"①

《琴史》仅言董庭兰陇西人，活动于盛唐开元天宝间，于其具体生卒时间等未有述及。结合《琴史》及其他史料，可大略推知董氏生卒时间及生平轨迹。

董庭兰一生与盛唐宰相房琯紧密相关，其生平可以上元元年(760)房琯出为晋州刺史分为前后两个时期：早年京城为房琯琴客及晚年流落时期。

(一) 京城为房琯琴客

天宝五载(746)，房琯为给事中。《琴史》云此间董庭兰即携琴"闻义而来，不远千里"，成为房琯门下琴客。董氏陇西人，自陇西入长安，确可谓"不远千里"，二人于此始有交集。此间诗人李颀有《听董大弹胡笳声兼语弄寄房给事》：②

① (宋)朱长文：《琴史》，中国书店 2018 年版，第 194 页。

② 按：诗歌题目采用殷璠《河岳英灵集》所录诗题。《文苑英华》又作《听董庭兰弹琴兼寄房给事》。参见程千帆：《李颀〈听董大弹胡笳声兼语弄寄房给事〉诗题校释》，《社会科学战线》1979 年第 4 期。

听董大弹胡笳声兼语弄寄房给事

蔡女昔造胡笳声，一弹一十有八拍。胡人落泪沾边草，汉使断肠对归客。古戍苍苍烽火寒，大荒沉沉飞雪白。先拂商弦后角羽，四郊秋叶惊摵摵。董夫子，通神明，深松窃听来妖精。言迟更速皆应手，将往复旋如有情。空山百鸟散还合，万里浮云阴且晴。嘶酸雏雁失群夜，断绝胡儿恋母声。川为静其波，鸟亦罢其鸣。乌孙部落家乡远，逻娑沙尘哀怨生。幽音变调忽飘洒，长风吹林雨堕瓦。迸泉飒飒飞木末，野鹿呦呦走堂下。长安城连东掖垣，凤凰池对青琐门。高才脱略名与利，日夕望君抱琴至。

李颀诗中"房给事"即房琯。诗歌以比喻、拟人等修辞手法极写琴声变化之丰富，音乐之美妙。"董夫子，通神明"一句足以说明诗人对董庭兰琴艺的赞叹，以致诗人"日夕望君抱琴至"，渴望再次听到董庭兰的精湛演奏。此诗寄赠时为给事中的房琯，《旧唐书・房琯传》载房琯"听董庭兰弹琴，大招集琴客筵宴"，推测其欣赏琴乐的地点大约也是在房琯的"琴客筵宴"上。诗史互见，两相一致。

天宝十四载(755)房琯拜相，但此间有关董庭兰"招纳货贿"致房琯被罢却成为历史疑案。《旧唐书・房琯传》载："(房琯)听董庭兰弹琴，大招集琴客筵宴，朝官往往因庭兰以见琯，自是亦大招纳货贿……又奏弹董庭兰招纳货贿。"①《资治通鉴》卷二一九载：房琯"日与庶子刘秩、谏议大夫李揖高谈释老，或听门客董庭兰鼓琴。庭兰以是大招权利，御史奏庭兰赃贿，丁巳，罢琯为太子少师。"②史籍有关董庭兰客于房琯门下事多予谴责之语，杜甫《奉谢日敕放三司推问状》亦载："而琯性失于简，酷嗜鼓琴。董庭兰其今之琴工，游琯门

① (后晋)刘昫等：《旧唐书》，中华书局1975年版，第3323页。

② (宋)司马光撰，胡三省音注：《资治通鉴》，中华书局1956年版，第7024页。

下有日。贫病之老，依倚为非。琯之爱惜人情，一至于玷污。”①若就琴艺而言，董庭兰自是盛唐一流琴家，至其游于高门官场则诸家各持异见。房琯是否因董庭兰被罢相，历来颇有争议，但罢相乃朝中大事，很难与一琴人受贿产生直接关联，其中所涉政权争斗、集团利益等事，或是真正原因。②

在京为房琯门下琴客是董庭兰“出道”初期，并以“通神明”“感鬼神”“来妖精”之精湛琴技赢得盛誉，在京城长安“演艺圈”崭露头角，以是广结名流显贵。此一阶段不仅是房琯一生的高光时期，大概也是董庭兰最惬意的一段时间。

（二）晚年流落时期

上元元年（760）房琯出为晋州刺史，改汉州刺史。汉州即今四川广汉一带，唐属剑南道。《通典·州郡六》“汉州”：“宋齐为广汉郡，隋并入蜀郡，大唐因之。垂拱二年，分雒县，置汉州。”③自此董庭兰失去了在京师的依靠，遂亦离开长安，南行广汉追随房琯。《琴史》云“房公贬广汉，庭兰诣之，公无愠色”。诗人崔珏有《席间咏琴客》：“七条弦上五音寒，此艺知音自古难。唯有河南房次律，始终怜得董庭兰。”诗中所述正可与房琯本传印证。即便这一时期，房、董依然不离不弃，可谓患难与共，情谊依旧，故交之情令人感慨。

广德元年（763），房琯卒。《旧唐书·房琯传》：“（琯）在路遇疾，广德元年八月四日，卒于阆州僧舍，时年六十七。”④此后董庭兰即流落他处，生活窘迫。高适有《别董大》二首：

> 千里黄云白日曛，北风吹雁雪纷纷。莫愁前路无知己，天下谁人不识君。

① （唐）杜甫：《杜工部集》，辽宁教育出版社1997年版，第407页。
② 陈冠名：《论房琯集团》，《杜甫研究学刊》2007年第4期。
③ （唐）杜佑：《通典》，中华书局1992年版，第4627页。
④ （后晋）刘昫等：《旧唐书》，中华书局1975年版，第3324页。

六翮飘飖私自怜，一离京洛十余年。丈夫贫贱应未足，今日相逢无酒钱。

诗中“董大”即董庭兰。周勋初先生指出：“高诗第一首慰董大曰‘莫愁前路无知己，天下谁人不识君？’指明董大身份，一无官职，二非名流，而海内知名，与董庭兰以一艺享盛誉之身份相合。”①就诗歌内容看，有一点是确定的，诗人高适意在安慰董庭兰。当时董庭兰必是处境窘迫，或者还有几分举目无依的凄凉潦倒。一般认为这首诗的作时在天宝六载（747）②，但天宝间董庭兰初来长安，且以琴艺名动京师，日与房琯等显贵弹琴宴乐，虽在房琯离京为官期间可能有所低落，似乎尚不至于到“愁前路无知己”的程度。近年来有学者以为此诗应作于代宗广德二年（764）正月蜀中，时高适即将赴京任刑部侍郎。③ 刘开扬《高适诗集编年笺注》高适年谱：“代宗广德二年，六十一岁。正月，召适还长安……适还京后为刑部侍郎。转左散骑常侍，加银青光禄大夫，进封渤海县侯，食邑七百户。”④“莫愁前路无知己，天下谁人不识君”是高适临行前对董庭兰的安慰，劝慰其“莫愁”，正说明此刻董庭兰忧愁前路，知音不再，孤独无依，“丈夫贫贱应未足，今日相逢无酒钱”是对彼时二人相别境况的描述，既有对董庭兰的怜惜，亦有诗人对自身境遇的感慨。时适逢房琯刚刚离世，对于年逾60的董庭兰而言，知音不再，年老无依，前路茫茫，处境窘迫，恰与诗中描述相符。结合史料及诸家研究看，将此诗作时定于广德二年或有可取之处。

（三）董庭兰生卒时间

史籍于董庭兰的生卒时间均无确切记载，薛易简谓董庭兰“散发林壑者

① 周勋初：《高适年谱》，上海古籍出版社1980年版，第53页。

② 刘开扬：《高适诗集编年笺注》，中华书局2018年版，第16页。周勋初：《高适年谱》，上海古籍出版社1980年版，第53页。

③ 张起：《高适〈别董大〉作于蜀中考述》，《中华文化论坛》2013年第3期。

④ 刘开扬：《高适诗集编年笺注》，中华书局2018年版，第30页。周勋初：《高适年谱》，上海古籍出版社1980年版，第53页。

六十载”，笔者以为，这句话可以看作对董氏在世时间的描述，即董庭兰在世大约六十载。

天宝十四(755)至肃宗至德二年(757)房琯任相期间，史称董氏已是“朽耄”“贫病之老”。古人所谓“耄”在70至90岁，综合文献看，《琴史》等所谓“朽耄”应是约指，但其时董庭兰必已步入老年。若以50岁推算，董氏大约生于武后神龙(705)前后，与房琯(697—763)年纪相仿而略小。肃宗上元元年(760)，房琯贬广汉，董庭兰复追随房琯而去。此时董庭兰年约55。自其天宝间初来长安，已约十有五年。

代宗广德元年(763)房琯卒，此年董庭兰约58岁。此间诗人高适有《别董大》二首，崔珏有《席间咏琴客》。代宗大历(766—779)初，诗人刘商作《胡笳十八拍》辞，附于董庭兰胡笳琴曲后，此时无有董、刘互动记录，此后亦无董氏活动记载，推测董庭兰可能已经辞世。

综合以上考察，董庭兰生年约在武后神龙(705)时期，董、房二人交往始于天宝五载(746)房琯任给事中时，时房琯50岁，董庭兰约41岁。广德元年房琯(763)离世，广德二年(764)董庭兰遇诗人高适，后者有《别董大》二首。代宗大历(766—779)初，刘商作辞时董庭兰亦无消息，推测董氏大约在广德三年(765)左右辞世，其年董庭兰年约60岁。

天宝初房琯任给事中时，董庭兰能不远千里投奔房琯门下，必是房琯亦喜好琴乐并赏识董庭兰琴技。及至房琯入相，日常“听董庭兰弹琴”“招集琴客筵宴”，董庭兰的琴乐大概是房琯政务之余重要的解压和娱乐方式。董、房年龄相仿，自天宝五年至至德初，二人相交约二十年。董庭兰自陇西至长安，又从长安追随至广汉，期间房琯职位迁逐，亦不离不弃，这种长期患难与共的情谊应该是已经超越了普通高官和门客的感情，更像是两个年龄相仿的人在长期交往中形成的知音、知己情谊。

《琴史》又载及“赞善大夫李翱”为陈怀古传与董庭兰之琴谱作序事。唐有文学家李翱(774—836)，为韩愈弟子。但韩门弟子李翱出生较晚，似非作序之人(参见《佚名〈琴谱调〉》一节)。

二、董庭兰与《胡笳十八拍》

胡笳本乐器名称,源出西北游牧民族,属竹类吹管乐器,音色比较高亢悲凉。《晋书》卷六二《刘琨传》载刘琨退敌所吹乐器即为胡笳:“尝为胡骑所围数重,城中窘迫无计。琨乃乘月登楼清啸,贼闻之,皆凄然长叹。中夜奏胡笳,贼又流涕歔欷,有怀土之切,向晓复吹之,贼并弃围而走。”①刘琨能吹笳退匈奴,就是因为所吹奏胡笳是匈奴民族常用乐器,故兵士闻之流涕,思乡情切,弃城而去。

声韵悲伤是琴曲胡笳的重要音乐风格。李昂《塞上听弹胡笳作》诗序云:“客有尹侯者,高冠长剑,尤善鼓琴。因按弦奏胡笳之曲,摧藏哀抑,闻之忘味。”相传汉末蔡文姬被掳匈奴,“感笳之声,作诗言志”,作《胡笳十八拍》。此诗融合了蔡文姬的悲惨身世,听罢“胡人落泪沾边草,汉使断肠对归客”(李颀《听董大弹胡笳声兼寄语弄房给事》)。在悲伤之外又加入了更多的历史内涵。

20世纪中期,郭沫若、刘大杰、张德钧等多位学者就《胡笳十八拍》的作者、作时、渊源流变以及成就等展开讨论,相关结果由中华书局结集出版。②后王小盾等学者承前余绪,继为述作。可以说学界有关《胡笳十八拍》的问题探讨得相当深入。但总体而言,虽亦百家争鸣,其中尚有一些重要问题仍未解决。

琴曲有胡笳大约出现在魏晋时期,晋刘琨有《胡笳五弄》,南朝宋吴迈远、梁陶弘景、江洪等有《胡笳曲》琴歌,琴中胡笳曲是以琴乐写胡笳声意,所谓

---

① (唐)房玄龄等:《晋书》,中华书局1974年版,第1690页。

② 《文学遗产》编辑部编:《〈胡笳十八拍〉讨论集》,中华书局1959年版。程千帆:《李颀〈听董大弹胡笳声兼语弄寄房给事〉诗题校释》,《社会科学战线》1979年第4期。

“翻为琴曲”“播为琴曲”。《白孔六帖》卷六二“笳”条:“白笳者,胡人卷芦叶吹之以作乐也,故曰胡笳,播为琴曲。”①《通典》卷一四六《乐》:“丝桐,唯琴曲有胡笳声。”②琴曲《胡笳》自魏晋以来,一直是琴家传承的曲目,但在董庭兰之前主要局限于琴家之间,远未达到流行的程度。唐初独步一时的代表琴家赵邪利曾述修“《胡笳五弄谱》两卷”,且曾对其时蜀声、吴声两种琴乐风格做出评价,以《胡笳十八拍》在文、史以及音乐界的影响力等考虑,倘赵邪利果有相关琴谱或文字叙述,被保留和传承的可能性极大。但今存文献中,未有赵氏涉及《胡笳十八拍》的文字。故推测初唐时期《胡笳十八拍》可能尚未产生或仍处于萌芽时期。

从目前文献来看,李颀《听董大弹胡笳声兼语弄寄房给事》有“蔡女昔造胡笳声,一弹一十有八拍”,是最早将琴中胡笳与“十八拍”相联系的记录。其时董庭兰所弹为“胡笳声”或称“胡笳弄”,此曲“一弹一十有八拍”,应该就是琴曲《胡笳十八拍》。此诗作于天宝五年至天宝十四载(755)房琯任给事中时,说明此时琴曲《胡笳十八拍》业已产生,而董庭兰对该曲的把握和演奏已经出神入化极为纯熟了。彼时大唐长安,房琯“筵宴”高朋满座,雅客云集,经由董庭兰精湛的演绎使《胡笳十八拍》成为深受喜爱的琴乐名曲,琴曲胡笳也引起更多关注,得以迅速盛行。诗人李颀有幸与宴,欣赏琴曲并撰写了《听董大弹胡笳声兼语弄寄房给事》。正如学者指出:“在董庭兰之前,这篇杰作始终是在少数嗜古的弹琴家中间流传,只是到了董庭兰,通过他和房琯这样一个偶然的结合,才正式和唐代的大诗人们见面。”③他将胡笳音调发展至一个前所未有的高峰,并使之以书面的方式保存下来。④ 董庭兰是这一时期将琴曲《胡笳十八拍》推广普及、发扬光大的核心人物。

---

① (唐)白居易、孔传:《白孔六帖》,《四库全书》第211册,上海古籍出版社1987年版,第62页。

② (唐)杜佑:《通典》,中华书局1984年版,第3725页。

③ 萧涤非:《萧涤非说乐府》,上海古籍出版社2002年版,第188页。

④ 吴叶:《从琴曲〈大胡笳〉〈小胡笳〉试探汉唐时期北方少数民族音调》,《中国音乐学》2004年第1期。

元稹《小胡笳引》作于元和五年(810)至九年,诗题下注云:"桂府王推官出蜀匠雷氏金徽琴,请姜宣弹。"其诗云:

雷氏金徽琴,王君宝重轻千金。三峡流中将得来,明窗拂席幽匣开。朱弦宛转盘凤足,骤击数声风雨回。哀笳慢指董家本,姜生得之妙思忖。泛徽胡雁咽萧萧,绕指辘轳圆衮衮。吞恨缄情乍轻激,故国关山心历历。潺湲疑是雁鸊鹈,砉騞如闻发鸣镝。流宫变征渐幽咽,别鹤欲飞猿欲绝。秋霜满树叶辞风,寒雏坠地乌啼血。哀弦已罢春恨长,恨长何恨怀我乡。我乡安在长城窟,闻君虏奏心飘忽。何时窄袖短貂裘,胭脂山下弯明月。

诗中"哀笳慢指董家本"一句中,董家指董庭兰。① 琴师姜宣所弹应属受自董庭兰的琴中胡笳曲。换言之,这一时期除董庭兰在弹奏外,已开始门下授徒,从而使此曲得以广泛传播。虽然诗中未注明所奏何曲,但结合内容看,所弹应即董庭兰所擅长《胡笳十八拍》。源出"董家本"的胡笳曲以"慢指"的方式弹奏,描述汉末战乱中蔡琰陷于胡地的悲惨命运,其乐曲呈现"幽咽""啼血"等悲凉特征。从诗中可以看出,时人似已将胡笳曲之源头追溯至"董家本",即将此曲的"著作权"归于董庭兰。

董庭兰殁后,诗人戎昱有《听杜山人弹胡笳》:

绿琴胡笳谁妙弹,山人杜陵名庭兰。杜君少与山人友,山人没来今已久。当时海内求知音,嘱付胡笳入君手。杜陵攻琴四十年,琴声在音不在弦。座中为我奏此曲,满堂萧瑟如穷边。第一第二拍,泪尽蛾眉没蕃客。更闻出塞入塞声,穹庐毡帐难为情。胡天雨雪四时下,五月不曾芳草生。须臾促轸变宫征,一声悲兮一声喜。南看汉月双眼明,却顾胡儿寸心死。回鹘数年收洛阳,洛阳士女皆驱将。岂无父母与兄弟,闻此哀情皆断肠。杜陵先生证此道,沈家祝家皆绝倒。如

① 按:"指"别本作"拍"。参见《元稹集校注》,第776页。

今世上雅风衰，若个深知此声好。世上爱筝不爱琴，则明此调难知音。今朝促轸为君奏，不向俗流传此心。

诗歌记录听杜山人弹奏董庭兰所传琴曲胡笳。萧涤非指出诗中“山人杜陵名庭兰”说的就是董庭兰，又认为董庭兰将其技艺传给了杜山人。①

《直斋书录解题》录董庭兰《大胡笳十九拍》“连刘商辞”，即附有唐代诗人刘商所作《胡笳十八拍》诗。《读书后志》：“《胡笳十八拍》一卷，右唐刘商撰。汉蔡邕女琰为胡骑所掠，因胡人吹芦叶以为歌，遂翻为琴曲。其辞古淡，商因拟之以序琰事，盛行一时。”②《乐府诗集》卷五九《琴曲歌辞》载唐刘商《胡笳十八拍》一首，其解题云：

唐刘商《胡笳曲序》曰：蔡文姬善琴，能为《离鸾》《别鹤》之操。胡虏犯中原，为胡人所掠，入番为王后，王甚重之。武帝与邕有旧，敕大将军赎以归汉，胡人思慕文姬，乃卷芦叶为吹笳，奏哀怨之音。后董生以琴写胡笳声为十八拍，今之《胡笳弄》是也。③

董、刘二者活动时间相距不远，刘商所言应该是比较可信的。据刘商语判断，董庭兰“以琴写胡笳声为十八拍”，完成了琴曲《胡笳十八拍》的创作。

总之，唐代诗人李颀、元稹、戎昱等赋诗以述，刘商为《胡笳十八拍》配辞，无一不是此曲盛行于其时的反映。就其发展而言，琴曲《胡笳》在董庭兰之前仅局限于琴人琴家之间，并不为大众所熟悉，传统大、小胡笳曲演变为《胡笳十八拍》并为大众所接受经历了几代琴家的整理、修改和润色，才演变为后来“十八拍”“十九拍”的形式，董庭兰最终完成了琴曲《胡笳十八拍》曲谱的创作，并以其精湛的琴艺使该曲得到了广泛认可。

---

① 萧涤非：《乐府诗词论薮》，齐鲁书社 1985 年版，第 54 页。

② （宋）晁公武撰，孙猛校证：《郡斋读书志校证》，上海古籍出版社 2011 年版，第 939 页。

③ （宋）郭茂倩编撰：《乐府诗集》，上海古籍出版社 1998 年版，第 660 页。

一八　佚名《律书乐图》

《律书乐图》不见于目录文献，其佚文主要见于北宋陈旸《乐书》及日籍《教训抄》《续教训抄》《类筝治要》等中，因其资料的独特性，该书愈来愈受到学界关注。一些学者曾论及该书的部分佚文①。今据《乐书》及《教训抄》等对《律书乐图》佚文进行辑录整理②，并就其作时及文献价值加以探讨。

一、《律书乐图》佚文辑录

（一）北宋《乐书》所见佚文

《乐书》所存《律书乐图》佚文以记载唐鼓吹仪仗乐为主，唐之鼓吹乐分为鼓吹、羽葆、铙吹、大横吹、小横吹五部，五部之首"鼓吹部"又可分㭎鼓、大鼓等五类。《新唐书·仪卫志》：

凡鼓吹五部：一鼓吹，二羽葆，三铙吹，四大横吹，五小横吹。总

① 孙晓辉：《两唐书乐志研究》，上海音乐学院出版社2005年版，第152页。王立增：《唐代鼓吹乐大横吹部用乐考》，《乐府学》2006年第1辑。[日]林谦三：《东亚乐器考》，钱稻孙译，曾维德、张思睿校注，上海世纪出版股份有限公司、上海书店出版社2013年版。

② （宋）陈旸：《乐书》，《四库全书》第211册，上海古籍出版社1987年版。[日]狛近真撰，植木行宣校注：《教训抄》，《日本思想大系》本，东京岩波书店1973年版。

七十五曲。鼓吹部有掆鼓、大鼓、金钲小鼓、长鸣、中鸣。①

今依《新唐书·仪卫志》所载唐鼓吹乐次序，据《乐书》辑录其佚文如下：

1.（第一部）鼓吹部·掆鼓

（《律书乐图》云）掆鼓一曲十揲，一曰惊雷震，二曰猛虎骇，三曰鸷鸟击，四曰龙媒蹀，五曰灵夔吼，六曰雕鹗争，七曰壮士奋怒，八曰熊罴哮吼，九曰石荡崖，十曰波荡壑。并各有辞，其辞无传焉。（《乐书》卷138）②

按：此条佚文与《新唐书·仪卫志》所载掆鼓曲名略有差异，佚文第二、第八、第九曲分别作"猛虎骇""壮士奋怒""熊罴咆哮"，《仪卫志》则分别作"猛兽骇""壮士怒""熊罴吼"，文字虽有不同，但差别并不大。值得注意的是，《律书乐图》载"掆鼓一曲十揲"，而《新唐书·仪卫志》仅言"掆鼓十曲"，"一曲十揲"与"十曲"应是有一定区别。其次佚文末云掆鼓曲"并各有辞"，笔者以为这是极重要的记载，说明唐之鼓吹曲早期是曲、辞兼备的，后来歌辞才湮没不传。

本条"《律书乐图》云"上有："按图，鼓上有盖，常先作之以引大鼓，亦犹雅乐之奏鞞与金钲相应，皆有曲焉。"《乐书》此节文字绘有"掆鼓"乐器图，与文字描述一致。又书既以"乐图"命名，则应属乐图、文字互见式论著，疑此节文字、乐图皆出《律书乐图》。

2.（第一部）鼓吹部·大鼓

（《律书乐图》云）大鼓十五曲内，三曲严用。第一曰元麟合逻，

---

① （宋）欧阳修、宋祁等：《新唐书》，中华书局1975年版，第508页。

② 按：为便于比较，本文将佚文所对应《新唐书·仪卫志》文字以脚注形式附于每条佚文下。《新唐书·仪卫志》："掆鼓十曲，一警雷震，二猛兽骇，三鸷鸟击，四龙媒蹀，五灵夔吼，六雕鹗争，七壮士怒，八熊罴吼，九石坠崖，十波荡壑。"

第二曰元麟他固,第三曰元麟跋至虑。余十二曲警用,第一曰元咳大至游,第二曰阿列干,第三曰破达折利纥,第四曰贺羽真,第五曰鸣都路,第六曰勃鸣路跋,第七曰胡雷折槌,第八曰元咳赤赖,第九曰赤赖,第十曰吐该乞物真,第十一曰贪失利,第十二曰贺粟胡真。(《乐书》卷 139)①

按:《新唐书·仪卫志》所载"严用三曲"曲名《唐六典》亦有记载。《唐六典·太常寺》:"凡大驾行幸有夜警晨严之制。大驾夜警十二曲,中警七曲,晨严二通。皇太子夜警九曲,公卿已下夜警七曲,晨严并三通。夜警众一曲,转次而振。晨严之曲,第一曰《元驎合逻》,第二曰《元驎他固夜》,第三曰《元驎跋至虑》。"这是现存唐代文献有关唐鼓吹五部掆鼓曲的最早记载,《律书乐图》与《唐六典》文字的关系值得详细探究。

其余曲名差别甚小,唯警用第十一曲,佚文作"贪失利",新志作"贪大讦",三字中二字不同,未知何者为正。

3.(第一部)鼓吹部·小鼓

(《律书乐图》曰)小鼓九曲内,一曲马上用,八曲严警用,并属鼓吹部也。第一曲曰渔阳,二鸡子,三警鼓,四三鸣,五合节,六覆,七步,八南阳会星,九单谣。皆以为严警,其一上马用之。(《乐书》卷 139)②

按:佚文中六、七曲名或有脱讹。但此条最重要的价值是,较之《仪卫志》,"小鼓九曲"下,"一曲马上用,八曲严警用,并属鼓吹部也"几句,为《仪

① 《新唐书·仪卫志》:"大鼓十五曲,严用三曲:一元驎合逻,二元驎他固夜,三元驎跋至虑。警用十二曲:一元咳大至游,二阿列干,三破达析利纯,四贺羽真,五鸣都路跋,六他勃鸣路跋,七相雷析追,八元咳赤赖,九赤咳赤赖,十吐咳乞物真,十一贪大讦,十二贺粟胡真。"见《新唐书》第 508 页。

② 《新唐书·仪卫志》:"小鼓九曲,一渔阳,二鸡子,三警鼓,四三鸣,五合节,六覆参,七步鼓,八南阳会星,九单摇,皆以为严、警,其一上马用之。"见《新唐书》第 508 页。

卫志》所未载，可补《仪卫志》之阙。

4.（第一部）鼓吹部·长鸣、中鸣

（《律书乐图》以谓）长鸣一曲三声，并马上严警用之。第一声曰龙吟，二曰彪吼，三曰阿声。其中鸣一曲二声，一为荡声，二为牙声，亦马上严警用之也。（《乐书》卷130）①

按：较之《仪卫志》，于“长鸣一曲三声”下，佚文有“并马上严警用之”七字，为《仪卫志》所未载，可补《仪卫志》之阙。

《乐书》录此节佚文，除文字描述外，亦绘有“中鸣、簸逻迴”乐器图。佚文末句“亦马上严警用之也”下又有“其大者谓之簸逻迴，胡人用之，本所以惊中国马”，为今《仪卫志》所无。若此节亦《律书乐图》佚文，疑此文字、图谱或皆出《律书乐图》。

5.（第二部）羽葆部

（《律乐图》云）羽葆一部五色，十八曲。一大和，二休和，三七德，四驺虞，五基王化，六纂唐风，七厌炎精，八肇皇运，九跃龙飞，十珍马邑，十一兴晋阳，十二济渭阴，十三应圣期，十四御宸极，十五宁兆庶，十六服遐荒，十七龙池，十八破阵乐。（《乐书》卷138）②

按：本条所云“律乐图”，当即《律书乐图》。佚文“十八曲”上有“五色”二字，为《仪卫志》所无，可资参校。

下条“铙吹部”佚文中有“四色”二字，亦为今《仪卫志》所无。那么何谓“五色”“四色”呢？《仪卫志》载“小横吹部有角、笛、箫、笳、觱篥、桃皮觱篥六

---

① 《新唐书·仪卫志》：“长鸣一曲三声，一龙吟声，二彪吼声，三河声。中鸣一曲三声，一荡声，二牙声，三送声。”见《新唐书》第508页。

② 《新唐书·仪卫志》：“羽葆部十八曲，一太和，二休和，三七德，四驺虞，五基王化，六纂唐风，七厌炎精，八肇皇运，九跃龙飞，十殄马邑，十一兴晋阳，十二济渭险，十三应圣期，十四御宸极，十五宁兆庶，十六服遐荒，十七龙池，十八破阵乐。”见《新唐书》第508页。

种”乐器①,而《乐书》所载佚文中有“小横吹部有角、笛、箫、笳、觱篥、桃皮觱篥六色”乐器(见佚文第7条),所谓“六色”指角等“六种”乐器。故本条及“铙吹部”所谓“五色”“四色”应指“羽葆部”“铙吹部”所用乐器数分别为五种、四种。至于这几种乐器到底是哪些,我们可以从其他文献中寻求答案。《乐府诗集·横吹曲辞》:“唐制,太常鼓吹令,掌鼓吹施用调习之节,以备卤簿之仪,而分五部……二曰羽葆部,其乐器如隋铙鼓部而加錞于,凡十八曲;三曰铙吹部,其乐器与隋铙鼓部同。”而隋“铙鼓部”乐器分别是“歌、鼓、箫、笳四种”。②《隋书·音乐志》亦载,隋铙鼓部“其乐器有鼓,并歌、箫、笳”四种③。因此唐“铙吹部”乐器应为鼓、歌、箫、笳“四色”,“羽葆部”乐器应为鼓、歌、箫、笳及錞于“五色”。

6.(第三部)铙吹部

(《律书乐图》云)铙,军乐也。其部四色七曲,一曰破阵乐,二曰上车,三曰行车,四曰向成,五曰平安,六曰权乐,七曰太平。各有记也。(卷138《铙鼓》)④

按:佚文“七曲”上有“四色”二字,为《仪卫志》所无,可资参校。“四色”指铙吹部所用歌、鼓、箫、笳四种乐器。

7.(第四部)大横吹部

(《律书乐图》云:横吹,胡乐也。昔张博望(见佚文第8条)……《唐乐图》所载)大横吹部有节鼓、角、笛、箫、笳、觱篥七色;小横吹部

① (宋)欧阳修、宋祁等:《新唐书》,中华书局1975年版,第509页。
② (宋)郭茂倩编撰:《乐府诗集》,上海古籍出版社1998年版,第261页。
③ (唐)魏徵等:《隋书》,中华书局1973年版,第383页。
④ 《新唐书·仪卫志》:“铙吹部七曲:一破阵乐,二上车,三行车,四向城,五平安,六欢乐,七太平。”见《新唐书》第508页。

有角、笛、箫、笳、觱篥、桃皮觱篥六色。惟大横吹二十四曲内，三曲马上警严用之。一曰权乐树，二曰空口莲，三曰贺六运，其余二十一曲，备拟所用：一曰灵泉崔，二曰达和若轮空，三曰白净王子，四曰他贤送勤，五曰鸣和罗纯羽王追，六曰叹度热，七曰吐久利能比轮，八曰玄比敦，九曰植普离，十曰胡笛尔笛，十一曰鸣罗特罚，十二曰比久伏大汗，十三曰于理真斤，十四曰素和斛律，十五曰鸣才真，十六曰乌铁甘，十七曰特介汗，十八曰度宾哀，十九曰阿若于楼达，二十曰大贤真，二十一曰破阵乐。（卷130《小横吹》）①

按：前6条有关唐鼓吹五部佚文皆出《律书乐图》，唯本条“大横吹部”一段佚文云出《唐乐图》。《唐乐图》是与《律书乐图》同时或略早的唐代音乐文献，《乐书》多处征引该书文字，且常将二书文字同时征引。就二书佚文来看，《唐乐图》以记录唐乐器及图谱为主，唯此条载及大横吹曲，与该书其他条佚文迥然有异，而与《律书乐图》佚文一致，《乐书》间有混淆书名处，本文以为此条亦出《律书乐图》。

就佚文文字而言，此节佚文与《仪卫志》所载大横吹二十四曲差异甚大。《仪卫志》所载《悲风》《游弦》《明君》《止息》《楚妃叹》等与威武雄壮的鼓吹乐曲相去甚远，王立增从大横吹部用乐角度考察了《仪卫志》所载大横吹曲，指出其所载二十四曲皆是“地地道道的琴曲”，并指出真正的大横吹曲应为《乐书》所载二十四曲。② 其所言证据充分，言之成理，据此节佚文可订正《新唐书·仪卫志》记载之误。

就文本校勘而言，此节佚文载及大横吹部乐器“七色”，为《仪卫志》所无。

---

① 《新唐书·仪卫志》：“大横吹部有节鼓二十四曲：一悲风，二游弦，三闲弦明君，四吴明君，五古明君，六长乐声，七五调声，八乌夜啼，九望乡，十跨鞍，十一间君，十二瑟调，十三止息，十四天女怨，十五楚客，十六楚妃叹，十七霜鸿引，十八楚歌，十九胡笳声，二十辞汉，二十一对月，二十二胡笳明君，二十三湘妃怨，二十四沈湘。小横吹部有角、笛、箫、笳、觱篥、桃皮觱篥六种，曲名失传。”见《新唐书》第508页。

② 王立增：《唐代鼓吹乐大横吹部用乐考》，《乐府学》2006年第一辑。

又《仪卫志》首句所谓“节鼓二十四曲”颇难理解，大横吹部何以详载“节鼓”曲？《隋书·音乐志》载大、小横吹云：“大横吹，二十九曲供大驾，九曲供皇太子，七曲供王公。其乐器有角、节鼓、笛、箫、筚篥、笳、桃皮筚篥。小横吹，十二曲供大驾，夜警则十二曲俱用。其乐器有角、笛、箫、筚篥、笳、桃皮筚篥。”①《乐府诗集》：“唐制，太常鼓吹……四曰大横吹部，其乐器与隋同。”②综合以上文献所载，应是《仪卫志》抄录时脱漏了节鼓下六种乐器，即佚文中“角、笛、箫、笳、觱篥七色”等文字，致使“大横吹部”二十四曲讹变为“节鼓”二十四曲，据此可正《仪卫志》之疏漏。

8.（第四、五部）大横吹部、小横吹部

（《律书乐图》云）横吹，胡乐也。昔张博望入西域，传其法于西京，得《摩诃兜勒》一曲，李延年因之更造新声二十八解，乘舆以为武乐。汉时常给边将，魏晋以后，二十八解又不复存，其所用者，唯黄鹤、垄头水、出关、出塞、入塞、折杨柳、黄覃子、赤之杨、望行人十四曲也。（《乐书》卷130《小横吹》）

按：本条佚文不见于《新唐书·仪卫志》，就其内容而言，应为第四部大横吹部及第五部小横吹部文字。今《仪卫志》仅载鼓吹曲名、乐器等，此节述横吹曲渊源，可补《仪卫志》之不足。

又大、小横吹本指笛类吹奏乐器。本条“《律书乐图》云”上有：“大横吹、小横吹并以竹为之，笛之类也。”

总观《乐书》所存《律书乐图》佚文与《新唐书·仪卫志》所载唐鼓吹五部乐曲，二者从内容到文字皆极为相近。学者认为《律书乐图》与《新唐书·仪卫志》存在史源关系，③肯定了《律书乐图》的文献价值。此外，本书以为，佚

① （唐）魏徵等：《隋书》，中华书局1973年版，第383页。

② （宋）郭茂倩编撰：《乐府诗集》，上海古籍出版社1998年版，第261页。

③ 孙晓辉：《两唐书乐志研究》，上海音乐学院出版社2005年版，第152页。

文中大鼓十五曲同时见载于《唐六典》，说明唐鼓吹五部乐这一颇具唐代色彩的仪仗制度最晚在开元时期已经确立，换言之，《新唐书·仪卫志》是对盛唐时期鼓吹仪仗用乐的记录。

（二）日籍《教训抄》《续教训抄》《体源钞》《类筝治要》所见佚文

日本狛近真所撰《教训抄》十卷，成书于天福元年（1233），《续教训抄》为狛近真孙狛朝葛所撰，又称《朝葛教训抄》，成书于元亨二年（1322）以前。《体源钞》十三卷，由京方笙乐家丰家本流第22代代表乐人丰原统秋（1450—1520）撰成于永正九年（1512），《类筝治要》记录了13世纪晚期女音乐家若御前尼的教学实践。四书征引了《乐书要录》《律书乐图》等多部唐代文献，部分不传于国内的文献借此得以保存，是研究唐代音乐文化乃至中日文化交流的重要史料。今整理其中所录《律书乐图》佚文如下：

1.（泛龙舟）《律书乐图》云，隋ノ炀帝所造ル也。[①]（《教训抄》卷4《他家相伝舞曲物语·泛龙舟》；又见《体源钞》卷二）

2.（《律书乐图》云），“宴乐之林钟州”。又“林羽越天”。[②]（《教训抄》卷6《无二舞曲—乐物语·越天乐》）

3.（《律书乐图》云）大筚篥、小筚篥。二音和云“比知里木”。[③]（《教训抄》卷8《管弦物语·筚篥》）

按：《续教训抄》所录“大筚篥小筚篥”文字与此条一致。[④]

---

① ［日］狛近真撰，［日］植木行宣校注：《教训抄》，《日本思想大系》本，东京岩波书店1973年版，第83页。

② ［日］狛近真撰，［日］植木行宣校注：《教训抄》，《日本思想大系》本，东京岩波书店1973年版，第120页。

③ ［日］狛近真撰，［日］植木行宣校注：《教训抄》，《日本思想大系》本，东京岩波书店1973年版，第154页。按：《教训抄》所录《律书乐图》佚文中，正文下多夹注双行小字，本文辑录佚文，双行小字夹注用加粗小字，以与正文区别。

④ ［日］狛朝葛：《续教训抄》，《日本思想大系》本，东京岩波书店1973年版，第452页。

4.(《律书乐图》云)横笛,音敌,和名“与古布江”。本出于羌也。汉张骞使西域,习传一曲。[①]（《教训抄》卷8《管弦物语·横笛》)

按:《续教训抄》谓:“《律书乐图》ニ云ク:横笛,音敌,和名与古布江。本羌中ヨリ出タリ,西国ノ名也。汉ノ张骞西城ニ使トシテ,首テ一曲ヲ习ヒ传エシム、季延年造二新聲廿八曲ヲ一,或張騫新樂ノ亂聲ヲ始天吹ト云々,或云,張騫天竺ニ渡テ、广訶ト佛〔兜勒イ〕ノ一曲ヲ傳之。”[②]张骞出使西域事于《教训抄》《续教训抄》及《乐书》引文中皆有涉及。

5.(短笛、尺八云,《律书乐图》云)是以为短笛。[③]（《教训抄》卷8《管弦物语·狛笛》)

按:《续教训抄》谓:“《律书乐图》云:コレヲ短笛トス。”[④]

6.(《律书乐图》同文云)盖鞨鼓者,今之鞨候提鼓。鞨,音曷,俗用“楬”字。未详。即鞨鼓也。(《教训抄》卷9《打物部·鞨鼓》)[⑤]

按:此段引文上有:“鞨鼓,又两杖鼓。上音曷,或用鞨。出鞨中,故号之。”[⑥]显示撰者不确定记录该乐器名称的到底是“曷”“鞨”“楬”中的哪一个字,即重点在“字未详”,并不是“不详”这种乐器。故原书中:“鞨,音曷,俗用

---

① [日]狛近真撰,[日]植木行宣校注:《教训抄》,《日本思想大系》本,东京岩波书店1973年版,第156页。

② [日]狛朝葛:《续教训抄》,《日本思想大系》本,东京岩波书店1973年版,第490页。[日]狛朝葛撰,[日]羽塚啓明校阅,[日]正宗敦夫编纂:《续教训抄》,日本古典全集刊行会《日本古典全集》,东京现代思潮社1975年版,第490页。按:原文中“二”“一”小字下标,“天”字小字上标。均表示该句的读法。

③ [日]狛近真撰,[日]植木行宣校注:《教训抄》,《日本思想大系》本,东京岩波书店1973年版,第156页。

④ [日]狛朝葛:《续教训抄》,《日本思想大系》本,东京岩波书店1973年版,第447页。[日]狛朝葛撰,[日]羽塚啓明校阅,[日]正宗敦夫编纂:《续教训抄》,日本古典全集刊行会《日本古典全集》,东京现代思潮社1975年版,第447页。

⑤ [日]狛近真撰,[日]植木行宣校注:《教训抄》,《日本思想大系》本,东京岩波书店1973年版,第164页。

⑥ [日]狛近真撰,[日]植木行宣校注:《教训抄》,《日本思想大系》本,东京岩波书店1973年版,第163页。

‘楬’字。未详”一段，应点断为：“鞨，音曷，俗用‘楬’。字未详。”

又：此条林谦三《东亚乐器考》作：“答臈鼓者，今之鞨候楬鼓（鞨音曷，俗用楬字，未详），即鞨鼓也。”①文字与笔者所见略有不同。导致这种差异的原因可能有两种：一是所用《教训抄》版本不同；二是因翻译而出现的分歧。

7.（《律书乐图》云）揩鼓。揩，摩也。俗云“二寸里豆々美”②。（《教训抄》卷9《打物部·揩鼓》；又见《体源钞》卷六）

8.（《律书乐图》云）（铜钹）出自西域，无柄，以皮为纽，相击以应节，今夷乐多用之。孙愐云：钹乐器形如瓶口，对而击之，出自西域也。③（《教训抄》卷9《打物部·铜钹》；又见《体源钞》卷六）

9.（《律书乐图》ハ）方磬，吉定反。俗云方磬之音ハ強。廿四唐令云，方磬、玉磬各一架。（《教训抄》卷9《打物部·方磬》）④

10.（《律书乐图》云）《尔雅》云，太鼓，今案，俗或谓之四鼓。小鼓有二、三名，皆以応节次第取名。ハ鼓者谓行道太鼓云々。（谓之鼓贲，音坟，即建鼓也。兼名苑云，搥，一名枹，音浮，字亦作桴，所以击大鼓也。）⑤（《教训抄》卷9《打物部·大鼓》）

11.（《律书乐图》）云，马融善吹ハ长笛トス。⑥（《续教训抄》）

① ［日］林谦三著，钱稻孙译，曾维德、张思睿校注：《东亚乐器考》，上海世纪出版股份有限公司、上海书店出版社2013年版，第102页。

② ［日］狛近真撰，［日］植木行宣校注：《教训抄》，《日本思想大系》本，东京岩波书店1973年版，第166页。

③ ［日］狛近真撰，［日］植木行宣校注：《教训抄》，《日本思想大系》本，东京岩波书店1973年版，第171页。按：对，《日本古典全集》本《教训抄》作“封”。

④ ［日］狛近真撰，［日］植木行宣校注：《教训抄》，《日本思想大系》本，东京岩波书店1973年版，第172页。林谦三以为“方磬”是方响的日本名。见《东亚乐器考》第62页。

⑤ ［日］狛近真撰，［日］植木行宣校注：《教训抄》，《日本思想大系》本，东京岩波书店1973年版，第172页。按：《日本古典全集》本《教训抄》“谓之鼓贲”与“行道太鼓云”等同在一段，不分行，有可能亦《律书乐图》文字。又：浮，《日本古典全集》本《教训抄》作“播”。

⑥ ［日］狛朝葛：《续教训抄》，《日本思想大系》本，东京岩波书店1973年版，第474页。［日］狛朝葛撰，［日］羽塚啓明校阅，［日］正宗敦夫编纂：《续教训抄》，日本古典全集刊行会《日本古典全集》，东京现代思潮社1975年版，第474页。

12.(《律书乐图》云)长笛短笛ノ间,コレヲ中管トイフト云々,东游ノトキ此笛ラ用ル。①(《续教训抄》)

13.《律书乐图》曰:太蔟为羽,号盘涉调。②(《类筝治要》卷3《调子篇》)

按:《教训抄》《续教训抄》所抄录佚文以乐器为主,所涉8种乐器主要为鼓吹乐器,其中管乐器3种:觱篥、横笛、短笛,打击乐器5种:羯鼓、揩鼓、大鼓、方磬、铜钹。联系《乐书》引文前多有"按图"等字,笔者推测,或者源文献《律书乐图》中,这些乐器是附有乐图的,只是转抄时仅抄录了文字部分。

佚文第9条载及十二律之林钟,联系书名中"律书"二字,笔者推测,或《律书乐图》一书中亦对唐时乐律问题有所阐述,惜文献散佚,此一问题有待进一步研究。

《教训抄》抄录文字,以汉字为主,兼有日文片假名,以小字标注训读,其中相关音注及解释堪殊注意。佚文有多处双行小字夹注,此夹注或非《律书乐图》文字,有的应是传入日本后的读音、名称等。如第1条中,"和云"记载的是该乐器传入日本后的名称,大筚篥、小筚篥传入日本后叫作"比知里木",下文"和名""俗云"亦同此义。

佚文中音注如第2条"笛,音敌"、第4条"鞨音曷,俗同楬"、第5条"揩,摩也"等,皆用直音法,第7条"磬,吉定反"用反切法,这两种方法皆是魏晋以来常用注音方法,且在隋唐间极为通行,是研究古今语音乃至中日语言文字发展的重要资料。

---

① [日]狛朝葛:《续教训抄》,《日本思想大系》本,东京岩波书店1973年版,第476页。[日]狛朝葛撰,[日]羽塚啓明校阅,[日]正宗敦夫编纂:《续教训抄》,日本古典全集刊行会《日本古典全集》,东京现代思潮社1975年版,第476页。

② 影印稿《类筝治要》卷三。

二、《律书乐图》成书时间考

一般而言,文字内容是判断一部文献真伪、作时的首要依据,此外目录文献的著录、他书征引等亦可资判断。《律书乐图》虽不见于宋元目录,但在《乐书》《教训抄》等古籍中多有征引。其存在是毫无疑问的。综合笔者对相关文献的考察,《律书乐图》应为唐代文献,其作时大约在玄宗开元、天宝时期,提出这一观点的理据如下。

第一,《律书乐图》是目前所知最早较完整载录唐鼓吹五部乐的文献,而鼓吹五部分类为唐代所独有,且其中绝大部分鼓吹曲名是唐前文献从未出现过的,特别是《七德》《龙池》《破阵乐》等,带有鲜明的李唐特征。故其作时不会早于唐代。就《乐书》征引文献特征来看,其所引宋人撰著的目的是说明宋之乐制,而所引《律书乐图》文字显然与赵宋毫无关系,故其应非宋代文献。

第二,《乐书》每将《律书乐图》与另一部唐代音乐文献《唐乐图》同时并引,应当是二者存在某种关联,最合理的解释就是二者同为唐人所撰,所载均为李唐故实。

第三,就佚文与《新唐书·仪卫志》的关系看,《乐书》所存八条佚文中,唯第8条即李延年新声二十八解及《黄鹤》等十四曲一节文字不见于《新唐书·仪卫志》。究其原因,笔者以为,此节文字见载于《晋书·乐志》《古今注》《古今乐录》等多部唐前文献,于唐《乐府古题要解》《通典·乐》等亦有出现,而《新唐书》重在记载李唐故实,故前朝史料自可略去不记,此恐是抄纂者舍弃此节文字的重要原因。

那么《律书乐图》大约成书于李唐何时呢?笔者推测,极有可能成书于玄宗开元、天宝时期。

首先,从礼乐建设层面来讲,玄宗登基以来,曾有专门整理礼乐之举,其中之一即所谓"开元定礼",修成于开元二十年(733)的《大唐开元礼》即其礼乐建设的重要成果。《开元礼》对传统吉、凶、军、宾、嘉五礼皆有规定，而鼓吹乐属五礼之“军礼”，在此期间应当对鼓吹乐亦有重新考量修订，《律书乐图》所载唐鼓吹五部乐或正是对这一修订结果的记录。

其次，就佚文内容而言，鼓吹部大鼓十五曲中，《元麟合逻》《元麟他固》《元麟跛至虑》三首曲名亦见于《唐六典·太常寺》，《唐六典》始撰于开元十年(722)，成书于开元二十六年(738)，其文字多直接取自当时朝廷的律、令、格、式等法令。《元麟合逻》等几首出现于《唐六典》，说明编撰《唐六典》之时，记录《元麟合逻》等有关唐鼓吹五部乐的文献业已产生，那么同样载及这一内容的《律书乐图》亦有可能产生于这一时期。

再次，《教训抄》所录佚文第 7 条提及“孙愐云”，此“孙愐”即《唐韵》编纂者，其后解释钹乐器的文字应来自孙愐《唐韵》。日林谦三除指出此“孙愐”即《唐韵》撰者外，还认为“钹乐器形如瓶口，封而击之，本自西域也”出自《唐韵》。[①] 以笔者推测，其他引文中注音释义文字，如“捶，一名枹，音浮，字亦作桴”等，可能同出《唐韵》，一般以为《唐韵》成于开元末[②]，《律书乐图》引用孙愐对钹乐器的描述，其成书不会早于玄宗开元时期。

北宋以降，目录文献未见著录《律书乐图》者，亦未见超出《乐书》等引文的文字，该书大约于宋末散佚。

《律书乐图》虽然在中国早已亡佚，但曾在日本长期流传，被日籍《教训抄》《续教训抄》以及《体源钞》等广泛引用，成为在日本影响较大的中国乐书之一。[③]

最后，关于《律书乐图》的性质，本文推测，或是具有一定官方性质的文献。首先，结合书名“律书乐图”及佚文考察，该书兼有乐律、乐图、鼓吹仪仗、

---

① [日]林谦三著，钱稻孙译，曾维德、张思睿校注：《东亚乐器考》，上海世纪出版股份有限公司、上海书店出版社 2013 年版，第 31 页。

② 徐朝东：《孙愐及〈唐韵〉相关资料考察》，《中国典籍与文化》2010 年第 3 期。

③ 王小盾、宁倩、刘盟：《从〈体源钞〉看中国典籍与日本乐书的关系》，《音乐文化研究》2018 年第 1 期。

乐曲及乐器等内容,从复杂的乐律细至乐器图谱,几乎涵盖了唐代音乐的各个方面。其次,该书所载唐鼓吹五部乐属较为正式的鼓吹仪式用乐,且记录详尽完整,与正史《新唐书·仪卫志》从文字到内容皆极为相近,似非普通喜好者所录,可能具有一定的官方性质。

一九　贺怀智《琵琶谱》

贺怀智《琵琶谱》一书不见于目录文献，沈括《梦溪笔谈》卷六“乐律二”：

> 元稹诗有：“琵琶宫调八十一，三调弦中弹不出。”琵琶共有八十四调，盖十二律各七均，乃成八十四调。稹诗言“八十一调”，人多不喻所谓。予于金陵丞相家得唐贺怀智《琵琶谱》一册，其序云：“琵琶八十四调，内黄钟、太簇、林钟宫声，弦中弹不出，须管色定弦。其余八十一调皆以此三调为准，更不用管色定弦。”始喻稹诗言。①

《梦溪笔谈》所引元稹诗歌出自《琵琶歌》。元稹《连昌宫词》又有“夜半月高弦索鸣，贺老琵琶定场屋”，其中“贺老”即指贺怀智。贺怀智是盛唐著名宫廷艺人，以琵琶见长，在盛唐乐人中有很高的地位，是常伴玄宗身边的少数乐工之一。《开元天宝遗事》：“一日，明皇与亲王棋，令贺怀智独奏琵琶，妃子立于局前观之。”②又《明皇杂录》载，安史之乱爆发，玄宗奔蜀前夕，取所珍藏其父“睿宗所御琵琶”，“命乐工贺怀智取调之，又命禅定僧段师弹之”。③《酉阳杂俎》前集卷十二“语资”有云：“乐工贺怀智、纪孩孩，皆一时绝手。”④从以

---

① 胡道静：《新校正梦溪笔谈》，上海人民出版社 2011 年版，第 51 页。

② （五代）王仁裕：《开元天宝遗事》，见《开元天宝遗事十种》，上海古籍出版社 1985 年版，第 100 页。

③ （宋）郑处诲：《明皇杂录》，见《开元天宝遗事十种》，上海古籍出版社 1985 年版，第 41 页。

④ （宋）段成式撰，方南生点校：《酉阳杂俎》，中华书局 1981 年版，第 116 页。

上资料可以看出，贺怀智不仅技艺高超，而且在宫中享有很高的地位。贺怀智于唐代琵琶乐器形制及演奏技法亦有所创新。《乐府杂录·琵琶》："开元中有贺怀智，其乐器以石为槽，鹍鸡筋作弦，用铁拨弹之。"据《杨妃外传》载，安史之乱后，玄宗返回长安，贺怀智还曾于肃宗乾元年间（758—760）为玄宗演奏琵琶。此外，贺怀智事还见载于《次柳氏旧闻》《谭宾录》《酉阳杂俎》《独异志》等。

上引《梦溪笔谈》文字下又云："如今之调琴，须先用管色，合字定宫，乃以宫弦下生徵，徵弦上生商，上下相生，终于少商。凡下生者隔二弦，上生者隔一弦取之，凡弦声皆当如此。古人仍须以金石为准，《商颂》'依我磬声'是也。今人苟简，不复以弦管定声。故其高下无准，出于临时。怀智《琵琶谱》调格与今乐全不同，唐人乐学精深，尚有雅律遗法，今之燕乐古声多亡而新声大率皆无法度，乐工自不能言其义，如何得其声和。"①此节文字虽然简短，但对研究唐代乐律提供了一定参考。

① 胡道静：《新校正梦溪笔谈》，上海人民出版社2011年版，第51页。

二〇 李隆基《金风乐》

《金风乐》，一名《金风乐弄》，唐玄宗李隆基撰。《新唐书·艺文志》："玄宗《金风乐》一卷。"①《宋史·艺文志》："唐玄宗《金风乐弄》一卷。"《通志·艺文略》同。《崇文总目》："《金风乐》一卷，唐玄宗撰。盖琴曲名。阙。"钱注：见天一阁钞本。②《玉海》卷一〇五《音乐》："唐《金风乐》，《志》：玄宗《金风乐》一卷（详见法曲），《会要》天宝十三载七月十日，改乐曲名，自太蔟宫至金风调，刊石太常。"③《玉海》卷一〇六《音乐》："《书目》：玄宗《金风乐弄》一卷（志无弄字），载琴音第一、第二、第三拍宫调指法，又《明皇操》黄钟羽调一首，附卷后。"④

李隆基（685—762），睿宗第三子，公元712年至756年在位，是唐朝在位最久的皇帝。《旧唐书》本纪载："玄宗至道大圣大明孝皇帝，讳隆基，睿宗第三子也。母曰昭成顺圣皇后窦氏。垂拱元年秋八月戊寅，生于东都。性英断多艺，尤知音律，善八分书。仪范伟丽，有非常之表"⑤。任用姚崇、宋璟等贤相，励精图治，所创开元盛世为唐极盛之时。后期宠爱杨贵妃，信用奸臣，致安

① （宋）欧阳修、宋祁等：《新唐书》，中华书局1975年版，第1436页。
② （宋）王尧臣等：《崇文总目》，《中国历代书目丛刊》，现代出版社1987年版，第19页。
③ （宋）王应麟：《玉海》，《四库全书》第945册，上海古籍出版社1987年版，第761页。
④ （宋）王应麟：《玉海》，《四库全书》第945册，上海古籍出版社1987年版，第793页。
⑤ （后晋）刘昫等：《旧唐书》，中华书局1975年版，第165页。

史之乱。天宝十五年(756)太子李亨即位,尊其为太上皇。宝应元年(762)崩,庙号“玄宗”,谥号“至道大圣大明孝皇帝”。

李隆基喜好音律,能自度曲,又擅长羯鼓。是史上为数不多的兼有音乐才能的皇帝。《新唐书·音乐志》载:

> 玄宗既知音律,又酷爱法曲,选坐部伎子弟三百教于梨园,声有误者,帝必觉而正之,号“皇帝梨园弟子”。宫女数百,亦为梨园弟子,居宜春北院。梨园法部,更置小部音声三十余人。帝幸骊山,杨贵妃生日,命小部张乐长生殿,因奏新曲,未有名,会南方进荔枝,因名曰《荔枝香》。
>
> 帝又好羯鼓,而宁王善吹横笛,逹官大臣慕之,皆喜言音律。帝尝称:“羯鼓,八音之领袖,诸乐不可方也。”①

南卓《羯鼓录》对玄宗喜好羯鼓并擅长制曲等有详细记载:

> 诸曲调如太簇曲《色俱腾》《乞婆娑》《曜日光》等九十二曲名,玄宗所制。上洞晓音律,由之天纵,凡是丝管,必造其妙。若制作诸曲,随意即成,不立章度,取适短长,应指散声,皆中点拍。至于清浊变转,律吕呼召,君臣事物,迭相制使,虽古之夔旷,不能过也。尤爱羯鼓、玉笛,常云:“八音之领袖,诸乐不可为比。”尝遇二月初,诘旦巾栉方毕,时当宿雨初晴,景色明丽。小殿内庭,柳杏将吐,睹而叹曰:“对此景物,岂得不为他判断之乎?”左右相目,将命备酒,独高力士遣取羯鼓。上旋命之临轩纵击一曲,曲名《春光好》神思自得。及顾柳杏,皆已发折。上指而笑谓嫔御曰:“此一事不唤我作天公可乎?”嫔御侍官皆呼万岁。又制《秋风高》,每至秋空迥彻,纤翳不起,即奏之。必远风徐来,庭叶随下。其曲绝妙入神,例皆如此。②

以玄宗等为主的唐帝王、贵戚以及重臣对乐舞的喜爱影响和引领了唐代

① (宋)欧阳修、宋祁等:《新唐书》,中华书局1975年版,第476页。
② (唐)南卓:《羯鼓录》,古典文学出版社1957年版,第4页。

社会喜好乐舞的风尚,同时推动了各民族乐舞的交流和融合,使有唐一代乐舞水平达到了前所未有的高度。

《崇文总目》载《金风乐》"盖琴曲名",《通志·艺文略》等载其书名为《金风乐弄》。"弄"为琴曲的一种,它较少强调"禁止邪僻""正人心"等道德教化意义,而重在作品的娱乐性。《琴论》云:"弄者,情性和畅,宽泰之名也。"①唐乐曲有金风调。《唐会要》卷三三"天宝十三载七月十日改诸乐"中"中吕商,时号双调"下有"金风","南吕商时号水调"下有"金风调《苏莫遮》改为《感皇恩》"②。有学者以为"金风调,实际名称应是金风乐,是唐玄宗喜爱的音乐"。"金风调并不是同其他调一样,是一个普通的调名。它不具有一定的调的意义,只是唐玄宗喜欢的音乐,把它们归在一起称之为'金风乐',或称'金风调'。"③白居易《秋夜听高调凉州》:"楼上金风声渐紧,月中银字韵初调。促张弦柱吹高管,一曲凉州入泬寥。"诗中"金风"或指金风调。但就现有文献看,很难判断"金风"或"金风调"与玄宗《金风乐》是否有关联。

《书目》载该书有"宫调指法",似内容又涉弹琴指法、技巧等。又云书末附有黄钟羽调《明皇操》一首,"明皇"是李隆基谥号"至道大圣大明孝皇帝"简称,如书中附有《明皇操》,则成书时间或在李隆基身后。但笔者倾向于认为,该书编成于玄宗在位时,玄宗没后,后人又附琴曲《明皇操》于书末。

一般而言,编撰琴学论著之人应是喜好或精通琴乐琴艺之人,如赵邪利、董庭兰等皆是。但史籍载玄宗喜好"焦杀鸣烈"、适于"促曲急破"的羯鼓音乐,不仅"酷不好琴",且似厌恶清淡杳渺的琴乐。《羯鼓录》载:"上性俊迈,酷不好琴,曾听弹琴,正弄未及毕,叱琴者出曰:'待诏出去!'谓内官曰:'速诏花奴,将羯鼓来,为我解秽!'"④按《羯鼓录》记载,玄宗不好琴,且

① (宋)郭茂倩编撰:《乐府诗集》,中华书局1979年版,第821页。

② (宋)王溥:《唐会要》,中华书局1955年版,第614页。

③ 郑祖襄:《〈唐会要〉"天宝十三载改诸乐名"史料分析》,《中央音乐学院学报》2008年第3期。

④ (唐)南卓:《羯鼓录》,古典文学出版社1957年版,第5页。

至于听琴而需“解秽”,对琴乐可谓到了厌恶的程度。而目录文献又载其撰有琴书《金风乐》,令人颇有些不解。或该书与武则天《乐书要录》相类,为帝王臣僚所为?

中编

中晚唐及五代时期乐府论著

一 《古今乐纂》与《乐纂》

《古今乐纂》《乐纂》久已亡佚，其佚文今见于《太平御览》《玉海》及陈旸《乐书》等文献。就文献著录而言，《日本国见在书目录》乐类著录了《古今乐纂》，[①]《宋史·艺文志》有："李宗谔《乐纂》一卷。"[②]《玉海·音乐》又载："何文广上《古今乐纂》六卷，《乐纂造律》一卷，《乐府秘诀》一卷，《乐府杂录》一卷……何文广所进《乐本图》《乐纂》《录》《秘诀》。"[③]结合上下文看，《玉海》所谓何文广"《乐纂》《录》《秘诀》"应即前文《古今乐纂》六卷或《乐纂造律》一卷、《乐府秘诀》一卷、《乐府杂录》一卷，非谓何文广另有《乐纂》一部。因《古今乐纂》《乐纂》等在书名、文献著录等方面的特殊性，学界于此多有争议。近年来孙猛、岳珍、郑祖襄、王小盾等学者从不同层面对《古今乐纂》《乐纂》进行了研究探讨（按：郑祖襄、王小盾两位学者研究成果在文中分别简称郑文、王文）。[④]

---

① 孙猛：《日本国见在书目录详考》，上海古籍出版社2015版，第173页。

② （元）脱脱等：《宋史》，中华书局1977年版，第5054页。

③ （宋）王应麟：《玉海》，《四库全书》第945册，上海古籍出版社1987年版，第769页。

④ 孙猛：《〈日本国见在书目录〉（经部、史部、集部）失考书考》，《域外汉籍研究集刊》第2辑，中华书局2006年版。岳珍：《唐佚名〈古今乐纂〉辑考》，《华中科技大学学报》2006年第6期。郑祖襄：《一段伪造的音乐史料——〈古今乐纂〉"隋代汉乐坐部"记载辨伪》，《音乐艺术》2008年第1期。《二辩〈古今乐纂〉"隋代汉乐坐部"记载之伪——与王小盾教授商榷》，《文艺研究》2009年第5期。王小盾：《关于〈古今乐纂〉和音乐文献的辨伪》，《文艺研究》2008年第11期。《再论音乐文献辨伪的原则和方法》，《文艺研究》2010年第5期。

一、《古今乐纂》《乐纂》关系考辨

就二者关系而言，孙猛、岳珍二位学者认为何文广所上《乐纂》即唐人《古今乐纂》，但孙猛认为《御览》所引《乐纂》"概宗谔所撰"。[①] 王小盾教授等认为徐景安所引《古今乐纂》为唐代文献，与何文广《古今乐纂》是两本不同的书。[②] 郑祖襄教授则以为徐景安所引《古今乐纂》存在宋人作伪嫌疑[③]。详审诸家分歧，其焦点主要集中于以下两个方面：首先，《玉海》等所引《古今乐纂》《乐纂》是唐代文献还是宋代文献？其次，二者是否为同一种文献？通过对文献产生时间、内容等的考察，本文就上述问题提出以下观点：

第一，《御览》《玉海》等所引《古今乐纂》《乐纂》为唐代音乐文献。

这里首先要厘清的一个问题是《御览》所引《古今乐纂》《乐纂》非宋人李宗谔、何文广所撰。

李宗谔《乐纂》编成于宋真宗景德二年（1006），《宋史·乐志》："景德二年八月……宗谔因编次律吕法度、乐物名数，目曰《乐纂》。"[④]何文广进书在宋仁宗景祐二年（1035），而《太平御览》编纂于宋太祖太平兴国二年（977），至八年（983）书成，故《御览》所引《乐纂》不可能为李宗谔或何文广书文字。

《玉海》虽成书于李、何二家之后，但其引《乐纂》《古今乐纂》文字各2条，其中《古今乐纂》2条、《乐纂》1条皆出唐徐景安《历代乐仪》引文，《乐纂》"黄钟笛"一条虽难判定亦出徐景安书，但文字与《御览》卷五八〇《乐部·笛》所

---

① 孙猛：《〈日本国见在书目录〉（经部、史部、集部）失考书考》，《域外汉籍研究集刊》第2辑，中华书局2006年版，第142页。岳珍：《唐佚名〈古今乐纂〉辑考》，《华中科技大学学报》2006年第6期。

② 王小盾：《关于〈古今乐纂〉和音乐文献的辨伪》，《文艺研究》2008年第11期。

③ 郑祖襄：《一段伪造的音乐史料——〈古今乐纂〉"隋代汉乐坐部"记载辨伪》，《音乐艺术》2008年第1期。

④ （元）脱脱等：《宋史》，中华书局1977年版，第2945页。

引《乐纂》"黄钟笛"条基本一致,当是源出同一文献。换言之,"黄钟笛"条文字源文献早在《御览》之前即已产生。故《玉海》虽晚出,但其所引文献早在李、何二家之前已经存在。

《古今乐纂》既被唐协律郎徐景安《历代乐仪》征引,其书应非宋人所撰。至于郑文所持"作伪"之说,笔者以为尚需提供更多文献支持。

岳珍、王小盾等学人皆以《古今乐纂》《乐纂》为唐代文献,并提出有著录、征引两条证据:就著录而言,《古今乐纂》《乐纂》虽不见于宋代目录,但日本现存最早汉籍目录《日本国见在书目录》中著录了《古今乐纂》①;就文献征引而言,唐人徐景安《历代乐仪》征引了《古今乐纂》文字。另外,就其佚文内容而言,《古今乐纂》载及唐之乐部,当是同时或略早于徐景安的唐人所撰。故《古今乐纂》虽已亡佚,但文献中有著录,有征引,内容又载录唐之乐制,判定其为唐人论著,是信而有征的。

要之,就文献产生时间、著录、征引、内容等综合考量,《御览》《玉海》等所引《古今乐纂》《乐纂》成书时间最晚在北宋初期,很有可能为唐或五代人所撰。

第二,《古今乐纂》《乐纂》似非同一本书。

关于《古今乐纂》《乐纂》的关系,有学者认为二者属同书异名。② 亦有学者以为二者书名不同,不能看作同一本书。③ 就文献学理论而言,二说皆可成立。但具体就《古今乐纂》《乐纂》而言,本文以为,二者可能为两部不同的音乐文献。

---

① 孙猛:《日本国见在书目录详考》,上海古籍出版社 2015 年版,第 173 页。

② 岳珍:《唐佚名〈古今乐纂〉辑考》,《华中科技大学学报》2006 年第 6 期。黄佳:《三种唐、五代音乐文献佚文辑录与研究》,《中国音乐学》2008 年第 1 期。王小盾:《关于〈古今乐纂〉和音乐文献的辨伪》,《文艺研究》2008 年第 11 期。

③ 郑祖襄:《一段伪造的音乐史料——〈古今乐纂〉"隋代汉乐坐部"记载辨伪》,《音乐艺术》2008 年第 1 期;《二辩〈古今乐纂〉"隋代汉乐坐部"记载之伪——与王小盾教授商榷》,《文艺研究》2009 年第 5 期。

首先，二者佚文存在不对称性。《玉海》存《古今乐纂》《乐纂》佚文各2条，其中《古今乐纂》两条佚文皆出徐景安书，但不见于《御览》所引《乐纂》；《乐纂》两条一出徐景安书，一为独立引文，且两条佚文皆见于《御览》所引《乐纂》。

其次，佚文内容差异较大。《乐纂》佚文以记录乐器为主，而《古今乐纂》两条佚文分别论及乐律、乐部，应是一种综合性音乐文献。当然，二书久佚，现存佚文远非全书原貌，仅凭这两条难以做出科学判断，有关二者关系尚需进一步探讨。

二、《古今乐纂》佚文辑考

《玉海》存录《古今乐纂》文字2条：

1.(《古今乐纂》)演七声之法，以官、商、角、徵、羽为自然五音之声，以变徵之声，用变之一字，以变官之声为七字。(《玉海》卷7《律吕》)

按：此条文字源出《玉海》所引徐景安《历代乐仪》“五音旋宫第三”：

五音旋宫第三：五音者，宫、商、角、徵、羽也。旋宫者，律生十二声也……故五音以宫声为首，律吕以黄锺为元。言一律五音，伦比无间，加之二变，义若循环。故曰一宫、二商、三角、四变徵、五徵、六羽、七变宫，其声从浊至清为一均。《古今乐纂》演七声之法，以宫、商、角、徵、羽为自然五音之声，以变徵之声，用变之一字，以变宫之声为七字者，误也。凡宫为上平声，商为下平，角为入，徵为上，羽为去声。故以变宫为均字者，声乃相类也。《周礼·大司乐》掌成均之法。郑玄云：均，调也。乐师主调其音声，大司乐主受此成事，已调之乐，是以旋宫五音，循比七律，谓一均声也。①

① (宋)王应麟：《玉海》，《四库全书》第945册，上海古籍出版社1987年版，第187页。

此条佚文论及乐律中的“七声之法”，隋唐时期是传统乐律的重要变革时期，其中“五声”与“七声”是变革的主要内容之一。徐书引此段文字后紧接“误也”二字，似是徐景安并不认同《古今乐纂》所载“七声之法”。按字面推断，似指《古今乐纂》“以变宫之声为七字者”是错误的，应该是“以变宫为均字者”，这样“声乃相类”。但究竟在实际定律及演奏中是如何运用的，《古今乐纂》“七声”“误”在何处，仅凭这几段文字尚难以遽判。

隋唐是古代乐律发展变革的重要时期，其四声、五音、七声、十二律等理论相互关联，错综复杂，《古今乐纂》既然要推演“七声之法”，绝非短短三十余字可以说清的，故推测原著当是于此问题有更多阐述，惜今已无从查考。

> 2.（《古今乐纂》云）隋文帝分九部伎乐，以汉乐坐部为首，外以陈国乐舞《后庭花》也。西凉与清乐并，龟兹、五天竺国之乐并，合佛曲、池曲也①。石国、百济、南蛮、东夷之乐，皆合野音之曲，胡旋之舞也。唐分九部伎乐，以汉部燕乐为首，外次以清乐、西凉、天竺、高丽、龟兹、安国、疏勒、高昌、康国合为十部（原注：裴瑾為太常主簿作坐立二部伎图）。（《玉海》卷105）

按此条源出《玉海》所引徐景安《历代乐仪》，其云：“徐景安《乐书》：‘《古今乐纂》云：隋文帝分九部伎乐……’”

又，陈旸《乐书》卷一五九“九部乐”条有：

> 隋大业中备作六代之乐，华夷交错，其器千百。炀帝分为九部，以汉乐坐部为首，外以陈国乐舞《玉树后庭花》也。西凉与清乐并，龟兹、五天竺国之乐并，合佛曲、法曲也。安国、百济、南蛮、东夷之乐，并合野音之曲、胡旋之舞也。《乐苑》又以清乐、西凉、龟兹、天竺、康国、疏勒、安国、高丽、礼毕为九部。必当损益不同，始末异制，不可得而知也。

① 按：池曲，似为“法曲”之误。陈旸《乐书》引此句正作“法曲”。

陈书虽未言此段文字引自徐景安书,但其文字内容与《玉海》所引文字极为接近,疑亦出《历代乐仪》。对比《玉海》及《乐书》引文,“隋炀(文)帝分为九部乐……胡旋之舞也”一段文字,表意完整,二书亦基本相同。但《玉海》引文下接“唐分九部伎乐”,《乐书》引文下接《乐苑》文字。故疑“隋炀(文)帝分为九部乐……胡旋之舞也”亦为《古今乐纂》文字。

《古今乐纂》隋代“汉乐坐部”一段佚文(见第2条佚文)涉及对隋唐多部伎产生时间、分类等重要问题的认识,是目前学界争议的焦点之一,郑祖襄、王小盾等学者就此一问题有较多探讨。争议及分歧源自两个方面:一是标点断句不同,二是字句解读不同。郑祖襄、王小盾两位教授对“隋文帝分九部伎乐”一段文字有不同标点:

> 隋文帝分九部伎乐,以汉乐坐部为首。外以陈国乐舞《后庭花》也;西凉与清乐并龟兹五、天竺国之乐并合佛曲、池曲也;石国、百济、南蛮、东夷之乐,皆合野音之曲胡旋之舞也。唐分九部伎乐,以汉部燕乐为首,外次以清乐、西凉、天竺、高丽、龟兹、安国、疏勒、高昌、康国,合为十部。——郑文

> 隋文帝分九部伎乐,以汉乐坐部为首外,以陈国乐舞《后庭花》也。西凉与清乐并,龟兹、五天竺国之乐并,合佛曲、池曲也。石国、百济、南蛮、东夷之乐,皆合野音之曲、胡旋之舞也。唐分九部伎乐,以汉部燕乐为首外,次以清乐、西凉、天竺、高丽、龟兹、安国、疏勒、高昌、康国,合为十部。——王文

佚文首句“隋文帝分九部伎乐”中,正如郑文所言,“隋文帝”当为“隋炀帝”。《隋书·音乐志》《通典·乐》等皆载至炀帝乃分为九部乐,陈旸《乐书》引此段亦作“隋炀帝”(见上引文)。而对于“九部伎乐”二位学者或认为是“逻辑不通”,或认为应是“七部伎乐”。

佚文后半“唐分九部伎乐,以汉部燕乐为首……康国合为十部”一节文字,所载应是由唐初九部乐到十部乐的发展过程。《通典·乐》:“燕乐。武德

初,未暇改作,每讌享,因隋旧制,奏九部乐(一讌乐,二清商,三西凉,四扶南,五高丽,六龟兹,七安国,八疏勒,九康国)。至贞观十六年十一月,宴百寮,奏十部。先是伐高昌,收其乐付太常,至是增为十部伎,其后分为立、坐二部。"①唐高祖时因隋旧制,用九部乐,至太宗贞观时,增加为十部乐。佚文内容与《通典》所载一致,记录了隋唐九、十部乐等多部伎的发展过程。但《古今乐纂》佚文所载隋唐多部伎的内容、分类与两《唐书》等并不完全一致,王小盾教授称其为"不为今人所知的燕乐分部方案",此亦其文献价值所在,尚待进一步研究探讨。

三、《古今乐纂》撰者及其他

《古今乐纂》今存佚文仅 2 条,但因其独特的资料性和文献价值,在学界引起了广泛争议。今就其撰者及文献价值分析如下:

首先,《古今乐纂》撰者可能为从事音乐工作的专业人士,极有可能为太常寺专职人员。作出这一判断的理由大致有三:

一是就佚文内容来看,两条佚文一涉乐律,一涉乐部,此二条史料仅见于本书记载,换言之,极可能具有"原创性"。如果说非专业人士对于当时流行一时的乐舞、乐曲尚能说出一二,如白居易之于《霓裳羽衣舞》,元稹之于《骠国乐》《法曲》等,但隋唐乐部分合演变相对复杂,若非从事相关职业的专业人士,恐怕很难理清其中的融合与分流。该书所载乐部分类与《通典》《唐六典》及两唐书均不相同,此正引起学界争议的重要原因之一,王小盾教授称之为隋唐时期"不为今人所知"的乐部分类,能详细掌握并记录这一特殊乐部分合的多应是太常寺或从事相关职业的专业人员。

隋唐时期是我国古代乐律演变的重要时期,从隋代"开皇议乐"到唐祖

① (唐)杜佑:《通典》,中华书局 1984 年版,第 762 页。

孝孙、张文收等修订“正声”雅乐,恢复“旋宫之义”,可谓纷繁复杂,争议旷日持久,至今仍是学界难题。相对于乐部分类,乐律是更精深的专业知识,复杂精奥的“七声之法”“五音之声”等乐律知识若非音乐专业人士恐未必了解。

二是该书文字因唐协律郎徐景安《历代乐仪》征引而得以保存下来,协律郎是太常寺管理具体乐舞事务的专业人员,《唐六典·太常寺》:“协律郎掌和六律六吕以辨四时之气八风五音之节……凡太乐、鼓吹教乐,则监试为之课限。”①甚至有学者认为“太常寺内乐官中,具有实际音乐知识其最高官位当推协律郎”②。《古今乐纂》文字能被身为协律郎的徐景安所引,则其所述声律、乐部应具一定专业性。很难想象身为协律郎的徐景安会援引门外汉的论著来阐述自己的乐律、乐部理论。郑文虽否认《古今乐纂》佚文的真实性,但也认为徐景安“是精通音乐和音乐史的人”,“他本人是不会把不符合音乐史实”的文字引入自己书中的。

三是徐景安除援引《古今乐纂》外,还提及裴墐《坐立二部伎图》。裴墐是唐德宗、宪宗时太常博士、太常丞。徐景安、裴墐同为太常寺专职人员,所引《古今乐纂》有可能同为太常寺人员所撰,此或可从另一角度为《古今乐纂》撰者的专业身份提供一点佐证。

《古今乐纂》两条佚文,一涉“七声之法”“五音之声”,一条载及隋唐乐部分类,涉及隋唐时期乐律、乐部等重要音乐理论领域。据此推测,该书应是专业人士所撰,很可能同徐景安、裴墐一样,同为供职于太常寺的专业人员,该书可能是一部包括古代乐律理论、乐部分类等在内的综合性音乐文献。

---

① (唐)李林甫等撰,陈仲夫点校:《唐六典》,中华书局 1992 年版,第 398 页。

② [日]岸边成雄著,梁在平、黄志炯译:《唐代音乐史的研究》,台湾中华书局 1973 年版,第 112 页。

四、《乐纂》佚文辑考

《御览》征引名为《乐纂》的唐人音乐文献8条文字,《玉海》存3条,今辑录如下①:

1.(徐景安《乐书》曰《乐纂》云)昔晋人有铜藻盘,无故自鸣,问之于张茂先,答曰:"此器与洛阳宫钟声相谐,宫中撞钟,故鸣也。若以鑢之音殊,其鸣可止。"后果如其言也。是故乐之制器,法度均声得之毫厘,失之千里,故大乐之道与政通矣。(《御览》卷565,又见《玉海》卷109,《困学纪闻》卷5)

按:所谓"铜藻盘"或即铜钹。除上引陈书文字题作"和铜钹、铜盘"条外,《旧唐书·音乐志》云:"铜拨,亦谓之铜盘,出西戎及南蛮。"②陈旸《乐书》卷一二五"和铜钹、铜盘"条:"昔晋人有铜藻盘,无故自鸣,张茂先谓人曰:'此器与洛阳宫钟声相谐,宫中撞钟,故鸣也。'后验之果尔。"③

2.(《乐纂》曰)赵耶利居士唐初天水人也。以琴道见重海内,帝王贤贵,靡不钦风。旧错谬十五余弄,皆削凡归(雅),无一微玷,不合于古。述《执法象》及《胡笳五弄谱》两卷。弟子达者三人,并当代翘楚。贞观十年,终于曹,寿七十六。弟子宋孝臻、公孙常,数百年内,将传于马氏。(《御览》卷579)④

3.(《乐纂》曰)唐玄宗时,乐人孙处秀善吹笛,好作犯声,当时皆以为新异流美,乐人皆效之,其声变态日增,因有犯调,即今之所尚也。(《御览》卷580,《记纂渊海》卷78)

---

① 岳珍、王小盾等学者已就相关文字作了一些辑录,本次全面辑录整理了该书佚文。

② (后晋)刘昫等:《旧唐书》,中华书局1975年版,第1078页。

③ (宋)陈旸:《乐书》,《四库全书》第211册,上海古籍出版社1987年版,第542页。

④ 疑"皆削凡归(雅),无一微玷,不合于古"几句文字有讹误。中华书局1985年版《太平御览》"皆削凡归"下有"雅"字。

4.(又曰)太和十年,中书监荀勗、中书令张华出御府铜竹律二十五具,命太乐郎刘秀等校试,其三具与杜夔及左延年法律同,其二十二具,视其铭题尺寸,是笛律也。问协律中郎将列和,辞:"昔魏明帝时,令和永受笛声以作此律,欲使学者别居一坊,歌咏讲习,依此律调。但识其尺寸之名,则丝竹歌咏皆得均含,歌声浊者用长笛长律,歌声清者用短笛短律,凡弦歌调张清浊之制,不依笛尺寸名之,则不可知也。"(《御览》卷580,《事类赋》卷11)

按:此条记载最早见于《晋书》卷一六《律历》,其云:"泰始十年,中书监荀勖、中书令张华出御府铜竹律二十五具,命太乐郎刘秀等校试,其三具与杜夔及左延年律法同,其二十二具,视其铭题尺寸,是笛律也。问协律中郎将列和,辞:'昔魏明帝时,令和承受笛声以作此律,欲使学者别居一坊,歌咏讲习,依此律调。至于都合乐时,但识其尺寸之名,则丝竹歌咏,皆得均合,歌声浊者用长笛长律,歌声清者用短笛短律。凡弦歌调张清浊之制,不依笛尺寸名之,则不可知也。'"①两相比勘,《御览》所引《乐纂》文字中错谬明显,如"太和""法律""永受""均含"等,皆需核校。

5.(又曰)黄钟笛,晋时三尺八寸。元嘉九年,太乐令钟宗之减为三尺七寸。十四年,治书令史奚纵又减五分,为三尺六寸五分。刘和之东箱长笛四尺二寸。(《御览》卷580,又见《玉海》卷110,《乐书》卷149,《事类赋》卷11)②

6.(又曰)蕤宾箱笛,晋时二尺九寸,宗之减为二尺六寸,纵又减

① (唐)房玄龄等:《晋书》,中华书局1974年版,第480页。

② 《玉海》卷110《乐器》:"《乐纂》:黄钟笛,晋时三尺八寸。元嘉九年,太乐令钟宗之减为三尺七寸。十四年,治书令奚纵又减五分,为三尺六寸五分。(余见律类)"《乐书》卷149"十二箱笛":"黄钟箱笛,三尺八寸,元嘉中钟宗之减为三尺七寸,奚纵又减五分为三尺三寸七分,纵又减一寸一分,为三尺二寸六分。姑洗箱笛,三尺五寸,宗之减为二尺九寸七分,纵又减五分为二尺九寸二分。蕤宾箱笛,二尺九寸,宗之减为二尺六寸,纵又减二分为二尺五寸八分。"疑此段文字与《乐纂》有相同史源,或出自《乐纂》。

二分为二尺五寸八分。(《御览》卷 580)

7.(又曰)姑洗箱笛。晋时三尺五寸,宗之减为二尺九寸七分,纵又减五分为二尺九寸二分。(《御览》卷 580)

按:以上黄钟笛、蕤宾箱笛、姑洗箱笛三条佚文与《宋书·律历上》所载极为相近:"黄钟箱笛,晋时三尺八寸,元嘉九年,太乐令钟宗之减为三尺七寸,十四年,治书令史奚纵又减五分,为三尺六寸五分(原注:列和云:"东箱长笛,四尺二寸也。")。太蔟箱笛,晋时三尺七寸,宗之减为三尺三寸七分,纵又减一寸一分,为三尺二寸六分。姑洗箱笛,三尺五寸,宗之减为二尺九寸七分,纵又减五分为二尺九寸二分。蕤宾箱笛,二尺九寸,宗之减为二尺六寸,纵又减二分,为二尺五寸八分。"①若《乐纂》黄钟箱笛、蕤宾箱笛、姑洗箱笛三条文字与上述文字有渊源关系,推测"太蔟箱笛"条或亦《乐纂》佚文。

《玉海》卷一一〇《乐器》:"《乐纂》:黄钟笛,晋时三尺八寸。元嘉九年,太乐令钟宗之减为三尺七寸。十四年,治书令奚纵又减五分,为三尺六寸五分。"《乐书》卷一四九"十二箱笛":"黄钟箱笛,三尺八寸,元嘉中钟宗之减为三尺七寸,奚纵又减五分为三尺三寸七分,纵又减一寸一分,为三尺二寸六分。姑洗箱笛,三尺五寸,宗之减为二尺九寸七分,纵又减五分为二尺九寸二分。蕤宾箱笛,二尺九寸,宗之减为二尺六寸,纵又减二分为二尺五寸八分。"疑此段文字与《乐纂》有相同史源,或出自《乐纂》。

《隋书·音乐志》又载梁武帝制黄钟笛、姑洗笛、蕤宾笛等"十二笛"事:"(梁武帝)又制为十二笛,黄钟笛长三尺八寸,大吕笛……"②。《乐书》卷一四九"十二箱笛"条云:"十二箱笛之制,其长短之度,增损有所不同,故晋荀勖作律笛十二以正雅乐。黄钟箱笛……为二尺五寸八分。自余律笛,无所损益,

① (梁)沈约:《宋书》,中华书局 1974 年版,第 219 页。

② (唐)魏徵等:《隋书》,中华书局 1973 年版,第 289 页。

一仍蔡邕之制而已。”①

综合诸书所载,或另有所谓林钟箱笛、夷则箱笛等十二箱笛之其他“八箱笛”亦《乐纂》佚文,惜文献散缺,今已无从辑考。

8.(又曰)司马法:军中之乐,鼓笛为上,使闻之者壮勇。而乐和,细丝高竹不可用也,虑悲感人,士卒思归之故也。(《御览》卷580,又见《通鉴》卷68,《事类赋》卷11)

9.(又曰)横笛,小篪也。汉灵帝好胡笛,有胡笛篪,出于胡吹,即此也。梁胡歌云:“快马不须鞭,拗折杨柳枝。下马吹横笛,愁杀路傍儿。”此歌辞元出北国,知横笛是北国名。今横笛皆去义觜,其有觜者谓之义觜笛。(《御览》卷580,《事类赋》卷11)

按:此条内容于《通典·乐》及《旧唐书·音乐志》皆有出现,《通典·乐》:“今横笛去觜,其加觜者谓之义觜笛。横笛,小吹篪也。汉灵帝好胡笛。《宋书》云:‘有胡笛小篪出于胡吹。’即谓此欤?胡吹歌云:‘快马不须鞭,拗折杨柳枝。下马吹横笛,愁杀路旁儿。’此歌辞元出于北国,知横笛是北名也。”②

三书文字略有差异,《乐纂》佚文与《通典·乐》文字更为接近。虽尚不能确定三书文字是何种关系,但或是《通典》、旧志采用了《乐纂》文字,或三者有同一史源。

五、《乐纂》作时考

就《乐纂》佚文考察,该书记载了唐前及唐代乐器、乐人逸事等,所述人事

① (宋)陈旸:《乐书》,《四库全书》第211册,上海古籍出版社1987年版,第691页。

② (唐)杜佑:《通典》,中华书局1984年版,第754页。《旧唐书·音乐志》:“横笛,小篪也。汉灵帝好胡笛,五胡乱华,石遵玩之不绝音,《宋书》云:‘有胡篪出于胡吹。’则谓此。梁胡吹歌云:‘快马不须鞭,反插杨柳枝。下马吹横笛,愁杀路傍儿。’此歌舞元出北国。之横笛皆去觜,其加觜者谓之义觜笛。”参见《旧唐书》,中华书局1975年版,第1075页。

最晚至唐玄宗时期。关于《乐纂》成书时间,岳文以为约在“盛唐年间”,王文以为在中唐时期,但二位学者的观点皆是建立在视《古今乐纂》《乐纂》为一书基础之上的。基于对二书关系的重新认识,本文对该书作时重新予以探讨。

《乐纂》佚文两处提及“今”字,“今”应即该书撰著时间,故有必要对这一时间点加以考察。《乐纂》孙处秀事记录了唐犯声、犯调现象的发展过程,其中述及“玄宗时……当时……今”几个时间节点。陈旸《乐书》卷一六四有“犯调”条,论及犯声与犯调的关系:

> 乐府诸曲自古不用犯声,以为不顺也。唐自天后末年《剑气》入《浑脱》始,为犯声之始,《剑气》宫调,《浑脱》角调,以臣犯君,故有犯声。明皇时,乐人孙处秀善吹笛,好作犯声,时人以为新意而效之,因有犯调。①

这段材料说明犯声始于初唐武后(684—705 在位)末年,历经五十余年发展,至玄宗(712—756 在位)时风靡一时,这一点与《乐纂》所载正好前后相承。“玄宗时”既与“今”对举,则“今”当已非玄宗之时。在乐舞艺术充满激情与变革的盛唐时期,生发出新事物——“犯调”大约用不了多长时间,故笔者推测,“今”大约指中唐前期。若仍参照五十年推算,则犯调成为“今之所尚”大约在公元 800 年。这一时期正是中唐德宗(780—805 在位)末、宪宗(806—820 在位)初。

“横笛”条佚文中再次述及“今”:“今横笛皆去义觜,其有觜者谓之义觜笛。”《通典》亦载及“今横笛去觜”现象。杜佑《通典》始撰于代宗大历初,于德宗贞元十七年(801)书成进上。其中乐典部分杂采开元礼书及时人论著,对唐代音乐发展多有论及。《通典》《乐纂》皆称“今”横笛去觜,则这一现象最晚于撰写《通典》时已经出现,故《乐纂》成书应略早或与《通典》同时。若二者系出同一史源,则《乐纂》成书不会晚于贞元十七年。

---

① (宋)陈旸:《乐书》,《四库全书》第 211 册,上海古籍出版社 1987 年版,第 755 页。

二　齐嵩《琴雅略》

《新唐书·艺文志》:“齐嵩《琴雅略》一卷。”《宋史》同。《崇文总目》:“《琴雅略》一卷,唐殿中侍郎齐嵩撰,概言创制音器之略。阙。”钱注:见天一阁钞本。①

齐嵩史籍无传,《金石录》等载其撰有碑文两篇。《金石录》卷八有齐嵩所撰唐《双庙记》,注云:“齐嵩撰,杜劝正书。大历四年八月。”②“双庙”指唐人为纪念抵抗安史叛军而就义的张巡、许远所立庙。韩愈《张中丞传后叙》载此双庙:“愈尝从事于汴徐二府,屡道于两府间,亲祭于其所谓双庙者。其老人往往说(张)巡、(许)远时事。”③《全唐文》卷四五九有齐嵩所撰《谷城黄石公碑阴记》。《谷城黄石公碑阴记》撰于大历八年(773),其云:

> 元宗季年,济阳废而东平兼领之,所称河东裴公,即故郡守名序,所题赵郡李卓,即今台长栖筠。顷岁马公炫自郎官出牧,少与台长交契莫逆,尝勤尔於庙,不睹所记,迺搜李文,以勒贞石。每叹曰:所谓经过(疑?)文章者,其在兹乎?未及毕而谢病言归。今二千石郭公岑,尚德是务,踵成厥美。句曹据韦腾、戎曹掾俞黄中,郡之良也,承

① (宋)王尧臣等:《崇文总目》,《中国历代书目丛刊》,现代出版社1987年版,第20页。

② (宋)赵明诚:《宋本金石录》,中华书局1991年版,第193页。

③ (唐)韩愈:《韩昌黎文集校注》,上海古籍出版社1986年版,第74页。

> 命集事。殿中侍御史高阳齐嵩，聆而嘉之，故纪云。唐大历八年七月十五日建。①

碑文中齐嵩自称“殿中侍御史高阳齐嵩”，当是齐嵩当时所任官职。殿中侍御史是御史台属官，从七品下，主要掌殿廷供奉仪式以及纠察非违之事。齐嵩为高阳人，高阳属唐河北道。隋唐时高阳郡、高阳县设置因时而略有不同，位置在今河北保定一带。《旧唐书·地理志》：“定州上，后汉中山国，后魏置安州，寻改为定州。隋改博陵郡，又复为高阳郡。”②高阳县曾属瀛洲。《旧唐书·地理志》：“高阳，汉县，属涿郡。隋旧。武德四年，于县置蒲州，领高阳、博野、清苑三县。属蠡州。八年，二县又割属蒲州。九年，复隶蠡州。贞观元年，废蒲州，以鄚、高阳二县属瀛州。”③

齐嵩《谷城黄石公碑阴记》作于大历八年（773），时齐嵩为殿中侍御史。《崇文总目》载其撰《琴雅略》时为殿中侍郎，推测《琴雅略》或亦作于此间。

《琴书大全》引齐嵩文字多条，或出其《琴雅略》。《琴书大全》卷四《琴制》中《底面制度》：

> 齐嵩云：立夏后收其材，秋分后合以胶漆，立冬后当合其身，春分后以灰五髹，周岁而成琴为（焉）。凡合缝，合用上等生漆，入黄明胶水调和，挑起如线，以细骨灰拌匀如饧，然后涂于缝，头尾勘定，相合齐整，于腰项处用软绳缚定。次于额天地柱中徽尾六处，以木楔楔令紧，缝上漆出，随手刮去，入窨候干，以七日为度，日久愈佳。取出修治，上弦试之，已无敁病，然后错打稜角，涂以生漆，永无露脉之病。④

《底面制度》一节以“齐嵩云”领起，其下又有《灰法》《糙法》《合光法》《退光法》《安徽法》《缀徽法》《磨敁法》几节，论及造琴不同阶段的方法制度，

① （清）董诰等编：《全唐文》，中华书局1983年版，第4694页。

② （后晋）刘昫等：《旧唐书》，中华书局1975年版，第1510页。

③ （后晋）刘昫等：《旧唐书》，中华书局1975年版，第1514页。

④ 中国艺术研究院音乐研究所、北京古琴研究会编：《琴曲集成》第五册，中华书局2010年版，第91页。

与《崇文总目》解题所谓“概言创制音器之略”相符，或亦为《琴雅略》文字。

《琴书大全》卷四《琴制》又引齐嵩《琴记》文字，述桐木的择取及烘干方法，所论仍属制作古琴之法，所谓《琴记》或即《琴雅略》。今辑录如下：

齐嵩《琴记》曰：制琴长短须依法度，若或太短，其声则高焦也；或太长，其声则漫浊也；或太厚，则声鸣而不振也；或太薄，则声扬而不尽也。盖不合雅度者。凡制造，以其桐木为阳，楸木为阴，阳向阴背也。

桐取峄山之阳孤桐为上（水石间者为奇），孙桐为次（孙则斫了再出者上枝也）。围一尺五寸已下，九寸已上。用周正月，则十一月斩之。楸木取依石生者，梓楸青色为上（梓楸之状，有子者青），围二尺以上、三尺以下，亦十一月斩之。安高屋阴处，令其风干，然后剖斫。桐楸并剖除阴面，取向阳者（辨阴阳之法，扶于水中，浮于上者阳也。其树仍去中心，取边侧者），乃作炷灶，除阴面，取其阳者，以炭火焙之。炷灶，土灶也。近壁为之，高三尺，阔狭随时，以横铁仗置其木，翻覆焙之。若烧糠火，木声必浊。五日以上，十日以下，其木自有烟色，乃称其木轻重以定干湿，候其斤两已定不减，其木则干，乃上爆焉。木既已出，击而听之，其声坚劲清响为妙，若或爆日久尤佳。故蔡焦尾，其声妙者，盖烬之余也。既出灶，已置之高阁，可停旬余，其木曲直已定，又加坚燥，然后置之，定其长短，均其厚薄，张弦以考之，然后髹焉。凡五髹而灰足（五髹，五度也。二麄三细也），细磨令断敍也。其面厚六分，背厚三分半，上阳下阴也。自古人肩至焦尾，皆煞而下。其龙池凤翅，皆称为琴体矣。①

《琴书大全》卷五《琴弦》中有《齐嵩论弦法（振古琴苑）》，谈论造弦之法：

凡造弦者，紧而四合谓之弦，一紧不合谓之少纱。纱所以缠宫商

① 中国艺术研究院音乐研究所、北京古琴研究会编：《琴曲集成》第五册，中华书局2010年版，第93页。

角三弦(不缠则声嘎而不全)。秋合其弦,则色莹而声紧;春合者则色浊而声慢也。凡弦,檿桑为上。《禹贡》有:青州厥篚檿丝。孔安国曰:檿桑,丝中琴弦。《尔雅》:檿,山桑也。蚕食此叶者,其丝劲。比岁东海及临朐时有之,并青州之城也。赵代之间,民有据山谷者,或采叶饲蚕,亦有其丝(予曾得其丝用之,音胜常丝,此盖劲紧也。)岁裁无叶,山桑不择也,故檿丝绝矣。今但所在有丝,非此蚕者,择而缲之并可为弦(此蚕天生蚕也,其丝体软故不任用,生缲者为佳,或蒸其茧,故其丝熟也)。宫弦其丝二百有四十(一茧一丝,一蚕吐也。令成丝可用一十二茧为纶者,即十五茧之丝也。过此则不及,细也。),商弦丝二百有五(其宫商角三等丝皆须降三十五丝也),角弦丝一百七十,徵弦其数与商同焉。羽弦丝与角同焉(以纱缠为商,不缠为徵。),少宫弦丝一百三十五(今呼为文弦),少商弦丝一百(今呼为武弦)。缠纱其丝有七弦法,皆五聚其弦,则每均而为四紧,而故合之,而又紧纱则以聚弦一紧而已。秋合其弦,色牢而声紧(秋分时,荳花细雨中合之,其丝弦妙。)。春合者色浊而声慢,弦之所紧,蜀者,土也。秦中洛下者次也,山东江淮者,下也。此由水土使然也。(其为紧缩,各用坠其坠轻重者,自有古法。)①

《琴书大全》卷十《弹琴》引"齐嵩云"一节文字,论及"调琴手势",就文字内容与特征看,或亦出自《琴雅略》:

齐嵩云:嵇中散《琴赋》曰:"搂批□捋,缥缭潎冽。"调琴手势也。皆取其明琴宜耳,非贪多以扬夸自眩也。故声省则质而野,繁则不出雅势焉。凡操琴,左右手肘腋务下不欲高。又不欲杂,在乎变。每欲操琴,则龊弦龊弦之时,左手附于少商弦下,第八九徽间,既调,移左手,以中指柱琴于宫弦第七徽上,不调,以左手于临岳下调龊,以右手

① 中国艺术研究院音乐研究所、北京古琴研究会编:《琴曲集成》第五册,中华书局2010年版,第147页。

持轸点泛，又齪，然后弹之，此始操琴之象也。①

综观《琴书大全》所引四节文字，主要论述制作古琴的方法、技艺等，从择取琴材、合琴身、造弦法到调琴手势，均与《崇文总目》所载“概言创制音器之略”相符，以上论述为研究传统古琴制度及斫琴方法提供了重要参考。

① 中国艺术研究院音乐研究所、北京古琴研究会编：《琴曲集成》第五册，中华书局2010年版，第203页。

三　陆鸿渐《教坊录》

《宋史·艺文志》乐类："陆鸿渐《教坊录》一卷。"《新唐书·艺文志》著录陆羽《茶经》三卷，《警年》十卷。《郡斋读书志》《直斋书录解题》等载其《顾渚山记》二卷。以上诸家除《宋史》外，均不载陆羽《教坊录》。

《全唐文》卷四三三陆羽《陆文学自传》云：

> 自禄山乱中原，为《四悲诗》，刘展窥江淮，作《天之未明赋》，皆见感激当时，行哭涕泗。著《君臣契》三卷，《源解》三十卷，《江表四姓谱》八卷，《南北人物志》十卷，《吴兴历官记》三卷，《湖州刺史记》一卷，《茶经》三卷，《占梦》上、中、下三卷，并贮于褐布囊。上元辛丑岁子阳秋二十有九日。①

据陆羽自述，肃宗上元二年(761)，陆羽年29岁，已有九部著作，可谓著述雄富。陆羽逐一录其所撰书名、卷数，亦未提及《教坊录》。

陆羽(733—?)，字鸿渐。一名疾，字季疵。自号竟陵子、桑苎翁、东岗子等。复州竟陵(今湖北天门)人。幼孤，少时尝为伶人。天宝十一载(752)，崔国辅为竟陵司马，陆羽与之游处。至德元年(756)与皎然游历江南，大历间为湖州刺史颜真卿幕客。与皎然、颜真卿等数十人联唱，结集为《吴兴集》十卷。

① (清)董诰等编：《全唐文》，中华书局1982年版，第4421页。

建中中，诏拜太常寺太祝，未就。陆羽著述甚多，尤精于茶道，今存《茶经》三卷，为世界第一部论茶著作，《全唐诗》卷三〇八存其诗二首又六句。《新唐书》卷一九六有传，事迹又见《唐诗纪事》卷四十、《唐才子传校笺》卷三。学界有关陆羽生平及《茶经》研究成果颇丰，有关其在唐戏方面的研究亦为数不少。①

陆羽尝喜好伶人杂艺。《陆文学自传》："因倦所役，舍主者而去。卷衣诣伶党，著《谑谈》三篇。以身为伶正，弄木人、假吏、藏珠之戏。天宝中，郢人酺于沧浪道，邑吏召子为伶正之师。"②《新唐书》卷一九六《陆羽传》亦载："匿为优人，作诙谐数千言。"③《太平广记》卷二〇一《好尚》引《大唐传载》："（羽）聪俊多闻，学赡辞逸，诙谐谈辩，若东方曼倩之俦。"④陆羽曾撰写过参军戏剧本，有学者以为唐之"陆参军"可能系演陆羽故事。⑤

学界对《教坊录》一书亦有不同看法，尹占华《陆羽佚文考》（以下简称"尹文"）认为，《宋史·艺文志》"著录其有《教坊录》一卷，当即崔令钦《教坊记》之类的著作，只是不存"⑥。黎国韬《陆羽〈教坊录〉及相关史事考》一文（以下简称"黎文"）认为："从该书的佚文、陆羽的生平以及历代著录的情况来看，应为伪托之作居多；《教坊录》之所以托名于陆羽，主要原因是他早年曾诣伶党、为伶正，并任伶正之师，其间还曾表演过木人、假吏、藏珠等戏。"⑦尹文认为《教坊录》类似于《教坊记》，即认为该书确为陆羽所作，而黎文则认为该书为伪托之作，二者代表了学界对此书的不同看法。《新唐书·艺文志》著录

① 尹占华：《陆羽佚文考》，《文献》2003年第3期，第68页。黎国韬：《陆羽〈教坊录〉及相关史事考》，《南大戏剧论丛》2014年第1期。

② （清）董诰等编：《全唐文》，中华书局1982年版，第4421页。

③ （宋）欧阳修、宋祁等：《新唐书》，中华书局1975年版，第6511页。

④ （宋）李昉等编：《太平广记》，中华书局1961年版，第1514页。

⑤ 周贻白：《唐代的乐舞与杂戏——关于〈唐戏弄〉一书的正谬》，《中国戏曲论集》，中国戏剧出版社1960年版，第464页。

⑥ 尹占华：《陆羽佚文考》，《文献》2003年第3期。

⑦ 黎国韬：《陆羽〈教坊录〉及相关史事考》，《南大戏剧论丛》2014年第1期。

陆羽《茶经》《警年》等，但未及《教坊录》，陆羽本传亦未提及，至《宋史·艺文志》始有著录，故此书真伪确实值得怀疑。黎文认为该书为假托之作，且其原因为陆羽尝与伶人处，其说颇有见地。但黎文认为《近事会元》卷四"春莺啭"等三条为《教坊录》佚文，谓"春莺啭"等三条中"尚各录其遗文一段"，并以此为据对所谓陆羽《教坊录》进行分析，此一观点或值得商榷。宋人李上交《近事会元》引《教坊录》文字三条：

《春莺啭》：《教坊录》云：唐高宗晓声律，因风叶鸟声，晨坐闻之，命乐工白鸣达写之，遂有此曲。凡箜篌大弦未尝鼓，唯作此曲。入鸟声即弹之，筝则移西柱向上，鸟声毕入，急复移如旧也。

《左教坊右教坊》：《教坊录》云：唐明皇开元末，西京右教坊在光宅坊，左教坊在延正坊。右善歌，左善舞，盖相习也。

《宜春院、十家、三国》：《教坊录》云：女妓入宜春院，谓之内人，亦曰前头人，谓在上前也。骨肉得居教坊，谓之内人家，有请俸，其得幸者谓之十家。故郑嵎《津阳门诗》云"十家三国增光辉"也。家虽多，亦以十家呼之。三国，谓秦、韩、虢杨氏三夫人也。①

详审此三条文字，与《教坊记》文字非常相近，试比较：

《春莺啭》，高宗晓声律，晨坐闻莺声，命乐工白明达写之，遂有此曲。

西京右教坊在光宅坊，左教坊在延政坊，右多善歌，左多工舞，盖相因习……

妓女入宜春院，谓之内人，亦曰前头人，常在上前也。其家犹在教坊，谓之内人家，敕有司给赐同十家，虽数十家，犹故以十家呼之……

本文以为，前引三条文字同出崔令钦《教坊记》而非陆羽《教坊录》。试述

① （宋）李上交：《近事会元》，上海古籍出版社1992年版，第285—286页。

理由如下：

第一，从引文的连续性看，紧随上述三条引文中“宜春院”之后有“云韶院”条，亦出崔令钦《教坊记》，且开头记作“《教坊记》云”。上引三条文字皆见于《教坊记》，结合引文特点看，不仅“云韶院”条为崔令钦《教坊记》文字，其上之《春莺啭》三条亦为《教坊记》文字。

第二，从引文规范性看，上引三条文字之前，有引自《乐府杂录》等诸书文字数条，其中引段安节《乐府杂录》文字七条。但《康老子》条开头为“《乐府录》云”，其他几条开头则为“《乐府杂录》云”。抄录相当随意，如同《乐府杂录》被记作《乐府录》，《教坊记》被记作《教坊录》。

第三，中唐郑嵎《津阳门》诗不可能出现在陆羽书中。《近事会元》是北宋人李上交“寻近史及小说杂记之类凡五百事，厘为五卷”而成，[①]该书卷四记录乐曲，但杂糅了多家文字，第三条引文《宜春院》中载及郑嵎《津阳门》诗。郑氏诗作于文宗开成之后，其诗序云：“开成中，嵎常得群书，下帷于石瓮僧院，而甚闻宫中陈迹焉。今年冬，自虢而来，暮及山下，因解鞍谋餐，求客旅邸。”（《全唐诗》卷五六七）其时陆羽去世已三十余年。黎文也认为“《教坊录》若为陆氏亲编，是不可能录入《津阳门诗》的”。[②] 之所以出现这种矛盾，并非是后人将郑嵎《津阳门诗》加入了《教坊录》，而是《近事会元》引文同时杂糅了数种文献，同时加入了撰者李上交个人的观点。崔令钦《教坊记》载及宜春院、十家等内容，但并未及郑嵎诗，更未载“三国（家）”内容。引文中所谓“三国（家）”指唐杨贵妃三姊妹，但此三者与教坊等并无关联，唯一勉强可提的是“三国”一词在字面上与教坊“十家”相近，但其内容实风马牛不相及。

“教坊录”与“教坊记”一字之别，“录”“记”二字意义相近，加之古人引书在称名及引述时相当自由，《近事会元》又多采小说杂记合集成书，故所谓“教坊录”实应为崔令钦《教坊记》文字。

---

① （清）永瑢等：《四库全书总目》，中华书局2003年版，第1017页。

② 黎国韬：《陆羽〈教坊录〉及相关史事考》，《南大戏剧论丛》2014年第1期。

综合文献著录、个人生平及他书引文等几个方面的因素看，《宋史》所载陆羽《教坊录》为伪托之作，假托陆羽之名“事出有因”，与陆羽早年诣伶党、为伶正并任伶正之师等经历有关。

四　宋沇《乐书》

宋沇《乐书》三卷，不见于诸家目录文献。《羯鼓录》："开府孙沇，亦工之，并有音律之学，贞元中进《乐书》三卷，德宗览而嘉之。"①《乐书》于今不传，其内容不得而知。

宋沇，玄宗朝宰相宋璟孙，两《唐书》无传。曾任唐太常丞。元稹《立部伎》："宋沇尝传天宝季，法曲胡音忽相和。明年十月燕寇来，元庙千门虏尘涴。"其下自注云："太常丞宋沇传汉中王旧说云，玄宗虽雅好度曲，然而未尝使蕃汉杂奏。天宝十三载，始诏道调法曲与胡部新声合作，识者异之，明年禄山叛。"②唐宋古籍对宋沇精通音律多有记载。《册府元龟》卷一五七《知音第二》："宋沇善音律，太常久亡徵调，沇考钟律得之。"③《羯鼓录》后录亦载其"知音之异事"：

> 前录大中二年所著，四年春阳罢免，旋自海南，路由广陵，崔司空为镇。司空遇合素厚，留止旬朔，辄献之，过蒙奖饰，因曰："宋沇即某之中外亲丈人，知音之异事，非止于此也。尝为太常丞，每诸悬钟磬，亡坠至多，补亡者又乖律吕。一日早于光宅佛寺待漏（贞元中犹

① （唐）南卓：《羯鼓录》，古典文学出版社1957年版，第7页。

② 周相录校注：《元稹集校注》，上海古籍出版社2011年版，第731页。

③ （宋）王钦若等编：《册府元龟》，中华书局1983年版，第10181页。

未有待漏院，朝士多立城门衢中，或立近坊人家，及光宅寺也)，闻塔上风铎声，倾听久之。朝回复至寺舍，问寺主僧曰：'上人，塔上铎，皆知所自乎?'曰：'不能知。'沇曰：'其间有一是古制，某请一登塔，循金索，试历扣以辨之，可乎?'僧初难后许。乃扣而辨焉。寺众即言：'往往无风自摇，洋洋有闻，非此也耶?'沇曰：'是耳，必因祠祭考本悬钟而应也。'固求摘取而观之，曰：'此姑洗之编钟耳，请且独缀于僧庭。'归太常，令乐工与僧同临之，约其时彼扣本乐悬，此果应之，遂购而获焉。又曾送客出通化门，逢度支运乘，驻马俄顷，忽草草揖客别，乃随乘至左藏门，认一铃，言亦编钟也。他人但觉镕铸独工，不与众者埒，莫知其余。及配悬，音形皆合其度。"①

宋沇能够考钟音辨律吕，又能闻玲铎而辨姑洗编钟，就以上记载看，其于乐律应是比较精通的。但《羯鼓录》又载宋沇与宣徽使、教坊使等乐官辨乐：

开府孙沇，亦工之，并有音律之学。贞元中进《乐书》三卷，德宗览而嘉之。又知是开府之孙，遂召对赐坐，与论音乐，喜甚。数日，又召至宣徽，张乐使观焉。曰："有舛误乖滥，悉可言之。"沇曰："容臣与乐官商榷讲论，具状条奏。"上使宣徽使、教坊使就教坊与乐官参议数月，然后进奏。二使奏："乐工多言沇不解声律，不审节拍，兼有聩疾，不可议乐。"上颇异之。又召宣徽使对，且曰："臣年老多病，耳实失聪，若迨于声律，不致无业。"上又使作乐，曲罢，问其得失，承禀舒迟，众工多笑之。沇顾笑者，忽忿怒作色，奏曰："曲虽妙，其间有不可者。"上惊问之。即指一琵琶云："此人大逆戕忍，不日间兼即抵法，不宜在至尊前。"又指一笙云："此人神魂已游墟墓，不可更留供奉。"上尤惊异，令主者潜伺察之。旋而琵琶者为同辈告讦，称六七年前，其父自缢，不得端由。即令按鞠，遂伏其罪。笙者乃忧恐不食，

① (唐)南卓：《羯鼓录》，古典文学出版社1957年版，第7页。

旬日而卒。上益加知遇，面赐章绶，累召对，每令察乐。乐工见沇，悉惴恐胁息，不敢正视。沇惧罹祸，辞病而退。

详审此段记载，颇有些令人疑惑，在宣徽使、教坊使以及乐工这些专业人员看来，宋沇“不解声律，不审节拍”“不可议乐”，似乎并不甚通音律。至于在德宗面前“承禀舒迟，众工多笑之”时，忽忿怒作色，指两名乐工“大逆戕忍”“神魂游墟墓”，以致一死一坐罪之事，更像是恼羞成怒而导致的诬陷。一个人无论如何精通乐舞声律，单凭观乐即可遽断他人生死祸福，难以令人信服。难怪乐工们见到他“惴恐胁息，不敢正视”，宋沇自己亦惧怕以此招祸，以病辞官了之。

德宗见《乐书》“览而嘉之”，并令宋沇与教坊使等论乐，而乐官们言宋沇不解声律不可议乐，说明此时宋沇尚未任太常丞。由此推之，宋沇任太常丞应在宋沇“贞元中进《乐书》三卷”之后。唯《御览》引《国史补》载宋沇曾任太乐令，但因资料所限，其任职情况尚难考证。

五　李勉《琴说》

《直斋书录解题》卷一四音乐类："《琴说》一卷，唐工部尚书李勉撰。"①《玉海》卷一一〇《音乐》引《书目》云："《琴书》一卷，唐工部尚书李勉撰。凡琴声、指法、操名、琴操悉载之。"又："李勉《琴杂说》（勉《传》：善鼓琴，有响泉、韵磬。张茂枢有《响泉记》）"②。《宋史·艺文志》："李勉《琴说》一卷。"从《玉海》上下文看，其所言李勉《琴书》《琴杂说》可能即《琴说》。

李勉（717—788），字玄卿，系李唐宗室，郑王李元懿曾孙。两《唐书》有传。李勉一生历玄宗、肃宗、代宗、德宗四朝，出将入相，深受德宗信任，倚为股肱。曾任京兆尹兼御史大夫，拜岭南节度使。大历十年（775），任工部尚书，封汧国公，不久出为永平军节度使，又兼任汴宋节度使，加封同平章事、检校左仆射。建中四年（783），李勉被李希烈击败，丢失汴州，以司徒平章事之职召回朝中，后以太子太师罢相。贞元四年（788），病卒，终72岁。册赠太傅，赐谥贞简。

唐代诗人杜甫《赠李十五丈别》虽是赠别李文嶷，但因其欲往谒汧公李勉，诗中不乏对李勉的赞美："汧公制方隅，迥出诸侯先。封内如太古，时危独

① （宋）陈振孙撰，徐小蛮、顾美华点校：《直斋书录解题》，上海世纪出版股份有限公司、上海古籍出版社2015年版，第400页。

② （宋）王应麟：《玉海》，《四库全书》第945册，上海古籍出版社1987年版，第873页。

萧然。清高金茎露,正直朱丝弦。昔在尧四岳,今之黄颍川。”(《全唐诗》卷二二一)司空曙有《为李魏公赋谢汧公》:“白云高吟际,青霄远望中。谁言路遐旷,宫徵暗相通。”(《全唐诗》卷二九三)诗中借琴曲《白雪》衬托李勉的品行。李勉有《滑州新驿记》今传(见《文苑英华》卷八百九),该文由李阳冰篆刻,大历九年(774)八月立碑于驿中。

另外,唐白行简所撰传奇《李娃传》载荥阳公子与长安倡女李娃的爱情故事。有学者指出,汧国公李勉与《李娃传》中荥阳公子有诸多相符之处:李勉是唐宗室郑王李元懿曾孙,活动时间、任职经历等与文中荥阳公子相近;李娃后被封为“汧国夫人”,而唐代被封为汧国公的唯有李勉,李勉或为《李娃传》中荥阳公子原型。①

一、李勉琴论佚文辑录

李勉《琴说》所载内容广泛,涵盖了弹琴指法、琴曲操弄等多个方面。《乐府诗集》引《琴说》文字2条。《琴书大全》又引李勉《琴记》文字多条,从内容看,《琴记》可能《琴说》之别名。

(一)《乐府诗集》所见《琴说》佚文:

1.(李勉《琴说》曰)《梁甫吟》,曾子撰。(《诗集》卷41)

2.(李勉《琴说》曰)《乌夜啼》者,何晏之女所造也。初晏系狱,有二乌止于舍上,女曰:乌有喜声,父必免。遂撰此操。(《诗集》卷60)

《梁甫吟》《乌夜啼》并古琴曲名,此与《玉海》述该书有“操名、琴操”等正相一致。两条佚文均是对乐府琴曲古题的释说,带有解题性质,在乐府文学研究方面有一定的价值。

---

① 舒大清:《〈李娃传〉汧国公原型考》,《湖北师范学院学报》2013年第6期。

(二)《琴书大全》所见《琴记》佚文:

《琴书大全》引李勉《琴记》文字多条。该书卷四《琴制》:

(李勉《琴记》曰)琴长三尺七寸八分,三尺,三才也;七寸,七曜也;八分,八方也。底长三尺六寸六分,三尺、三才也;六寸,六律也;六分,六吕也。头阔六寸,六合也。尾阔四寸,四时也。古人肩阔七寸四分,应七曜四时也。项阔五寸,五行也。上池八寸,通八音也。下池四寸,通四气也。其身用桐木,岳至上池厚八分或七分半,上池以下厚六分或五分,至尾或四分半。其底用梓木,厚三分或三分半,量其木性而增减。

古制琴法,头广六寸,象六律,肩广八分,象八风,腰广四寸,象四时,中央高一寸二分,象十二时也。

孔子琴长三尺六寸四分,周尺。舜琴长三尺八寸二分,用古玉尺。秦始皇琴长三尺六寸四分。汉蔡邕琴长三尺七寸八分,用汉尺。司马相如琴长三尺八寸六分,伯牙琴长三尺七寸三分,嵇康琴长三尺七寸,用魏尺。①

《琴书大全》卷五《历代琴式》:

(李勉《琴记》曰)舜琴长三尺八寸二分,用古玉尺。三尺八寸二分者,宣声三尺六寸,临岳至首二寸,龙唇二寸,皆法阴阳律吕之象。②

(李勉《琴记》曰)孔子琴长三尺六寸四分,与周尺同。宣声三尺六寸,则四分乃龙唇之数。

(李勉《琴记》曰)伯牙琴长三尺七寸二分,用梁表尺。

① 中国艺术研究院音乐研究所、北京古琴研究会编:《琴曲集成》,中华书局2010年版,第92页。

② 中国艺术研究院音乐研究所、北京古琴研究会编:《琴曲集成》,中华书局2010年版,以下佚文分别见于第105、106、108、112、113、115、116页。

(李勉《琴记》曰)秦始皇琴,长三尺八寸二分,用玉尺。此尺宣声三尺六寸,临岳至首二寸,龙唇二分。

(李勉《琴记》曰)司马相如琴长三尺八寸六分,用晋后尺。

(李勉《琴记》曰)蔡邕琴长三尺七寸七分,或曰八分,用汉尺。此盖宣声三尺六寸八分或二分。临岳至首,及龙唇之数也。

(李勉《琴记》曰)嵇康琴长三尺三寸三分,用魏中尺。

(李勉《琴记》曰)齐东山琴长三尺三寸三分,用唐尺。一云三尺三寸。

(李勉《琴记》曰)梁千面琴长三尺九寸二分,用铁尺。一云三尺九寸二分。

(李勉《琴记》曰)隋百面琴长三尺六寸四分,用永平尺。

《琴书大全》卷六《琴徽》中"辨徽"一节:

(唐李勉《琴徽字议》曰)俗传"晖"字作"徽",谬矣。《说文》云:"徽,衺幅也。又三纠绳也。"《易》注曰:"徽,黑索也。"且晖有十二律,律有灰管之候,无从绳之理。寻源括象,更无别义。窃观琴十三徽,自古尚螺,近代用金,并无丝绳之迹。晖者,示其明莹,以节奢纵,一象闰余。按晖字,明其占候,昭然可举而行也。①

《琴书大全》卷十《弹琴》中"论弹琴"一节引李勉语:

李勉曰:吟抑有度,迟速合节,急而不乱,缓而不绝,此最为枢要也。

《琴书大全》所引文字涉及琴制、历代琴人琴式、琴徽字以及弹琴技法等内容。与《书目》云"凡琴声、指法、操名、琴操悉载之"一致,可能亦《琴说》文字。

---

① 中国艺术研究院音乐研究所、北京古琴研究会编:《琴曲集成》,中华书局 2010 年版,第 132 页。

二、李勉与百衲琴响泉、韵磬

李勉庙堂之余喜好古琴，且可以自斫琴。《旧唐书・李勉传》："勉坦率素淡，好古尚奇，清廉简易，为宗臣之表。善鼓琴，好属诗，妙知音律，能自制琴，又有巧思。"①《新唐书・李勉传》："善鼓琴，有所自制，天下宝之，乐家传'响泉''韵磬'，勉所爱者。"②《册府元龟》卷一五七《知音第二》亦载："李勉罢相，为太子太师。善鼓琴，好属诗，妙知音律，能自制琴，又巧思。"③

史籍中关于李勉所制名琴响泉、韵磬记载甚多。《唐国史补》卷下："李汧公雅好琴，常斫桐，又取漆桶为之，多至数百张，求者与之。有绝代者，一名响泉，一名韵磬，自宝于家。"④《太平广记》卷二〇三引《尚书故实》："唐汧公李勉好雅琴，尝取桐梓之精者，杂缀为之百衲琴。用蜗殻为徽，其间三面尤绝异，通谓之'响泉''韵磬'，弦一上可十年不断。"⑤此外史载李勉还有其他名琴，《乐书》卷一四一谈及"黄帝之清角"等天下名琴时又有："李勉之寒玉石、和志"。⑥ 可见除名琴响泉、韵磬之外，李勉又有"寒玉石""和志"二琴亦世之罕见名琴。

琴甲之用亦与李勉有关，唐李匡义《资暇集》卷下："琴甲，今弹琴或削竹为甲，以助食指之声者，亦因汧公也。尝患代指而旧甲方堕，新甲未完，风景廓澄，援琴思泛，假甲于竹，聊为权用。名德既崇，人争倣效，好事者且曰'司徒甲'。"⑦李勉曾任司徒平章事，琴甲被称为"司徒甲"说明李勉在琴甲的使用

---

① （后晋）刘昫等：《旧唐书》，中华书局1975年版，第3636页。

② （宋）欧阳修、宋祁等：《新唐书》，中华书局1975年版，第4508页。

③ （宋）王钦若等编：《册府元龟》，中华书局1983年版，第10181页。

④ （唐）李肇：《唐国史补》，中华书局1991年版，第148页。

⑤ （宋）李昉等编：《太平广记》，中华书局1961年版，第1538页。按：宋人袁文《瓮牖闲评》卷六有："《嘉祐录》载，李汧公勉百衲琴，用蜗壳作徽。蜗壳岂堪作徽，恐是螺壳传写之误耳。"其说或是。

⑥ （宋）陈旸：《乐书》，《四库全书》第211册，上海古籍出版社1987年版，第651页。

⑦ （唐）李匡义：《资暇集》，中华书局1985年版，第25页。

和普及方面有重要影响。

李勉不仅自己喜好古琴,其宠妓亦善古琴。《因话录》卷二:“李司徒汧公镇宣武,戎事之隙,以琴书为娱。自造琴,聚新旧桐材,扣之合律,则裁而胶缀,不中者弃之。故所蓄二琴殊绝,所谓响泉、韵磬者也。性不喜琴兼筝声,惟二宠妓,曰秀奴、七七皆聪慧,善琴兼筝,与歌时令奏之,自撰琴谱。”①

李勉所制响泉、韵磬为百衲琴。百衲琴之称源自僧人百衲衣,百衲言其补缀之多。百衲琴最早出现于唐代,其创制有出自李勉、雷威两种说法。有学者以为,百衲琴的斫制方式应是由“李勉百衲”而来。据考证传世名琴中,唐九霄环佩、宋松风清节为百衲琴中重器。而自唐以来,史籍所载及有据可查之百衲琴“不过寥寥十数张而已”。②

古琴为追求声音的松清透亮,通常琴板会采用一整块木材制成。百衲琴琴板采用多种木材拼接而成,所谓“众材皆小,缀葺乃成”“杂缀为琴”。从外形、漆色等来看,百衲琴与他琴无异。但就取材和制作来看,琴腹由小块木材拼合“杂缀”是其本质特点。百衲琴形制独特,其选材、制作殊为不易,其音色如何呢?从琴声共鸣特点来讲,由多块木材拼凑而成,又加以胶漆,若非斫琴高手,难免出现“木不成段,声必不应,又为漆所碍,其窒塞可知”的尴尬。为避免声音窒塞失和,斫琴高手或可悟得其中玄妙,斫制出品质佳妙之琴中上品,此大概百衲琴为世人所宝的原因吧。

宪宗朝宰相张弘静孙张茂枢(字休府,张弘静四子张次宗子)曾撰《响泉记》记录了李勉所制响泉、韵磬的踪迹。《太平御览》《琴史》《琴书大全》等均载及张茂枢《响泉记》,但文字略有不同。《琴史》卷四“房公(琯)”条述及张茂枢《响泉记》:

> 勉有所自制,天下以为宝,乐家传响泉、韵磬皆勉所爱者也。或

① (唐)赵璘:《因话录》,上海古籍出版社1979年版,第79页。

② 李村:《百纳琴初探》,《交响》2011年第1期。郑珉中:《百衲琴考》,《故宫博物院院刊》1991年第2期。

云，其造琴，新旧桐材，叩之合律者，裁而胶缀之，号百衲琴。其响泉、韵磬，弦一上十年不断，其制器可谓臻妙，非深达于琴者，孰能与于此乎！嵇、戴以来，一人而已矣。后张茂枢得此二琴。广明之乱，韵磬见焚，响泉为一僧挈去。茂枢云，勉本赠高门魏公，琴内有公墨题，背有阳冰篆，乃韦皋帅蜀时，用佉陁罗木换临岳承弦，令阳冰文之曰："南溟夷岛，木有坚如石，文横银肩者，名曰佉陁罗，吴爱其坚，贵其异，遂用作临岳。"云茂枢后游江陵，于从兄濬处复见之。茂枢为记其本末。又曰，但以他琴齐触，彼音绝而此有余韵。①

从"茂枢云"等看，这段文字显然有转述成分。

《琴书大全》卷五亦录张茂枢《响泉记》：

余家世所宝，琴书图画，广明之乱，散失荡尽。其中二琴，一名响泉，一名韵磬，皆希代之宝也。韵磬为火所焚，响泉有洛僧自贼中挈去。是琴本李汧公所有，建中初寄赠高平魏公，琴槽内有魏公墨题云："合雅大乐，理世至音，徽弦一泛，山水俱深。"又题曰："李勉琴，建中四年记。"琴背刻李阳冰篆，盖《国史补》所载，高平公少时曾夜会名客，观郑宥调二弦，各置一榻，动宫则宫应，动角则角应者，实响泉、韵磬也。

至大顺中，余客游巴蜀，道出褒斜，与仲舅裔修相遇逆旅舍，见携响泉以行，云有僧有事击于洋，偶知其曲，为言于鞠吏，得清雪，僧感之，遂以琴为报。舅虽好音，亦未知琴之至也。余一一序述，指验镌记，频加秘重焉。帝幸石门岁，又失去。

明春，余解补衮秩，在江陵候谒相国从兄河间公（张相濬，时为租傭使），伫立客次，见有卖书策及琴，自门而入者，辄询其来，赉者曰："北使适至，琴书乃上京所购，其费不数千。"取而阅之，乃响泉也。余大骇叹，径入白河间公，公殊喜。自是方欲会宴宾客，复有租

---

① （宋）朱长文：《琴史》，中国书店 2018 年版，第 185—186 页。

傭繁务，将剸割之，轩庭吏仆，异常倥偬，悉屏他事，与余共坐移刻，取琴张弦，闻从叔兵部素推能事，遂请调泛，至宝惜。

响泉之奇，世或鲜鉴，以它琴齐触，彼音绝而此有余韵。世又有窃响泉之名，但以墨迹篆文参验，即知真伪耳。噫，物之至此，似天意不忍遐弃之耳。彼响泉名价辉赫，多历年所，钟难流落崎岖而全终，使余遇之褒斜荆南间，得以证认旧物，不使堙坠者，异乎哉。

《响泉记》中载及"高平魏公"即中唐宰相张延赏，张延赏与李勉为至交，建中初李勉曾将响泉寄赠张延赏，因此琴槽内有张延赏"魏公墨题"，琴背有李阳冰篆文。

韵磬唐末毁于战火，响泉辗转入于宋太常寺，但结局却出人意料。宋江少虞《事实类苑》卷一九"琴"："秀水祥符院僧智和畜一古琴，琴徽碧石细纹轸，制作精巧，音韵清越。中刻李阳冰篆三十九字，其略云：'南溟夷岛产木，名伽陀罗，纹如银屑，其坚如石，遂用此作琴临岳。'沈括《笔谈》、朱长文《琴谱》皆著此琴，即唐相汧公李勉所置。响泉之名，见勉本传。元祐末，智和死，州将以其琴匣送尚书礼部，付太常收管，好事者时时取鼓之，非他琴比也。"①如此，响泉归于宋之太常寺，似已足慰人心。然其后之遭遇又颇令人叹惋。宋蔡绦《铁围山丛谈》卷六："唐李汧公者号喜琴，乃自聚灵材为之，曰百衲琴。百衲琴流传当祐陵朝，亦入九禁，是天下号殊绝，独玉鹤、百衲乃第一。上时方稽古博雅，若书画奇工得以待诏日亲近，往往获褒赐，而琴工独闲冷，日月光赫，因日月以冀恩泽，即共奏取御府所宝琴，尽丐理治之，上亦可焉。于是首取百衲琴，破之，乃止八段，然胶漆遽解散，群待诏反大惧，辄卤莽仅得合并。玉鹤辈八九咸被坏，遂得于时奏功第赏，但求金石之奏，思得山水之清音，无矣。此良足惜。"②李勉百衲琴响泉、韵磬自此成为绝响。

---

① （宋）江少虞：《事实类苑》，上海古籍出版社 1993 年版，第 156 页。

② （宋）蔡绦撰，李欣、符均注：《铁围山丛谈》，《历代名家小说文集》，凤凰出版社 2005 年版，第 186 页。

六　李约《东杓引谱》

虽然刘长卿云“古调虽自爱，今人多不弹”（《听弹琴》），白居易有“古声淡无味，不称今人情”（《废琴》），但事实上唐代不仅有大批文人雅士喜好古琴，还有家族父子皆好琴者，李勉、李约父子即其中比较突出的两位琴人。李约有《东杓引谱》一卷，李勉有《琴说》一卷。

李约《东杓引谱》一书诸家目录多有著录。《新唐书·艺文志》：“李约《东杓引谱》一卷，勉子，兵部员外郎。”《崇文总目》卷一：“《东杓引谱》一卷，唐叶律郎李约撰。约患琴家无角声，乃造东杓引七拍，有麟声、绎声，以备五音。阙。”钱注：见天一阁钞本。①《通志·艺文略》：“《东杓引谱》一卷，李约。”《宋史·艺文志》：“李约《琴曲东杓谱序》一卷。《琴调广陵散谱》一卷。”《宋史·艺文志》所载《琴调广陵散谱》一卷，他书别无记录，其真伪存疑。

李约两《唐书》无传，其生平散见于其他史籍文献。《唐才子传》卷六：

> 李约，字存博，汧公李勉之子也。元和中，仕为兵部员外郎。与主客员外张谂极相知。每单枕静言，达旦不寐。尝赠韦况曰：“我有心中事，不向韦郎说。秋夜洛阳城，明月照张八。”性清洁寡欲，一生不近粉黛，博古探奇。初，汧公海内名臣，多蓄古今玩器，约愈好之，

---

① （宋）王尧臣等：《崇文总目》，《中国历代书目丛刊》，现代出版社1987年版，第20页。

所居轩屏公案，必置古铜怪石，法书名画，皆历代所宝。坐间悉雅士，清谈终日，弹琴煮茗，心略不及尘事也。尝使江南，于海门山得双峰石及绿石琴，并为好事者传阅。然亦寓意，未尝戛然寡情，豪夺吝与。复嗜茶，与陆羽、张又新论水品特详。曾授客煎茶法，曰："茶须缓火炙，活火煎，当使汤无妄沸。始则鱼目散布，微微有声；中则四畔泉涌，累累然；终则腾波鼓浪，水气全消。此老汤之法，固须活水，香味俱真矣。"时知音者赏之。有诗集。后弃官终隐。又著《东杓引谱》一卷，今传。①

李约好琴，又曾任协律郎一职，撰写琴学论著也在情理之中。文中张八即张谂，为魏公张延赏之子。张延赏与李约父李勉为至交，李勉曾将自斫百衲琴响泉寄赠张延赏。张谂（张八）、张弘静（张调）兄弟与李缵、李约兄弟同辈，亦互为知己。张茂枢《响泉记》、张彦远《历代名画记》等对此均有记载。张延赏曾孙张彦远《历代名画记》卷一：

魏公与汧公因其同寮，遂成久要，并列藩闸，齐居台衡，雅会襟灵，琴书相得。汧公博古多艺，穷精蓄奇，魏晋名踪，盈于箧笥。许询、逸少经年共赏山泉，谢傅、戴逵终日惟论琴画。汧公任南海，日于罗浮山得片石，汧公子兵部员外郎约又于润州海门山得双峰石，并为好事所宝，悉见传授。又汧公手斫雅琴，尤佳者曰响泉，曰韵磬。汧公在滑州，魏公在西川，金王之音，山川亡间，尽缄瑶匣，以表嘉贶。西川幕客司空曙赋曰：白雪高吟际，青霄远望中。谁言路遐旷，宫徵暗相通。时汧公并寄重宝琴解及琴荐咸在焉。

大父高平公与爱弟主客员外郎（彦远叔祖，名谂）。及汧公爱子缵（祠部郎中）、缵弟约（兵部员外郎，字存博）更叙通旧，遂契忘言，远同庄惠之交，近得荀陈之会。大门（父）请缵为判官，约与主客皆高谢荣

① （元）辛文房撰，傅璇琮主编：《唐才子传校笺》，中华书局1987年版，第81页。

宦,琴尊自乐,终日陶然,士流企望莫及也。繇是万卷之书尽归王粲,一厨之画恒寄桓玄。李兵部又于江南得萧子云壁书飞白“萧”字,匣之以归洛阳,授余叔祖,致之修善里,构一亭,号曰“萧斋”。①

张彦远记录张、李两家交谊的同时,也对李约作了勾画,其人琴书自乐,超然物外,不以尘世禄宦为念。《因话录》又载李约玄机萧萧,有尘外之致。《因话录》:“兵部员外郎李约,汧公之子也。以近属宰相子而雅爱,玄机萧萧冲远,德行既优,又有山林之致,琴道、酒德、词调皆高绝。一生不近粉黛,性喜接引人物,不好俗谈。晨起草裹头,对客蹙融,便过一日。多蓄古器,在湖州尝得古铁一片,击之清越。又养一猿名山公,尝以之随逐。月夜泛江登金山,击铁鼓琴,猿必啸和。倾壶达旦,不俟外宾。”②

除喜好古琴外,李约对书法的喜好亦引人注目。除《历代名画记》外,宋人陈思《书苑菁华》卷一三录唐张弘靖《萧斋记》,对此事记述甚详。其云:

陇西李君约,于江南得萧子云书壁飞白“萧”字,以笔势惊绝,遂匣而宝之。其遇之之由,则君之赞序与崔监察备论之详矣。君与字俱载舟,还洛阳仁风里第,思所以尽其瞻玩。置之之宜,则箱椟临视,不时有缄启动摇之变。遂特建精室,□列于垣,复本书之意,得遥睇之美。寂对虚牖,势若飞惊,虽烟雾交飞,虬鸾萦动,轻旆飘飏,微云卷舒,不能状也。李君以至行雅操知名当时,逍遥道枢,脱落荣相,识洞世表,神交古人。而风致之余,特精楷隶,所得魏晋以降名书秘迹多矣。以不越于缣素之间,未为殊珍也。盖壁字奇纵,乃为希宝,故异而宝之,文而志之。意象所得,非常域也。夫“萧”之为字也,切然而清;于文也,蔚然而整。宜乎铭壁,宜乎命斋,萧斋之名,与此字传矣。③

① (唐)张彦远:《历代名画记》,浙江人民美术出版社2011年版,第7页。
② (唐)赵璘:《因话录》,上海古籍出版社1979年版,第10页。
③ 周绍良主编:《全唐文新编》,吉林文史出版社2000年版,第6300页。

《东杓引谱》今已不传,文献中亦无征引,但可据文献推知该书大致特点。"引"是古琴乐曲的一种,此类乐曲大多具有舒缓悠长的特点。元稹在其《乐府古题序》中,将"诗之流"分为赋、颂、篇、吟、谣等二十四种,并指出在这二十四种类型中"在琴瑟者为操、引"。[①] 薛雪《一瓢诗话》中说:"乐府凡用'引''操'等名,皆是琴曲。"[②]琴曲歌辞曲名确以操、引两类最多。就书名及解题看,"东杓引谱"内容有两种可能:一是李约所制琴曲名称为"东杓引",《东杓引谱》即"东杓引"的谱录。二是可能与角声有一定关系。《崇文总目》著录此书"约患琴家无角声,乃造东杓引七拍",从这一记载看,应是李约根据自己弹琴体会,结合角声而有所创制。《崇文总目》又云其中"有麟声、绎声以备五音",此"麟声、绎声"究竟为何则不得而知。

郑樵《通志·图谱略》亦录"李约《东杓引谱》",与《东杓引谱》同属图谱类的有《离骚谱》《琴指图》《乐律图》等。郑樵在《通志》卷七二《图谱略》序中云:"河出图,天地有自然之象;洛出书,天地有自然之理。天地出此二物,以示圣人,使百代宪章必本于此而不可偏废者也。"故"若欲成天下之事业,未有无图谱而可行于世者,作《图谱略》"。[③] 郑樵认为图、谱与文字记载同等重要,没有图、谱有些问题难以叙述清楚,因此特载录《图谱略》,由此看来《东杓引谱》或是一部图、文兼具的"图书"。

① 周祖譔:《隋唐五代文论选》,人民文学出版社 1990 年版,第 283 页。

② (清)薛雪著,杜维沫校注:《一瓢诗话》,人民文学出版社 1998 年版,第 119 页。

③ (宋)郑樵:《通志》,中华书局 1987 年版,第 837 页。

七 薛易简《琴诀》

目录文献对薛易简撰述著录略有不同。《直斋书录解题》卷一四“音乐类”：“《琴说》一卷，唐待诏薛易简撰。衡州耒阳尉。”①《秘书省续编到四库阙书目》：“薛易简《琴诀》一卷。”②《通志·艺文略》：“《琴诀》一卷，薛易简。”《宋史·艺文志》同。

宋庠《陶渊明集》卷二《怨诗楚调示庞主簿邓治中》：“薛易简《正音集》云：琴之操弄，约五百余名，多缘古人幽愤不得志而作也。”③似薛易简在上述琴学论著之外又有《正音集》。但除此条外，史籍中别无他引。

薛易简，两《唐书》无传。《全唐文》卷一八八收录薛易简《琴诀》一篇，其作者简介仅云：“薛易简，僖宗时人。”《琴史·薛易简》：“薛易简以琴待诏翰林，盖在天宝中也。”④二者所载薛易简活动时间相去甚远。《琴书大全》所录《琴诀》文字中，薛易简论琴曾引中唐李勉语，似薛氏与李勉同时或略后。当以《琴史》所言为是。

---

① （宋）陈振孙撰，徐小蛮、顾美华点校：《直斋书录解题》，上海世纪出版股份有限公司、上海古籍出版社 2015 年版，第 400 页。

② 《秘书省续编到四库阙书目》，《中国历代书目丛刊》，现代出版社 1987 年版，第 257 页。

③ （晋）陶渊明：《陶渊明集》，中华书局 1979 年版，第 50 页。

④ （宋）朱长文：《琴史》，中国书店 2018 年版，第 194 页。

薛易简尝为“琴待诏”，唐有专门的琴待诏，段安节《乐府杂录》载文宗大和（827—835）中有琴待诏：“大和中，有贺若夷尤能，后为待诏，对文宗弹一调，上嘉赏之，仍赐朱衣，至今为《赐绯调》。”①《山西通志》卷七五所载“年分无考”的唐人有“薛待诏，汾阴人，代州司马。”又有“薛易知，汾阴人，慈州刺史。”薛易简曾为琴待诏，或可据其任职称“薛待诏”。而此薛易知与薛易简姓名一字之差，又同为汾阴人，似与薛易简有关，二者或属同宗同辈。

《琴史》及《琴书大全》保留了《琴诀》部分佚文。《琴史·薛易简》：

> 薛易简以琴待诏翰林，盖在天宝中也。尝制《琴诀》七篇，辞虽近俚，义有可采。今掇其大概著焉。曰：琴之为乐，可以观风教，可以摄心魂，可以辨喜怒，可以悦情思，可以静神虑，可以壮胆勇，可以绝尘俗，可以格鬼神，此琴之善者也。鼓琴之士，志静气正，则听者易分。心乱神浊，则听者难辨矣。常人但见用指轻利，取声温润，音韵不绝，句度流美，但赏为能。殊不知志士弹之，声韵皆有所主也。夫正直勇毅者听之，则壮气益增；孝行节操者听之，则中情感伤；贫乏孤苦者听之，则流涕纵横；便佞浮嚣者听之，则敛容庄谨。是以动人心、感神明者，无以加于琴。盖其声正而不乱，足以禁邪止淫也。今人多以杂音悦乐为贵，而琴见轻矣。
>
> 夫琴士不易得而知音亦难也。易简尝慕昔贤，志善鼓琴，自九岁学之，至十二拊黄钟杂调三十曲，工《三峡》《流泉》《南风》《游弦》三弄。十七岁，弹《胡笳》两本，《凤游云》《乌夜啼》《怀陵》《别鹤操》《仙鹤舞》《凤归林》《沈湘怨》《楚客吟》《秋风》《嵇康怨》《湘妃叹》《间弦》《白雪》《秋思》《坐愁》《游春》《渌水》十八弄。后益苦心，周游四方，闻有解者，必往求之。凡所弹，杂调三百，大弄四十。善者存志精之，否者旋亦废去。今所弹者，皆研精岁久，并师传勘谱，亲授指

① （唐）段安节撰，亓娟莉校注：《〈乐府杂录〉校注》，上海古籍出版社 2015 年版，第 117 页。

法，犹未敢言妙。每以授人，声数、句度、用指法则毫寸不差。如指下妙音，亦出人性分，不可传也。尝览操弄之名，凡数百首。然自古琴者，只工三两弄，便有不朽之名。或自制杂弄，或传习旧声。固不以弹多为妙也。今人皆不知志，惟务多为，故云多则不精，精则不多也。

夫鼓琴之时虽无人，须畏惧如对长者，则音韵雅正，可以感动幽冥。揽琴在膝，身须卓然。乃定神绝虑，情意专注，指不虚发，弦不误鸣。凡打弦轻重，相似往来，不得不调。用指兼以甲肉，甲多则声干，肉多则声浊。甲肉相半，清利美畅矣。左右手于弦，不可太高，亦不可低。弦不疾不徐，手臂调畅，暗用其力，戒于露见。夫琴之甚病有七：弹琴之时，目观于他，瞻顾左右，一也。摇身动首，二也。变色惭怍，开口挐目，三也。眼疾遽，喘息粗悍，进退失度，形神支离，四也。不解用指，音韵杂乱，五也。调弦不切，听无真声，六也。调弄节奏，或慢或急，任己去古，七也。此皆所甚病，去则可以为能矣。

观易简之意，亦可谓善其事者矣。①

《琴书大全》卷十《弹琴》中亦引薛易简《琴诀》，但文字略有不同：

薛易简《琴诀》曰：大（按：疑为“夫”字）鼓琴时，无问有人无人，常如对长者，置琴在前，身须端直。安定神气，静心绝虑，情意专注，指不虚发，弦不错鸣，目视左手，耳听其声，目不别视，耳不别听，心不别思，乃得琴之旨焉。凡调琴，须识句度节奏，停歇不得过多。故李勉曰：吟抑有度，迟速合节，急而不乱，缓而不绝，此最为枢要也。用指又须甲肉相间，其声清利，甲多声焦，肉多声浊，左右手不得过度用力，不得努张，但暗用之，勿令人觉。凡弹琴时身摇头动，眄视左右，顾瞻上下，面色变易有如惭耻，或眼目疾遽，喘息气岔，进退无度，形神散漫。至于取声虽能，不解用指，声韵杂乱，不尽五音，调弦不切，

① （宋）朱长文：《琴史》，中国书店 2018 年版，第 201 页。

> 或轻或重，或慢或速，最为大病也。故蔡氏有十恶、九不祥、八能、七妙。又云弹琴之法，必须简静，非谓人静，乃手静也。手指鼓动谓之喧，简要轻稳谓之静。又须两手相附，若双鸾对舞，两凤同翔，来往之势，附弦取声，不须声外摇指。正声和畅，方为善矣。故古之君子，皆因事而制，或怡情以自适，或讽谏以写心，或幽愤以传志，故能专精注神，感动神鬼，或只能一两弄而极精妙者。今之学者惟多为能，故曰：多则不精，精则不多，知音君子，详而察焉。①

《琴诀》从古琴音乐美学角度分析了琴乐的审美特征，指出琴乐所具有的"禁邪止淫"的社会功能，同时记载了个人学琴历程及对琴曲的理解。此文最具价值之处，是对弹琴要求及技法的记载，所谓打弦轻重、疾徐、高低等皆为弹奏古琴的重要技巧，而"肉""甲"关系及弹琴"七病"等理论，上承赵邪利之论弹琴手势、甲肉主张，明确论及弹琴之"甚病有七"，下启陈康士等琴论，在今天仍具指导意义。

① 中国艺术研究院音乐研究所、北京古琴研究会编：《琴曲集成》第五册，中华书局2010年版，第203页。

八　吕渭、李良辅《广陵止息谱》

《新唐书·艺文志》等载唐吕渭、李良辅各有《广陵止息谱》一卷："吕渭《广陵止息谱》一卷。李良辅《广陵止息谱》一卷。"[①]《崇文总目》著录吕渭《广陵止息谱》一卷，《四库》本其下有阙名《广陵止息谱》一卷。《崇文总目补遗》乐部有佚名《广陵止息歌》一卷。[②]《玉海》卷一一〇："吕渭、李良辅《广陵止息谱》各一卷。"《宋史·艺文志》："吕渭，一作濆。《广陵止息谱》一卷。"

吕渭，字君载。河中（今山西永济）人。两《唐书》有传。肃宗时进士，曾任太子右庶子、礼部侍郎，出为潭州刺史，后任湖南郡团练观察史。四子温、恭、俭、让。传吕洞宾即吕渭四子吕让之子。本传载吕渭有文集十卷，今《全唐诗》存其诗五首。《唐代墓志汇编续集》"贞元〇六〇"录有吕温撰、吕恭书《唐故通议大夫使持节都督潭州诸军事守潭州刺史兼御史中丞充湖南都团练观察处置等使赐紫金鱼袋赠陕州大都督东平吕府君墓志铭并序》。学人对吕渭参与文学活动及交游情况亦有探讨。[③]

---

① （宋）欧阳修、宋祁等：《新唐书》，中华书局1975年版，第1436页。

② （清）钱侗：《崇文总目补遗》，《中国历代书目丛刊》，现代出版社1987年版，第204页。

③ 董超：《中唐吕渭文学活动发微》，《现代语文》2011年第8期。

《旧唐书》卷一三七《吕渭传》:

吕渭字君载,河中人。父延之,越州刺史、浙江东道节度使。渭举进士,累授婺州永康令、大理评事。浙西观察使李涵辟为支使,再迁殿中侍御史。涵自御史大夫改太子少傅,渭上言:"涵父名少康,今涵为少傅,恐乖朝典。"由是特授渭司门员外郎,寻为御史台劾奏:"涵再任少卿,此时都不言,今为少傅,疑以散慢,乃为不可。"由是贬渭歙州司马,改涵检校工部尚书、兼光禄卿。渭累授舒州刺史、吏部员外、驾部郎中、知制诰、中书舍人,母忧罢。服阕,授太子右庶子、礼部侍郎。中书省有柳树,建中末枯死,兴元元年车驾还京后,其树再荣,人谓之瑞柳。渭试进士,取瑞柳为赋题,上闻而嘉之。渭又结附裴延龄之子操,举进士,文词非工,渭擢之登第,为正人嗤鄙。因入阁遗失请托文记,遂出为潭州刺史、兼御史中丞、湖南都团练观察使,在任三岁,政甚烦碎。贞元十六年卒,年六十六,赠陕州大都督。

子温、恭、俭、让。①

据《吕渭传》所载,吕渭卒于德宗贞元十六年(800),时年六十六。墓志铭中亦载吕渭"以十六年七月一日薨于镇,享年六十有六"。与本传相符。以此逆推,可知其生年在唐玄宗开元二十二年(734)。但本传及墓志中均未提及吕渭善琴或有琴学著述。

李良辅史籍无传,《崇文总目》著录《广陵止息谱》载及"河东司户参军李良辅":

《广陵止息谱》一卷,唐吕渭撰。晋中散大夫嵇康作琴调《广陵散》,说者以魏氏散亡,自广陵始。晋虽暴兴,中止息于此。康避魏晋之祸,托之于鬼神。河东司户参军李良辅云:袁孝尼窃听而写其

① (后晋)刘昫等:《旧唐书》,中华书局1975年版,第3768页。

声,后绝其传,良辅传之于洛阳僧思古,思古传于长安张老,遂著此谱,总三十三拍,至渭又增为三十六拍。阙。钱注:见天一阁钞本。①

按《崇文总目》解题,似是李良辅首撰三十三拍《广陵止息谱》,后吕渭增写至三十六拍。后人遂或仅题以吕渭撰。对此钱侗《崇文总目补遗》按云:

《玉海》"音乐类"云:"《崇文目》吕渭、李良辅《广陵止息谱》各一卷。"又四库馆新定本引《永乐大典》云:"李良辅《广陵止息谱》一卷,《崇文总目》阙。"今本止有吕渭一卷,《文献通考》引原释有"良辅遂著此谱,至渭又增"之语,似后人合二书为一而并改其解题矣。②

钱氏"后人合二书为一而并改其解题"的见解值得重视,这一点从目录文献著录特点也可以得到验证。《新唐书·艺文志》著录吕渭、李良辅两家《广陵止息谱》,四库本《崇文总目》著录吕渭书较为详尽,紧随其后之《广陵止息谱》则题"阙",且未录撰者,推测该谱应为李良辅书。而《宋史·艺文志》仅著录吕渭书,大约是二书在流传中逐渐合二为一了。

宋郭茂倩《乐府诗集》卷五十六《琴曲歌辞》之《胡笳十八拍》解题引该书文字:"李良辅《广陵止息谱序》曰:'契者,明会合之至理,殷勤之余也。'"③郭茂倩征引李良辅书文字,说明该书宋时尚存。

另外,《琴书大全》卷十三《曲调拾遗》中有:"《广陵止息引》,三十三拍,又名《十仙游》;《广陵三十六拍》;《广陵三拍小序》;《广陵五拍大序》;《广陵十八拍正声》;《广陵十八拍乱声》《广陵二十一拍止息》。"④这里的《广陵止息引》三十三拍与《广陵三十六拍》等与吕渭、李良辅《广陵止息谱》不知是否直接相关?

---

① (宋)王尧臣等:《崇文总目》,《中国历代书目丛刊》,现代出版社1987年版,第20页。

② (清)钱侗:《崇文总目补遗》,《中国历代书目丛刊》,现代出版社1987年版,第204页。

③ (宋)郭茂倩编撰:《乐府诗集》,中华书局1997年版,第861页。按:又见《能改斋漫录》卷五。

④ 中国艺术研究院音乐研究所、北京古琴研究会编:《琴曲集成》第五册,中华书局2010年版,第295页。

《崇文总目》有关《广陵止息谱》的解题中,提及嵇康《广陵散》,又有“散亡”“止息于此”等语。琴曲《广陵》与“散”和“止息”的渊源最早可上溯至魏晋时期,此后一直是学者、琴人诉讼纷纭的一个问题,大约也算得上学界公案。

“散”本是曲名类型,有如操、引、畅、弄等曲名类别。就“散”与“止息”词义而言,“散”有解散、停歇、结束等义,“止息”亦有停止、结束之义。魏晋隋唐人常用此义。《搜神记》卷五:“自是灾厉止息,百姓遂大事之。”①《南史·循吏传·阮长之》:“李元德清勤均平,奸盗止息。”②因此就词义而言,广陵“散”即广陵“止息”。《崇文总目》云“嵇康作琴调《广陵散》,说者以魏氏散亡,自广陵始。晋虽暴兴,终止息于此。”其中“散亡”“止息”二词意义相近,均表明了琴曲得名之缘由。

---

① 马银琴、周广荣译注:《搜神记》,中华书局 2016 年版,第 89 页。

② (唐)李延寿:《南史》,中华书局 1975 年版,第 1704 页。

九　萧祐《无射商九调谱》

《新唐书·艺文志》:"萧祐《无射商九调谱》一卷。"①《崇文总目》:"《无射商九调谱》一卷。唐萧祐撰。祐因胡笳推无射商,自创为九调,阙。"钱注:见天一阁钞本。②《宋史·艺文志》:"萧祐(一作祐),《无射商九调谱》一卷。"《通志·艺文略》:"《无射商九调谱》一卷,萧祐。"

萧祐与韦温友善,《旧唐书·韦温传》末云:"温刚肠寡合,人多疎简,唯与常侍萧祐善。"③《萧祐传》附系于《韦温传》下。《旧唐书》卷一六八《萧祐传》:

> 萧祐者,兰陵人。少孤贫,耿介苦学,事亲以孝闻。自处士征拜左拾遗,累迁至考功郎中。祐博雅好古,尤喜图书。前代钟、王遗法,萧、张笔势,编序真伪,为二十卷,元和末进御,优诏嘉之,授兵部郎中。出为虢州刺史,入为太常少卿,转谏议大夫。逾月为桂州刺史、御史中丞、桂管防御观察使。太和二年八月,卒于官,赠右散骑常侍。祐闲澹贞退,善鼓琴赋诗,书画尽妙。游心林壑,啸咏终日,而名人高士多与之遊。给事中韦温尤重之,结为林泉之友。④

---

① (宋)欧阳修、宋祁等:《新唐书》,中华书局1975年版,第1436页。

② (宋)王尧臣等:《崇文总目》,《中国历代书目丛刊》,现代出版社1987年版,第20页。

③ (后晋)刘昫等:《旧唐书》,中书书局1975年版,第4380页。

④ (后晋)刘昫等:《旧唐书》,中书书局1975年版,第4380页。

《新唐书》卷一六九《萧祐传》：

祐者，字祐之。夷澹君子也。少贫窭，隐居，以孝养闻。……以处士拜左拾遗，累迁谏议大夫，终桂州观察使，赠右散骑常侍。精画及书，自钟、王、萧、张以来，皆能识其真瞀。然不以尘事自蒙，故温号山林友云。①

萧祐之“祐”，《崇文总目》等又记作“祐”，“祐”“祐”形近，必有一误。《唐代墓志汇编续编》“元和〇〇七”有《唐故正议大夫试怀州别驾赐紫金鱼袋赠户部尚书渤海高府君墓志铭并序》，题“朝议郎行殿中侍御史萧祐书”，②唐人所镌刻碑石，其姓名应该不误，故其名当以《旧唐书》等所载“萧祐”为是。

萧祐为中唐宪宗元和(806—820)时人，不仅善鼓琴，且曾任国家音乐机关太常寺太常少卿。朱长文《琴史》卷四又云：

萧祐精于书画，兼别音律。元和中，撰《无射商九调子》，指法尤异。谱序曰：“以引小胡笳四拍。”世称其妙。李丞相夷简诗云：“行年七十十弹秋，始觉胡笳儿女情。世上何人会此意，濮阳太守是同声。”祐尝为彭州刺史。③

《崇文总目》载“祐因胡笳推无射商，自创为九调”，是萧祐在琴曲胡笳的基础上，推演无射商，创制为九调并将之记录下来，因而具有原创性。这一创制的目的应该是其谱序所云“以引小胡笳四拍”，且此谱“指法尤异”，指法亦与普通琴谱有所不同，故得世称其妙。

《无射商九调谱》又称《萧氏九弄》。《太平广记》卷二〇三《乐一》“董庭兰”条有：“萧古亦善琴，云胡笳第四头犯无射商，遂用其音为《萧氏九弄》。”④

① (宋)欧阳修、宋祁等：《新唐书》，中华书局1975年版，第5160页。

② 周绍良、赵超：《唐代墓志汇编续集》，上海古籍出版社2001年版，第805页。

③ (宋)朱长文：《琴史》，中国书店2018年版，第193页。

④ (宋)李昉等编：《太平广记》，中华书局1995年版，第1539页。

从文字内容来看，此"萧古"应该即萧祜。《萧氏九弄》命名加入了创制者，《无射商九调谱》侧重于该书内容，二者应属同书异名。所谓"胡笳第四头犯无射商"，与《琴史》所载"以引小胡笳四拍"相关，胡笳第四头"犯"无射商，涉及乐律学犯调问题，萧祜可能运用了转调手法写成《萧氏九弄》即《无射商九调谱》。

除擅长琴艺音律外，萧祜又精于书画，萧祜以处士出仕亦得益于其书法才能。《唐国史补》《唐语林》等记载了萧祜因长于书法被拔擢的逸事。《唐国史补》卷中："李实为司农卿，督责官税。萧祐居丧，输不及期，实怒。召至，租车亦至，故得不罪。会有赐与，当为谢状，尝秉笔者有故，实急乃曰：'召衣齐衰者。'祐至，立为草状。实大喜，延英面荐德宗。闻居丧礼，屈指以待。及释服，明日以处士拜拾遗。祐虽工文章，善书画，好鼓琴，其拔擢乃偶然耳。"①

萧祜又善于五言诗歌创作。《全唐诗》收萧祜《游石堂观》《奉陪相公西亭夜宴陆郎中》等诗。其五言《奉陪相公西亭夜宴陆郎中》云："宏阁陈芳宴，佳宾此会难。交逢贵日重，醉得少时欢。敛黛凝歌思，求音足笔端。一闻清佩动，珠玉夜珊珊。"（《全唐诗》卷三一八）诗歌生动优美，清新质朴。

① （唐）李肇：《唐国史补》，上海古籍出版社 1979 年版，第 35 页。

一〇 段成式《觱篥格》

“《觱栗格》三卷”，不著撰者。著录于《通志・艺文略》“管弦”部分，又见录于《通志・图谱略》。与《觱栗格》同属《通志・图谱略》的还有《离骚谱》《琴指图》《乐律图》等，则《觱篥格》应该是带有图说的“图书”。重编《说郛》本卷一百收题为唐段成式所撰《觱篥格》一卷。

觱篥，史籍中又作“筚篥”“觱栗”“悲栗”等，是一种来自西北民族的吹管乐器，其音高而悲凉。《通典》卷一四四《乐四》“竹八”：“筚篥，本名悲篥，出于胡中，声悲。或云儒者相传，胡人吹角以惊马。一名笳管，以芦为首，竹为管。”[①]《乐府杂录・觱篥》：“觱篥，本龟兹国乐也。亦曰‘悲栗’，有类于笳。”[②]《乐书》卷一三〇“觱篥”条：“觱篥，一名悲篥，一名笳管，羌胡龟兹之乐也。以竹为管，以芦为首，状类胡笳而九窍。所法者，角音而已。其声悲栗，胡人吹之，以惊中国马焉……后世乐家者流，以其族宫转器，以应律管，因谱其音，为众器之首。至今鼓吹、教坊用之以为头管。”[③]觱篥也出现在许多唐代诗人的诗歌中，李颀《听安万善吹觱篥歌》：“南山截竹为觱篥，此乐本自龟兹出。流传汉地曲转奇，凉州胡人为我吹。”（《全唐诗》卷一三三）刘商《胡笳十八

① （唐）杜佑：《通典》，中华书局1984年版，第754页。

② （唐）段安节撰，亓娟莉校注：《〈乐府杂录〉校注》，上海古籍出版社2015年版，第104页。

③ （宋）陈旸：《乐书》，《四库全书》第211册，上海古籍出版社1987年版，第573页。

拍》:“龟兹觱篥愁中听,碎叶琵琶夜深怨。”(《全唐诗》卷三〇三)

段成式(803—863),字柯古,临淄(今山东淄博)人。其祖段志玄曾以千人从唐高祖征战,太宗即位,封樊国公,后改封褒国公。父段文昌为文宗时宰相,进封邹平郡公,卒赠太尉。段成式以荫为校书郎,官终太常少卿,有《酉阳杂俎》传世。子段安节历仕国子司业、吏部郎中、沂王傅等职,撰《乐府杂录》今传。方南生点校《酉阳杂俎》对段氏家世、仕履等有深入研究。①

段成式曾任唐国家音乐机关太常寺副职太常少卿,所撰《酉阳杂俎》一书载及唐代乐舞的许多方面。学者指出要了解中唐“前后唐代人关于音乐的知识范围,便离不开《酉阳杂俎》一书”。又认为“从中国音乐书写史的角度看,它的出现意味着,一种区别于经部乐书、史部乐志的书写登上了舞台。它以广阔的视野和真实的细节,反映了唐代音乐对当时社会的实际影响”。② 对该书在唐代音乐研究方面的价值给予了很高评价,段成式本传及其他史籍均不载其有《觱篥格》一书,疑此书为假托之作。作伪者假托段成式之名,看重的大概就是段成式独特的身份和音乐素养吧。

《觱篥格》一书,《说郛》既题为唐段成式所作,所记亦以唐人唐乐为主,其文字或有可采之处。今录宛委山堂本《说郛》卷一百《觱篥格》文字如下:

1. 觱篥本名悲篥。番人以角为之,后乃以笳为首,以竹为管,所法者角音,故曰角。

2. 革角,长五尺,形如竹筒,卤簿军中皆用之。或竹木,或皮。又有剥杨树皮卷成觱篥,以竹为管而吹之,亦有用桃皮者。

3. 南蛮多用芦叶卷吹。

4. 八音之外又有三:一桃皮。东夷有卷桃皮。似筚篥也。二贝,大蠡也。容可数升,并吹之以节乐,亦出南蛮。三叶衔,叶而啸,其声清震,橘柚尤善。或云卷芦叶为之。形如笳首也。

---

① (唐)段成式撰,方南生点校:《酉阳杂俎》,中华书局1981年版。

② 王小盾、潘玥:《从〈酉阳杂俎〉看唐代音乐》,《音乐艺术》2011年第3期。

5. 玄女请制角二十四，法雷雹声。

6. 吹角三部，有长鸣、中鸣，长鸣曼声激昂，中鸣尤更悲切。

7. 番角者，后渐用之横吹。李延年因番曲更造新声二十八解。后解唯存黄鹄、陇头、出关、入关、出塞、入塞、折杨柳、黄覃子、赤之杨、望行人十曲。

8. 教坊家有觱篥部，其吹曲破断送用之。

9. 白诗："剪削干芦插寒竹。"

10. 觱篥即今头管。

按：第9条"白诗"指白居易《小童薛阳陶吹觱篥歌》，诗云："剪削干芦插寒竹，九孔漏声五音足。近来吹者谁得名，关璀老死李衮生。衮今又老谁其嗣，薛氏乐童年十二。指点之下师授声，含嚼之间天与气。"(《全唐诗》卷四四四)

第10条云"觱篥即今头管"，隋唐以前，源出龟兹的觱篥仅是普通的夷乐乐器，自唐以来，其地位不断提升，在管乐器中变得十分重要，成为其中的"头管"。《乐书》卷一二五《胡部》："胡部之乐，虽先王所不废，其用之未尝不降于中国雅部之后也……后世以觱篥为头管，进之雅部之前，失先王所以立乐之方也。"《乐书》载觱篥其时已成为头管，与《觱篥格》所载一致，一定程度上也说明了《觱篥格》的文献价值。

文献征引方面，除《说郛》所见文字外，无唐宋人征引。就著录而言，除《通志》所载《觱栗格》外，不见于其他目录文献。两《唐书》本传及《酉阳杂俎》均未提及该书，基本可以断定是伪托之作。但如《通志》所载《觱栗格》与《说郛》本为一书，则该书最晚产生在宋代，仍具有较高研究价值。

一一 段安节《琵琶录》

《郡斋读书志》经部乐类："《琵琶故事》一卷，未详何人所撰。"①又："《乐府杂录》一卷。右唐段安节撰。记唐开国以来雅、郑之乐并其事始。"②《遂初堂书目》经部乐类：《乐府杂录》《琵琶录》。③《直斋书录解题》卷十四子部音乐类："《琵琶故事》一卷，段安节撰。"又："《乐府杂录》一卷，唐国子司业段安节撰。"④《通志》乐类"乐书"有："《乐府杂录》一卷，段安节。"又乐类"管弦"有："《琵琶录》一卷，段安节。"⑤《玉海》卷一一〇《音乐》"唐琴谱、琴书、琴声律图"条："《琵琶录》一卷，唐段安节撰。"卷一〇六"唐乐府古今题解"条："段安节《乐府杂录》一卷。"⑥

段安节，字大仪，临淄（今山东淄博）人。生年约在文宗开成初年（836）前后，卒年约与唐亡时间相同。⑦ 其祖段志玄曾以千人从唐高祖征战，太宗即

① （宋）晁公武撰，孙猛校证：《郡斋读书志校证》，上海古籍出版社 1990 年版，第 93 页。

② （宋）晁公武撰，孙猛校证：《郡斋读书志校证》，上海古籍出版社 1990 年版，第 91 页。按：始，《文献通考·经籍考》作"始末"。

③ （宋）尤袤：《遂初堂书目》，《中国历代书目丛刊》，现代出版社 1987 年版，第 1132 页。

④ （宋）陈振孙撰，徐小蛮、顾美华点校：《直斋书录解题》，上海世纪出版股份有限公司、上海古籍出版社 2015 年版，第 399、402 页。

⑤ （宋）郑樵：《通志》，中华书局 1987 年版，第 767 页。

⑥ （宋）王应麟：《玉海》，《四库全书》第 945 册，上海古籍出版社 1987 年版，第 873、795 页。

⑦ 亓娟莉：《〈乐府杂录〉著者段安节生平考略》，《咸阳师范学院学报》2016 年第 5 期。

位，封樊国公，后改封褒国公。祖父段文昌为文宗时宰相，进封邹平郡公，卒赠太尉。父段成式，以荫为校书郎，官终太常少卿，多“奇篇秘籍”，有《酉阳杂俎》传世。段安节历仕国子司业、吏部郎中、沂王傅等职。娶温庭筠女为妻，长期生活于唐长安，今传其所撰《乐府杂录》《琵琶录》。

《琵琶录》，一作《琵琶故事》（以下论述除引文外以《琵琶录》概称）。其书内容与《乐府杂录·琵琶》一节十分接近，文字叙述也大致相同，关于此二者的关系自宋以来便混淆不清。丘琼荪《燕乐探微·叙》：“所谓《琵琶录》者，又若存若亡，部分地似与《杂录》混合在一起了。”①又云：“按今本《杂录》，亦有题作《琵琶录》者。古人所引《琵琶录》之文，往往见于《杂录》中，惟时有繁简之差，究竟今本《杂录》是否为《琵琶录》，或《杂录》中有《琵琶录》羼入，则不暇深考。”②那么《乐府杂录》与《琵琶录》到底是什么关系呢？

一、《琵琶录》的成书与著录

从目录文献可以看出，《新唐书·艺文志》等北宋目录文献皆仅著录《乐府杂录》，南宋文献对《乐府杂录》《琵琶录》皆是同时载录，这是段氏《乐府杂录》和《琵琶录》在两宋目录文献中的一个突出特点。南宋及元人同时著录《琵琶录》及《乐府杂录》，显然是认为二者是两本不同的书。从宋人对《琵琶录》及《乐府杂录》并列引用现象也可以得出同样的结论。《高斋诗话》《碧鸡漫志》《云仙杂记》《乐府诗集》《寓简》《锦绣万花谷》等均有同时引用二书的文字。《碧鸡漫志》卷四、卷五分别以“《乐府杂录》云：……”的形式引用《乐府杂录》文字约五条。但卷三则有：“段安节《琵琶录》云：‘《绿腰》本录要也，乐工进曲，上令录其要者。……《琵琶录》又云……’”③《演繁露》卷二十：“段

① 丘琼荪著，隗芾辑补：《燕乐探微》，上海古籍出版社 1989 年版，第 6 页。

② 丘琼荪著，隗芾辑补：《燕乐探微》，上海古籍出版社 1989 年版，第 243 页。

③ （宋）王灼：《碧鸡漫志》，上海古籍出版社 1988 年版，第 78 页。

安节《琵琶录》云：……段安节《乐府杂录》：……”①文献中不乏在同一段话中同时引用《乐府杂录》和《琵琶录》文字的。《乐府诗集》卷八十《近代曲辞》中《乐世》题下云：

> 一曰《绿腰》。《琵琶录》曰：“《绿腰》即‘录要’也。贞元中，乐工进曲，德宗令录出要者，因以为名，后语讹为‘绿腰’。”……《乐府杂录》曰：“《绿腰》，软舞曲也。康昆仑尝于琵琶弹一曲，即新翻羽调《绿腰》也。”②

南宋目录文献对《琵琶录》与《乐府杂录》并列著录以及王灼、郭茂倩在同一本书乃至同一段话中同时引用《琵琶录》与《乐府杂录》，首先说明《琵琶录》一书在南宋时已单独刊行，且流传较广。其次反映了南宋人对二书关系的基本看法，即以《琵琶录》和《乐府杂录》为不同的两本书。因此笔者以为，论及《琵琶录》的“成书时间”，与通常所说某书的撰结时间不同，实应指其最早单独刊行和流传的时间。就目前考察来讲，这一时间最早在北宋末，距《乐府杂录》之成于唐末已有近二百年之久。宋人在同一段话中先引《琵琶录》，再引《乐府杂录·琵琶》，大约以《琵琶录》为琵琶艺术专著，似乎较《乐府杂录》更专业一些。总之，此时宋人仅以《乐府杂录》《琵琶录》为两本不同的书，尚未将二者混为一谈。

《琵琶录》中所载唐代著名艺人以“咸通中”之琵琶艺人为最晚，则其撰时最早不过晚唐懿宗咸通年间(860—874)，段安节约卒于唐亡之际，因此《琵琶录》成书则最晚在公元904年前后。无论《琵琶录》成书稍前、同时或稍后于《乐府杂录》，二者在时间上相差不过十几年，宋代目录文献特别是北宋时的几部重要目录文献应该同时载录这两部书。但从目前文献来看，事实并非如此。《崇文总目》《新唐书·艺文志》等北宋时期的目录文献皆仅言段安节撰

① (宋)程大昌:《演繁露》,《四库全书》第852册,上海古籍出版社1987年版,第170页。

② (宋)郭茂倩编撰,聂世美、仓阳卿校点:《乐府诗集》,上海古籍出版社1998年版,第853页。

《乐府杂录》,没有载及《琵琶录》或《琵琶故事》者。这一情况同样出现在五代至北宋时期的笔记杂著中。这样就容易使人产生疑问,假如《琵琶录》确为唐段安节所撰之独立于《乐府杂录》的另一本书,何以南宋前文献仅载《乐府杂录》而不载《琵琶录》?

二、《琵琶录》的流传与版本

关于《琵琶录》的流传,目前所知最早在两宋间。在同时引用《琵琶录》《乐府杂录》的宋代文献中,《高斋诗话》《碧鸡漫志》《云仙杂记》《乐府诗集》《寓简》《锦绣万花谷》等是较早的几种。题为唐冯贽的《云仙杂记》卷十摘引了《琵琶录》“蕤宾铁”一段,但后人对《云仙杂记》作者及成书时间多有怀疑,因而尚无法确定《云仙杂记》的成书时间,[①]就目前来看,曾慥《高斋诗话》可能是最早同时引用《琵琶录》《乐府杂录》的宋代文献。

曾慥,字端伯,自号至游居士。晋江(今福建泉州)人,卒于绍兴二十五年(1155)。[②] 建炎元年(1127)初任仓部员外郎,绍兴九年(1139)秦桧起为户部员外郎,十一年(1141)任太府正卿。因同秦桧等关系密切,为人所不齿。其《高斋诗话》不见于诸家著录,但《渔隐丛话》《野客丛书》《韵语阳秋》以及《诗人玉屑》等书对《高斋诗话》文字均有称引。《渔隐丛话》前集成书于绍兴年间(1131—1162)。《苕溪渔隐丛话》前集卷十六有:

> 《高斋诗话》云:“白乐天《琵琶行》云:‘曲罢曾令善才伏’,而善才姓名不见于传记,后见《琵琶录》云:‘元和中,曹保有子善才,善才有子纲,皆能琵琶,又有裴兴奴与曹同时。’《乐府杂录》云:‘纲善为运拨,兴奴长于拢捻,时人谓纲有右手,兴(奴)有左手。’

---

① 齐仕蓉:《云仙杂记校注》,西南师范大学出版社 1990 年版。余霞:《〈云仙杂记〉的主要内容及文学价值》,《重庆教育学院学报》2006 年第 4 期。

② 黄永峰:《曾慥生平考辨》,《宗教学研究》2004 年第 1 期。

乐天又有《听曹纲琵琶示重莲》诗曰：'谁能截得曹纲手，插向重莲红袖中。'"①

曾慥《高斋诗话》中将《琵琶录》《乐府杂录》同时引用，是已经将二者当作两本书对待，虽然《高斋诗话》已散佚，但从文献中对此书的称引看，《高斋诗话》不仅在当时而且对后世都产生了较大的影响。仅就上引一段话来看，《苕溪渔隐丛话》前集卷十六、《锦绣万花谷》前集卷三四、《古今事文类聚》续集卷二二等皆引《高斋诗话》此段，其次《海录碎事》《演繁露》等南宋文献中也多有引用。从引用情况看，似乎诸家皆以为《琵琶录》《乐府杂录》是不同的两种书。

南宋后期朱熹《晦庵集》卷六六"定律"条称："沈氏《笔谈》据唐人《琵琶录》，以为调琴之法，须先以管色合字定宫弦……"②《梦溪笔谈 · 乐律》记载了沈括的燕乐二十八调理论，其理论是唐乐二十八调理论的发展。然而笔者查阅发现，其"乐律"部分论及燕乐二十八调时，虽有关于以琵琶定弦的内容，但其实并未谈及段安节《琵琶录》，亦未用《琵琶录》文字。因为《琵琶录》以记录唐著名琵琶艺人及逸事为主，并无乐律、定弦等内容。依笔者愚见，《梦溪笔谈》所言应是另一本名为《琵琶谱》的书，此书为唐琵琶艺术家贺怀智所著，书中有关于琵琶定律的问题。《梦溪笔谈》卷六"乐律二"："予于金陵丞相家得唐贺怀智《琵琶谱》一册，其序云：'琵琶八十四调，内黄钟、太蔟、林钟宫声弦中弹不出，须管色定弦。其余八十一调，皆以此三调为准，更不用管色定弦。'"③因此笔者疑朱熹所引有误。但细分起来，朱熹之误又有两种可能：一种是朱熹以《琵琶录》《乐府杂录》为同一本书。《琵琶录》中并无关于二十八调的内容，而《乐府杂录》最后一部分即《别乐识五音轮二十八调图》恰是关于乐

① （宋）胡仔撰，廖德明校点：《苕溪渔隐丛话》，人民文学出版社 1981 年版，第 106 页。

② （宋）朱熹撰，徐德明、王铁校点：《晦庵先生朱文公文集》，《朱子全书》，安徽教育出版社、上海古籍出版社 2002 年版，第 3246 页。

③ 胡道静：《新校正梦溪笔谈》，上海人民出版社 2011 年版，第 51 页。

律二十八调的专门记载，而且此部分也是目前所知记载唐乐二十八调理论最详尽的唐代文献，后之研究唐乐二十八调者无不以此为重要依据。还有一种可能就是朱熹误把《琵琶谱》当作了《琵琶录》。从名称上看，《琵琶谱》与《琵琶录》较为接近，且书中的确记载了关于以琵琶定弦的乐律学有关问题，因此笔者推测，朱熹所谓《琵琶录》有可能是指《琵琶谱》而非段安节《琵琶录》。但不管出于哪种原因，都有可能令人以为朱熹所言《琵琶录》就是《乐府杂录》。朱熹此论对后世产生了较大的影响，明唐顺之《稗编》卷四一"乐六"《论沈括以管色合字定律》中，亦用《晦庵集》此段文字，使这种影响进一步扩大。①

清至近代，《琵琶录》与《乐府杂录》为同一书的观点似乎已为大多数人所接受。清凌廷堪《燕乐考原》卷一《总论》："唐段安节《琵琶录》（又名《乐府杂录》）"。②《清史稿》卷四八一《儒林二》："（凌廷堪）以隋沛公郑译五旦、七调之说为燕乐之本，又参考段安节《琵琶录》、张叔夏《词源》、《辽史·乐志》诸书，著《燕乐考原》六卷。"③如前所述，《琵琶录》中并无关于乐律的理论，而唐乐二十八调等乐律问题正是《乐府杂录》中《别乐识五音轮二十八调图》的主要内容，因此《燕乐考原》及《清史稿》中所谓"段安节《琵琶录》"等皆非指专载琵琶艺术之《琵琶录》而言，必是指包含唐乐二十八调理论的《乐府杂录》，说明清人及近代学者已以《琵琶录》与《乐府杂录》为一书了。今人王光祈所编《中国音乐史》亦有"《琵琶录》（又名《乐府杂录》）"的提法。④《中国音乐词典》解释《乐府杂录》称："宋代陈振孙《直斋书录解题》有段安节《琵琶故事》一卷，晁伯宇《续谈助》钞作《琵琶录》，实即此书。"⑤此段文字明显直接抄

---

① （明）唐顺之：《荆川稗编》，《四库全书》第953册，上海古籍出版社1987年版，第801页。

② （清）凌廷堪：《燕乐考原》，商务印书馆民国二十七年（1938），第3页。

③ 赵尔巽：《清史稿》，中华书局1976年版，第13229页。

④ 王光祈：《中国音乐史》，广西师范大学出版社2005年版，第91页。

⑤ 中国艺术研究院音乐研究所、中国音乐词典编辑部编：《中国音乐词典》，人民音乐出版社2003年版，第481页。

自钱熙祚所撰《乐府杂录》校勘跋文，但却是典型的"断章取义"（见下文）。《古代艺术辞典》中则有："《乐府杂录》，中国古代音乐著述，又名《琵琶录》，唐人段安节为补《教坊记》之不足所撰。"[①]《中国音乐词典》等作为由文艺工作者编辑的具有专业性质的音乐词典，其中的观点应颇具代表性，是今人亦以二者为一书。

尽管宋以后存在将《琵琶录》与《乐府杂录》混为一书的情况，仍有一些学者对二者的关系有不同见解。清人钱熙祚在《乐府杂录》校勘跋文中说："《直斋书录解题》有段安节《琵琶故事》一卷，晁伯宇《续谈助》抄作《琵琶录》，实即此书（指《乐府杂录》——笔者注）'乌孙公主'数条，殆好事窜取饰以别名。其字句异同处，颇资校订云。"[②]陈应时等所编《中国音乐简史》在介绍《乐府杂录》时指出，"后世常以书中记琵琶的精彩一节抽出，题为《琵琶录》"。[③] 结合笔者对《琵琶录》成书时间、著录及流传特点的考察，笔者以为钱熙祚、陈应时二家之说与事实大致相符。所谓段安节之《琵琶录》一书，应是宋人抽取《乐府杂录·琵琶》一节内容，略加整理后单独刊行的。又据宋代书籍刊印的兴盛情况，笔者以为，其单独刊印亦有可能属宋代书商趋利所为。

综合以上分析，可以对《琵琶录》的流传情况作如下概括：北宋文献仅言段安节之《乐府杂录》而不录《琵琶录》，是则《琵琶录》在北宋时期尚未单独刊行；南宋目录文献对二书同时著录、笔记杂著等对二书同时并引，证明《琵琶录》在南宋时已单独刊行，同时说明时人以二者为不同的两本书。南宋后期朱熹的观点对后世产生了较大的影响，南宋后人多以《琵琶录》及《乐府杂录》为一书。仍有一些学者认为《琵琶录》为《乐府杂录》中《琵琶》一节的单独刊行本。

从版本方面看，《乐府杂录》版本多达十数种之多，《琵琶录》的版本则仅

① 温廷宽、王鲁豫主编：《古代艺术辞典》，中国国际广播出版社1988年版，第610页。

② （唐）段安节撰，亓娟莉校注：《〈乐府杂录〉校注》，上海古籍出版社2015年版，第246页。

③ 陈应时、陈聆群主编：《中国音乐简史》，高等教育出版社2005年版，第148页。

有数种。收录《琵琶录》的宋代文献有两部，一是题为宋晁载之的《续谈助》，一是曾慥的《类说》。但学界关于《续谈助》的具体撰著时间尚无定论，因此就目前来讲，首次收录《琵琶录》的宋代文献就是曾慥所辑《类说》。[1] 目前所知《琵琶录》版本情况大致如下：(一)《类说》本。《类说》卷一三存有《琵琶录》一卷，但未署作者，这是目前所知《琵琶录》最早的版本。此本正文前有目录，主要包括琵琶的起源、曹纲左手兴奴右手、蕤宾铁、郑中丞大小忽雷、宫中胡二姐、本领带邪声、米和郎等几部分。内容虽有删减，但文字上不乏胜处。如"米和郎"条："咸通中，有米和郎，嘉荣子也。"此条《说郛》本及明清旧传本《乐府杂录》皆作"米和"，据《琵琶录》及其他文献可证此处应为"米和郎"。(二)《续谈助》本。《续谈助》本中所收《琵琶录》，虽仅存原书五条内容，但文字间有增多，可就此补正其他文献之不足。(三)宛委山堂《说郛》本。由于《说郛》在流传中产生了不同版本，因此《说郛》本《琵琶录》又主要有两种，一是涵芬楼本《说郛》卷二十所收本；一是宛委山堂本《说郛》卷一百二所收本。二者内容大致相同。

三、《琵琶录》与《乐府杂录·琵琶》文本比较

虽然自明清以来，有不少学者以《琵琶录》《乐府杂录》为同一本书，但事实上《乐府杂录》所涉及的范围远比《琵琶录》要大得多，包括了乐部、乐器、乐曲、乐律以及歌、舞、俳优等唐代乐舞的许多方面。而《琵琶录》仅相当于《乐府杂录》乐器部分《琵琶》一节的内容，因此可以这样讲，《乐府杂录》可以涵盖《琵琶录》，而《琵琶录》远不可以代称《乐府杂录》。

以下是从署名情况、章节安排与撰写方式、字数及内容等方面对《琵琶录》与《乐府杂录·琵琶》一节文本文字所作的比较。

---

① 本文所谓《琵琶录》版本既包括如《续谈助》这样仅收入部分文字的文献，也包括《类说》《香艳丛书》等基本全文收录的版本。

（一）署名情况

从署名情况看，《类说》本《琵琶录》未署作者何人，这与袁本《后志》中所载“未详何人所撰”如出一辙，其称“未详何人所撰”，说明南宋时所见本亦未署作者姓名。这些资料显示，在《琵琶录》刊布流传初期，刊印者并未题写作者姓名。其次涵本《说郛》《琵琶录》题下署名为“唐段安节，国子博士”。但是目前唐史文献中并无关于段安节曾任国子博士一职的任何记载。

国子监是唐代重要的中央文化教育机关之一，国子司业和国子博士虽同属国子监，但却是两个不同的官职。国子监长官为国子祭酒，次官为国子司业。国子司业为从四品下，国子博士则为正五品上。《大唐六典》卷二一《国子监》中载：“国子祭酒、司业之职，掌邦国儒学训导之政令。有六学焉……”而国子博士职责则是“掌教文武官三品已上及国公子孙、从二品已上曾孙之为生者。五分其经以为之业，习《周礼》……每旬前一日，则试其所习业。每岁，其生有能通两经已上求出仕者，则上于监，堪秀才、进士者亦如之”①。每举行释奠孔子等先贤仪式时，则“祭酒为初献，司业为亚献，博士为终献”②。

不难看出，国子司业和国子博士无论从品阶、职责等方面都是完全不同的。因此笔者以为，《说郛》本《琵琶录》中所谓“国子博士”可能尚待考证。

（二）章节安排与撰写方式

从章节安排看，《琵琶录》开头部分以较大篇幅引用了《风俗通》《释名》《世说新语》《古今乐录》等唐前文献以讨论琵琶乐器的起源问题，又列举了范晔等“皆善此乐”之唐前琵琶名人，这一点与段安节“以耳目所接”载录“国朝”即唐代乐府人事的宗旨不甚一致，亦与段书其他章节的构篇布局相异。

① （唐）李林甫等撰，陈仲夫点校：《唐六典》，中华书局1992年版，第559页。

② （唐）李林甫等撰，陈仲夫点校：《唐六典》，中华书局1992年版，第560页。

从段安节自序中可以看出,段安节撰写《乐府杂录》是有感而"兴"的。其所感所兴皆始于自己生活的唐代而落笔于唐之乐府兴废,即从初衷来讲,是要以己所耳闻目睹之乐府人事,记载有唐一代的乐府兴废,其意并不在记录前代乐府人事,因而不大可能以较大篇幅追溯前代器乐、人事等。

其次,乐器部分记录了包括琵琶、筝、箜篌、笙、笛、觱篥、五弦等在内的十几种乐器,每一种乐器都单独成章,载录该乐器在唐代的发展情况,兼及擅长某一乐器的唐代著名艺人姓名、事迹等,《琵琶》则是乐器部分第一篇。乐器部分的篇章结构和撰写方式有两种,一种是题下直接记载唐人事迹,不涉任何唐前旧事,如五弦、方响、击瓯、阮咸、羯鼓、拍板等。第二种是以一两句话简要介绍该乐器的起源,紧接着载录唐代情况。如《筝》:"筝者,蒙恬所造也。元和至大和……"《笛》:"笛者,羌乐也。古有《落梅花》曲。开元中……"《觱篥》:"觱篥者,本龟兹国乐也。亦曰'悲栗',有类于笳。德宗朝……"仅有《箜篌》条中字数较繁,有约五、六十字语涉前代。但以上均无引用前代文献者。

简言之,《琵琶录》开篇以较大篇幅引述唐前文献并述及前代琵琶名人轶事,与段安节《乐府杂录》旨在记录唐代乐府人事的动机不一致,在章节安排和撰写方式上亦与该书其他章节的结构相异。

(三)字数及正文内容

《乐府杂录·琵琶》部分正文约 1009 字,小字注文 6 字,共计约 1015 字。《说郛》本《乐府杂录》正文约 1384 字,小字注文 55 字,共计约 1439 字。《类说》本正文约 658 字。[①]《琵琶录》较《乐府杂录·琵琶》部分多出的记载初、盛唐琵琶艺人事迹的几段话,与《乐府杂录》其他部分所载唐代艺人在活动时间上跨度极大。为行文方便,兹将此段话摘引如下:

① 以上三种因版本不同,字数略有差异。

> 武德中，白明达、竺伯夷皆以弹琵琶至大官。贞观中，裴路儿弹琵琶始废拨用手，今所谓搊琵琶是也。白秀贞自蜀使，得琵琶以献，以沙逻檀为槽，其木温润如玉，光采可鉴，金缕虹文，蹙职成双凤。贵妃每奏于梨园，音韵凄清，飘若云外。开元中，梨园有骆供奉、贺怀智、雷海清。其器……（按：下同《乐府杂录·琵琶》）①

笔者作了一个统计，《乐府杂录》乐器部分所载唐代著名乐人中，最早的活动年代是"明皇朝"，或言开元、天宝间，包括《歌》《舞》《俳优》等部分在内，所载乐人最早的活动年代皆在开、天时，即《乐府杂录》乐器部分载录唐代乐人乐事均始于玄宗朝，玄宗后之肃、代、德至文、武、宣乃至懿宗、僖宗等历朝艺人均有涉及。即以《乐府杂录·琵琶》部分为例，其中所载乐人活动时间依次为"开元中……贞元中……武宗初……文宗朝……咸通中……"其上限亦不过"开元中"。因此笔者推测，段安节当时撰著《乐府杂录》时，心中可能有一个大致的时间界定，即记录乐人乐事最早从玄宗朝始。但《琵琶录》所载乐人活动时间则为："武德……贞观……开元……"武德（618—626）为唐开国皇帝高宗李渊年号，贞观（627—649）为第二代皇帝太宗李世民年号，也就是说其记事从初唐高祖、太宗两代皇帝时期直接跳至盛唐玄宗开元时，中间所历高宗、武后等时期寂无一人。武德、贞观时艺人，虽亦唐代琵琶名家，但与《乐府杂录》其他章节所载艺人的最早活动时间相去太远，跨度极大。结合以上分析，笔者以为有必要对这几段文字的来源加以考察。

首先"武德中，白明达"一段话与史实出入较大。据文献记载乐工白明达以作曲擅长，未见有载其善琵琶者。《隋书》卷十五《音乐志》："炀帝不解音律，略不关怀，后大制艳篇，辞极淫绮。令乐正白明达造新声，并《万岁乐》……曲掩抑摧藏，哀音断绝，帝悦之无已。"②《教坊记》："《春莺啭》。高宗

① （元）陶宗仪：《说郛》，中国书店1986年影印本，第33页。

② （唐）魏徵等：《隋书》，中华书局1973年版，第379页。

晓声律，晨坐闻莺声，命乐人白明达写之。遂有此曲。”①这样的明显错误似不应该出现在段安节笔下。

“裴路儿”一段话，笔者以为出唐人笔记杂著。《隋唐嘉话》卷中：“贞观中，弹琵琶裴洛儿始废拨用手。今俗谓‘指（搊）琵琶’是也。”②关于白秀贞献琵琶一事，《明皇杂录》有：“天宝中……有中官白秀贞，自蜀使回，得琵琶以献。其槽以逻逤檀为之，温润如玉，光辉可见，有金缕红文蹙成双凤。贵妃每抱是琵琶奏于梨园，音韵凄清，飘如云外。”③

以上几段话或因史籍无载，无法查实，或可于前人诗赋、笔记杂著中找到原型。特别是叙述唐前之琵琶故事与《艺文类聚》等类书相关章节内容非常接近。以下是笔者对《琵琶录》较《乐府杂录·琵琶》正文开头多出文字的考察结果。

表1：《琵琶录》与《风俗通》等文字对照表

《琵琶录》	原始文献	生活时代	《艺文类聚》《太平御览》
1. 琵琶法三才，象四时。	《风俗通》：“法天地人与五行也。又四弦象四时也。”	—	—
2.《风俗通》云……	《风俗通》	—	同
3.《释名》曰……	《释名》	—	同
4. 汉遣乌孙公主入蕃，念其行远思慕……	傅玄《琵琶赋》	—	同
5.《乐录》云……	《（古今）乐录》	—	—
6. 东晋谢镇	《语林》	东晋	同
7.《世说》云……	《世说》	东晋	—

① （唐）崔令钦：《教坊记》，《中国古典戏曲论著集成》，中国戏剧出版社1980年版，第18页。

② （唐）刘餗：《隋唐嘉话》，古典文学出版社1957年版，第14页。又唐韦述：《刘宾客嘉话》：“贞观中，弹琵琶裴洛儿始废拨用手，今俗为‘搊琵琶’是也。”此条又见《太平广记》卷二〇五引《国史纂异》。

③ （唐）郑处诲：《明皇杂录》，《开元天宝遗事十种》，上海古籍出版社1985年版，第37页。又见《太平御览》卷五八三；《六帖》卷六二；《太平广记》卷二〇五等。

续表

《琵琶录》	原始文献	生活时代	《艺文类聚》《太平御览》
8. 朱生善弹琵琶	傅玄《琵琶赋》	—	同
9. 白明达	不详	初唐武德	—
10. 竺伯夷	不详	初唐武德	—
11. 裴路儿事	《隋唐嘉话》	初唐贞观	—
12. 白秀真(贞)事	《明皇杂录》《谭宾录》	开元、天宝	—

综合以上分析,可以对《琵琶录》及其与《乐府杂录·琵琶》的关系作如下概括:

第一,就署名来看,"国子博士"缺乏文献支持。第二,从章节安排及撰写方式来看,《琵琶录》较《乐府杂录·琵琶》多出之唐前内容,即关于琵琶起源、形制、唐前琵琶故事等八条,皆可找到原始文献,且与《艺文类聚》《太平御览》等类书有关琵琶文字极为相近,疑为宋人直接采自类书内容。此外大量引述唐前文献并述及前代琵琶名人轶事,与段安节撰写《乐府杂录》动机不符,在章节安排和撰写方式上亦与该书其他章节的结构相异。第三,所载白明达等艺人距其他艺人活动时间相去太远,跨度极大。有可能为宋人采唐人笔记杂著后加入者,并非出于段安节之手。康有为在《新学伪经考》中曾说:"造伪的不能凭空架阁,必定抄袭真书,或割裂,或变换,或凑缀,使读者不疑。"①这段话对我们认识《琵琶录》的成书也是非常有用的。

四、《琵琶录》两种

《类说》本、《说郛》(涵芬楼)二本《琵琶录》,文字互有不同,与《乐府杂录·琵琶》部分内容亦略异,今存录以备再考。

---

① (清)康有为:《新学伪经考》,上海古籍出版社1956年版,第32页。

琵琶录

《类说》本

琵琶,法三才,象四时。本胡中马上所鼓。推手前曰“琵”,却手后曰“琶”。汉遣乌孙公主,念其行道思慕,使知音马上奏琵琶以慰之。

曹纲右手兴奴左手

元和中,有王芬、曹保,保子善才,保孙纲,皆习琵琶。裴兴奴与曹同时,纲善为连拨,不事提弦,兴奴长于拢捻。时人谓“曹纲有右手,兴奴有左手”。

蕤宾铁

乐工廉郊师于曹纲。纲曰:“教授人多矣,未有此性灵弟子也。”郊尝池上弹蕤宾调,忽闻芰荷间有物跳跃出岸,乃方响一片,有知者识是蕤宾铁也。指拨精妙,致律吕相应,物类相感耳。

郑中丞大、小忽雷

文宗朝,有内人郑中丞,胡琴。内库有二琵琶,号大、小忽雷。旧吏梁厚本在昭应别墅垂钓之际,忽见一物过,长五、六尺许,以锦缠之。令家僮接得就岸,即秘器也。发视,乃一女郎。妆貌俨然,中系其颈,鼻有余息。将养经旬,曰是内弟子。厚本纳为妻。言琵琶因提头脱,送南赵家料理。值训注之乱,人莫知之。厚本购得之,夜分方敢轻弹,后遇良辰,花下酒酣,即弹数曲。有黄门过曰:“此郑中丞琵琶声也。”翌日,达上,文宗追悔,至是惊喜,使宣召赦厚本罪,任从匹偶。

宫中胡二姐

有白秀才纳一妓,乃宫娃。忽唱新声,白惊,遂不复唱。后游灵武,李灵曜尚书席上,有客唱《河满子》,四座称妙。白曰:某有妓,声调殊异于此。召至,则淡服闲雅,品调激越。客曰:“莫是宫中胡二姐否?”胡曰:“莫是梨园骆供奉乎?”相对泣下。

本领带邪声

贞元中,康昆仑琵琶第一手。两市祈雨,因斗乐声。昆仑登街东绿楼,弹一曲新翻羽调《绿腰》。注云:“《绿腰》,即《录要》是也。本自乐工进曲,上令录出要者。”必谓街西无敌,曲罢,西市楼出一女郎,抱乐器云:“我亦弹此曲,兼移在枫香调中。”乃下拨声如雷,妙绝如神。昆仑拜,谓为师。女郎更衣出,乃僧善本,俗姓段。翌日,德宗召入,令教昆仑。段师曰:“请弹一曲。”段曰:“本领何杂?兼带邪声。”昆仑曰:“段师神人也,臣少学邻家女巫,授一品弦,后易数师。”段曰:“且遣昆仑不近乐器十余年,忘其本态。然后可教。”诏许之,后果尽传师之技也。

米和郎

咸通中,有米和郎,嘉荣子也。田从道,尤妙。后有王连儿。

琵　琶　录

《说郛》本

唐段安节　国子博士

琵琶法三才,象四时。《风俗通》云:“琵琶,近代乐家作,不知所起。长三尺五寸,法天地人也。四弦象四时也。”《释名》曰:“琵琶,本胡中马上所鼓,推手前曰‘琵’,引手却曰‘琶’,因以为名。”汉遣乌孙公主入蕃,念其行远,思慕本朝,使知名者马上奏琵琶。有直项、曲项者,盖便于关轴也。《乐录》云:“琵琶本出于弦鼗。而杜挚以为秦之末,苦于长城之役。百姓弦鼓而歌之。”古曲《陌上桑间》。范晔、石苞、谢奕、孙放、孔伟、阮咸,皆善此乐。东晋谢镇西在大市楼上弹琵琶,作《大道》之曲,《世说》云:“谢仁祖比在牖下弹琵琶,有天际之意。”又朱生善弹琵琶,虽伯牙之妙无以加焉。武德中,白明远、竺伯夷皆以弹琵琶至大官。贞观中,裴路儿弹琵琶始废拨用手,今所谓"搊琵琶"是也。白秀真自蜀使,得琵琶以献。以逊逻檀为槽,其木温润如玉,光采可鉴,金缕虹文,蹙之成双凤。贵妃每奏于梨园,音韵凄清,飘若云外。开元中,梨园有骆供奉、贺怀智、雷海清,其乐器或以石为槽,鹍鸡筋作弦,用铁拨弹之。安史之乱,流落于外。有举子曰白秀才(子孙显达,不书其名),寓止京师。偶值宫娃弟子出在民间,白即纳一妓焉。跨驴之洛,其夜风清月朗,是丽人忽唱新声,白惊,遂不复唱。逾年,因游灵武,李灵曜尚书广场设筵,白预坐末,广张妓乐。至有唱《何满子》者,四坐倾听,俱称绝妙。白曰:"某有伎人,声调殊异于此。"便召至。短髻薄妆,态度闲雅。发问曰:"适唱何曲?"曰:"何满子。"遂品调举袂,发声清亮激昂,诸乐不能逐。部中有一面琵琶,声韵高下,拢捻揭掩,节拍无差。遂问曰:"莫是宫中胡二姊否?"胡复问曰:"莫是梨园骆供奉否?"二人相对泣澜,欷歔不已。

建中中,有康昆仑称第一手。始遇长安大旱,诏两市祈雨,及至天门街,市人广较胜负及斗声乐。街东市则有康昆仑,琵琶最工,必谓街西无敌也,遂请昆仑登彩楼弹一曲新翻羽调《绿要》。(《绿腰》是也。本自乐工进上,盖花曲中录出要者,乃以为名,误称为"幺")至街西,豪候阅乐,东市稍诮之,亦于彩楼上出女郎,抱乐器,先云:"我亦弹是曲,兼移于风香调中。"及下拨,声如雷,其妙绝入神。昆仑惊愕,乃拜为师。女郎遂更衣出见,乃庄严寺僧善本(俗姓段)也。翌日,德宗召入内,令教昆仑。段师奏曰:"且请令弹一调。"及弹,师曰:"本领何杂?兼带邪声。"昆仑惊曰:"师神人也,少年初学艺时,偶于邻家女巫处授一品弦调。后乃屡易数师之艺。今段师精识,如此玄妙也。"段师奏曰:"且遣昆仑不近乐器十年,候忘其本态,然后可教。"诏许之,后果尽段师之艺。

元和中，有王芬、曹保，之子善才，其孙曹纲，皆精其艺。次有裴兴奴与曹通时，纲善运拨若风雨，然不事捏弦；兴奴则善于拢捻，指拨稍软。时人谓："纲有右手，兴奴有左手。"

武帝初，朱崖李太尉有乐人廉郊者，师于曹纲，尽纲之能。纲尝谓其流云："教授人多矣，未尝有此性灵子弟也。"郊尝诣平原别墅，于池上弹蕤宾调，忽有一片方铁跃出，有识者谓之蕤宾铁。盖是指拨精妙，律吕相应耳。

安节门下有乐吏杨志，善能琵琶，其姑尤更妙绝，本宣徽子弟。后出宫，于永穆观中住。自惜其艺，常畏人闻，每至夜深方弹，志善恳其教授，终不允。且曰："吾誓死不传人。"杨乃赂其观主，求寄宿于观，窃听姑弹弄，仍以自系脂皮鞓带，以指画带，记其节奏，遂得一两曲调。明日，诣姑弹之，姑大惊异。杨即实陈其事，姑意方回，乃尽传其能。

文宗朝有内人郑中丞（中丞，当时官人官也），善胡琴。内库有琵琶二面，号大忽雷、小忽雷。因为题头脱损，送在崇仁坊南赵家料理，大约造乐器悉在此坊，其中有二赵家最妙。时有权相旧吏梁厚本，有别墅在昭应县之西南，西临河渭。垂钓之际，忽见一物流过，长五、七尺许，上以锦缠之，令家童接得就岸，乃秘器也。及发开，视之，乃一女郎。妆色俨然，以罗巾系其颈，遂解其巾，伺之，口鼻之间尚有余息。即移入室中，养经旬，方能言语，云："我内弟子郑中丞也，昨因忤旨，令内人缢杀，投内河中，锦即是弟子临刑相赠耳。"及如故，即垂泣感谢厚本，厚本无妻，即纳为室。自言善琵琶，其琵琶今在南赵家修理，恰值训注之事，人莫有知者。厚本因赂其乐器匠，购得之。至夜分方敢轻弹，后值良辰，饮于花下，酒酣，不觉朗弹数曲。是时，有黄门放鹞子过，于墙外听之，曰："此是郑中丞琵琶声也。"窃窥，识之。翌日，达上听，上始尝追悔,至是惊喜,遣中使宣召。问其由来,乃舍厚本罪。任从匹偶,仍加锡赉焉。

咸通中,有米和郎(即米荣嘉子也,最善唱歌),田从道。后有王连儿,连儿名金。

一二　佚名《琴集》

《秘书省续编到四库阙书目》乐类:"《琴集》三卷,阙。"①此书两《唐书》之《经籍志》《艺文志》等目录文献均未著录,但宋人对《琴集》一书多有引用。郭茂倩《乐府诗集·琴曲歌辞》对《琴集》特为倚重,全书征引达 19 条之多。其后曹勋《松隐集》、吴曾《能改斋漫录》、王应麟《玉海》等宋代文献对该书亦有引用。

吉联抗曾以《乐府诗集》为据辑录整理了《琴集》部分佚文,②今重新辑补整理如下:

1.(《琴集》曰)胡笳《明君四弄》有上舞、下舞、上间弦、下间弦。《明君》三百余弄,其善者四焉。又胡笳《明君别》五弄:《辞汉》《跨鞍》《望乡》《奔云》《入林》是也。(《诗集》卷 29)

2.(《琴集》曰)《白雪》,师旷所作,商调曲也。(《诗集》卷 57,又见《天中记》卷 43)

3.(《琴集》曰)《禹上会稽》,夏禹东巡狩所作也。(《诗集》卷 57)

4.(《琴集》曰)《箕子吟》,箕子自作也。(《诗集》卷 57)

---

① 《秘书省续编到四库阙书目》,《中国历代书目丛刊》,现代出版社 1987 年版,第 256 页。

② 吉联抗:《古乐书佚文辑注》,人民音乐出版社 1990 年版,第 81—85 页。

5.(《琴集》曰)《武王伐纣》,武王自作也。(《诗集》卷57)

6.(《琴集》曰)《伤殷操》,微子所作也。(《诗集》卷57)

7.(《琴集》曰)《凤凰来仪》,成王所作。(《诗集》卷57,又见《玉海》卷110)

8.(《琴集》曰)《采薇操》,伯夷所作也。(《诗集》卷57)

9.(《琴集》曰)《士失志操》,介子推所作也。一曰《龙蛇歌》。(《诗集》卷57)

10.(《琴集》曰)《幽兰操》,孔子所作也。(《诗集》卷58)

11.(《琴集》曰)《独处吟》《流澌咽》《双燕离》《处女吟》四曲,其词俱亡。(《诗集》卷58)

12.(《琴集》曰)楚樊姬作《列女引》。(《诗集》卷58)

13.(《琴集》有)《力拔山操》,项羽所作也。近世又有《虞美人》曲,亦出于此。(《诗集》卷58)

14.(《琴集》曰)《采芝操》,四皓所作也。(《诗集》卷58)

15.(《琴集》曰)五弄:《游春》《渌水》《幽居》《坐愁》《秋思》。并宫调,蔡邕所作也。(《诗集》卷59)

16.(《琴集》曰)《大胡笳十八拍》《小胡笳十九拍》,并蔡琰作。(《诗集》卷59,又《能改斋漫录》卷5,《说略》卷11)

17.(《琴集》曰)《三峡流泉》,晋阮咸所作也。(《诗集》卷60,又见《松隐集》卷2)

18.(《琴集》曰)《风入松》,晋嵇康所作也。(《诗集》卷60)

19.(《琴集》曰)司马相如客临邛,富人卓王孙有女文君新寡,窃于壁间见之。相如以琴心挑之,为《琴歌》二章。(《诗集》卷60)

就佚文看,《琴集》记载琴曲名称,其下主要记录该曲的创制者,偶有记载其本事缘起,如《乐府诗集》卷六十对《琴歌》的解题,记载司马相如及文君故事。曹勋《松隐集》卷六《箕山操》条:“《琴集》有名无辞。今补而广之,庶乎后之览者可以彷佛前人之心云。”①《松隐集》引文释琴曲《箕山操》，或是《琴集》中亦有此条。又云该书“有名无辞”，应是书中仅记录其曲题缘起，即以琴曲解题为主，并不记载歌辞，故曹勋才有“补而广之”以使后人明其意旨所在。《琴集》被引用主要在宋朝，宋前未见著录、征引，综合以上文献看，《琴集》一书很可能是唐五代琴学论著，大约在宋末亡佚。

① （宋）曹勋：《松隐集》，《四库全书》第407册，上海古籍出版社1987年版，第865页。

一三　佚名《琴歷》

《琴歷》不见载于目录文献，但《初学记》《乐府诗集》均有引用，故该书存在是确定无疑的。

一、《琴歷》佚文辑录

清人王谟曾据《太平御览》等辑录《琴歷》佚文，并收入《汉魏遗书钞》，吉联抗据《乐府诗集》辑录《琴歷》佚文2条①，今补充新辑佚文，整理如下：

1. 河间杂歌二十一章（《琴歷》曰）：琴曲有《蔡氏五弄》《双凤》《离鸾》《归风送远》《幽兰》《白雪》《长清》《短清》《长侧》《短侧》《清调》②《大游》《小游》《昭君》《胡笳》《广陵散》《白鱼叹》《楚妃叹》《风入松》《乌夜啼》（原注：宋临川王义庆为江州刺史，为文帝所征，家人大惧，妓妾夜闻乌啼，忧思而成曲）《楚明光》《石上流泉》《临汝侯》《子安之》《流澌涸》《双燕离》《阳春弄》《说人弄》《连珠弄》《中揮清》《畅志清》《蟖行清》《看客清》《便僻清》《婉转清》。

---

① 吉联抗：《古乐书佚文辑注》，人民音乐出版社1990年版，第85页。

② 按："清调"下，《御览》卷五八七、《白孔六帖》卷六二引文有"瑟调"二字。

(《初学记》卷16)[①]

按:此条又见《太平御览》卷五八七、《白孔六帖》卷六二及《记纂渊海》卷七八二,但文字略有不同。

2.《独处吟》《流澌咽》《双燕离》《处女吟》,(《琴歷》曰)河间新歌二十一章,此其四曲也。(《诗集》卷58)[②]

3.(《琴歷》曰)琴曲有《蔡氏五弄》。(《诗集》卷59)

4.(《琴歷》云)(相如传以琴心挑卓文君)即今《渌绮曲》。(《笺注评点李长吉歌诗》卷1)

5.(《琴歷》云)蔡邕有《五弄》《游春》《绿水》《幽居》《坐愁》《秋思》。邕入青溪访鬼谷,南曲有涧焉,水冬夏不竭,常绿,故作《绿水词》。(《笺注评点李长吉歌诗》卷4)

6.(《琴歷》云)琴曲有《蔡氏五弄》《游春》《渌水》《幽居》《坐愁》《秋思》,并宫调也。蔡邕雅好琴道,嘉平初,入清溪访鬼谷先生。所居山有五曲,一曲制一弄,山之东曲常有仙人游,故作《游春弄》。南曲有涧,冬夏常渌,故作《渌水弄》。中曲即鬼谷子所居,深邃岑寂,故作《幽居弄》。北曲高岩,猿鸟所集,故作《坐愁弄》。西曲灌木吟秋,故作《秋思弄》。曲成,出示马融、王子师辈,甚异之。(《古乐苑》卷31)

按:佚文第1条、第3条、第5条、第6条内容相近,文字或详或略,今并存以待进一步考察。从佚文内容看,《琴歷》以记录琴曲题名为主,或属琴曲解题类文献。若与《琴集》相较,《琴集》以记录琴曲创制者为主,而《琴歷》记载琴曲名称,并不及创制者。

---

① 按:"婉转清"下有"事对防心"四字,未详何意。《初学记》,中华书局2004年版,第383页。

② "《琴歷》曰"上有:"《琴集》曰:'《独处吟》《流澌咽》《双燕离》《处女吟》四曲,其词俱亡。'"

此书文字最早见于《初学记》,[①]且唐前无著录亦无征引,就此特征而言,其成书极有可能在隋至初唐时期。除《乐府诗集》外,杨慎《升庵集》卷四四、《古乐苑》卷三一亦引《琴歷》文字,但从文字来看,转引的可能极大,疑《琴歷》一书或于宋以后亡佚。

二、《琴歷》《琴集》与《琴歷头簿》《琴集歷头拍簿》的关系

《琴歷》《琴集》书名相近,同为解题类琴学著作,且书名与隋志、两唐志之《琴歷头簿》《琴集歷(曆)头拍簿》似有全称、简称之关联,几书关系颇令人疑惑,学界对此亦有争议。

(一)《琴歷》与《琴集》的关系

就学界争议的《琴歷》与《琴集》关系问题,本文以为,二者显非一书,之所以做出这样的判断,基于以下理据:

《乐府诗集·琴曲歌辞》解题两次同时征引《琴集》与《琴歷》:

> 《琴集》曰:《独处吟》《流澌咽》《双燕离》《处女吟》四曲,其词俱亡。《琴歷》曰:河间新歌二十一章,此其四曲也。(卷58《双燕离》解题)

> 《琴歷》曰:琴曲有《蔡氏五弄》。《琴集》曰:五弄,《游春》《渌水》《幽居》《坐愁》《秋思》。并宫调,蔡邕所作也。(卷59《蔡氏五弄》解题)

郭茂倩在解释同一诗题时同时征引《琴集》《琴歷》,足以说明二者为两种

① 按:《北堂书钞》卷一〇九《离鸾引》下有双行小字注文:"《琴历》曰:琴曲有《蔡氏五弄》《双凤》《离鸾》等二十一章。"但其下有一"补"字,应为后人补入。故本文未予采用。

独立琴书，并非同书异名。

（二）《琴歷头簿》与《琴集歷（曆）头拍簿》的关系

《旧唐书·经籍志》有“《琴集曆头拍簿》一卷”，阙名。《新唐书·艺文志》作“《琴集歷头拍簿》一卷”。① 但从著录方式、卷数来看，两《唐书》所载当为同一书。书名中“曆”“歷”写法不同，除《旧唐书·经籍志》，史籍未见“琴曆”之说，故推测书名或当以新志所著《琴集歷头拍簿》为是。

隋志又有阙名《琴歷头簿》一卷，与《琴集歷头拍簿》等关系令人挠头。刘大杰认为《琴歷头簿》为隋人所编，《琴集歷头拍簿》为唐人所编，应是不同的两种书。② 王小盾以为两唐志所载《琴集历头拍簿》即《琴集》，该书属解题性质，今见于《乐府诗集》所引《琴集》。③ 郑祖襄则认为《琴集历头拍簿》即隋志《琴歷头簿》，又认为“历，是历来。头拍，是琴乐的第一段。推测该书是汇集了历来琴曲（应是隋以前）的‘头一拍’曲调，才叫作《琴集历头拍簿》。这样的琴谱集，特点应在于汇集各首琴乐作品具有代表性的首段曲调”④。

学者对《琴集》《琴歷》《琴歷头簿》《琴集歷（曆）头拍簿》等关系的争议大概与相关文献资料匮乏有关，此问题仍待进一步研究。

---

① （后晋）刘昫等：《旧唐书》，中华书局 1975 年版，第 1976 页。欧阳修、宋祁等：《新唐书》，中华书局 1975 年版，第 1435 页。

② 刘大杰：《再谈〈胡笳十八拍〉》，《古典文学思想源流》，上海书店 2008 年版，第 337 页。

③ 王小盾：《隋唐五代燕乐杂言歌辞研究》，中华书局 1996 年版，第 267 页。

④ 郑祖襄：《〈隋书·经籍志〉音乐书述略》，《中央音乐学院学报》2006 年第 3 期。

一四　赵惟暕《琴书》

《新唐书·艺文志》:"赵惟暕《琴书》三卷。"①《宋史·艺文志》作"赵惟简"《崇文总目》:"《琴书》三卷,唐翰林待诏赵惟暕撰。略述琴制,叙古诸典及善琴人姓名。"②《直斋书录解题》:"《琴书》三卷,唐待诏赵惟暕撰。称前进士滁州全椒尉。"③《玉海》卷一〇五《音乐》:"琴谱则又有赵惟暕、陈拙等九家而《离骚谱》附焉。"同书卷一一〇《音乐》:"《琴书》三卷,唐翰林待诏赵惟暕述制琴、律吕、上古琴名、弦法共十二篇。"④

赵惟暕其人,史籍无载。《崇文总目》载其为翰林待诏。所谓"待诏"即随时等待皇帝诏令之意,后来亦用以指奉命"待诏"之人。待诏的设置始于汉代,其时朝廷以才技征召士人,随时听候皇帝的诏令,多为弹琴、绘画等身怀技艺之士,其特别优异者待诏金马门。唐有翰林待诏,隶属翰林院。唐翰林制度始于玄宗开元年间,初创时期将文学与琴棋书画、天文方术等各类才艺之士同集翰林院。翰林职官分为学士和待诏两类,翰林学士参与中枢政务,翰林待诏以琴棋书画等伎艺供奉宫廷,一般不参与政治事务,但在特定的历史条件下,

---

① (宋)欧阳修、宋祁等:《新唐书》,中华书局 1975 年版,第 1435 页。

② (宋)王尧臣等:《崇文总目》,《中国历代书目丛刊》,现代出版社 1987 年版,第 19 页。

③ (宋)陈振孙撰,徐小蛮、顾美华点校:《直斋书录解题》,上海世纪出版股份有限公司、上海古籍出版社 2015 年版,第 400 页。

④ (宋)王应麟:《玉海》,《四库全书》第 945 册,上海古籍出版社 1987 年版,第 752、873 页。

可发挥一定的政治作用，具有潜在的政治能量。但即使职任、地位差别迥异，待诏和学士仍然“分”中有“合”，反映出同为翰林系统的相通之处。①

清人马国翰从《太平御览》辑出《琴书》佚文8条，收入《玉函山房辑佚书》，此外仍有数条佚文未被辑录，本次重新辑录整理如下：

1.（《琴书》曰）琴瑟以咏。（《乐书》卷42，卷56，卷119）

2.（《琴书》曰）昔者至人伏羲氏王天下也，仰观象于天，俯察法于地，远取诸物，近取诸身，始画八卦，削桐为琴。（《御览》卷579）

3.（又曰）自尧相传，善琴者八十余人。有八十余样，虽少有差，大体相似。皆长三尺六寸，法期之数也。上圆而敛，象天也。下方相平，法地。十三徽配十二律，余一象闰也。本五弦，宫、商、角、徵、羽也，加二弦，文武也。至后蔡邕又加二弦，象九星，在人法九窍其样有异，传于四代，所象凤首翅足尾，南方朱雀，为乐之主也。五分其身，以三为上，以二为下，三天两地之义也。上广下狭，尊卑之象也。中翅八寸，象八风，腰广四寸，象四时。轸圆象阳转而不穷也，临乐承露用枣，唇用梓，未达先贤深意也。（《御览》卷579）

4.（又曰）琴高以琴养性，初学于罗浮山，后游四海，或传禽高，非也。（《御览》卷579）

5.（又曰）舜弹五弦之琴，以歌《南风》之诗。岂唯道在思亲，志兼忧民，养万物故感之。（《御览》卷579）

6.（又曰）颍阳西北界，李氏处女年十五、六，天宝八年二月，遘疾，七月不食，魂飞冥冥，如升上景，在云雾中，于女仙人芦藕苗间，受琴《清风弄》等五十曲。天宝十五载五月，留守裴廼、御史中丞蒋列，驲骑上闻。玄宗度为女道士，赐琴三面，留内供奉。琴德弦妙，旁行

① 孙永如：《唐代的翰林待诏》，《扬州大学学报》1995年第3期。张其凡、张胜海：《20世纪以来中国关于唐宋翰林研究之综述》，《中国史研究动态》2006年第7期。王溪：《唐五代翰林待诏与翰林学士职任关系探讨》，《南都学坛》2015年第5期。

不流，所感无恒也。(《御览》卷579)

7.(又曰)师涓，纣之乐官也。善鼓琴，感驷马，嘘天仰秣。或曰，师旷传，虽二疑，即是一。(《御览》卷579)

8.(《琴书》曰)尧大德，尧弹感天神降听，俨然言和之至也。故尧制《神人畅》。(《御览》卷579)

9.(《琴书》曰)师旷，晋之乐官也。工于琴，能易寒暑，召风雨。为晋平公鼓之，感玄鹤六下舞。(《御览》卷579)

10.(《琴书》曰)伏羲氏削桐为琴(原注：自尧相传，善琴者八十余人)。(《玉海》卷101)

11.(《琴书》曰)琴本五弦，宫、商、角、徵、羽也。加二弦，文武也。后汉蔡邕又加二弦，象九星。(原注：邕本传无文，未知旧图何据)。(《玉海》卷101)

12.(《琴书》曰)邕性沈厚，雅好琴道。嘉平初，入青溪，访鬼谷先生。所居山有五曲，一曲制一弄。山之东曲常有仙人游，故作《游春》。南曲有涧，冬夏常渌，故作《渌水》。中曲即鬼谷先生旧所居也，深邃岑寂，故作《幽居》。北曲高岩，猨鸟所集，感物愁坐，故作《坐愁》。西曲灌水吟秋，故作《秋思》。三年，曲成，出示马融，甚异之。(《乐府诗集》卷59。又见《能改斋漫录》卷1、《野客丛谈》卷29)

13.(《琴书》有言曰)文王在羑里演《易》，作郁厄之辞，困于石，据于蒺藜。(宋朱震《汉上易传》)

14.(《琴书》曰)伏犧氏王天下，削桐为琴。(赵惟暕又云)琴始自伏犧。(《事物纪原》卷2)

15.(《琴书》云)舜鼓琴，黄河清。(《路史》卷45)

按：佚文第6条载天宝十五年(756)五月玄宗度女道士事，但天宝十四年十二月安史之乱爆发，天宝十五年六月，玄宗奔蜀。佚文所记有悖史实。疑句中“天宝十五载”之“五”字为衍文,原句或为“天宝十载五月”。据此条判断,赵惟暕《琴书》成书不会早于天宝年间。

较之其他琴学论著,“琴书”一词稍为特殊,既可为某一特定琴学论著名称,亦可泛指所有琴学论著。以上佚文仅以“琴书曰”等为标识,虽不能完全排除有的或是他书的简称,但就类书《太平御览》引文特点及从佚文内容看,此“琴书”应是一本特定琴学论著的名称,此《琴书》与《崇文总目》等目录文献所载亦相吻合。

《琴书大全》引《琴书》文字甚多,虽未同时载录撰者姓名,但与目录文献解题所载赵惟暕《琴书》内容亦相近,今录如下:

《琴书大全》卷三《声律下》:

> 《琴书》曰:律吕相生,仲吕蕤宾生宫,宫生夷则南吕,夷则南吕生羽,羽生太簇夹钟,太簇夹钟生徵,徵生姑洗林钟,无射大吕,姑洗林钟,无射大吕生商,商生应钟黄钟,应钟黄钟生角。仲吕蕤宾相生,声尽矣。如取之,则仲吕蕤宾上生宫,是其义也。①

《琴书大全》卷四《琴制》:

> 《琴书》云:琴材以峄阳孤桐夹石生者向阳孙技为面,梓楸为底,故《诗》云:“椅桐梓漆,爰伐琴瑟”。

《琴书大全》卷七《琴弦》:

> 《琴书》曰:宫为君,八十一丝,属土。《乐记》曰:宫乱则荒,其君骄。商为臣,七十九丝,属金。《乐记》曰:商乱则陂,其官坏。角为民,六十四丝,属木。《乐记》曰:角乱则忧,其民怨。徵为事,五十丝,属火。《乐记》曰:徵乱则哀,其事勤。羽为物,四十八丝,属水。《乐记》曰:羽乱则危,其财匮也。

① 中国艺术研究院音乐研究所、北京古琴研究会编:《琴曲及成》第五册,中华书局2010年版,第84页。以下各条分别录自第99、146、162、226、228、235、241、242、246、248、249、251、253、255、256、263、270、272页。

《琴书大全》卷八《指法》:

《琴书》曰:弹琴轮指曰蟹行,侧指曰鸾鸣。若全用甲则声干而多悲思,全用肉则声重浊而不匀。

《琴书大全》卷十一《曲调上》:

《琴书》曰:九奏,虞舜所作也。九者,阳数之极。奏者,成也。

《琴书》曰:尧时洪水滔天,浩浩怀山襄陵,下民其忧。尧乃命禹治之。禹歌曰"呜呼,洪水滔天,下民愁悲,上帝予咨,三过吾门不入,父子道衰,嗟嗟不欲烦下民。"故有《襄陵操》。

《琴书》曰:尹吉甫前妻子伯奇,后妻子伯封。后妻欲其子为嗣,言于吉甫曰:"伯奇好妾,若不信,上台观之。"其妻乃取绛除毒,置衣领间,使伯奇视而杀之。吉甫使逊伯奇,使者见袖有死蜂,以白古甫,遂放逐之。伯奇编水荷而衣之,采楟叶而食之,清朝履霜自伤:无罪见逐,父子别离。于是援琴而鼓之,歌曰"朝履霜兮采晨寒,考不明其心兮听谗言,孤恩别离兮摧肺肝,何辜皇天兮遭此愆,痛殁不同兮恩有偏,谁能顾兮知我冤。"曲终自投河而死,故有《履霜操》。

《琴书》曰:《鹿鸣》《伐檀》《驺虞》《鹊巢》《白驹》五曲,皆歌之于琴,最为古曲。

又:《琴书》曰:《霹雳引》,楚商梁作也。商梁出游九章皋之泽,张罝罘于荆山,临曲池而渔。疾风霄雹,天灾四起,霹雳下击,元鹤翔其后,白虎吟其前。叹曰:"此亡国之音也。元鹤翔者,譬如罗网欲高飞也;白虎吟者,开君悟不知归也。"于是商梁归返其室,援琴而歌,故有《霹雳引》。

《琴书》曰:伯牙者,吴人也。少不好荣华,以鼓琴为事。尝学琴于成连先生,精神寂寞,心意专一,尚未能也。成连先生曰:"吾虽传曲,未能移人之请。吾师方子春,在东海中,能与吾俱往事之否?"伯牙许之,乃赍粮随至东海,登蓬山。成连先生谓伯牙曰:"子只居此习之,吾为子迎师。"乃刺舟而去,旬时不返。伯牙喟然心悲,延颈四远,寂寞无人,惟闻海水汹涌,群鸟悲鸣。怆然感思,仰天叹曰:"先生亦应无师矣,将移我精神乎。"乃援琴而作《水仙》之操。曲终成,成连乃刺船迎之以还,伯牙遂为天下妙。

《琴书》曰:商陵牧子娶妻五年而无子,父母欲将改娶。妻闻之,中夜惊起,忽闻鹤舞,倚户而悲愤。牧子闻之,怆然而感,于是援琴而歌曰:"将乖比翼兮隔天端,山川悠远兮路漫漫,揽衾被兮食忘飧。"故有《别鹤操》。

《琴书》曰:《箜篌引》,亦曰《公无渡河引》,旧说朝鲜津卒霍里子高妻丽玉所作也。子高晨起刺船,有白首狂夫被发提壶,乱流而渡。其妻呼而止之不及,遂溺死。妻乃援箜篌而歌曰:"公无渡河,公竟渡之,公坠而死,当奈公何。"声甚悲凄,曲终亦投河而死。子高还,以语妻丽玉,丽玉伤之,乃引琴写其声,闻者莫不流涕呜咽,故曰《箜篌引》。

《琴书大全》卷十二《曲调下》:

《琴书》曰:《走马引》,樗里牧恭所作也。为父报仇,杀人亡匿。山下有天马,夜降,围其室而鸣,觉闻其声,以谓吏追,乃奔走。旦视之,乃天马迹也。因惕然大语,曰:"吾之所处将危乎。"遂荷粮出,入沂泽中,援琴而鼓之,有天马声,故作《天马引》。

一本有歌曰:"枉杀无辜兮若不平,仇雠煞兮献幽冥,惧法逃兮凿楹居,未安兮天马鸣,上苍示我兮须变停,我今徙迁兮当保宁。"

《琴书》曰:《烈女引》者,楚姬作也。楚王无子,爱幸樊姬,而后宫不得进御。樊姬内执忠厚,外示宽容,谓王曰:"王有偏施不普博之过,妾有专宠擅爱之讥,非王之福也。"王从其言,樊姬乃进众女,杜绝邪佞,以广继嗣,光佐霸业。樊姬得遂其志,乃援琴而歌,故有《烈女引》。

《琴书》曰:庄公袭莒杞,梁殖战而死。庄公还,遇其妻于路,使使者吊之。妻曰:"殖之有罪,何辱命焉?若殖死于罪,贱妾有先人之弊庐,妾不得与郊吊也。"公乃吊诸其室,成礼而去。妻叹曰:"上则无父,中则无夫,下则无子。外无所依,内无所倚,将何以立,告节岂能更生哉。"于是援琴而鼓之,哀动感天,城为之堕,曲终自投淄水而死。后人伤之,故有《杞梁妻歌》。

《琴书》曰:伯常子避仇,河滨为渔者,其妻思之而作钓竿歌,每至河侧,辄歌之,故有《钓竿行》。

《琴书》曰:上留田,地名也。北地人有父母死,不字其孤弟者,邻人之贤者作悲歌以讽其兄。因遂此地名,故曰《上留田》曲。盖汉时人也。

《琴书》曰:王子晋,字子乔。亦名乔,字子晋,周灵王太子也。生而神异,幼而好道,虽燕宫中往往不食。端默之际,累有神仙降之,虽左右之人弗知也。常好吹笙,作鸾凤之音,声贯行云。浮丘公密降其室,赐以灵药,以登嵩山数年。友人桓良遇子晋于缑山之上,谓良曰:"七月七日我当升天,可与友人会别也。"至是桓良与古人郡官登山,见子晋弃所乘马于涧下,饮龁如初。子晋乘白鹤挥手谢时人,升天而去。后传以为琴曲也。

《琴书》曰:鲁有秋胡子,娶妻五日而官于陈。五年乃归,未至家,于路傍见妇人采桑,颜色绝丽。秋胡悦之,下车乃谓曰:"力田不如逢丰年,采桑不如见贵郎,吾有金,愿以相与。"妇曰:"当采桑力田以养舅姑,妾不愿人之金。"秋胡至家,以金奉母,母使呼新妇至,乃向采桑妇也。妇人见,乃讥夫久离别家,当疾归见母,而悦路傍妇人,因东走投河而死。后人美其正洁之操,故有《秋胡行》。

《琴书》曰:《胡笳》《别胡儿》《忆胡儿》,皆蔡琰所作也。兴平中,琰没胡中,生二子。魏武与父邕有旧,遣使以金帛赎之。琰得归,与二子别,其愤怨离恋之情,皆写之于琴,故作《别胡儿》《忆胡儿》。胡笳似觱篥，以竹为管，芦为首，其声哀咽，故琰以为曲，凡十八拍。

《琴书》曰；嵇康作《广陵散》，本四十拍，不传于世。康甥袁孝尼能琴，每从康求，康靳惜之不许。后康静夜鼓琴，弹《广陵散》，孝尼窃从户外听之。至乱声小息，康疑其有人，推琴而止，出户果见孝尼，深以为恨。而孝尼止得三十三拍焉，余七拍竟不得，故有止息。

《琴书》曰：《长清》《短清》《长侧》《短侧》，皆嵇康所作也。康才高性逸，制前四弄。云："吾侧有仙声，不谢伯喈。"

又，《琴书》曰：《登陇》《望秦》《竹吟风》《哀松露》《悲汉乐》，皆唐赵耶利所作也。或云：古曲皆耶利所修，有古谱两卷，传阴阳声并行于世。

《琴书大全》等又有引自"赵惟则"语者，赵惟暕、赵惟则名字一字之差，未知是否为同一人。《琴书大全》卷十《论弹琴》：

赵惟则曰：赵师云："凡弹琴之法，必资简静，岂须独会，亦无手势鼓动，不问肉甲相和，取声温润，纯甲其声伤干，纯肉其声伤钝。凡论音韵，合阴阳，刚柔相应，声必哀切。善琴者自晓阴阳，非由学得。夫弹琴两手必须相附，如双鸾对舞，两凤同翔，取声伦比，不欲隔越。"用指之法，可具论哉。《蔡氏五弄》并是侧声，每至杀拍，皆以清杀，何者？寄清调中以弹侧声，以清杀弄，有楚音清侧声。清声雅质，若高山松风，侧声婉美，若深涧兰菊，知音者详察焉。至如《东武》《太山》，声和清侧；《幽兰》《易水》，声带吴楚。《楚明光》《白雪》，寄清调中弹楚清声；《易水》《凤归林》，寄清调中弹楚侧声；《登垄》《望秦》，寄胡笳调中弹楚侧声，《竹吟风》《哀松露》，寄胡笳中弹楚清声。如此之类实繁，自非天然，难以力取也。①

① 中国艺术研究院音乐研究所、北京古琴研究会编：《琴曲集成》，中华书局2010年版，第203页。

其中称“赵师云”,“赵师”多见于唐人对初唐琴家赵邪利的尊称,如《太平御览》引《唐书》乐志曰:“赵师,字耶利。”其下之肉甲理论等亦与赵邪利琴论相近。

一五 王大力《琴声律图》

《新唐书·艺文志》:"王大力《琴声律图》一卷。"①《崇文总目》:"《琴声律图》一卷,唐恭陵署令王大力承诏撰。图琴制度,以六十律旋宫之法次其上。前叙历引诸家律吕相生之术。阙。"钱注:"见天一阁钞本。"②《通志·图谱略》:"王大力《琴声律谱》。"就著录特点看,《琴声律图》《琴声律谱》当为一书。

王大力史籍无载,《崇文目》云其为唐恭陵署令,恭陵署隶属诸陵署,是唐太常寺八署之一。《唐六典》卷一四《太常寺》:"太常卿之职,掌邦国礼乐郊庙社稷之事,以八署分而理焉。一曰郊社,二曰太庙,三曰诸陵,四曰太乐,五曰鼓吹,六曰太医,七曰太卜,八曰廪牺。总其官属,行其政令。"③恭陵署令是恭陵署长官,《唐六典·太常寺》:"献陵、昭陵、乾陵、定陵、桥陵、恭陵,署令各一人,从五品。"④恭陵是高宗太子李弘陵墓,《旧唐书》卷八六《高宗中宗诸子·孝敬皇帝弘传》:"孝敬皇帝弘,高宗第五子也……上元二年,太子从幸合璧宫,寻薨,年二十四……谥为孝敬皇帝。其年葬于缑氏县景山之恭陵,制度一

① (宋)欧阳修、宋祁等:《新唐书》,中华书局1975年版,第1436页。

② (宋)王尧臣等:《崇文总目》,《中国历代书目丛刊》,现代出版社1987年版,第20页。

③ (唐)李林甫等撰,陈仲夫点校:《唐六典》,中华书局1992年版,第394页。

④ (唐)李林甫等撰,陈仲夫点校:《唐六典》,中华书局1992年版,第400页。

准天子之礼。”[①]葬于恭陵的太子李弘死于上元二年(675),则《琴声律图》成书不会早于上元二年,但具体撰著时间尚难以确定。王大力为国家礼乐机关太常寺官员,此与其“承诏”而作亦相一致。既是承诏而作,则此书已带有官方性质。

书名为琴声“律图”,《崇文总目》云书中“图”琴制度,郑樵又将该书归于“图谱略”类,则该书应为图、文兼具的“图书”。就《崇文总目》著录看,是书以记载古琴律法为主,包含“六十律旋宫之法”,前序又“历引诸家律吕相生之术”,所记旋宫律吕之法应具有一定的系统性。琴乐律吕及旋宫之法属比较专业的古琴理论,《琴声律图》应该是相当专业的琴乐律吕论著。

宋朱长文《琴史》卷六《志言》云:

> 如吕渭、李良辅、陈拙、赵惟谦、李约、齐嵩、王大力、陈康士之徒皆云有书,其名载于《艺文志》。然余所未睹,亦不闻其果精于琴与否。岂辞多近俚,不足以行远耶?亦不幸而不见耶?惜哉。[②]

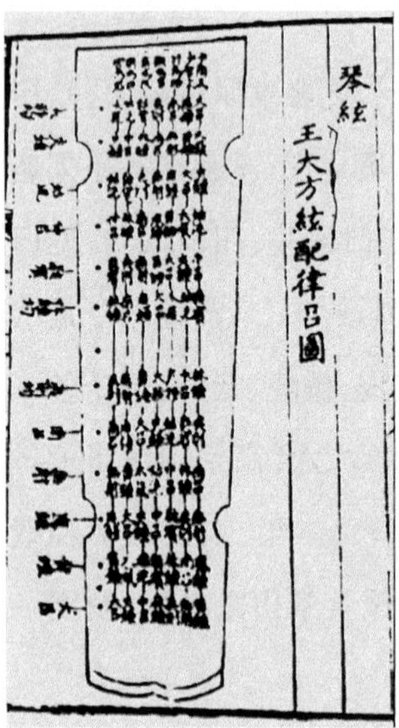

图 1

朱长文《琴史》记录诸多前代琴人及琴学论著,叹王大力等所著琴书“不足以行远”,推测该书或于宋代散佚,或是已属稀见。

《琴书大全》卷三《声律下》有《王大方琴式》一节“王大方”“王大力”一字之别,“力”“方”或属传写致讹。其云:

> 假令黄钟宫,黄钟与无射为商,与夷则为角,他仿此。
>
> 假令应钟宫,应钟与南吕为商,与林钟为角,他仿此。

① (后晋)刘昫等:《旧唐书》,中华书局 1975 年版,第 2828—2830 页。

② (宋)朱长文:《琴史》,中国书店 2018 年版,第 259 页。

右系左旋十二律立均法

每均有七调，但定一律为宫，左旋隔一即是商，又隔一即是角，又隔一变徵，次下是正徵，又隔一是羽，又间一变宫，他皆仿此。

右系右旋一律七声法。①

《琴书大全》卷七有《王大方弦配律吕图》(见图1)。②

唐王大力《琴声律图》"图琴制度"，又录六十律旋宫之法，律吕相生之术，《琴书大全》所引文字以及律吕图记述琴乐律吕，与目录文献所述《琴声律图》特征相契合。若此段文字、乐图确出自《琴声律图》，则该书或至明犹存。

① 中国艺术研究院音乐研究所、北京古琴研究会编：《琴曲集成》第五册，中华书局2010年版，第84页。

② 中国艺术研究院音乐研究所、北京古琴研究会编：《琴曲集成》第五册，中华书局2010年版，第143页。

一六　陈康士琴学论著

《新唐书》著录陈康士琴学论著四部:《新唐书·艺文志》:"陈康士《琴谱》十三卷,字安道,僖宗时人。又《琴调》四卷,《琴谱》一卷,《离骚谱》一卷。"①《玉海》卷一一〇《音乐》:"陈康士《琴谱》十三卷,又《琴调》四卷,《琴谱》一卷。"②对陈康士琴学论著著录最为详细的是《崇文总目》:

《琴谱》十三卷,唐陈康士撰。按,康士作琴曲一百章,谱十三卷。宫调二十章,商调十章,角调五章,徵调七章,琴调五章,黄钟十章,离忧七章,沉湘七章,侧蜀七章,缦角七章,玉女五章,其谱散亡。今书旧目有《琴调》六卷,《琴谱》一卷,残缺无首尾。所载乃楚、角、宫、黄钟、侧蜀、琴调数篇,余皆亡。阙。钱按:见天一阁钞本。

《琴谱叙》一卷,陈康士等撰。康士,字安道,以善琴知名。尝撰琴曲百篇,谱十三卷,进士姜阮、皮日休皆为序,以述其能。康士谱今别行。

《琴调》四卷,陈康士撰。楚调五章,黄钟调二十章,侧蜀、瑟调皆一章。阙。(注:见天一阁钞本)

《琴调谱》一卷。

---

① (宋)欧阳修、宋祁等:《新唐书》,中华书局1975年版,第1436页。

② (宋)王应麟:《玉海》,《四库全书》第945册,上海古籍出版社1987年版,第873页。

> 《离骚谱》一卷，陈康士撰。依《离骚》以次声。阙。钱注：见天一阁钞本。①

比对诸家所载，《新唐书·艺文志》及《崇文总目》对陈康士四部琴学论述著录基本一致，其后《玉海》载其三部，阙载《离骚谱》一卷。但《宋史》录其琴学论著七部，《宋史·艺文志》："陈康士《琴调》三卷，又《琴调》十七卷，《琴书正声》十卷，《琴调》十七卷，《琴谱记》一卷，《琴调谱》一卷，《楚调五章》一卷，《离骚谱》一卷。"②考虑到《宋史》成书较晚及著录特点，本文论述以北宋《新唐书·艺文志》及《崇文总目》所载为主。

《通志·图谱略》："陈康士《琴谱》《离骚谱》。"据《通志·图谱略》特点看，《琴谱》《离骚谱》属图、文兼备的"图书"。《琴谱》十三卷北宋时已是"残缺无首尾""余皆亡"状态。《琴调》四卷、《离骚谱》一卷皆注明"阙"，但据钱注均有天一阁钞本。

陈康士，字安道，唐末僖宗时人。两《唐书》无传，以善琴知名，琴学论著众多。《琴史》有唐琴家"陈康"，据其名字、事迹看，《琴史》等所载"陈康"即陈康士。《琴史》述其生平，并录其自叙，云：

> 陈康，字安道。笃好雅琴，名闻上国。所制调弄，缀成编集。尝自叙云："余学琴虽因师启声，后乃自悟，遍寻正声。《九弄》《广陵散》、二《胡笳》，可谓古风不泯之声也。其余操曲，亦旷绝难继。自元和、长庆以来，前辈得名之士，多不明于调韵。或手达者伤于流俗，声达者患于直置；皆止师传，不从心得。余因清风秋夜，雪月松轩，伫思有年，方谐雅素。故得弦无按指之声，韵有贯水（按：贯水，《全唐文》作'黄冰'）之实。乃创调共百章，每调各有短章引韵，类诗之小序。"东岳道士梅复元授康琴法。③

---

① （宋）王尧臣等：《崇文总目》，《中国历代书目丛刊》，现代出版社1987年版，第20页。
② （元）脱脱等：《宋史》，中华书局1977年版，第5054页。
③ （宋）朱长文：《琴史》，中国书店2018年版，第201页。

《崇文总目》等皆载陈康士有《琴谱叙》,“琴谱叙”三字,文渊阁《四库全书》本《崇文总目》作“琴谱序”,应是其《琴谱》一书的叙(序)文。《崇文总目》著录其撰者为“陈康士等”,书中还包括进士姜阮、皮日休等所撰序文。《琴史》载陈康士事迹以其自叙为主,《全唐文》卷八一八录陈康士《琴调自叙》,与《琴史》所载“陈康”自叙文字基本一致。自叙可分三层解读:一是所学正声,古风不泯。“因师启声”,当是有所师承。东岳道士梅复元曾授陈康士琴法,《琴史》又载陈拙尝“学《止息》于梅复元”。① 可知陈拙、陈康士琴艺同出于道士梅复元之门。其所学“正声”包括《九弄》《广陵散》及二《胡笳》,这里的二《胡笳》应指《大胡笳》《小胡笳》二曲。这几首都是前代传下来“古风不泯”的传统琴曲。二是指出当时琴界存在的问题:自元和、长庆以来,琴人多不明调韵,皆止师传,又或伤于流俗、直置。反映了陈康士对这一时期琴乐发展的认知和总结,即这一时期很多琴人并没有真正理解古琴音乐的调韵精髓。三是说明个人创制:《琴史》所谓“所制调弄,缀成编集”,说明陈康士并非仅是承袭前人“止于师传”,而是在古琴音乐的曲调及操弄等方面有所创制,并将所制调弄缀集成册,与陈康士自述其创调百章、每调各有短章引韵一致。由此看来,陈康士在琴曲调弄方面的创制应该是数量众多,贡献较大。有学者指出日传唐筝谱《仁智要录》卷首载有“调子品”的筝调调弦方法与“弦合”“拨合”“调子”三种由浅入深的调弦小曲,其体裁与传世琴曲的“调意”颇为相似。调前“短章引韵”,源于陈康士的创造。“调子”与“引韵”的组合,与唐筝“调子品”的体例颇为相似——都是在调子前作为调弦引韵的小曲,这不会是一个巧合,二者之间相互影响不容忽视。只是“调子品”着重于调弦,弦合、拨合等几种体裁由浅入深,品类完备;陈康(士)“短章”和“调”重在引韵,主要突出其调式调性,立意与功能有所不同。② 指出了陈康士所创“短章引韵,

---

① (宋)朱长文:《琴史》,中国书店 2018 年版,第 205 页。

② 丁承运:《〈仁智要录·调子品〉与古琴“调意”之渊源与流变》,《黄钟》(武汉音乐学院学报)2019 年第 1 期。

类诗之小序”的影响。

按《崇文总目》所述,《琴谱叙》还包括进士姜阮、皮日休等所撰序文。姜、皮等为《琴谱》所撰序文国内文献已不可考,日本京都朋友书店影印江户宽文乙酉(1669)本五代僧义楚所撰《释氏六帖》卷二〇“雅乐清歌部”中“琴序九拍”条下,引皮日休序陈康士《琴谱》文字云:

> 乾符二年夏五月,自吴之上京。道出广陵,闻陈先生尽琴道,将师之。前上邽县令李拙《听陈安道琴离骚九拍歌》:“汨罗万古灵均泪,洒在湘江流怨思。琴里传来多少人,唯君泻得当时意。”又进士东叟歌:“湘江苦雨芳兰死,天地晶光拍流水。万古幽魂谁为传,因君写入孤桐里。”又进士沉(沈)峦歌:“灵桐玉匣徽瑟瑟,五音分向朱弦出。先生制弄逾古人,俗声旖尽由心律。”①

晚唐作家皮日休(834?—883?),字逸少。唐懿宗李漼咸通八年(867)进士,咸通十年(869)任苏州军事判官,后入京为官著作郎、太常博士。乾符五年(878)陷黄巢军,授翰林学士,后不知所终。据皮日休《琴序九拍》载,唐僖宗李儇乾符二年(875)五月,皮日休自吴地前往京城,于广陵闻琴道于陈康士,欲师而从之,这一记录对研究皮日休在晚唐时期的活动轨迹提供了参考。

序中又载李拙《听陈安道琴离骚九拍歌》以及进士东叟、进士沉(沈?)峦所作诗歌。其中所谓“离骚九拍歌”或即《崇文总目》等所录《离骚谱》。

《琴书大全》卷八《指法》下有《唐陈居士指法》(见图2)。②

① (五代)义楚:《释氏六帖》,(京都)朋友书店1991年版,第443页。

② 中国艺术研究院音乐研究所、北京古琴研究会编:《琴曲集成》,中华书局2010年版,第153页。

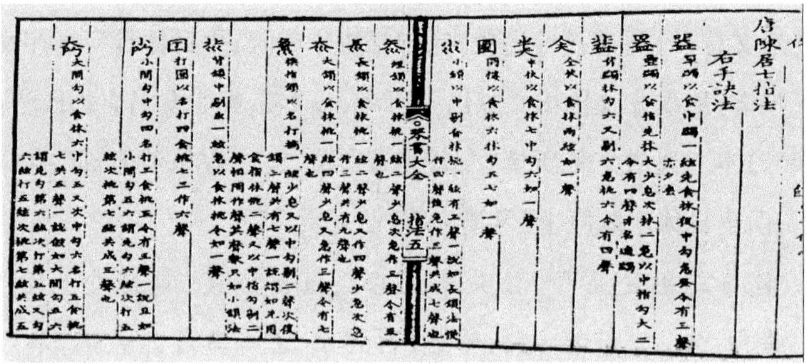

图 2

《太音大全集》卷五有《唐陈居士听声数应指法并注谱决》一节，查阜西等学者认为陈居士即陈康士，“居”字极有可能是抄写笔误所致。① “居士”一词，既可指居家修行之人，亦可是文人雅号，认为“居”为笔误似仍需更多材料支持。其中一些谱字在书写上有了进一步的减化和重新组合，与今天通用减字的状态已十分接近。

① 查阜西在《〈太音大全〉与〈琴书大全〉所集指法之时代家数辨》一文中认为：“陈居士、陈康士、陈康可能为一人，乃因字之讹脱而误为三人者也。”汪孟舒：《乌丝栏指法释》，中央音乐学院音乐研究所，1957 年，第 67 页。

一七　李冲《琴操通》

李冲《琴操通》不见于目录文献，陈旸《乐书》征引“唐李冲《琴操通》”及“唐李冲”相关文字四条。今录如下：

1.（唐李冲《琴操通》）中吕、黄钟、无射三宫之说，盖未完其本矣。① （《乐书》卷120“七弦琴”）

2.（唐李冲）所传之箫，凡二十三管，虽制作不同，亦一时之制也。（《乐书》卷147“李冲箫二十三管”。见图3）

3.（唐李冲谓）管有一定之声，弦多舒缓之变。故舍旋宫琵琶，制旋宫双管，法虽存于简易，道实究于精微矣。然大吕管通五均，则是黄钟管通七均，非也。（《乐书》卷148“双管、黄钟管”）

4. 大架所用二十四枚，应十二律倍声，唐李冲所传也。② （《乐书》卷

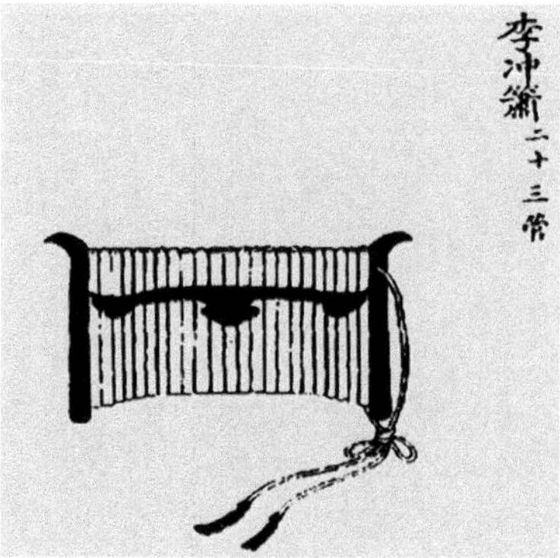

图3

① 按：疑“盖未完其本矣”六字为陈旸语。

② 按：李冲，原作“李绅”，此条又见《文献通考》卷一三五“编磬”，其中仍作“李冲”。疑《乐书》文字有误，依《文献通考》改。

136“编磬下”）

李冲其人，不见于其他史籍，无从考知其生平事迹。就书名看，《琴操通》似为琴学论著，但就佚文而言，仅《乐书》“七弦琴”条所引“中吕、黄钟、无射三宫之说”一条与琴学有关，余三条佚文分别有关箫、管、磬三种乐器，其内容不限于古琴，似以记录各种乐器为主。

《乐书》卷一四七载及“李冲箫”并配有乐器图，从这一点看，《琴操通》可能是附有图谱的“图书”。该书今存佚文凡四条，几乎皆与律吕有关，观其论议，亦颇精深，推测该书或为专业人员所撰。

除《乐书》外，《文献通考》亦存《琴操通》文字，但《文献通考》每云“陈氏《乐书》”，知其转引自陈旸《乐书》。此外，再无他书征引，推测大约于宋后亡佚。

一八　徐景安《历代乐仪》

《历代乐仪》三十卷，一名《新纂乐书》，文献中亦简称《乐仪》，唐徐景安撰。《新唐书》《崇文总目》等皆有著录。《新唐书·艺文志》："徐景安《历代乐仪》三十卷。"《崇文总目》："《历代乐仪》三十卷，唐叶律郎徐景安撰。总序律吕，起周汉，讫于唐，著唐乐章差为详悉。"①《玉海》卷一〇五《音乐》"唐《历代乐仪》、《新纂乐书》"条引《中兴书目》云："《新纂乐书》，唐协律郎徐景安撰，共三十篇。一名《历代乐仪》。自一至十述声律器谱，自十一至三十述祀乐之仪。"②

《历代乐仪》既为唐人所撰，内容又以唐代音乐为主，故其资料于唐代音乐文化研究弥足珍贵，近年来，学界亦就该书有所探讨。③ 全面辑录整理《历代乐仪》佚文，并对相关问题加以考辨，或可于唐代音乐文化研究有所补益发明。

一、徐景安与《历代乐仪》成书时间考

关于《历代乐仪》撰者徐景安，目前仅可据《崇文总目》等记载，知其为唐

① （宋）王尧臣等：《崇文总目》，《中国历代书目丛刊》，现代出版社1987年版，第18页。

② （宋）王应麟：《玉海》，《四库全书》第945册，上海古籍出版社1987年版，第764页。

③ 黄佳：《三种唐、五代音乐文献佚文辑录与研究》，《中国音乐学》2008年第1期。

协律郎。就学界研究而言,多数学者倾向于认为徐景安为盛、中唐人,其中王小盾教授以为徐景安生活年代与崔令钦、吴兢相近,大致为玄宗至穆宗时人。① 而关于此书的撰著时间,则语焉不详。岳珍教授以为《历代乐仪》成书在"安史之乱前后"。② 日本学者岸边成雄以为该书是"唐末人徐景安的《乐书》"③笔者以为,以上观点皆有值得商榷之处。

《玉海》卷一百五《音乐》引徐景安《乐书》云:

> 徐景安《乐书》:"《古今乐纂》云:'隋文帝……合为十部。'俗乐之调有七宫、七商、七角、七羽,合二十八调而无徵调(原注:裴瑾为太常主簿,作《坐立二部伎图》)。"

此段注文中提及"裴瑾"及其《坐立二部伎图》(详见本文所辑佚文第7条)。《新唐书·艺文志》"仪注类"有:"裴瑾《崇丰二陵集礼》(原注:卷亡。瑾,字封叔。光庭曾孙,元和吉州刺史。)"④裴瑾之"瑾"似当作"墐",柳宗元所撰裴墐墓志《唐故万年令裴府君墓碣》及《祭万年裴令文》《裴墐崇丰二陵集礼后序》等并作"裴墐"。裴墐曾任太常主簿、太常丞、万年令等,《唐故万年令裴府君墓碣》:

> 公讳墐,字封叔。河东闻喜人。……后参京兆军事,按覆校巡,大尹恒得以取直。为太常主簿,搜遂疑互,探抉遁隐,宿工老师不得伏匿,皆来会堂下。耆股肱,役喉喙,以集乐事,作《坐立二部伎图》。卿奇其绩,奏超以为丞。司空杜公联奉崇陵、丰陵礼仪,再以为佐……公乃撰《二陵集礼》,藏之南阁……元和十二年秋七月日,病痁泄卒。⑤

---

① 王小盾:《关于〈古今乐纂〉和音乐文献的辨伪》,《文艺研究》2008年第11期。

② 岳珍:《唐佚名〈古今乐纂〉辑考》,《华中科技大学学报》(社会科学版)2006年第6期。

③ [日]岸边成雄:《唐代音乐文献解说》,秦序译,《交响》1987年第1期。

④ (宋)欧阳修、宋祁等:《新唐书》,中华书局1975年版,第1492页。

⑤ 《柳宗元全集》,上海古籍出版社1997年版,第71页。

裴、柳皆唐河东高门著姓，世代联姻，裴墐夫人柳氏，为柳宗元二姊，故其所言相当可信。碑文载裴墐任太常主簿时撰《坐立二部伎图》，此与《玉海》引徐书注文一致，太常卿以其成绩特出，请擢为太常丞，《崇丰二陵集礼》即裴墐任太常丞间所撰。柳宗元《裴墐崇丰二陵集礼后序》云：

司空杜公，由太常相天下，连为礼仪使，择其僚以备损益，于是河东裴墐以太常丞、陇西辛秘以博士用焉。①

所谓"二陵"是德宗崇陵、顺宗丰陵的合称。德宗死于贞元二十一年(805)正月，十月葬于崇陵；顺宗死于元和元年(806)正月，七月葬于丰陵。碑志及序文所言"司空杜公"指中唐宰相杜黄裳，杜黄裳贞元末为太常卿，贞元二十年(804)入相，元和二年(807)罢相，元和三年卒。其为丞相期间担任德宗、顺宗山陵使，二帝葬礼后，有感于国恤之礼阙失，令太常丞裴墐等撰《二陵集礼》。结合墓志和序文看，裴墐任太常丞最晚在元和二年，故其任太常主簿(从七品)最晚在贞元末至元和元年，据此推测，《坐立二部伎图》大约完成于贞元末、元和初，最迟不过元和元年。

这里有一个细节顺便提一下，《旧唐书·杜黄裳传》载，杜黄裳"贞元末，为太常卿。"②贞元十九年(803)冬，时任太常卿的高郢拜相，杜黄裳继任，则杜黄裳任太常卿在贞元十九年至二十一年间，又《后序》中有杜黄裳"择其僚"之说，故碑文中赏识裴墐之"卿"可能就是时任太常卿的杜黄裳。

《玉海》卷一百五"裴墐"一段文字，上段引旧志之说，下段引刘贶《太乐令壁记》之文，每段引文之间有空格相隔。而"裴墐"句注文位于"徐景安《乐书》《古今乐纂》云"一段文字末。按常理推测，此段注文的归属只有两种可能：或是徐景安《历代乐仪》文字，或是徐景安引《古今乐纂》文字。又此段注文缀于"俗乐之调有七宫、七商、七角、七羽，合二十八调而无徵调"后，而《玉海》卷七《律吕》中引徐景安《乐书》"雅俗二部第五"中已有

① 《柳宗元全集》，上海古籍出版社1997年版，第179页。

② (后晋)刘昫等：《旧唐书》，中华书局1975年版，第3973页。

此句。故此段注文应是徐景安《乐书》注文。裴堪《坐立二部伎图》完成于贞元末、元和初，则徐书不会早于这一时期。退一步讲，假如这段注文为《古今乐纂》原注，结论亦复如是，而《历代乐仪》则要略晚于这一时间。总之，无论这段注文出自哪本书，《历代乐仪》成书皆不会早于贞元末、元和初。

《玉海》卷一百九《乐器》：

(徐景安《乐书》曰)甲丙庚壬，设编钟以应阳，乙丁辛癸，布编磬以应阴。陈十二镈钟，自子至亥，各当辰位之上，以应律节声也。植建鼓于四隅，配乾艮巽坤之位，合二十四架，象二十四气也。①

此节文字言及唐雅乐乐悬制度，《旧唐书·音乐志》《新唐书·礼乐志》所载昭宗时宰相张濬修乐与此节内容十分相近。《旧唐书·音乐志》载张濬修乐奏议云：

臣伏惟《仪礼》宫悬之制，陈镈钟二十架，当十二辰之位。甲、丙、庚、壬，各设编钟一架；乙、丁、辛、癸，各设编磬一架，合为二十架。树建鼓于四隅。当乾、坤、艮、巽之位，以象二十四气。②

徐书与旧志皆述及乐悬之编钟、编磬、镈钟、建鼓四项，仅次序略有不同，若将旧志"镈钟"二句移至"编磬"二句后，则其文字从内容到形式皆与徐书十分相近。张濬奏议虽涉及《仪礼》仪制，但其最终主张即是请依前代故事，"用二十架，从之"。即恢复至与前代相同的乐悬仪制。《新唐书·礼乐志》亦有相关记载：

至昭宗时，宰相张濬已修乐悬，乃言，旧制……乃复用二十虡。而钟虡四，以当甲丙庚壬，磬虡四，以当乙丁辛癸，与《开元礼》异，而不知其改制之时，或说以钟磬应阴阳之位，此《礼经》所不著。③

---

① (宋)王应麟:《玉海》,《四库全书》第945册,上海古籍出版社1987年版,第862页。

② (后晋)刘昫等:《旧唐书》,中华书局1975年版,第1083页。

③ (宋)欧阳修、宋祁等:《新唐书》,中华书局1975年版,第463页。

《玉海》卷一百九《乐器》“唐乐悬”引用新志此节文字有注文：

> 昭宗时，张濬修乐县，言旧制太清宫……乃复用二十虡（原注：徐景安《乐书》引《开元礼》与《志》同）。①

《玉海》引新志文字述张濬修乐，亦提及徐景安《乐书》文字，这不能不使我们再次审视徐书文字与张濬修乐的关系。

两唐书所载张濬修订雅乐之编钟、编磬及建鼓位置、数量与徐书基本一致。新志云张濬修乐推行的“钟虡四，以当甲丙庚壬，磬虡四，以当乙丁辛癸，与《开元礼》异”，而这一点恰与徐书所载“甲丙庚壬，设编钟以应阳，乙丁辛癸，布编磬以应阴”相同。新志言“不知其改制之时”，说明这一与《开元礼》相异的仪制有可能在张濬改制前就已实施，张濬修乐时又进一步明确了这一仪制。

此外，徐景安《乐书》是目前所知第一位记载唐乐二十八调理论的人，唐段安节所撰《乐府杂录》亦载及二十八调，该书《别乐识五音轮二十八调图》一节载，“其徵音有其声，无其调”②，所述与徐书相关理论一致。而段安节《乐府杂录》成书于昭宗时期，这其中或许有某种巧合，但个人认为这种巧合背后存在这样一种内在联系：唐乐二十八调理论经过长时间探索，大约于中晚唐时期逐渐定型，成书略早于或正在昭宗时期的《历代乐仪》以及成书于昭宗时期的《乐府杂录》同时记载了唐乐二十八调理论。

徐书所载乐悬制度与张濬修乐内容一致，而张濬修乐是在昭宗时期，同是载及二十八调的唐人，段安节《乐府杂录》亦成书于昭宗时期。综合以上分析，本文以为徐景安应为中晚唐人，其活动时间与段安节相近，大约在宪宗至昭宗时期。《历代乐仪》成书最早在贞元末、元和初，最晚在昭宗时期。

---

① （宋）王应麟：《玉海》，《四库全书》第945册，上海古籍出版社1987年版，第851页。

② （清）段安节撰，亓娟莉校注：《乐府杂录》，上海古籍出版社2015年版，第155页。

二、《历代乐仪》佚文辑考

（一）《玉海》所存佚文辑录

《玉海》是目前所知保存《历代乐仪》文字最多的文献。《四库提要》谓是书“故胪列条目，率巨典鸿章，其采录故实亦皆吉祥善事……其贯串奥博，唐宋诸大类书未有能过之者”①。《玉海》卷一百五引《中兴书目》保留了该书的内容章次，今据《玉海》整理如下：

（一至十述声律器谱）

卷一、律吕相生　卷六、八部乐器

卷二、声音成乐　卷七、歌舞服饰

卷三、五音旋宫　卷八、四县设乐

卷四、历代乐名　卷九、祀祭乐节

卷五、雅俗二部　卷十、乐章文谱

（十一至三十述祀乐之仪）

卷十一、郊天雅乐仪　卷二十一、祀风师

卷十二、祀昊天上帝　卷二十二、祀雨师

卷十三、大享明堂　卷二十三、祭皇帝祇

卷十四、祀青帝②卷二十四、祭神州

卷十五、赤帝　卷二十五、祭社稷

① （清）永瑢等：《四库全书总目》，中华书局2003年版，第1151页。

② 按：据本卷名“祀青帝”称推测，以下六卷即卷十五——卷二十卷名“赤帝”“黄帝”“白帝”“黑帝”“朝日”“夕月”上亦当有“祀”字。

卷十六、黄帝　卷二十六、享宗庙

卷十七、白帝　卷二十七、释奠文宣王

卷十八、黑帝　卷二十八、武成王[①]

卷十九、朝日　卷二十九、正至朝贺

卷二十、夕月　卷三十、临轩册命

《玉海》引文时有标列徐书章目者，如卷七《律吕》下引文有“徐景安《乐书》五音旋宫第三”，故其所述文字于《历代乐仪》中的章次极为清晰。但有时仅言“徐景安《乐书》曰”，其引文于徐书中的章次归属则颇费斟酌。本次辑录，后一种引文亦尝试根据其文字内容及其在《玉海》中所属门、类等综合考量，纳入徐书相关章节下。以下为本次所辑轶文及其所属卷次、章目：

卷三　“五音旋宫”（1条）：

1.（徐景安《乐书》）[②]五音旋宫第三：五音者，宫、商、角、徵、羽也。旋宫者，律生十二声也。……言旋宫之法，以律经辰，互生七音，各为纲纪，故五音以宫声为首，律吕以黄钟为元。言一律五音，伦比无间，加之二变，义若循环。故曰一宫、二商、三角、四变徵、五徵、六羽、七变宫，其声从浊至清为一均。《古今乐纂》演七声之法，以宫、商、角、徵、羽为自然五音之声，以变徵之声，用变之一字，以变宫之声为七字者，误也。凡宫为上平声，商为下平，角为入，徵为上，羽为去声。故以变宫为均字者，声乃相类也。《周礼》大司乐掌成均之法，郑玄云：均，调也。乐师主调其音声，大司乐主受此成事，已调之乐，是以旋宫五音，循比七律，谓一均声也。（卷7《律历·律吕》，又见

① 按：据上卷卷名“释奠文宣王”推测，本卷名称“武成王”上，亦当有“释奠”二字。

② 按：为保证辑录的完整性及科学性，保留佚文前“徐景安《乐书》”一类标志性文字并放入括号中以区别于徐书佚文。佚文末括号内为佚文在源出文献中的卷次，如第1条佚文源出《玉海》卷七《律历·律吕》。以下佚文同。

《困学纪闻》卷8)①

卷四“历代乐名”(4条):

2. 历代乐名第四:唐乐以十二律,各顺其月,旋相为宫。(卷7《律历·律吕》)

3. (徐景安《乐书》曰)《南风》《卿云》,谓舜之歌也,《唐歌》,谓帝喾之歌也,《晨露》,汤之歌也。(卷29《圣文·御制诗歌》)

4. (徐景安《乐书》曰)《山海经》云:帝俊八子,是始为歌,故歌有八阕、九序,敬天常,达帝功也。(卷106《音乐·乐章》)

5. (徐景安《乐书》)太宗之室曰“崇德”,即“七德”也。(卷107《律历·律吕》)

按:《玉海》卷七《律历·律吕》“唐六朝乐舞”条载及唐六朝庙乐,此条为“太宗曰《崇德》”句注文。

卷五“雅俗二部”(2条):

6. 雅俗二部第五:雅乐均调法,著旋宫一律,五音相生,二变起自黄钟为始,循于仲吕为终。十二律总十二均,音六十声,成八十四调。皆京房参定,荀勖推成。俗乐调有七宫、七商、七角、七羽,合二十八调而无徵调。(卷7《律历·律吕》)

7. (徐景安《乐书》:《古今乐纂》云)隋文帝分九部伎乐,以汉乐坐部为首,外以陈国乐舞《后庭花》也。西凉与清乐并,龟兹、五天竺国之乐并,合佛曲、池(法)曲也。石国、百济、南蛮、东夷之乐,皆合野音之曲,胡旋之舞也。唐分九部伎乐,以汉部燕乐为首,外次以清乐、西凉、天竺、高丽、龟兹、安国、疏勒、高昌、康国合为十部。俗乐之调有七宫、七商、七角、七羽,合二十八调而无徵调(原注:裴瑾为太

---

① 按:部分佚文又见于王应麟《困学纪闻》等文献,若佚文内容与《玉海》相同,一般仅注明于《困学纪闻》等文献中的卷次,不再重复辑录。

常主簿，作坐立二部伎图）。（卷105《音乐·乐三》）

按：陈旸《乐书》卷一五九《乐图论》："炀帝分为九部，以汉乐坐部为首，外以陈国乐舞《玉树后庭花》也。西凉与清乐并，龟兹、五天竺国之乐并，合佛曲、法曲也。安国、百济、南蛮、东夷之乐，并合野音之曲，胡旋之舞也。……唐分九部伎乐，以汉部燕乐为首，外以清乐、西凉、天竺、高丽、龟兹、安国、疏勒、高昌、康国合为十部也。"①陈书虽未言此段文字引自徐景安书，但陈书对《历代乐仪》文字亦有征引，且此段文字与《玉海》引文字极为接近，疑亦出《历代乐仪》。②

卷六"八部乐器"（5条）：

8.（徐景安《乐书》曰）舜乐为箫韶九成，凤皇来仪，故制凤箫、洞箫以彰德也。（卷110《音乐·乐器》）

9.（徐景安《乐书》曰）镈钟，律钟也。（卷109《音乐·乐器》）

10.（徐景安《乐书》曰）《乐纂》云，昔晋人有铜藻盘，无故自鸣。问之于张茂先，茂先扣之，谓人曰：此器与洛阳宫钟声相谐，宫中撞钟，故鸣也。若以鑢之音殊，其鸣可止，后果如其言。（卷109《音乐·乐器》，又见《困学纪闻》卷5，又见《御览》卷565）

按：陈旸《乐书》卷125"和铜钹、铜盘"条："昔晋人有铜藻盘，无故自鸣，张茂先谓人曰：此器与洛阳宫钟声相谐，宫中撞钟，故鸣也。后验之果尔。"③疑陈书此条亦出徐景安《历代乐仪》或直接引自《乐纂》。

又，所谓"铜藻盘"应即铜钹。除上引陈书"和铜钹、铜盘"条外，《旧唐书·音乐志》云："铜拨，亦谓之铜盘，出西戎及南蛮。"④

---

① （宋）陈旸：《乐书》，《四库全书》第211册，上海古籍出版社1987年版，第739页。

② 郑祖襄教授以为，虽陈旸《乐书》引文中"文帝"作"炀帝"，但此段文字"的确引用了这本《古今乐纂》"。参见郑祖襄：《一段伪造的音乐史料——〈古今乐纂〉"隋代汉乐坐部"记载辨伪》，《音乐艺术》2008年第1期。

③ （宋）陈旸：《乐书》，《四库全书》第211册，上海古籍出版社1987年版，第542页。

④ （后晋）刘昫等：《旧唐书》，中华书局1975年版，第1078页。

11.（徐景安《乐书》曰）建鼓者，谓少昊氏作大鼓，为众乐之节。（卷110《音乐·乐器》）

12.（徐景安《乐书》曰）自伏牺、神农、帝舜皆作五弦之琴，至周文、武各益一弦，为少宫、少商之声，以至七弦。（卷110《音乐·乐器》）

按：此条为《玉海》卷110《音乐·乐器》“神农琴、炎帝五弦瑟（一作琴）”条注文。

卷八“四县设乐”（1条）：

13.（徐景安《乐书》曰）甲丙庚壬，设编钟以应阳，乙丁辛癸，布编磬以应阴。陈十二镈钟，自子至亥，各当辰位之上，以应律节声也。植建鼓于四隅，配干艮巽坤之位，合二十四架，象二十四气也。柷在左位于寅，敔在右位于戌也。大磬，特县也。祀先蚕降神。宫县之乐，不用镈钟，以十二大磬代之，与房中之乐同设此大磬。编磬，《周礼》云：编县二八十六枚，同一簨虡，通黄钟、大吕二均之声，其大架者，编县二十四枚，同一簨虡，通十二律，正倍合二十四声。歌磬，亦编十六枚，郊祀设于坛上，宗庙设于堂上，皆次歌钟之曲（西），以节登歌之句。谓之歌磬，即《周礼》颂磬也。（卷109《音乐·乐器》）

按：此条佚文中，“（徐景安《乐书》曰）甲丙庚壬”至“敔在右位于戌也”一段可以确定为徐书佚文。而其下“大磬”至“颂磬也”一段，则需仔细斟酌，陈旸《乐书》卷一五五《乐图论·雅部》云：“唐徐景安《乐仪》：歌钟者，亦编一十六枚……（见佚文第18条）”。同卷又有：“唐之歌磬编县十六，同一簨虡，合二八之声，郊祀设之坛上，宗庙设之堂上，皆次歌钟之西，节登歌之句。”①《宋史·乐志》：“《历代乐仪》曰：‘歌磬次歌钟之西，以节登歌之句。’即《周官》颂磬也。”②若“歌钟”“歌磬”文字为徐书佚文，则“大磬”等文

① （宋）陈旸：《乐书》，《四库全书》第211册，上海古籍出版社1987年版，第715页。

② （元）脱脱等：《宋史》，中华书局1977年版，第2008页。

字亦当为徐书佚文。

《玉海》置此条于《乐器》下，而陈旸书置其于《乐图论·雅部》，故此条文字若依《玉海》，则可归于“八部乐器”或“四县设乐”，而依陈书，则可归入“四县设乐”。

卷十“乐章文谱”（2条）：

14. 乐章文谱第十：雅乐成调，无出七声。七声者，宫、商、角、变徵、徵、羽、变宫，均也。（卷7《律历·律吕》）

15. 乐章文谱曰：乐章者，声诗也。章明其情，而诗言其志。文谱，乐句也。文以形声，而句以局言。五音合数，而乐未成文，按旋宫以明均律，迭生二变，方协七音。乃以变徵之声，循环正徵，复以变宫之律，回演清宫，其变徵以变字为文，其变宫以均字为谱。唯清之一字，生自正宫，倍应声同，终归一律。雅乐成调，无出七声。七声者，宫、商、角、变、徵、羽、均（原注：清合官声也），法自旋宫一均声矣。如以律音伦比，咸施于十二均，文谱传声，备显于八十四调。（卷105《音乐·乐三》，又见《困学纪闻》卷5）

（二）陈旸《乐书》所存佚文辑录

陈旸《乐书》征引《历代乐仪》文字主要有以下几条：

卷六“八部乐器”（2条）：

16.（徐景安谓）浮磬击有五音，以七音言之非也。（卷112《乐图论·雅部·八音》）

按：陈旸《乐书》行文，常于所引文字末尾加以评议，疑“以七音言之非也”句或为陈旸语。

17.（唐《历代乐仪》）俗乐之器，土则附革而为鞚也。吕不韦曰：尧使质阝以麋鞈冥（笔者按：似为“蒙”字）缶而鼓之。（卷137《乐图论·雅部·八音》）

卷八"四县设乐"1条：

> 18.(唐徐景安《乐仪》)歌钟者亦编一十六枚，同一簨虡，凡合二八之声。郊祀设于坛上，宗庙设于堂上，皆居歌磬之东，以节升歌之句。(卷155《乐图论·雅乐·歌》)

宋后之《通雅》《乐律表微》等征引《历代乐仪》文字甚多，但多与《玉海》《乐书》等所引文字相同或相近，此类佚文不重复辑录。

余论：相关待考问题。

本次佚文辑录中，尚有一些文字及问题有待进一步研究考辨，归纳起来大致有以下几点：

第一，《玉海》卷七"《尔雅·释乐》……如物之聚而为柳也"197字是否亦徐书文字？

《玉海》卷七《律吕下》"唐七音"条，"徐景安《乐书》"至"乐章文谱第十"一节约500字，文字次序为："徐景安《乐书》五音旋宫第三……《古今乐纂》演七声之法……历代乐名第四……雅俗二部第五……乐章文谱第十……"或皆转引自徐景安《乐书》。本文已就可确定者辑录如上(见上第1、2、7、13四条佚文)。其中"五音旋宫第三"部分"律生十二声也"句下、"言旋宫之法"上有约197字(参见本文所辑佚文第1条)，文字如下：

> 《尔雅·释乐》云："宫谓之重，商谓之敏，角谓之经，徵谓之迭，羽谓之柳。"郭璞注，言皆五音之别名，其义未闻也。刘歆云："宫，者中也，君也，为四音之纲，其声重厚，如君之德而为重。商者，章也，臣也，其声敏疾，如臣之节而为敏。角者，触也，民也。其声圆长，经贯清浊，如民之象而为经。徵者，祉也，事也。其声抑扬递续，其音如事之绪而为迭。羽者，宇也，物也。其声低平掩映，自下而高，五音备成，如物之聚而为柳也。"

此197字是《历代乐仪》还是《玉海》征引《尔雅》等的论述文字？若属前者征引《尔雅》文字，则亦可看作《历代乐仪》佚文。

第二,徐景安《乐书》征引了《开元礼》哪些文字?

《玉海》卷一〇九《乐器》"唐乐悬"注云"徐景安《乐书》引《开元礼》与《志》同",则《历代乐仪》应是引用了《开元礼》文字,但具体包括哪些文字,有待进一步考辨。

第三,《玉海》"《乐纂》黄钟笛"一段文字是否为徐书佚文?

《玉海》中有名为《古今乐纂》或《乐纂》的唐人音乐文献文字 4 条,其中 3 条为徐景安《乐书》所征引(见本文所辑第 1、7、10 三条佚文)。《玉海》卷 110《音乐·乐器》又有:

> 《乐纂》:"黄钟笛,晋时三尺八寸。元嘉九年,太乐令钟宗之减为三尺七寸。十四年,治书令奚纵又减五分,为三尺六寸五分。"(又见《御览》卷 580)

与前三条佚文稍有不同的是,此条上下文并无"徐景安曰"或"《乐仪》云"之类文字,很难判断是王应麟直接抄录《乐纂》原书还是间接引自他书。就目前文献看,唐人《乐纂》一书宋元目录文献无载,疑此书大约于北宋后亡佚,其文字见于唐徐景安《乐书》(复为《玉海》所引)及《御览》中,《玉海》中保留的四条文字,三条见于徐景安《乐书》,故疑此条与其他三条相类,同出徐景安《乐书》。

一九　陈拙《大唐正声新徵琴谱》

《新唐书·艺文志》:"陈拙《大唐正声新址琴谱》十卷。"①《崇文总目》:"《大唐正声新拉琴谱》十卷。唐陈拙纂集琴家之说,不专声谱。阙。"钱注云:"见天一阁钞本。"②《通志·艺文略》:"《大唐正声新徵琴谱》十卷,陈拙。"《玉海》卷一一〇《音乐》:"陈拙《大唐正声琴谱》十卷。"又:"《琴籍》九卷,唐陈拙撰。载琴家论议、操名及古帝王、名士善琴者,第四卷今缺。"③

诸家著录陈拙所著书名略有不同。书名《大唐正声新徵琴谱》中"新徵"一词有"新址""新拉""新徵"三种写法,《崇文总目》书名下,钱东垣按云:"东垣按:旧本'拉'讹作'祉',今校改。唐志作'新址',《玉海》引《崇文目》及《通志》略作'新徵',并误。"④是钱氏认为以上三种,以"新拉"为是。但笔者以为应以"新徵"为是。"徵"是传统五音宫、商、角、徵、羽之一,唐代多部文献载及其时徵音亡失的问题。《册府元龟》卷八五七《知音二》:"宋沇善音律,太常久亡徵调,沇考钟律得之。"⑤《乐府杂录》:"用宫、商、角、羽,并分平、上、

① (宋)欧阳修、宋祁等:《新唐书》,中华书局1975年版,第1436页。
② (宋)王尧臣等:《崇文总目》,《中国历代书目丛刊》,现代出版社1987年版,第20页。
③ (宋)王应麟:《玉海》,《四库全书》第945册,上海古籍出版社1987年版,第873页。
④ (宋)王尧臣等:《崇文总目》,《中国历代书目丛刊》,现代出版社1987年版,第20页。
⑤ (宋)王钦若等编:《册府元龟》,中华书局1983年版,第10181页。

去、入四声，其徵音，有其声无其调。”①而《陈用拙传》释其书“以古调缺徵音，补新徵音谱若干卷”，亦述及徵音阙失问题，并云“补新徵音谱”，故当以《通志·艺文略》《玉海》等所著录“新徵”为是。

一、陈拙考

陈拙，又名陈用拙，唐末五代人。《粤大记》及《十国春秋》载其生平，文字大略相同。明郭棐《粤大记》载：

> 陈拙，字用拙。以字显，连州人。少肄习礼乐，尤长于诗。天祐元年擢进士第，授著作郎。见朱温弑逆，遂假使节南归。谒清海军节度使刘隐。隐与语，大悦，遂留用之。
>
> 未几，温果篡位，改元开平。用拙劝隐仍奉天祐年号，隐是其言而不能用。遂掌书记，摄观察推官。比隐病笃，用拙撰表请其弟节度副使严权知留后，乃薨。岩袭其位，益信任之。
>
> 乾化四年，奉使吴越。吴越王钱镠与语，称其专对，赉以金币。用拙逊谢，归以献严。严称南汉，遂用为吏部郎中、知制诰。卒。用拙明悟音律，著《大唐正声琴籍》十卷，载琴家论议、操名及古帝王、名士善琴者。古调无徵音，仍补新徵音谱，其法以四弦中徽统会枢极，黄钟正宫合南吕宫，无射商，即徵音也。知音者皆秘之，其书遂不传。②

据以上文献看，陈拙，字用拙。广东连州高良人，生活于唐末五代时期，善诗文，明于音律并有所著述。

《崇文总目》等载陈拙有《大唐正声新拉(徵)琴谱》十卷，《玉海》又载《琴

① (唐)段安节撰，亓娟莉校注：《〈乐府杂录〉校注》，上海古籍出版社2015年版，第155页。

② (明)郭棐撰，黄国声、邓贵忠点校：《粤大记》，《岭南文库》，广东人民出版社2014年版，第721页。

籍》九卷。但《粤大记》等云其有《大唐正声琴籍》十卷,“融合”了以上两种琴书的书名及内容,愈加含混不清。或者有一种可能:《十国春秋》等所载“《大唐正声琴籍》十卷”,《玉海》所载《琴籍》,《崇文总目》所载《大唐正声新拉琴谱》,三者属同书异名。

《粤大记》等载陈拙昭宗天祐元年(904)进士。后梁乾化四年(914)出使吴越,“久之”而卒,应是在世有较长时间,如果以十年计算,陈拙卒年最早在公元924年,即后唐庄宗李存勖同光二年。

《五代诗话》卷二“陈用拙”条引《小草斋诗话》云:

> 唐陈用拙,高良人,天祐二年进士,未官而卒。用拙有诗名,尝赋《登临湟楼》云:“浮世自无闲日月,高楼长有好山川。”《送长沙使君》云:“人说洞庭波浪险,使君自有济川舟。”有集八卷,不传。①

此“陈用拙”与《粤大记》及《十国春秋》所载陈拙均唐末天祐初进士,《粤大记》及《十国春秋》载其连州人,连州即今广东清远一带,《五代诗话》载其高良人。而高良隶属连州,因此实为同一地,即陈拙为广东连州高良人。《粤大记》等载陈拙“尤长于诗”,而《五代诗话》载其“有诗名”“有集八卷”。三书所载陈拙籍贯、及第时间及所擅长均相近,就姓名、籍贯、及第时间而言,应为同一人。唯是《十国春秋》载陈拙任唐、后梁官职甚详,而后者云其“未官而卒”,且只字未提其琴学音律方面的才学。

《琴史》又载:

> 陈拙,字大巧,长安人也。授《南风》《游春》《文王操》《凤归林》于孙希裕,传《秋思》于张峦,学《止息》于梅复元。尝更古谱,录《南风》《文王操》二弄。曰:“琴操虽多,制从高士圣君所作,二弄独存,切虑其顿坠也。”又作《正声新址》,未见完本。尝云:“弹操弄音,前缓后急者,妙曲之分布也。或中急而后缓者,节奏之停歇也。疾打之

① (清)王士禛:《五代诗话》,人民文学出版社2001年版,第86页。

声，齐于破竹，缓挑之韵，穆若生风。亦有声正历而遽止，响已绝而意存者。前辈妙手，每授一弄，师有明约，竭豆一升，标为遍数。其勤如此，而后有得也。”拙为京兆户曹。①

比对《粤大记》《十国春秋》等与《琴史》所载陈拙，二者诸多相异之处：一为连州人，字用拙。一为长安人，字大巧；一为唐末进士，曾任著作郎，一为京兆户曹。就其表字、籍贯及官职看，似非一人。

二、陈拙论著佚文辑录

《琴史》对陈拙琴艺师传有较多记录。陈拙尝随孙希裕、张恋、梅复元学习《南风》《秋思》《止息》等操弄，近年来学者对陈拙《大唐正声新徵琴谱》及其琴学理论进行了较深入的考察。② 就诸家著录看，陈拙《大唐正声新徵琴谱》十卷，内容至少包括两部分：一是“纂集琴家之说”，二是声谱。

《琴书大全》卷四《琴制》中“琴工”条下引陈拙《琴书》文字：

陈拙《琴书》曰：斫制者，蜀有雷霄、郭谅，吴有沈镣、张越。霄、谅清雅而沉细，镣、越虚明而响亮，有唐妙手，吴蜀无出四人。明皇返蜀，诏雷俨充翰林斫琴待诏，父子工习，三世不绝。襄阳有冯昭，亦工斫制，鬻之不售。虫朽朱丝，节度使太保卢钧闻之见重，受之一张，兼赠诗曰：“世上鸣琴尽不弹，冯昭价贱卖犹难。可怜一片蒲葵扇，今日何人是谢安。”尔后冯氏之门，求请甚众。雷氏琴今间有之，多灵关样，比他琴例皆长阔。格岳虽高，至于取声处，其弦附面，按之不铣，吟抑停歇，余韵不绝，此其最妙也。凡琴稍高响者则必虚干，无温粹之韵。雷氏之琴其声宽大复兼清润，含蓄婉转，自槽间出，故他琴

① （宋）朱长文：《琴史》，中国书店 2018 年版，第 205 页。

② 姚丙炎：《唐代陈拙论古琴指法》，香港恕之斋出版，2005 年。杨元铮：《陈拙弹琴论说辑注》，香港大学饶宗颐学术馆，2009 年。

莫能及也。龙池内有题雷震或雷霄者,岂其伯仲乎?又有雷威、雷俨,或云霹雳手,皆雷氏一门也。①

《琴书大全》卷六《琴徽》中有《明徽暗徽法》(见图4):

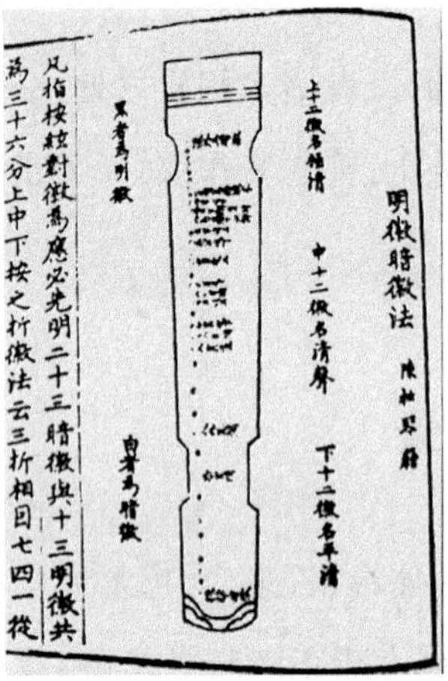

图4

凡指按弦,对徽为应,必先明二十三暗徽与十三明徽,共为三十六,分上中下按之。折徽法云:三折相目七四一。从岳里至龙龈里折回中心,定为七徽,名曰下清一十二徽。再从七徽至岳折回中心,定为四徽,名曰中平清一十二徽。又从四徽至岳折回中山心,定为一徽,名曰上极清一十二徽。分为三倍,黄钟之声,谱中写徽近上、徽中间、徽近下、中间上少许、徽中间下少许,当应二十三暗徽也。夫声之清浊大小相应,皆是明徽暗徽所生。故七弦应徽,所以取声和也。除三十六徽外,别有二暗徽,至岳匀分五段,取近徽一段正谓之上暗徽,名曰徽外,唯泛使之。十三徽至牙龈匀分五段,取近一段正谓之下暗徽,亦名徽外,举按泛声使之。《秋思弄》中上暗徽上独泛一声,《神人畅》中上下暗徽上各泛一声。两谱泛声,皆名神授声。《幽馆操》中,下暗徽上独泛一声。②

《琴书大全》卷七《琴弦》中有《唐陈拙合弦法》一节:

《禹贡》云:"厥篚檿丝。"檿山桑丝,中琴瑟之弦,出青州。伯牙用蚕丝但造,即选之如官丝,用鎚五两,商四两,角三两,徽取官不缠,羽

① 中国艺术研究院音乐研究所、北京古琴研究会编:《琴曲集成》第五册,中华书局2010年版,第103页。又见卷五《历代琴式》第119页"张越琴"条。

② 中国艺术研究院音乐研究所、北京古琴研究会编:《琴曲集成》第五册,中华书局2010年版,第131页。

取商不缠，文取角不缠。武用缒三两，右搓左合，而不缠，以清水于铜铛中，和小麦一合煮，麦烂弦熟，出投清水，急提挽至旧水，尽日曝干收。①

《琴书大全》卷八《指法》中有《唐陈拙指法》（见图5）一节：

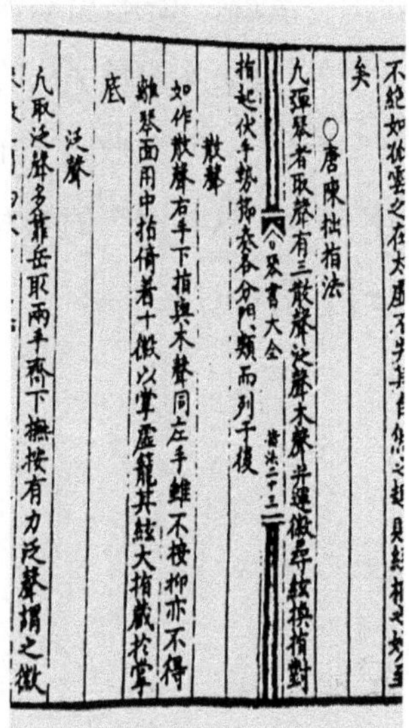
矣

○唐陳拙指法

凡彈琴者取聲有三散聲泛聲木聲并運徽尋絃換指對

琴書大全　指法二十三

指起伏手勢節奏各分門類而列于後

散聲

如作散聲右手下指與木聲同左手雖不按抑亦不得

離琴面用中指倚着十徽以掌虛籠其絃大指藏於掌

底

泛聲

凡取泛聲多靠岳取兩手齊下撫按有力泛聲謂之徽

图5

凡弹琴者取声有三：散声、泛声、木声，并用徽寻弦，换指对指，起伏手势，节奏各分门类而列于后。

散声，如作散声，右手下指，与木声同，左手虽不按抑，亦不得离琴面，用中指倚着十徽，以掌虚笼其弦，大指藏于掌底。

泛声，凡取泛声多靠岳取，两手齐下，抚按有力。泛声谓之徽声，徽正则鸣，徽差则塞，须要指正当徽，用按不着琴面，浮于弦上点。泛按而不起，则声不发；按而不着，则声不成。如蜻蜓点水，落而复翔之意。若用名指，掌藏大指。有大指靠食指者，单用大指食指，微曲覆之，余三指并直。大指食中名四指皆用中节往之上，泛弦声自清圆。若手重及不对徽，即无声也。手须低近琴面，不可高而下，如散声入泛声，散声轻作一两句，泛声后入散木声，散木声轻作数句。若骑句作者，亦要轻作。嵇康《赋》云：或相凌而不乱，或相离而不殊。

木声，右手运指法有三：下指，指分远近，指分上下。取声指法有七：吟、振、楚、敏、偷吟、二撼、摇指、圈附……②

---

① 中国艺术研究院音乐研究所、北京古琴研究会编：《琴曲集成》第五册，中华书局2010年版，第147页。

② 中国艺术研究院音乐研究所、北京古琴研究会编：《琴曲集成》第五册，中华书局2010年版，第162页。

从文字内容及抄写形式看，“取声指法有七”之下，“揉有五”“撊有二”等条文字似均为陈拙指法文字。《唐陈拙指法》一节中采用了减字的形式对琴乐演奏谱进行记录，虽然极为短小，已经初步具备减字谱谱字特征。[1] 除此节文字外，有关陈拙减字法的记载又见于《太音大全集》。《太音大全集》卷五记有“字谱”一节，共收谱字七十六个，其中有“陈拙作商”“陈拙作角”“陈拙作羽”等语。这些谱字的书写出现了文字与减字并存的现象，说明这一时期正处于二者的过渡时期。

---

① 杨秋悦:《古琴指法谱字研究》,《中国音乐》2013 年第 3 期。

二〇　陈游《乐苑》

《崇文总目》:“《乐苑》五卷,不著撰人名氏。叙乐律、声器凡二十篇。”[①]《通志·艺文略》卷六四:“《乐苑》五卷,陈游”[②]《遂初堂书目》乐类:《乐苑》。《宋史·艺文志》:“《乐苑》五卷。”

《乐苑》佚文散见于《太平御览》《乐书》等宋代典籍,就佚文内容而言,记录了许多唐代流行乐曲,于唐宋乐府文学研究颇为重要。秦序《关于〈乐苑〉的几个问题》(以下简称秦文)探讨了其成书时间及文献价值,吉联抗《古乐书佚文辑注》辑录了该书的部分佚文[③],尚有多条脱漏。

一、《乐苑》作时、作者考

学界倾向于认为《乐苑》成书于唐末五代时期。林谦三在《东亚乐器考》一书《五弦和搊琵琶的异同》中称该书为“《唐乐苑》”,吉联抗认为:“从内容看,《乐苑》所记已及中唐以后的人和事,当属晚唐著作。”岸边成雄等认为应

---

① (宋)王尧臣等:《崇文总目》,《中国历代书目丛刊》,现代出版社 1987 年版,第 18 页。

② (宋)郑樵:《通志》,中华书局 1987 年版,第 767 页。

③ 秦序:《一苇凌波秦序音乐学术论文集》,上海音乐学院出版社 2004 年版,第 71 页。吉联抗:《古乐书佚文辑注》,人民音乐出版社 1990 年版,第 88 页。

是五代时著作。① 但因《乐苑》作者、作时等并非以上学者彼时研究重点，因而大多并未对其判断展开论证。笔者认为判断《乐苑》成于五代主要基于以下几点：

就目录文献著录特点看，《乐苑》不见录于两《唐书》之《艺文志》《经籍志》。《崇文总目》著录该书位在窦俨《大周正乐》之下，北宋李昉等《周优人曲辞》之上。《通志·艺文略》载该书位在《大周正乐》之下，宋《补亡乐书》之上，《遂初堂书目》载《乐苑》位在《历代乐仪》之下，《太乐令壁记》之上。各家著录次序、位置虽有不同，但《崇文总目》《通志》两部宋代文献皆将其置于《大周正乐》之下，据此看，《乐苑》成书或与《大周正乐》同时或稍后。

就文献征引而言，史籍中未见唐人提及或征引该书文字，目前所知最早引用该书文字的是乐史《柘枝谱》，引用该书文字最多的是《乐府诗集》。此外北宋李上交《近事会元》、王谠《唐语林》及南宋吴曾《能改斋漫录》、葛立方《韵语阳秋》、张端义《贵耳集》等皆曾征引《乐苑》文字。宋以后虽有征引，但详审其文字所述，多以羽调《柘枝》为主，辗转引用前人文字痕迹明显。

就该书佚文来看，《乐苑》以记录唐代音乐为主，《乐府诗集》所引几则解题中多有“唐”字。如：

> 《乐苑》云：“《昔昔盐》，羽调曲。唐亦为舞曲。”（《诗集》卷75）
>
> 《乐苑》：“唐天宝中，羽调曲有《三台》，又有《急三台》。”（《诗集》卷75）
>
> 《乐苑》曰：“《堂堂》，角调曲，唐高宗朝曲也。”（《诗集》卷79）

称“唐”如何如何，似非李唐人口吻，更像后人追述前朝故事，“唐高宗朝”

---

① ［日］林谦三：《东亚乐器考》，上海书店2013年版，第312页。吉联抗：《古乐书佚文辑注》，人民音乐出版社1990年版，第88页。［日］岸边成雄：《唐代音乐文献解说》，秦序译，《交响》1987年第1期。温和：《五弦琵琶柱制再考》，《天津音乐学院学报》2014年第2期。秦序：《一苇凌波秦序音乐学术论文集》，上海音乐学院出版社2004年版，第75页。

等“明显是后朝人称前代皇王口气”。[①] 至于认为《乐府诗集》卷一三《杂曲歌辞》中《武媚娘》解题引文中“《唐书》”指的是《旧唐书》,并据此认为《乐苑》成书“最早也是在《旧唐书》完成之五代后晋开运二年(945)后”则值得商榷。[②]

综合以上目录文献及引文特征,将《乐苑》成书定于五代时期是比较合理的。至于该书作者,《崇文总目》等“不著撰人名氏”,仅《通志·艺文略》下缀“陈游”二字。但检视唐五代至北宋时期两《唐书》、新旧《五代史》及《资治通鉴》等史料乃至小说家之作,并无有关陈游其人记载,仅可据《通志·艺文略》知其作者为陈游,至其生平事迹则不可考。

二、佚文辑考

吉联抗《古乐书佚文辑注》辑录《乐苑》佚文37条,但辑录主要限于《乐府诗集》,秦序《关于〈乐苑〉的几个问题》指出前者漏辑的《乐府诗集》佚文,[③]但散见于《乐书》等文献中的佚文尚有多条未被辑出。本次检视古籍文献,补充了《乐书》及《太平御览》中的部分佚文,对《乐苑》佚文作了较为全面的辑录。《崇文总目》著录《乐苑》“叙乐律声器凡二十篇”,今据《崇文总目》著录文字,将佚文分为乐律与乐器、乐部、乐曲三类。

(一)乐律与乐器

1.(《乐苑》曰)律之为用,穷天地之声,尽天地之数。播之于乐,动天地,感鬼神,和人心,变风俗。非至圣,孰能与于此。后世有作,易竹以铜,是以人为之器,实天生之黍,则分寸容受,安得不差,声音

① 秦序:《一苇凌波秦序音乐学术论文集》,上海音乐学院出版社2004年版,第76页。
② 秦序:《一苇凌波秦序音乐学术论文集》,上海音乐学院出版社2004年版,第77页。
③ 秦序:《一苇凌波秦序音乐学术论文集》,上海音乐学院出版社2004年版,第76页。

轻重安得不紊乎？若然求阴阳之气效于律，中和之声效于乐，亦已难矣。①（《乐书》卷96）

2.（《乐苑》曰）堂上磬十四枚，下七枚，具黄钟一均声。上七枚倍也，非徒不如（《通考》作“知”）去二变以协律，亦不知堂上特设黄钟一，以尚拊之制也。（《乐书》卷136，又见《通考》卷135）

3. 五弦未详所起。形如琵琶，五弦，四隔，孤柱一，合散声五，隔声二十，柱声一，总二十六声，随调应律。（《诗集》卷96）②

（二）乐部

4.（《乐苑》又以）清乐、西梁、龟兹、天竺、康国、疏勒、安国、高丽、礼毕为九部。（《乐书》卷159，又见《通考》卷148）

（三）乐曲

5.《五更转》，商调曲。（《诗集》卷33）

6. 嘉兴人养鸭儿，鸭儿既死，因有此歌。（《诗集》卷45）

7.《碧玉歌》者，宋汝南王所作也。碧玉，汝南王妾名，以宠爱之甚，所以歌之。（《诗集》卷45）

8.《攀杨枝》，梁时作。（《诗集》卷49）

9.《霓裳羽衣曲》，开元中，西凉府节度杨敬述进。（《诗集》卷56，又见《近事会元》卷4，又见《双溪醉隐集》卷2）③

10. 羽调有《柘枝曲》，商调有《屈柘枝》，此舞因曲为名，用二女

---

① 按：此节文字自“后世有作”以下或为陈旸语。今暂存以备考。

② 以下《乐府诗集》所录佚文前均有“《乐苑》曰”，为行文简洁，均略去。

③ 此条又见《近事会元》卷四《霓裳羽衣曲》：“《乐苑》云：‘《霓裳羽衣曲》，开元西凉府节度使杨敬述进，在越调中。’”较《乐府诗集》多出“在越调中”四字。（宋）李上交：《近事会元》，中华书局1991年版，第2页。

童,帽施金铃,抃转有声,其来也,于二莲花中藏,花坼而后见,对舞相占,实舞中雅妙者也。① (《诗集》卷56)

11.《舞媚娘》《大舞媚娘》,并羽调曲也。(《诗集》卷73)

12.《饮酒乐》,商调曲也。(《诗集》卷74)

13. 唐天宝中,羽调曲有《三台》,又有《急三台》。(《诗集》卷75)

14.《昔昔盐》,羽调曲,唐亦为舞曲。(《诗集》卷79,又见《容斋续笔》卷7、《能改斋漫录》卷5)

15.《十索》,羽调曲也。(《诗集》卷79)

16.《水调》,商调曲也。(《诗集》卷79)

17.《堂堂》,角调曲,唐高宗朝曲也。(《诗集》卷79)

18.《凉州》,宫调曲,开元中西凉府都督郭知运进。(《诗集》卷79)

19.《大和》,羽调曲也。(《诗集》卷79)

20.《伊州》,商调曲,西京(凉)节度盖嘉运所进也。(《诗集》卷79)

21.《石州》,商调曲也,又有《舞石州》。(《诗集》卷79)

22.《思归乐》,商调曲也,后一曲犯角。(《诗集》卷80)

23.《胡渭州》,商调曲也。(《诗集》卷80)

24.《采桑》,羽调曲,又有《杨下采桑》。(《诗集》卷80)

25.(《破阵曲》)商调曲也。(《诗集》卷80)

---

① 此条又见《御览》卷五七四:羽调有《柘枝曲》,商调有《掘柘枝》。此舞因曲为名,用二女童,鲜衣帽,帽施金铃,抃转有声。其来也,于二莲花之中藏之,花拆而后见,对舞中之雅妙者也。又见《说郛》本乐史《柘枝谱》:"《乐苑》云:'羽调有《柘枝曲》,商调有《掘柘枝》。'此舞因曲为名,用二女童,帽施金铃,抃转有声。其来也,于二莲花中藏之,花拆而后见,对舞相呈,名莲花舞。"又见葛立方《韵语阳秋》卷一五等。其中《御览》引文"二女童"下较《乐府诗集》多出"鲜衣帽"三字。

26.《叹疆场》,宫调曲也。(《诗集》卷80)

27.《婆罗门》,商调曲,开元中,西凉府节度杨敬述进。(《诗集》卷80,又见《近事会元》卷4)

28.《婆罗门曲》改《霓裳羽衣曲》,入大乞食调。(《近事会元》卷4)①

29.《回纥》,商调曲也。(《诗集》卷80)

30.《长命西河女》,羽调曲也。(《诗集》卷80)

31.《甘州》,羽调曲也。(《诗集》卷80)

32.《濮阳女》,羽调曲也。(《诗集》卷80)

33.《想夫怜》,羽调曲也。(《诗集》卷80,又见《唐语林》卷6)

34.《乐世》,羽调曲,又有《急乐》也。(《诗集》卷80)

35.《圣明乐》,开元中,太常乐工马顺儿造。又有《大圣明乐》,并商调曲也。(《诗集》卷80)

36.《大酺乐》,商调曲,唐张文收造。(《诗集》卷80)

37.《火凤》,羽调曲也。又《真真火凤》。(《诗集》卷80)

38.《大春莺啭》,唐虞世南及蔡亮作。又有《小春莺啭》,并商调曲也。(《诗集》卷80)

39.《泛兰丛》,羽调曲,又有《急泛兰丛》。(《诗集》卷80)

40.《如意娘》,商调曲,唐则天皇后所作也。(《诗集》卷80)

41.《太平乐》,商调曲也。(《诗集》卷82)

42.《调笑》,商调曲也,戴叔伦谓之《转应词》。(《诗集》卷82)

43. 文王乐名《巨业》,武王乐名《象武》。② (《御览》卷566)

---

① (宋)李上交:《近事会元》,中华书局1991年版,第2页。

② 此条又见《乐书》卷一七五:"《乐苑》以《巨业》为文王乐,《象》为武王乐。"又见《玉海》卷一〇三:"《乐苑》:文王乐名《巨业》,武王乐名《象武》。"

三、《乐苑》的文献价值

《乐苑》一书虽已亡佚，但从其佚文来看，该书记载了隋唐以降乐律及乐府歌章等许多方面，尤其是一些乐曲的调名调性等唯见此书，其文献价值是不容忽视的。具体而言，其文献价值可概括为以下三点：

（一）保留了隋唐以来流行乐曲及解题信息

《乐府诗集》是征引《乐苑》文字最多的文献，也是研究乐府文学的宝库，郭茂倩对乐府诗歌及解题的选择极其精审。通过对郭茂倩引用各书文字的分析，可以探知郭氏对文献性质及价值的判断，今人可据此判断乐府文献的价值所在。

《乐府诗集》将乐府诗歌分为郊庙、燕射、鼓吹等十二大类，全书征引《乐苑》文字 38 条，其征引关系如下：从引文所属乐府诗歌类型及数量看，所引《乐苑》文字主要见于相和、清商、舞曲、杂曲、近代及新乐府辞六类中，引用数量依次为：《近代曲辞》28 条，《清商曲辞》及《杂曲歌辞》各 3 条，《舞曲歌辞》2 条，《相和歌辞》及《新乐府辞》各 1 条。

从引文作用及重要性来看，所引 38 条文字中，作为唯一解题文字的计 17 条，主要集中在《近代曲辞》部分：《昔昔盐》《十索》《堂堂》《大和》《伊州》《石州》《思归乐》《胡渭州》《采桑》《叹疆场》《回纥》《甘州》《濮阳女》《大酺乐》《如意娘》《太平乐》《宫中调笑》。作为首引解题文字的计 10 条，亦主要集中于《近代曲辞》部分：《水调》《凉州》《破阵乐》《婆罗门》《长命女》《乐世》《圣明乐》《火凤》《春莺啭》《达磨支》。

从以上统计可以看出，郭茂倩在解释乐府题名时对文献的征引是有所选择的。《近代曲辞》等六类各引《乐苑》文字若干条，而郊庙、燕射、鼓吹、横吹、琴曲及杂歌谣辞六类中完全没有引用《乐苑》文字。就此一特征分析，郭茂倩最看重《乐苑》对近代曲辞的记载，或者说《乐苑》本就是一部记录“近代”流行曲辞的乐书。而所谓“近代曲辞”《乐府诗集》是这样解释的：

近代曲者，亦杂曲也。以其出于隋、唐之世，故曰近代曲也。隋自开皇初，文帝置七部乐：一曰西凉伎，二曰清商伎，三曰高丽伎，四曰天竺伎，五曰安国伎，六曰龟兹伎，七曰文康伎。至大业中，炀帝乃立清乐、西凉、龟兹、天竺、康国、疏勒、安国、高丽、礼毕，以为九部，乐器工衣于是大备。唐武德初，因隋旧制，用九部乐。太宗增高昌乐，又造宴乐，而去礼毕曲。其著令者十部：一曰宴乐，二曰清商，三曰西凉，四曰天竺，五曰高丽，六曰龟兹，七曰安国，八曰疏勒，九曰高昌，十曰康国，而总谓之燕乐。声辞繁杂，不可胜纪。凡燕乐诸曲，始于武德、贞观，盛于开元、天宝。其著录者十四调二百二十二曲。又有梨园别教院法歌乐十一曲，云韶乐二十曲。肃、代以降，亦有因造。僖、昭之乱，典章亡缺，其所存者，概可见矣。①

从郭氏对“近代曲辞”的解释可以看出，所谓“近代曲辞”主要指“出于隋、唐之世”者，包括隋之七部乐、九部乐以及唐之十部乐，特别是“始于武德、贞观，盛于开元、天宝”的燕乐诸曲，亦包括中晚唐的一些乐曲。简言之，近代曲辞以隋唐以来流行乐曲为主，《乐苑》的主要内容就是记载隋唐以来的流行乐曲，大概并不记载郊庙等所谓庙堂“严肃”音乐。“其所存者，概可见矣”，郭氏能见到的释说“近代曲辞”的最重要的文献应该就是《乐苑》了，因而郭茂倩在编撰《近代曲辞》解题时对《乐苑》特别倚重。

（二）部分史料具有唯一性

如上所述，《乐苑》在《乐府诗集·近代曲辞》解题部分的作用十分重要。《古今乐录》是《清商曲辞》首要援用文献，《琴操》是《琴曲歌辞》主要征引文

① （宋）郭茂倩编撰：《乐府诗集》，中华书局1979年版，第1107页。

献，而《乐苑》无疑是《近代曲辞》的首要征引文献。《乐府诗集》所引《乐苑》38条文字中，《近代曲辞》部分引用高达28条，占到全部解题的60%。不仅如此，有的解题中，《乐苑》是首要甚至唯一引用的文字，其重要性显而易见。

总观《乐府诗集》所引《乐苑》文字，有一点与其他解题文献显著不同：几乎每一首曲名解题下都载及该曲所属调性，且所引38条文字中，有17首是直接或仅记载其所属调性的，这17首分别为：《五更转》《舞媚娘》《饮酒乐》《十索》《水调》《大和》《石州》《思归乐》《胡渭州》《破阵曲》《叹疆场》《回纥》《长命西河女》《甘州》《濮阳女》《想夫怜》《太平乐》。再如《破阵乐》等在引入他书解题后，特以《乐苑》中"商调曲也"四字补入，说明其所属调性。这种情况不仅在《乐府诗集》征引书目及引文中绝无仅有，即使在整个唐五代来看，明确记载调名调性的乐府专著亦仅此一书。日本学者岸边成雄指出这些调名分属宫、商、角、羽四类，缺少律名，"但与天宝供奉曲所属调一致"。这一点正是《乐苑》独特的文献价值所在。

就目前辑录的《乐苑》佚文看，部分史料唯见《乐苑》一书记载，具有不可替代的文献价值。如《乐府诗集·舞曲歌辞》中《柘枝曲》有关《柘枝舞》的描述，不见于其他文献，因而被后世研究者反复征引。《新乐府辞》中所引琵琶四隔、孤柱、散声、隔声、柱声等"随调应律"的记载，文字虽然简短，但提供了研究琵琶由五弦演变为四弦的重要信息，①这些记载作为唯一的史料具有不可替代的研究价值。

① 耐尔森、赵维平：《五弦琵琶的柱制及其谱字配置》，《音乐艺术》1992年第1期。温和：《五弦琵琶柱制再考》，《天津音乐学院学报》2014年第2期。陈应时：《龟兹五弦琵琶东传日本考》，《丝绸之路》2013年第4期。

二一　窦俨《大周正乐》

《崇文总目》:“《大周正乐》一百二十卷,周翰林学士窦俨撰。显德中,俨奉诏集缀,其书博而无次。”①《通志·艺文略》:“《大周正乐》一百二十卷。”《宋史·艺文志》:“《大周正乐》八十八卷,五代周窦俨订论。”

《大周正乐》由后周窦俨奉诏编集,是五代时期重要的官方音乐文献。该书向以广博著称,是研究唐五代音乐文化的重要史料。此书久已亡佚,其佚文散见于《太平御览》《乐书》《玉海》等古籍中,本次全面辑录整理《大周正乐》佚文,考察窦俨对五代后周及北宋初期朝廷礼乐建设的贡献,梳理该书内容、卷次信息,并对其文献价值加以探讨。

一、窦俨与《大周正乐》的编集

窦俨(919—960)字望之。《宋史》卷二六三有传,附于其兄窦仪之后。窦俨祖籍蓟州渔阳(今天津蓟县)。其曾祖窦逊、祖父窦思恭曾任李唐县令、州郡司马一类官职。从其祖辈来看,似非显赫之家。但至其父辈时,情形有所改观。窦俨父窦禹钧,字燕山。曾任后周户部郎中、太常少卿等。窦禹钧尤为重

① (宋)王尧臣等:《崇文总目》,《中国历代书目丛刊》,现代出版社 1987 年版,第 18 页。

视孩子的教育，其子五人：仪、俨、侃、偁、僖，先后登科及第，并以才行知名于世。所谓"五子登科"即指窦氏五兄弟。后周太师冯道赠诗云："燕山窦十郎，教子有义方。灵椿一株老，丹桂五枝芳。"王应麟《三字经》有："窦燕山，有义方。教五子，名俱扬"，对窦氏父子、兄弟给予了很高评价。

值得一提的是，窦禹钧任国家音乐机关太常寺太常少卿对窦俨日后留心音乐改革可能产生了一定影响，换言之，窦俨编集《大周正乐》有一定的家世渊源。《宋史·窦仪传》：

> 父禹钧，与兄禹锡皆以词学名。禹钧唐天祐末起家幽州掾，历沂、邓、安、同、郑、华、宋、澶州支使判官。周初，为户部郎中，赐金紫。显德中，迁太常少卿，右谏议大夫致仕。①

窦氏虽祖籍蓟州渔阳，但据墓志载，梁贞明五年（919），窦俨出生于沂州临沂（今山东临沂）。窦禹钧特别重视孩子的教育，窦俨幼承庭训，长于缀文。《墓志》载其"幼而颖悟，五岁嗜学"。《宋史》本传则载："幼能属文。既冠，举晋天福六年进士，辟滑州从事。府罢，授著作佐郎、集贤校理，出为天平军掌书记。"②《墓志》言其："群居终日，怡乐在容。殆耳目之所营，非诵习而不取。是故三坟五典，九流百氏，开户牖而睹其奥，撷菁英而味其旨。"后晋天福六年（941），窦俨进士及第，时年23岁。但窦俨苦读上进之心亦未因此停辍，至后汉时窦俨任史馆修撰，周太祖广顺初，任右补阙，预修后晋三朝实录，再拜中书舍人，加集贤殿学士，旋拜翰林学士，判太常寺。期间窦俨上疏请编礼乐，至周世宗显德五年（958）朝廷诏其总领编集《大周正乐》及《大周通礼》。前者编集完成后藏于史阁，《大周通礼》因时所迫，未能编就。除《大周正乐》以外，窦俨尚有文集，惜其亦不传于世。《宋史·窦俨传》：

> 所撰《周正乐》成一百二十卷，诏藏于史阁；其《通礼》未及编纂而卒。有文集七十卷。俨与仪尤为才俊，对景览古，皆形讽咏，更迭

① （元）脱脱等：《宋史》，中华书局1977年版，第9093页。

② （元）脱脱等：《宋史》，中华书局1977年版，第9095页。

倡和至三百篇，多以道义相敦励，并著集。①

除在礼乐制度及文学方面的才能外，窦俨对天文星占等亦有研究。《墓志》云："若乃晷纬盈缩之迹，祸福倚伏之数，八音之器，五礼之用，必能探洞幽微，穷极要妙者也。"《宋史·窦俨传》云：

尤善推步星历，逆知吉凶。卢多逊、杨徽之同任谏官，俨尝谓之曰："丁卯岁五星聚奎，自此天下太平，二拾遗见之，俨不与也。"又曰："俨家昆弟五人，皆登进士第，可谓盛矣，然无及相辅者，唯偁稍近之，亦不久居其位。"卒如其言。②

就个人际遇而言，生在五代乱世的窦俨可谓生活优游平顺，且能够在仕途上一帆风顺实属幸运之人。正如《宋史》本传所言"俨性夷旷，好贤乐善，优游策府凡十余年"。有关其生卒、家世等，张骁飞、赵振华等学者已有研究，本书不拟简单复述其生平事迹，窦氏一生，用力精深同时贡献最大就是对后周、北宋朝廷乐舞的建设。如其墓志所云："自唐末乱离，乐部废缺，金石有在悬之器，律吕无成文之音，公倾耳一听，谬误都革。于是享宴之大礼，祭祀之大事，宫商谐应，人神协和。"③故本部分着重探讨窦俨在后周、宋初朝廷礼乐重建中的作用与成就，以期深入考察其在乐舞发展中的贡献，同时也可为探讨《大周正乐》编纂及价值等提供参考。

（一）窦俨与后晋、北宋初期朝廷礼乐建设

自唐末以来，礼寺隳颓，乐章残缺，簨虡犹施而宫商难辨，统治者急需从精神层面重建庙堂雅乐体制。五代后周时期，窦俨曾多次参与审定朝廷雅乐，是朝廷礼乐的主要构建者。如其墓志所云："自唐末乱离，乐部废缺，金石有在悬之器，律吕无成文之音，公倾耳一听，谬误都革。于是享宴之大礼，祭祀之大

① （元）脱脱等：《宋史》，中华书局1977年版，第9097页。

② （元）脱脱等：《宋史》，中华书局1977年版，第9097页。

③ 张骁飞：《北宋窦俨墓志疏证》，《宁波大学学报》2015年第4期。

事，宫商谐应，人神协和。"①早在显德元年，窦俨就上疏朝廷，历陈礼乐等的重要性。《宋史·窦俨传》：

> 时世宗方切于治道，俨上疏曰："历代致理，六纲为首：一曰明礼，礼不明则彝伦不叙。二曰崇乐，乐不崇则二仪不和。三曰熙政，政不熙则群务不整。四曰正刑，刑不正则巨奸不慑。五曰劝农，农不劝则资泽不流。六曰经武，武不经则军功不盛。故礼有纪，若人之衣冠；乐有章，若人之喉舌；政有统，若人之情性；刑有制，若人之呼吸；农为本，若人之饮食；武为用，若人之手足。斯六者，不可斯须而去身也。陛下思服帝猷，寤寐献纳，亟下方正之诏，廓开艺能之路。士有一技，必得自效。故小臣不揆，辄陈礼、乐、刑、政、劝农、经武之言。"世宗多见听纳。②

至周世宗南征以还，复诏其参正雅乐。《旧五代史·乐志》载："五年六月，命中书舍人窦俨参详太常雅乐。"③又载是年冬，后周世宗亲临乐悬，"试其声奏，见钟磬之类，有设而不击者，讯于工师，皆不能对。世宗恻然，乃命翰林学士、判太常寺事窦俨参详其制"④。《宋史》本传载及此事云，窦俨"南征还。诏俨考正雅乐，俄权知贡举。未几，拜翰林学士，判太常寺。俨校钟磬筦龠之数，辨清浊上下之节，复举律吕旋相为宫之法，迄今遵用"⑤。综合以上史料看，周世宗在重建朝廷雅乐中十分倚重窦俨，窦俨不仅参详审定朝廷用乐，且其所参定朝廷乐舞沿用了相当长的时间，《宋史》载其"迄今遵用"，极有可能在宋时依然袭用。

显德五年(958)十一月，窦俨上疏请编《大周通礼》以为"国典""邦纪"，请编《大周正乐》以"齐风俗""和上下"，次年百二十卷《大周正乐》编就，诏藏

---

① 张骁飞：《北宋窦俨墓志疏证》，《宁波大学学报》2015年第4期。
② (元)脱脱等：《宋史》，中华书局1977年版，第9095页。
③ (宋)薛居正等：《旧五代史》，中华书局1976年版，第1936页。
④ (宋)薛居正等：《旧五代史》，中华书局1976年版，第1923页。
⑤ (元)脱脱等：《宋史》，中华书局1977年版，第9096页。

史阁。成为五代时期最大的官修音乐文献。《宋史》本传载其上疏所言《大周通礼》“未及编纂而卒”。

赵宋立国，窦俨先后任职尚书礼部及太常寺，再次积极参与了北宋初期的礼乐重建。“宋初，就转礼部侍郎，代仪知贡举。祀事乐章、宗庙谥号多俨撰定。”①宋太祖建隆元年（960），窦俨两次上言请改朝廷用乐，上呈《乐章当易新词奏》《皇祖考谥号议》等奏议。《宋史·乐志》：

> 宋初，命俨仍兼太常，建隆元年二月，俨上言曰：“三五之兴，礼乐不相沿袭。洪惟圣宋，肇建皇极，一代之乐，宜乎立名。乐章固当易以新词，式遵旧典。”从之。因诏俨专其事。俨乃改周乐文舞《崇德》之舞为《文德》之舞，武舞《象成》之舞为《武功》之舞。改乐章十二“顺”为十二“安”，盖取“治世之音安以乐”之义。祭天为《高安》，祭地为《静安》，宗庙为《理安》，天地、宗庙登歌为《嘉安》，皇帝临轩为《隆安》，王公出入为《正安》，皇帝食饮为《和安》，皇帝受朝、皇后入宫为《顺安》，皇太子轩县出入为《良安》，正冬朝会为《永安》，郊庙俎豆入为《丰安》，祭享、酌献、饮福、受胙为《禧安》，祭文宣王、武成王同用《永安》，籍田、先农用《静安》。②

窦氏上疏请改乐名，将前之十二顺改为十二安，这不仅是对国家级庙堂郊祀礼乐的修改，也是对宋初朝廷雅乐的重建，其作用和影响不可小觑。

（二）《大周正乐》撰著时间

五代至赵宋立国，统治者急需重建朝廷礼乐体系，整理、恢复传统雅乐乃成“当今之急务”，百二十卷《大周正乐》正是在这样的背景下编集成书的。《大周正乐》始撰于周世宗显德五年十一月，《册府元龟》卷四七六《奏议》对窦俨编撰《大周正乐》的缘起记载甚详：

---

① （元）脱脱等：《宋史》，中华书局 1977 年版，第 9097 页。
② （元）脱脱等：《宋史》，中华书局 1977 年版，第 2939 页。

> 窦俨为中书舍人,显德四年上疏云……二曰夫乐者以德为本……伏请命博通之士,上自五帝,迄于圣朝,凡乐章沿革,总次编录。凡三弦之通,七弦之琴,十三弦之筝,二十弦之离,二十五弦之瑟,三漏之籥,六漏之篴,七漏之笛,八漏之篪,十三管之和,十七管之笙,十九管之巢,二十三管之箫,皆列谱记,对而合之,类从声等,虽异必通,编于历代乐录之后,永为定式,名之曰《大周正乐》,俾乐寺掌之,依文教习,务在齐肃。①

《册府元龟》卷五七〇《作乐》记载了朝廷对窦俨奏疏的答复:

> 十一月,翰林学士窦俨上疏论礼乐刑政之源……诏曰:窦俨所上封章,陈备政要,举当今之急务,疾近世之因循,器识可嘉,辞理甚当。故能立事无愧莅官,所请编集《大周通礼》《大周正乐》宜依。仍令于内外职官前资前名中,选择文学之士,同共编集,具名以闻。委俨总领其事,所须纸笔,下有司供给。②

综合史籍所载,周显德四年(957),窦俨始上疏请编《大周正乐》,五年十一月,朝廷诏许窦俨总领其事,选择文学之士,集体编纂《大周正乐》。那么《大周正乐》于何时撰修完成呢?

相较于《册府元龟》《旧五代史》等对窦俨奏请编集《大周正乐》记载之详,史籍中有关该书的成书时间却未有明确记载。但据史料来看,《大周正乐》成书应在显德六年(959),如是判断理由有二:一是《崇文总目》《中兴书目》等宋代目录文献著录《大周正乐》时,其撰者、卷次、内容等信息完整,未有一语言及其书未完稿者。《宋史·窦俨传》亦云:"所撰《周正乐》成一百二十卷,诏藏于史阁。"③故《大周正乐》的编撰工作应是在后周时期已经完成。二是显德七年(960)正月,宋太祖发动陈桥兵变,后周灭亡,赵宋立国。如果《大周正乐》至显德六年仍未修完,则所谓"大周"正乐必然不可能在赵宋继续编

---

① (宋)王钦若等编:《册府元龟》,中华书局1960年版,第5686页。

② (宋)王钦若等编:《册府元龟》,中华书局1960年版,第6856页。

③ (元)脱脱等:《宋史》,中华书局1977年版,第9097页。

修。要而言之,既然《大周正乐》是完稿,其成书只可能在显德六年。

如此推算,《大周正乐》始撰于后周显德五年十一月,于显德六年编集完成。编修完成用时约一年两个月,而该书计120卷,号称"上自五帝,迄于圣朝,凡乐章沿革,总次编录",算得上是音乐巨著,能在如此短的时间完成,的确有点难以想象。但《大周正乐》由窦俨"总领其事",择"文学之士,同共编集",即由朝廷出资,集体编撰,故于约一年多时间编集完成亦非不可能。杨文指出该书一部分为"抄撮""抄录"历代乐书而成①,这一编集方式也是其迅速成书的重要原因。后世学者评论该书每有"博而无次""广而不要"之语,史家论评与该书编集特点亦颇为一致。

(三)《大周正乐》卷次

值得注意的是,关于《大周正乐》的卷数,诸书记载略有不同,《崇文总目》《宋史》本传载120卷,《中兴书目》《宋史·艺文志》载88卷。而《中兴书目》云:"今书八十四卷具存,曲谱惟有黄钟大吕四卷,余皆缺。"根据《崇文目》《中兴书目》等著录,我们可以做如下推测:北宋《崇文总目》等著录时,该书尚是120卷完帙,至南宋《中兴书目》著录时,前84卷尚存,而后36卷新曲谱中唯存4卷,故实存卷数88卷。宋以后目录唯《宋史·艺文志》载:"《大周正乐》八十八卷,五代周窦俨订论。"此外不见于公私目录,推测该书大约于宋元间亡佚。

二、《大周正乐》佚文辑考

本文辑录《大周正乐》佚文,以《太平御览》《乐书》《玉海》等宋代典籍为主②,

① 杨超:《〈大周正乐〉佚文所见〈琴操〉篇目考》,《中国音乐学》2014年第1期。

② (宋)李昉等编:《太平御览》,中华书局1958年版。(宋)陈旸:《乐书》,《四库全书》第211册,上海古籍出版社1987年版。(宋)王应麟:《玉海》,《四库全书》第945册,上海古籍出版社1987年版。

不包含后世文献中内容重复、文字相近之佚文。北宋陈旸撰《乐书》二百卷，体制宏大，资料详赡，目前《乐书》比较好的版本主要有两种，一是国家图书馆中华再造善本据元至正七年福州路儒学刻明刻印行本，一是《四库全书》，二本各有优劣，辑录所用《乐书》以《四库》本为主，辅以国图所藏明刻本。本次辑录《大周正乐》相关佚文约65条，另有窦俨论叙一条。据窦俨请编《大周正乐》奏议及《崇文目》等所载内容门类，除窦俨论叙外，将佚文大致归为乐器、琴乐、历代乐录三大类。

（一）《大周正乐》论叙

《中兴书目》载及该书末卷有窦俨论叙，此论叙亦应为该书佚文：

诏编乐书、叙论、谱记凡八十四卷，象八十四调，新曲谱三十六卷，合前为十二帙，象期之数。

（二）乐器

1. 西凉、清乐方响一架十六枚，具黄钟、大吕二均声。（《乐书》卷125）①

2. 羯鼓之制，其色尚赤，上无带，下无座。（盖与唐代乐图后世教坊者异矣），世俗亦谓之两杖鼓云。（《乐书》卷127）②

3. 铎如铙，摇之以和鼓也。（《乐书》卷134）③

4. 编磬二十八之说，始于汉之郑康成，非古制也。大架所用二十四枚，应十二律倍声。唐李绅所传也。小架所用十四枚，通黄钟一均，上倍之。（《乐书》卷136）

---

① 按：本文所辑佚文上下皆有该条文字出自《大周正乐》之提示文字，如本条上有“《大周正乐》载”、下条文字上有“《大周正乐》所传”等。本文所辑佚文均略去相关提示语。

② 按：疑“盖与唐代乐图后世教坊者异矣”一句为陈旸叙述文字，非《大周正乐》原文。

③ 此条又见《御览》卷584《乐部》，文字略有不同：“《大周正乐》曰：‘铎如铙，以木为舌，摇之以和鼓也。’”（宋）李昉等编：《太平御览》，中华书局1985年版，第2632页。

5. 凡鼓，施于边徼谓之警鼓。(《乐书》卷138)

6. 鹭，一作鹳。(《乐书》卷138)

7. 抚拍，以韦为之，实之以糠，抚之以节乐也。(《乐书》卷140)①

8. (应)皆外黑内朱。(《乐书》卷124，又见同书卷169)

9. 舞箭谓之箾。(《乐书》卷170)

10. 刘贶曰：鼓，动也，冬至之音，万物含阳气而动。雷鼓八面以祀天，灵鼓六面以祀地，路鼓四面以祀鬼神。夏后加之以足，谓之足鼓，殷人贯之以柱，谓之柱鼓，周人悬之，谓之悬鼓，后世复殷制建之，谓之建鼓。高六尺六寸，金奏则鼓之，旁有小鼓，谓之应鼓，以和大鼓。小鼓有柄曰鞉，摇以和鼓。大曰鞞也。腰鼓大者瓦，小者木，皆广首而纤腹。齐鼓如漆桶大，一头设齐于鼓面，如麝齐，故曰齐鼓。(《御览》卷582)

11. 马上之鼓曰提鼓，有木可提。执施于朝，则登闻之鼓，敢谏之鼓是也。施于府寺曰朝鼓，在村墅曰枹鼓。枹，一作桴，调击鼓物也。在边徼曰警鼓。(《御览》卷582)

12. 铜鼓，铸铜为之，虚其一面，覆而击其上，南蛮、扶南、天竺类皆如此。岭南豪家则有之，大者广尺余。(《御览》卷582)

13. 节鼓，如博局，中开圆孔，适容其鼓击之，以节乐也。(《御览》卷582)

14. 毛员鼓，似都昙而稍大。(《御览》卷582)

15. 有鼍鼓、节鼓，不知谁所造。(《御览》卷582)

16. 担鼓如小瓮，先冒以革而漆之。(《御览》卷582)

17. 羯鼓，正如漆桶，两手俱击。以其出羯中，故号羯鼓，亦谓两

① 此条又见《御览》卷584《乐部》，文字略有不同："《大周正乐》曰：'抚相以韦为之，实以糠，抚之以节也。'"(宋)李昉等编：《太平御览》，中华书局1985年版，第2632页。

杖鼓板。(《御览》卷 582)

18. 正鼓、和鼓,一以正而一以和,皆腰鼓也。(《御览》卷 582)

19. 都昙鼓,似腰鼓而小,以小搥击之。(《御览》卷 582)

20. 荅腊鼓,制广于羯鼓,而鼓以指,揩之其声甚震,俗谓之揩鼓。(《御览》卷 582)

21. 鸡娄鼓,正而圆,首尾可击之处平可数寸。(《御览》卷 582)

22. 方鼓,大历元年,司马滔进《广平乐》,兼此鼓,以应黄钟声一均。(《御览》卷 582,又见《玉海》卷 110)

23. 今缶八,永太初,司马滔进献《广平乐》,盖此八缶,具黄钟一均声。(《御览》卷 584)

24. 编钟、磬、箫,并以十六为数。(《玉海》卷 109)①

25. 拍连九板。(《古今韵会举要》卷 28)

另外,以下几条或非《大周正乐》原文,但内容应亦出《大周正乐》或与《大周正乐》密切相关:

26. (《乐书》卷 125"铁拍板"条):《大周正乐》,缺,秋。

27. (《乐书》卷 127"中答腊鼓"条):中答腊鼓,《大周正乐》用之。

28. (《乐书》卷 127"齐鼓"条):《大周正乐》所传齐鼓,其形状虽不甚相似,然大致亦可得而同也。②

(三) 琴乐

《大周正乐》中记录了大量琴曲及古琴音乐资料,主要见于《御览》卷五七八《乐部·琴中》及卷五七九《乐部·琴下》,卷五七八所录 27 首琴曲,每条曲

① (宋)王应麟:《玉海》,《四库全书》第 945 册,上海古籍出版社 1987 年版,第 856 页。

② 《通考》卷 136 引《乐书》云:"《大周正乐》所传齐鼓,其形状虽不甚相远,其设饰不同,两头贯以绶带。"(元)马端临:《文献通考》,中华书局 1986 年版,第 1208 页。

名下皆有解题,有的文字相对较长。为使本部分佚文条目清晰,特列其曲名或首句文字如下:

表 2:《太平御览》卷五七八《乐部·琴中》所见《大周正乐》佚文 27 条

序号	佚文	序号	佚文
1	师襄子,夫子琴师也	15	《聂政刺韩王》者,聂政之所作也
2	寇先生,宋人也	16	《曾子归耕》者,曾子之所作也
3	《杞梁妻》者,齐邑杞梁殖妻之所作也	17	《崔子渡河》者,闵子骞之所作也
4	《伐檀操》者,魏国女之所作也	18	《屈原自沉》者,屈原之所作也
5	《将归操》者,孔子之所作也	19	《孔子厄》者,孔子之所作也
6	《岐山操》者,周大臣之所作也	20	《霍将军歌》者,霍去病之所作也
7	《三子穷操》者,其思革子之所作也	21	《凤凰来仪》者,周成王之所作也
8	《鹿鸣操》者,周大臣之所作也	22	《子安之》者,其门离湏之所作也
9	《驺虞操》者,邵国女之所作也	23	《力拔山》者,项羽之所作也
10	《猗兰操》者,孔子之所作也	24	《禹上会稽》者,禹之所作也
11	《龟山操》者,孔子之所作也	25	《箕子吟》者,箕子之所作也
12	《白驹操》者,失朋友之所作也	26	《文王思士》者,文王之所作也
13	《越裳操》者,周公之所作也	27	《武王伐纣》者,武王之所作也
14	《拘幽操》者,文王之所作也		—

1.(《大周正乐》曰)师襄子,夫子琴师也。方子春教成连先生鼓琴,能化人情者也。成连先生,教伯牙鼓琴者也。钟子期,善听知音者也。子期死,伯牙终身不鼓琴者也。颜渊,听夫子琴知周衰者也。涓子操琴心玉篇者也。琴高以琴养性,求仙于罗浮山中,鼓琴于郢中,奏《阳春》《白雪》者也。雍门周以琴感孟尝君,悲者也。邹忌与齐王言琴事,以方正定德者也。荣启期对夫子弹琴,言三乐之事者也。禽孟临蛮户死而琴歌者也。应侯鼓贾子对以取牛妇人者也。子桑饥寒欲死,鼓琴而歌者也。师旷为晋平公操徵,感玄鹤二七下舞者也。师涓,写濮上琴声者也。子夏除丧,曰琴乐,曰不敢不至者也。闵子骞除丧,曰弹琴不成声者也。宓子贱治单父不下堂,弹琴而邑自

理者也。踞转鼓琴，春秋晋大夫张骼辅铄者也。卫师曹，卫献公令师曹教公嬖妾，师曹鞭之，公怒之，鞭师曹三百者也。(《御览》卷578)

2.（又曰）寇先生，宋人也。以钓鱼为业，宋景公问道不告，杀之。后十五年，在宋城门下弹琴者也。已上自尧《神人畅》至始皇九十三弄好事七十二人并为上石。(《御览》卷578)

3.（又曰）《杞梁妻》者，齐邑杞梁殖妻之所作也。庄公袭莒，殖战而死。庄公还，遇其妻于路，使使者道吊之。妻曰："今殖有罪，君何辱命焉。若殖免于罪，贱妾有先人之敝庐，妾不敢与郊吊也。"公乃吊诸室，成礼而去。妻叹曰："上则无父，中则无夫，下则无子。外无所依，内无所倚，将何以立？吾岂能更二哉，死而已矣。"于是乃援琴而鼓之。(《御览》卷578)

4.（又曰）《伐檀操》者，魏国女之所作也。伤贤者隐蔽，素飧在位，闵伤怨旷，失其嘉会。夫圣主之制能治人者，食于人；不能治人者，食于田。今贤者隐退，伐木小人在位。食禄悬珍，奇积百谷，并包有土，德泽不加，百姓伤痛。上之不知，王道之不施，仰天长叹，援琴而鼓之。(《御览》卷578)

5.（又曰）《将归操》者，孔子之所作也。赵简子循执玉帛以聘孔子，孔子将往，未至，渡狄水，闻赵杀其贤大夫窦鸣犊，喟然而叹之曰："夫赵之所以治者，鸣犊之力也。杀鸣犊而聘余，胡丘之往也。夫燔林而田，则麒麟不至。覆巢破卵，则凤凰不翔。鸟兽尚恶伤类，而况君子哉！"于是援琴而鼓之。(《御览》卷578)

6.（又曰）《岐山操》者，周大臣之所作也。太王居豳，狄人攻之，仁恩恻隐，不忍流血。选□珍宝、犬马、皮币、束帛与之。狄侵不止，问其所欲，欲得土地。太王曰："土地者所以养万民也，吾将委国而去矣。二三子亦何患无君焉。"遂杖□而出，踰乎梁而邑乎岐山。自伤力不能化夷狄，为其所侵。喟然叹息，援琴而鼓之。(《御览》卷578)

7.（又曰）《三子穷操》者，其思革子之所作也。其思革子、城石文子、叔愆子三人相与为友。闻楚成王贤而好士，三子相与俱往见之。至于磝硗嶔岩之间，卒逢飘风，暴雨相与。俱伏空柳之下，衣寒乏粮，自度不得活。三人相视而叹曰：“与其饥寒俱死也，岂若并衣粮于一人哉。”二人俱以其思革子为贤，推衣粮与之。革子曰：“死其共之，今二子以贤愚相辞，乃以死让，孰贤哉！”辞而不受。二子曰：“吾自以相与，犹左右手也。左伤则右救之，右伤则左救之，子不我受，俱死，无名于世，不亦痛乎。”于是思革子乃受之，二子遂冻饿而死。其思革子抱二子尸而埋之，号天哭泣，竭哀而去。往见楚王，楚王知其贤者，于是旨酒嘉肴，设钟鼓乐之。其思革子怆然有忧悲之意，楚王心动，怪而不悦，乃推罇罢乐，引琴而进，其思革子援琴而鼓之，作相与别散之意。王闻曰：“子琴音何哀苦也。”革子推琴离席长跪，涕流而下对：“臣友三人，石文子、叔愆子，窃慕大王高义，欲俱来谒，至于磝硗嶔岩之间，逢飘风暴雨，衣寒粮乏，度不能俱活，二子俱不以臣为不肖，推粮与臣，二子逢冻饿死。大王虽陈酒餚设乐，诚不敢酣乐也。”楚王曰：“嗟乎！乃如是耶。”于是赐其思革子黄金百斤，命左右棺敛收二子而葬之，以其思革子为相。故曰《三士穷》。（《御览》卷578）

8.（又曰）《鹿鸣操》者，周大臣之所作也。王道衰，君志倾。留心声色，内顾妃后。设旨酒嘉肴，不能厚养贤者尽礼，极欢形见于色。大臣昭然独见，必知贤士幽隐，小人在位。周道陵迟，自以是始。故弹琴以风谏，歌以感之。庶几可复歌“呦呦鹿鸣，食野之苹。我有嘉宾，鼓瑟吹笙。”“吹笙鼓簧，承筐是将。人之好我，示我周行。”此言禽兽得美甘之食，尚知相呼，伤时在位之人不能。乃援琴以刺之，故曰《鹿鸣》也。（《御览》卷578）

9.（又曰）《驺虞操》者，邵国女之所作也。古有圣王在上，君子在位，役不踰时，不失嘉会。内无怨女，外无旷夫。及周道衰□，礼义废弛，强凌弱众暴寡。万民骚动，百姓愁苦，男怨于外，女伤于内。内外无主，内迫情性，外迫礼义，叹伤所说而不逢时。于是援琴而歌。（《御览》卷578）

10.（又曰）《猗兰操》者，孔子之所作也。孔子周流天下，聘诸侯莫能任用。自卫反鲁，过隐山中，见芗兰之独茂也。喟然而叹曰："夫兰当为王者香，今乃独与众草为伍，譬犹贤者不得逢时，与鄙夫为伦也。"凭车抚轼，援琴而鼓之。自伤不逢时也。（《御览》卷578）

11.（又曰）《龟山操》者，孔子之所作也。齐人馈女乐，季桓子受之，鲁君闭门不听朝。当此之时，季氏专政，上僭天子，下畔大夫，贤圣斥逐，谗邪满朝。孔子欲谏而不听，复退而望鲁。鲁有龟山蔽之，辟季氏于龟山，托势位于斧柯。季氏专政道，犹龟山之蔽鲁也。伤政道之不用，闵百姓不得其所，欲诛季氏而力不能。于是援琴而歌。（《御览》卷578）

12.（又曰）《白驹操》者，失朋友之所作也。其友贤，俱仕乎。衰乱之世，君无道，不可匡辅，依违成风，谏不见受，国士咏而思之。援琴而长歌。（《御览》卷578）

13.（又曰）《越裳操》者，周公之所作也。周公辅相成王，成就文王之道，天下太平，万国和会，四夷纳贡，越裳重九译而来献白雉。执贽曰："吾君在外国也，顷无迅风暴雨，意者中国有圣人乎？故遣臣来。"周公于是仰天而叹之。援琴而歌。（《御览》卷578）

14.（又曰）《拘幽操》者，文王之所作也。纣为无道，上逆天文，下变地理。刑无罪，杀不辜，斮朝涉，刳孕妇。百姓怨悲，海内同心苦之。文王为西伯，种德修仁，布其恩惠，天下三分有其二。纣大怒其有仁心也，召而朝之，拘于羑里。文王忧愁，援琴而歌之。故曰《拘幽操》也。（《御览》卷578）

15.（又曰）《聂政刺韩王》者，聂政之所作也。聂政父为韩王治剑，过时不成，韩王杀之。时政未生，及壮问其母曰："父何在？"母告之。政欲杀韩王，乃学涂入王宫，拔剑刺韩王不得，走。政逾城而出，去入太山，遇仙人学鼓琴。漆身为厉，吞炭变其音，七年而琴成。欲入韩国，道逢其妻，妻对之泣下，对曰："夫人何故泣？"妻曰："聂政出游，七年不归。吾常梦相思，见君对妾笑，齿似政齿，故我心悲而泣也。"政曰："天下人齿尽政若耳，胡为泣乎？"即别去，复入山中，仰天而叹曰："嗟乎！变容易身，欲为父报仇而为妻所知，父仇当何时复报？"援石击落其齿，留山中三年习操。持入韩国，人莫知政。政鼓琴阙下，观者成行，马牛止听，以闻韩王。王召政而见之，使之弹琴，政即援琴而歌之，内刀在琴中。政于是左手持衣，右手出刀，以刺韩王，杀之。曰："乌有使人生不见其父，可得死乎？"政杀国君，知当及母。即自犁剥面皮，断其形体。人莫能识。知乃枭磔政形体，市悬金其侧。有知此人者，赐金千斤。遂有一妇人，往而哭曰："嗟乎！为父报仇耶。"顾谓市人曰："此所谓聂政也。为父报仇，知当及母，乃自犁剥面。何爱一女之身而不扬吾子之名哉！"乃抱政尸而哭，冤结□塞，遂绝行脉而死。故曰《聂政刺韩王》。（《御览》卷578）

16.（又曰）《曾子归耕》者，曾子之所作也。曾子事孔子十有余年，眷然念二亲年衰，养之不备，欲归而重叹之。于是援琴而歌之。（《御览》卷578）

17.（又曰）《崔子渡河》者，闵子骞之所作也。崔子早无母，其后母常以其死母名呼之，不应者，后母辄笞之。崔子恶其与母同名，欲自杀，恐扬父恶。又死母名应则逆，非义也。则以能游渡河为辞，系石于腹，入水自沉，是以父过不扬。闵子骞大其能为父隐，伤痛之，故援琴而鼓之，以美其意。故曰《崔子渡河》。（《御览》卷578）

18.（又曰）《屈原自沉》者，屈原之所作也。屈原楚同姓也。为怀王佐，博闻强识，疏通政事。入则与王议国计□，以施号令；出则接遇宾客，应对诸侯。上官大夫与之争宠，害其器能，谮之于王，曰："使屈原每一出令，伐功，以其非己莫能。"于是怀王怒而斥之。屈原自伤怀忠而见疑，忧愁面目黧黑，临河而哀思。著《离骚》《九歌》《九叹》《七谏》之辞。仰天而叹，援琴而歌之。(《御览》卷578)

19.(又曰)《孔子厄》者，孔子之所作也。孔子应聘于楚，待礼于陈。在陈绝粮，从者病，莫能兴。喟然而叹曰："归欤归欤，吾党之小子狂简，斐然成章，不知所以裁之。"于是援琴而鼓之，以自杀其志。故曰《孔子厄》。(《御览》卷578)

20.(又)《霍将军歌》者，霍去病之所作也。去病为讨寇校尉，为人少言，勇而有气。使击匈奴，斩首二千，后六出斩首十余万级，益封万五千户侯，禄与大将军等。于是志得意欢，乃援琴而歌之。(《御览》卷578)

21.(又曰)《凤凰来仪》者，周成王之所作也。成王即位，用周、召、毕、荣之属，天下大治，殊方绝域，莫不蒙化。是以越裳献雉，重译来贡，太平之瑞，同时而应，麒麟游苑圃，凤凰翔舞于庭，颂声并作，佥然大同。于是成王乃援琴而鼓之。(《御览》卷578)

22.(又曰)《子安之》者，其门离湏之所作也。其门离湏兄弟三人，长兄从军，二年不归，离湏坐视被刑，天下昏乱，兵革骚动，宗族离散，离湏当远往输持。其小弟往寄所。知分别相去，垂涕而决。其弟歔欷谓离湏曰："吾生不睹母，长不识父，遭颠沛扰攘之世，兄从军不归，子复远输，未知反期。一旦是非，使吾无所依，吾闻兄在林梨，欲从之。"离湏止之曰："兵革交错，道路不通，子为我无往，往必不还，今吾兄弟，分离死别，不亦痛乎？"喟然不应，涕泣而别离。湏嘱其主人曰："此子欲往，慎为我勿遣也。"去数日，卒夜往不知其处。离湏来，遂分布求之，卒不得。忧思不乐，仰天而叹，于是援琴而鼓之。(《御览》卷578)

23.(又曰)《力拔山》者,项羽之所作也。项王为汉所围于垓下,诸侯兵悉到,围数重。项王夜觉,闻四面楚歌,惊起坐,仰天而叹曰:“汉得吾众,是何楚歌之多?”于是心悲,援琴而鼓之。(《御览》卷578)

24.(又曰)《禹上会稽》者,禹之所作也。尧时洪水滔天,百姓巢居不安。尧乃征禹而使治之,禹乃决江河,上会稽山,顾曰:“呜乎,洪水滔,天下人愁悲。上帝俞咨,三过吾门不入。父子道衰,非欲伐功也。伤君莫知,不欲烦下民。自是之后,百姓降立,黎庶乂安。”弹琴以自叹,故曰《禹上会稽》。(《御览》卷578)

25.(又曰)《箕子吟》者,箕子之所作也。箕子纣之诸父也。纣为无道,杀比干,醢梅伯,斮朝涉,刳孕妇。奢淫骄恣,不修道德。箕子知不可谏,乃被发佯狂,痛宗庙之坵墟。喟然援琴而鼓之。(《御览》卷578)

26.(又曰)《文王思士》者,文王之所作也。文思得贤士,与为治。出游,援蓍而卜之,卦得所获,非龙非麟,非虎非熊,乃帝王之师也。至渭之阳,果遇吕尚,与语,大悦之。曰:“吾先人太公有言,当有圣人适周,子其是耶。”遂载与之俱归,立以为师,号曰“太公望”。文王悦喜,乃援琴而鼓之,自叙思士之意。故曰《文王思士》。(《御览》卷578)

27.(又曰)《武王伐纣》者,武王之所作也。武王兴师伐纣,伯夷、叔齐拔剑扣马曰:“父死不葬而争天下,非孝也。执贽而事之,举兵而伐之,非义也。”武王以告太公望,太公曰:“循大行者,不顾细礼。立大功者,不恤后愆。”遂克殷诛纣于牧野,于是天下晏然,万民懽忻。武王援琴而鼓之。(《御览》卷578)

除《御览》卷五七八《乐部·琴中》录《大周正乐》中“武王伐纣”条引文外,卷五七九《乐部·琴下》又有7条述及琴道、琴人及琴事等,此外《渊鉴类函》中亦有佚文一条：

28. 胜之，逸人也，常挟琴牧羊巨泽。汉王知其贤，将聘焉，委以国政。胜之曰："吾废牧羊之任，而委四海之务，是错乱天地，颠倒人伦。"竟逃于阴山之中。(《御览》卷 579)

29. 琴所以修身理性，反其天真也。君子所以常御，不离于身，非若钟鼓，陈于宗庙，列于簴悬也。以其大小得中，而声音和，大声不喧哗而流漫，小声不湮灭而不闻，适足以和人意气，感发善心也。(《御览》卷 579)

30. 瓠巴，六国时人也。工琴好古，因夏日，俯于池亭鼓之，感鱼跃潜藻而听焉。(《御览》卷 579)

31. 嵇康，字叔夜。有迈俗之志，为中散大夫。或传晋人，非也。常宿王伯通馆，忽有八人云："吾有兄弟，为乐人，不胜羁旅，今授君《广陵散》，甚妙，今代莫测。"(《御览》卷 579)

32. 凡琴曲，和乐而作命之曰畅。畅者，言其道之美畅，从不敢自安也。忧愁而作，命之曰操。操者，言困阨危迫，犹不失其操也。(《御览》卷 579，又见《记纂渊海》卷 78)

33. 清角，黄帝之琴。鸣廉、修况、蓝胁、自鸣、空中、号钟，齐桓公琴。绕梁，楚庄王琴。绿绮，司马相如琴。焦尾，蔡邕琴。凤皇，赵飞燕琴。(《御览》卷 579，又见《记纂渊海》卷 78)

34. 贺韬，吴人也。常弹琴，感鬼神见，舞数曲，斯亦妙之至也。(《御览》卷 579)

35. 曾子鼓琴，崔子立户外而听之。曲终入曰："善哉鼓琴乎！身已成矣，而惜未得其首也。"曾子曰："吾昼卧，梦见一狸，但见其身，不见其头，起而为之弦歌也。"(《渊鉴类函》卷 431)①

① (清)张英等：《渊鉴类函》，《四库全书》第 887 册，上海古籍出版社 1987 年版，第 476 页。

（四）历代乐录

《御览》所录佚文中，涉及前代音乐史料三则，窦俨上疏称《大周正乐》内容包括“历代乐录”，今将其总归入“历代乐录”下。

1. 崔棁等所造朝会十一曲，当时已被于乐府，而卢詹、张允等所撰宗庙十五曲，标题杂舛，岂未始被于弦歌。（《乐书》卷164）

2. 唐朝承周隋离乱之后，乐悬散失，独无徵音。国姓所阙，知者不敢闻达其事。天后末，御史大夫李嗣真常密求之，不得。一旦秋爽，闻砧声，有应之者，在今弩营，是当时英公宅，又数年无由得之。其后敬业举兵败走，后潴其宫，嗣真乃求得丧车一铎，入而振之，于东南隅，果有应也，遂掘之，得石一段，裁为四具，补乐悬之散阙，今享宗庙郊天挂簨簴者，乃嗣真所得也。（《御览》卷584）

3. 汉武帝通西域，始以善幻人至中国。安帝时，天竺献伎，能自断手足，刳腹胸，自是历世有之。唐高宗恶其惊俗，敕西域关津不令入中国。（《御览》卷569）

三、《大周正乐》的文献价值

《大周正乐》总录前代，兼及当朝，是宋以前最大的综合性官方音乐文献，也是我国古代第一部通史性音乐巨著，是《乐书》等大型音乐文献的先声。该书虽已亡佚，但其独特的文献价值是不容忽视的。其文献价值主要体现在以下三个方面：

（一）是我国古代第一部通史性音乐巨著

《大周正乐》上至五帝，迄于后周，是唐五代时期保存音乐史料最为广博的文献，也是我国古代第一部通史性音乐巨著。《中兴书目》云：“《大周正乐》

八十八卷。周显德间中书舍人窦俨撰。俨承诏订论历代乐名、乐仪、乐议、乐音、乐图、乐章、乐器、乐曲及夷乐之名甚备。按：俨末卷论序云：'诏编乐书、叙论、谱记凡八十四卷，象八十四调，新曲谱三十六卷，合前为十二帙，象期之数。'今书八十四卷具存，曲谱惟有黄钟大吕四卷，余皆阙。"①《崇文总目》则云："《大周正乐》一百二十卷，周翰林学士窦俨撰。显德中，俨奉诏集缀，其书博而无次。"②结合《册府元龟》所载窦俨奏疏及《崇文总目》《中兴书目》等的著录，可知《大周正乐》的内容大致可分为两部分，一部分为"叙论谱记"的历代乐录，计八十四卷，内容广博，卷帙宏大。如其奏疏所言，上至五帝，迄于后周，凡乐章沿革，总次编录，应是历代音乐资料的汇编，编集方式以"抄录"为主。就目前文献看，至少包括历代乐录、乐仪、乐议、乐音、乐图、乐章、乐器、乐曲、夷乐之名、乐书、叙论、谱记等十数种。其次是所谓"新曲谱"三十六卷，当是对五代后周时乐舞的记录，应该是该书最有价值的部分。唯因书成众手，不免"博而无次""广而不要"。

（二）音乐史料的唯一性

宋祁《论精选太常乐工及募能知音者备太常官属》论及《大周正乐》，其云："俨又著《大周正乐》一百二十篇，虽广而不要，杂而无类，苗莠相败，雅郑同侪，然礼失而求野，或有可采。"宋人对该书虽有所诟病，但也不得不承认该书"或有可采"，仍有积极的借鉴作用。今见《大周正乐》佚文中，一部分为抄录历代乐书而来，如对《初学记·乐部》《通典·乐》《旧唐书·音乐志》等的抄录，"所录与原文面貌基本一致"，仅有个别文字不同。③ 这一部分虽为抄录文字，但作为古文献其校勘及研究价值依然十分重要。

尤为重要的是，部分记录仅见于《大周正乐》。《乐书》卷一四六所引崔

① （宋）陈骙：《中兴馆阁书目》，《中国历代书目丛刊》，现代出版社 1987 年版，第 371 页。

② （宋）王尧臣等：《崇文总目》，《中国历代书目丛刊》，现代出版社 1987 年版，第 18 页。

③ 杨超：《〈大周正乐〉佚文所见〈琴操〉篇目考》，《中国音乐学》2014 年第 1 期。

棁、卢詹、张允等所造朝会、宗庙音乐一事，涉及后晋朝廷音乐的制作和使用情况。《旧五代史·乐志》载及这一时期朝廷制乐云："其正冬朝会礼节、乐章、二舞行列等事宜，差太常卿崔棁、御史中丞窦贞固、刑部侍郎吕琦、礼部侍郎张允与太常寺官一一详定。"《新五代史·崔棁》传则云："棁与御史中丞窦贞固、刑部侍郎吕琦、礼部侍郎张允等草定之。其年冬至，高祖会朝，崇元殿廷设宫县，二舞在北，登歌在上，文舞郎八佾……高祖大悦，赐棁金帛。群臣左右睹者皆嗟叹之，然礼乐废久，而制作简缪。"其后所制乐舞被废。崔棁任太常卿是在后晋天福间，崔棁所作当时已被于乐府，而后二者所撰则因"标题杂舛，岂未始被于弦歌"。这一史实正史及他书不载，唯见《大周正乐》，且较之《旧五代史》《新五代史》记载，窦俨《大周正乐》所记为当代人记当代事，故更为可信。

再如《太平御览》所征引此书二十五篇琴曲解题文字，顾修《读画斋丛书》本《琴操》曾以此辑录佚文，且其中七篇不见唐宋人所引《琴操》，亦不见于王谟辑本和《读画斋丛书》本《琴操》，对校勘、补充《琴操》一书具有极重要的史料价值。

（三）独创的编集方式及体例

《大周正乐》不仅保存了珍贵的音乐史料，其首创抄录前代乐书、汇集当朝乐舞资料的"编集"体例对后世产生了重要影响。

《大周正乐》之所以能在短短约一年时间编就，除汇集文士集体编集外，"抄录""抄撮"历代乐书的编集方式是其快速成书的重要因素，这一独创的编集方式及体例对后世音乐文献产生了重要影响。《大周正乐》之后约五十年，北宋建中靖国（1101）间出现了另外一部大型音乐文献——北宋陈旸所编集《乐书》。《乐书》计二百卷，是现存第一部音乐百科全书，如同《大周正乐》，也是一部音乐通史。陈旸宋徽宗时为太学博士、秘书省正字，累官至鸿胪太常少卿、礼部侍郎。其仕履与窦俨极为相似，且曾任职秘书省，时《大周正乐》

“藏于史阁”，且《乐书》中多处征引《大周正乐》文字，说明陈旸熟知《大周正乐》编集体例及内容。

如前文所述，《大周正乐》内容大致可分为两部分：八十四卷的“叙论谱记”即历代乐录，是历代音乐资料的汇编，编集方式以“抄录”为主。其次是所谓“新曲谱”三十六卷，是对五代后周乐舞的记录。而《乐书》“包括历代，总述前闻”（《四库提要》），上溯三代，下至北宋，亦为大型通史性音乐文献。该书内容亦分两部分：前九十五卷抄录儒家经典乐论并为之训义，后一百零五卷乐图论抄录了包括《通典·乐》《教坊记》《乐府杂录》等在内的大量前代音乐资料，同时记录了北宋朝廷音乐，与《大周正乐》编集方式及体例相同。要之，无论就内容、编集方式还是编撰体例而言，《乐书》都与《大周正乐》极为相近。《大周正乐》首创的抄录前代乐书、载录当朝乐舞的编集体例和成书方式对后世《乐书》等音乐论著产生了重要影响。

下编 佚名及其他待考论著

一　佚名《音律图》

《音律图》不见于诸家目录,《太平御览》征引该书文字七条,《乐书》《玉海》以及《旧唐书·音乐志》等亦有相关文字记录。此书久已亡佚,但在唐宋时期影响较大,目前学界尚无该书的专门研究。

一、《音律图》佚文辑录

《太平御览》卷五八四《乐部二二》征引《音律图》文字七条,"五弦"类目下有五弦、二弦、秦汉三条,"太一"类目下有太一、天宝乐两条,其他两条分别在"六弦""七弦"类目下:①

1.《音律图》曰:五弦,不知谁所造也。今世有之,比琵琶稍小,盖北国所出也。

2.(又曰)二弦,未详所起。形如琵琶,二弦,四隔,孤柱一,合散声二,隔声八,柱声一,总十一声,随调应律。

3.(又曰)秦汉,未详所起。与琵琶同,以不开目为异。四弦,四隔,合散声四,隔声十二,总二十声,随调应律。

① (宋)李昉等编:《太平御览》,中华书局1985年版,第2622页。按:《四库全书》本《太平御览》与中华书局1985年版所引《音律图》文字略有差异。

4.(又曰)六弦,史盛作,天宝中进。形如琵琶而身长,六弦,四隔,孤柱一,合散声六,隔声二十四,柱声一,总三十一声,隔调应律。

5.(又曰)七弦,郑善子作,开元中进。形同阮咸而大,近身旁有少缺,取其身便也。(七)弦[1],十三隔,孤柱一,合散声七,隔声九十一,柱声一,总九十九声,随调应律。

6.(又曰)太一,司马縚作,开元中进。十二弦,六隔,合散声十二,隔声七十二,弦散声,应律吕,以隔声旋相为宫,合八十四调。今入雅乐宫悬内用之矣。

7.(又曰)天宝乐,任偃作,天宝中进。类石幢,十四弦,六柱,黄钟一均,足倍七声,移柱作调以应律,舞者亦执焉。

详审此七条佚文,行文格式相近,特征明显,大致为:器名、来源或制作者、形制、应律或当时应用,言词简洁,但切中要点,对所记乐器的特征均做出了非常专业的描述。《旧唐书·音乐志》亦载五弦、秦汉、六弦、七弦、太一乐等乐器。如将《音律图》七条佚文与《旧唐书·音乐志》文字比对,就会发现其与旧《志》文字十分接近:

> 琵琶,四弦,汉乐也……今清乐奏琵琶,俗谓之"秦汉子",圆体修颈而小,疑是弦鼗之遗制。其他皆充上锐下,曲项,形制稍大,疑此是汉制。兼似两制者,谓之"秦汉",盖谓通用秦、汉之法。……五弦琵琶,稍小,盖北国所出。
>
> 七弦,郑善子作,开元中进。形如阮咸,其下缺少而身大,旁有少缺,取其身便也。(七)弦,十三隔,孤柱一,合散声七,隔声九十一,柱声一,总九十九声,随调应律。太一,司马縚开元中进。十二弦,六隔,合散声十二,隔声七十二。弦散声,应律吕,以隔声旋相为宫,合八十四调。今编入雅乐宫县内用之。六弦,史盛作,天宝中进,形如

[1] 按:"弦十三隔"一句句意不通。比堪上下文,疑"弦"上脱"七"字。即"弦十三隔"应为"七弦,十三隔"。

琵琶而长。六弦,四隔,孤柱一,合散声六,隔声二十四,柱声一,总三十一声,隔调应律。天宝乐,任偃作,天宝中进。类石幢,十四弦,六柱。黄钟一均足倍七声,移柱作调应律。①

《音律图》与《旧唐书·音乐志》此节文字的关系,孙晓辉等学者已有论及,②惜未对《音律图》一书做出进一步考索。笔者拟从佚文考释、撰者、作时等几个方面对《音律图》加以考察,推究该书的性质,探讨其文献价值。

二、《音律图》佚文考释

《音律图》与《旧唐书·音乐志》同载秦汉、六弦、七弦、太一、天宝乐等乐器,文字小异而略详,以下对《音律图》佚文略作考释。

(一)五弦

总观《音律图》七条佚文,除"五弦"条外,其他六条行文格式一致,均明确记录乐器弦、隔等数目以及应律方式,唯"五弦"未及以上信息。《诗集》卷96《五弦弹》解题引《乐苑》云:

五弦,未详所起。形如琵琶,五弦,四隔,孤柱一,合散声五,隔声二十,柱声一,总二十六声,随调应律。③ ——《乐府诗集》卷九六引《乐苑》

二弦,未详所起。形如琵琶,二弦,四隔,孤柱一,合散声二,隔声八,柱声一,总十一声,随调应律。——《御览》卷584引《音律图》

学者多以此段为《乐苑》文字,④但详察此条文字,明确记录五弦的弦、隔

---

① (后晋)刘昫等:《旧唐书》,中华书局1975年版,第1077页。

② 孙晓辉:《两唐书乐志研究》,上海音乐学院出版社2005年版。

③ (宋)郭茂倩编撰,聂世美、仓阳卿校点:《乐府诗集》,上海古籍出版社1998年版,第1017页。

④ 耐尔森、赵维平:《五弦琵琶的柱制及其谱字配置》,《音乐艺术》1992年第1期。温和:《从〈乐苑〉的文献来源再看唐代的孤柱现象》,《音乐文化研究》2020年第2期。

等数目及应律方式，其行文特征与《音律图》其他六条佚文完全相同。此以《音律图》“二弦”条为例，将二者加以比对，可以清楚地看出其具有共同的行文特征。且《乐府诗集》征引《乐苑》文字28条，除此条外，全部为曲名解题类文字，唯有此条记载乐器形制，与其余27条殊为不类，而与《音律图》佚文特征完全一致。故笔者以为，《乐府诗集》所引“五弦”条或源出《音律图》。

（二）二弦

笔者检索古籍，尚未发现与“二弦”条佚文一致或相近的记载。此条佚文可能是目前唯一有关乐器二弦的记录，提供了有关该乐器比较全面专业的信息，亟待学人研究探讨。

（三）秦汉

乐器“秦汉”，《音律图》、旧《志》及《乐书》三书均有载及，如将三书文字加以比对，其异同一目了然：

> 《音律图》：秦汉，未详所起。与琵琶同，以不开目为异。四弦，四隔，合散声四，隔声十二，总二十声，随调应律。
>
> 《乐书》：秦汉琵琶，本出于胡人弦鼗之制。圆体修颈，如琵琶而小。柱十有二，惟不开目为异，盖通用秦汉之法。四弦，四隔，合散声四，隔声十二，总二十声。①

旧《志》：琵琶，四弦，汉乐也……今清乐奏琵琶，俗谓之“秦汉子”，圆体修颈而小，疑是弦鼗之遗制。其他皆充上锐下，曲项，形制稍大，疑此是汉制。兼似两制者，谓之“秦汉”，盖谓通用秦、汉之法。

旧《志》载乐器秦汉“兼似两制者，谓之秦汉，盖谓通用秦、汉之法”，对秦汉的描述相当模糊。《音律图》详细记载了“秦汉”的弦、隔、散声、隔声等数目

① （宋）陈旸：《乐书》，《四库全书》第211册，上海古籍出版社1987年版，第570页。

以及应律方法，与《乐书》所载秦汉琵琶相同，据此可知“秦汉”即“秦汉琵琶”，此乐器形制具有以下特质：一是与普通琵琶比较，“以不开目为异”；二是“四弦，四隔，合散声四，隔声十二，总二十声”。这则史料为解读和研究旧《志》所载“秦汉”“秦汉子”提供了依据。

《乐书》此节文字未注明出处，但较旧《志》更为详细，应非引自旧《志》，而是另有其史源文献。另外《乐书》文字附有“秦汉琵琶”乐器图，可资研究探讨。①

（四）六弦

《音律图》与旧《志》均载史盛所作六弦，前者佚文“形如琵琶而身长”一句，为旧《志》所无，可资参校。

除制作弦乐器六弦外，史盛又制作了管乐器“太平管”。《乐书》卷一四八“太平管”条：“太平管，形如跋膝而九窍，是黄钟一均，所异者头如觱篥尔。唐天宝中史盛所作也。”②

六弦与太平管，一为丝弦乐器，一为吹管乐器，是完全不同的两类乐器，而皆出史盛之手，说明史盛精通乐律，熟知不同乐器的发音原理及制作方法，具有丰富的专业知识和实践技能，是非常专业的人才。

（五）七弦

《音律图》与旧《志》均载郑善子所作乐器七弦，《音律图》中“形同阮咸而大，近身旁有少缺”句，旧《志》作“形如阮咸，其下缺少而身大，旁有少缺”，文字有异，意义相近。值得注意的是，旧《志》记述七弦时“弦十三隔”中，“弦”上亦脱“七”字。即“弦十三隔”应为“七弦，十三隔”。这一现象与《御览》中

---

① 按：《乐书》所附“秦汉琵琶”图为三弦，与文字描述的四弦不符，有关问题有待进一步研究。

② （宋）陈旸：《乐书》，《四库全书》第211册，上海古籍出版社1987年版，第683页。

《音律图》文字所出现的脱漏完全相同,这或是一种巧合,但还有另外一种可能,即二者之间存在史源关系。

(六)太一

司马縚所制乐器太一,《音律图》、旧《志》及《乐书》三书均有载及。《乐书》卷一四四"太一乐"条:"太一之制,十二弦,六隔,大抵与琴相类。合散声十二,隔声七十二,弦散声应律吕,以隔声旋相为宫,合八十四调。唐开元中司马滔所进者也。后世雅乐宫县内用之。"①《乐书》所录,较旧《志》及《音律图》文字多出"大抵与琴相类"一句,为解读旧《志》文字、认识太一乐提供了重要参考。此外,《乐书》中还附有"太一乐"乐器图,为研究及复原这一乐器提供了依据。

《音律图》记载太一乐文字末有"今入雅乐宫悬内用之矣",旧《志》作"今编入雅乐宫县内用之",记录了太一乐在宫廷乐舞中的类属,同时也说明撰者对乐器的功用以及朝廷雅乐、俗乐体制非常熟悉。另外,对太一的记载中有"开元"及"今"两个表示时间的节点,对推究此书的作时提供了参考。

太一制作者司马縚,史籍中又作"司马滔"。除制作了弦乐器太一外,又制作了乐器方鼓和八缶。代宗朝又以乐曲《广平太一乐》即《广平乐》进奉朝廷。

《旧唐书·音乐志》:"八缶,唐永泰初,司马縚进《广平乐》,盖八缶具黄钟一均声。"②《太平御览》卷五八四引《大周正乐》曰:"永泰初司马滔进献《广平乐》,有八缶,具黄钟一均声。"③《乐书》卷一三七:"唐永泰初,司马滔进《广平乐》,盖有八缶,具黄钟一均声。"④

---

① (宋)陈旸:《乐书》,《四库全书》第211册,上海古籍出版社1987年版,第661页。

② (后晋)刘昫等:《旧唐书》,中华书局1975年版,第1077页。

③ (宋)李昉等编:《太平御览》,中华书局1985年版,第2632页。

④ (宋)陈旸:《乐书》,《四库全书》第211册,上海古籍出版社1987年版,第623页。

《太平御览》卷五八二引《大周正乐》:“方鼓,大历元年,司马滔进《广平乐》,兼此鼓,以应黄钟声一均。”①《乐书》卷一三八“方鼓”条:“方鼓八面,唐大历中,司马滔进《广平乐》作鼓,应黄钟一均声。”②

两《唐书》等载司马縚曾在代宗朝进奉八缶、方鼓等乐器及乐曲《广平太一乐》,均为唐人首创,对研究唐代音乐史及乐器演变有重要意义。太一乐、八缶、方鼓等属不同类型的乐器,而同出司马縚之手,说明司马縚同史盛一样,都是这一领域的专业人员。

至于诸家所记进奉时间上“永泰初”或“大历元年”的差异,看似不同,实则一致。《旧唐书·代宗本纪》载:永泰二年十一月,“改永泰二年为大历元年”。③ 所谓的“永泰初”或“大历元年”实为同一时间段。

（七）天宝乐

《音律图》、旧《志》及《乐书》均载乐器天宝乐。《乐书》卷一四四“天宝乐”条:“天宝乐,形类石幢。其弦十四而设柱,黄钟一均,足正倍七声,移柱作调,以应律。天宝中,任偃所进也。舞者亦执焉。”④《音律图》及《乐书》佚文较旧《志》多出“舞者亦执焉”一句,为旧《志》所阙,可资参考。此外,《乐书》中还附有“天宝乐”乐器图,对研究及复原这一乐器提供了依据。

《乐书》保留了秦汉琵琶、太一乐、天宝乐等乐器图,这些图片源出何处呢?就“音律图”书名看,该书或本是一部图、文兼备的“图书”。故推测陈旸《乐书》所存太一乐、天宝乐等乐器图或同是源出《音律图》一书。

---

① (宋)李昉等编:《太平御览》,中华书局1985年版,第2626页。按:又见《玉海》卷110。
② (宋)陈旸:《乐书》,《四库全书》第211册,上海古籍出版社1987年版,第635页。
③ (后晋)刘昫等:《旧唐书》,中华书局1975年版,第285页。
④ (宋)陈旸:《乐书》,《四库全书》第211册,上海古籍出版社1987年版,第662页。

三、对司马縚、史盛、郑善子、任偃等身份的推测

《旧唐书·音乐志》等载唐司马縚、史盛、郑善子、任偃等四人在乐器方面均有制作,并进奉朝廷。正史乐志中载唐人创制乐器并不多见,故颇为令人印象深刻。那么为什么司马縚等四人制作的乐器会被载入正史乐志呢?笔者以为,推究制作者的身份可以为解答《音律图》的撰者提供参考。

四人之中司马縚作乐器三种,代宗朝又进奉乐曲《广平太一乐》,特别引人瞩目。司马縚所制作太一、八缶、方鼓等乐器,分属八音乐器中丝、土、革三种不同类型,说明司马縚精通乐律,熟知不同乐器的发音原理、形制及制作方法。除乐器外,司马縚在代宗朝又曾制乐曲《广平太一乐》进奉。《广平太一乐》又称《广平乐》,为"代宗二曲"之一。① 唐宋文献于此多有记载。代宗李豫登基前曾封广平王,②《新唐书·礼乐志》亦载云:"代宗繇广平王复二京,梨园供奉官刘日进制《宝应长宁乐》十八曲以献,皆宫调也。大历元年,又有《广平太一乐》。"③代宗朝进奉的两首乐曲中,一为梨园供奉官刘日进所制《宝应长宁乐》,一为司马縚所制《广平太一乐》。而刘日进为梨园供奉官,据此推测,制作《广平太一乐》的司马縚或亦为梨园或太常寺等音乐机关人员。又《乐书》卷一四八:"唐吕才歌《白云(雪)》、(司)马滔进《太一乐》等列之宫县,旋宫为八十四调,亦可谓近雅矣。"④吕才造《白雪》歌一事两《唐书》均有载:"太常丞吕才造琴歌《白雪》等曲""(吕)才复撰琴歌《白雪》等曲,帝亦制

---

① 亓娟莉:《〈凉州曲〉文献新考》,《中国音乐》2009年第1期。

② (后晋)刘昫等:《旧唐书》,中华书局1975年版,第267页。

③ (宋)欧阳修、宋祁等:《新唐书》,中华书局1975年版,第477页。

④ (宋)陈旸:《乐书》,《四库全书》第211册,上海古籍出版社1987年版,第648页。

歌词十六,皆著乐府”。[1] 旧《志》将梨园供奉官刘日进与司马縚并提,《乐书》又将太常丞吕才进《白雪》歌与司马縚进《太一乐》并提,进一步证实上文推测。且司马縚自玄宗开元(713—741)中进乐器太一,历肃宗至代宗大历元年(766)进乐器八缶、方鼓以及《广平太一乐》,历时近五十年。五十年间不断制作乐器、乐曲,且得以进奉朝廷,为时乐所用,其身份之特殊,显非普通民间人士,最合理的解释就是,其本为太常寺等音乐机关乐官或乐人。

据对司马縚身份的判断,制作六弦、太平管的史盛以及郑善子、任偃等或亦具有同等身份,即可能同为太常寺或梨园等唐音乐机构乐官或其他专职人员。

四、撰者、作时及该书的性质

《音律图》不见于诸家目录,又亡佚已久,史料的欠缺对考索其撰者、作时及判断该书性质带来诸多不便,据现有资料可尝试推测其中一些关联。

(一)《音律图》的撰者

就现存佚文来看,《音律图》是一本专业性很强的乐书,其撰者应具备以下条件:首先,精通乐律并熟知当时朝廷用乐情况。佚文逐一记录每种乐器的弦、隔、柱以及散声、隔声、柱声数目,最后记载其应律方式及在国家雅俗乐舞体系中的应用。这些文字描述明确限定了每一种乐器的特质,只能是此乐器而不可能是其他任何乐器,是对乐器及其乐律、应用等非常专业的描述,显示撰者对不同乐器的历史沿革、形制特点把握得相当精准,并且对当朝雅俗乐体制也十分熟悉。

---

① (后晋)刘昫等:《旧唐书》,中华书局 1975 年版,第 1047 页。(宋)欧阳修、宋祁等:《新唐书》,中华书局 1975 年版,第 472 页。

其次，有机会接触或了解进奉给朝廷的乐器。佚文明确记录了六弦、天宝乐等的制作者及进呈时间，将司马縚、任偃、郑善子、史盛等所制乐器详细记载下来，而能够做到这一点的，应该是任职礼乐机关的专业人员，或朝廷专司相关事务之人，如太常寺等相关机构人员。这些专职人员有机会接触、了解甚至掌管这些乐器，详察其特质，并予以详细记录。

最后，就史臣对史源文献的择取来看，一般而言，史馆编撰乐志的史料来源首先是礼乐部门的国史档案类文献。旧《志》、《通典》和《唐会要》有着共同的史料来源，即是唐国史音乐志。① 《旧唐书》史臣、《御览》编撰者皆看重《音律图》文字，已说明该书性质特殊，很可能就是唐礼乐机构的官方文献，具有高于普通乐书的专业性和可信度，因此才会被史臣补入《旧唐书·音乐志》。

综合以上分析，本文以为，《音律图》为唐音乐机构专职人员所撰，是具有一定官方性质的唐代乐书。

（二）作时方面

《音律图》是一本“唐代的乐书”，这一点已有学者指出。② 该书记录了太一、七弦、天宝乐等唐开元、天宝间出现的乐器，其成书时间不会早于盛唐开、天时期。值得注意的是，佚文中除有“开元中进”“天宝中进”外，又有“今世有之”“今人雅乐”等表述，所谓“今世”“今人”当指撰写之时，与前之开元、天宝相对，是不同的两个时间节点，这一时间应在开元、天宝之后，盛唐及中唐早期乐人所制乐器于“今”仍用于雅乐，其时不应在唐亡之后，即其作时应在中晚唐时期。但目前仅可知7条佚文，远非该书全貌，因此很难进一步对成书时间做出精准判断。《御览》同时征引了《音律图》和《旧唐书·音乐志》文字，说

① 谢保成：《〈旧唐书〉的史料来源》，《唐研究》，北京大学出版社1995年版，第360页。孙晓辉：《〈旧唐书·音乐志〉的史料来源》，《音乐研究》2002年第3期。

② 孙晓辉：《〈旧唐书·音乐志〉的史料来源》，《音乐研究》2002年第3期。

明该书宋初尚存。此后不见著录，亦无征引，当是于宋后亡佚。

五、《音律图》的文献价值

如前所述，《音律图》为礼乐机关专职人员所撰，具有一定的官方性质。其重要性远高于普通乐书。其文献价值主要体现在以下几个方面：

（一）是《旧唐书·音乐志》的史源文献

《旧唐书·音乐志》与《通典·乐》所载八音乐器总体比较相近，特别是二书“丝部”均包括：琴、瑟、筑、筝、琵琶、阮咸、箜篌七种乐器，从记录次序到文字叙述都十分接近，最显著的区别就是，《旧唐书》“丝部”末尾多出七弦、太一、六弦、天宝乐等四种唐人所制乐器，为《通典·乐》所无。学人已经指出其中存在史源关系：玄宗时国史音乐志没有记载此四种乐器，它们应是开元后修国史史臣或者后晋史官将《音律图》中的乐器记录补充到了旧志中。[1] 就文献之间的关系而言，《音律图》应是《旧唐书·音乐志》史料来源之一。

（二）独特的文献校勘价值

《御览》在记述六弦、太一等几种乐器时，直接抄录了《音律图》而非旧《志》文字，这一选择应该不是随意的，说明《御览》编撰者认为《音律图》的记录更为可信，具有更高的文献价值。《音律图》与《旧唐书·音乐志》八音丝部文字相近而详于后者，可据之释读、校勘相关内容，解决隋唐音乐研究中的一些问题，对考察琵琶、七弦等乐器的演变具有不可替代的作用。

（三）乐律学及乐器复制价值

《音律图》详细记载了秦汉、天宝乐、太一等唐制乐器的形制特点，结合

① 孙晓辉：《〈旧唐书·音乐志〉的史料来源》，《音乐研究》2002年第3期。

《乐书》等史料文献，可据之研究隋唐乐器的演变，对复制、探索传统乐器皆有补益，是研究唐代乐器及音乐发展的重要参考。

另外，《音律图》在记载太一乐等乐器时，记载了乐器的不同应律方法，包括随调应律、隔调应律、移柱作调应律等，如秦汉、二弦、七弦等“随调应律”，六弦“隔调应律”，天宝乐则需“移柱作调应律”，太一“以隔声旋相为宫，合八十四调”。保留了唐代乐律学的珍贵资料，为研究隋唐乐律提供了依据。

二　佚名《唐乐图》

《唐乐图》不见于目录文献，但北宋陈旸《乐书》多有征引。

陈旸《乐书》将乐舞归为雅、胡、俗三部，部下再分类目，每一类目皆条贯古今，溯源明流，通其原委，详加论证。《唐乐图》虽未见著录，但就陈旸《乐书》性质判断，《唐乐图》的存在是确定的。目前《唐乐图》尚未引起学界重视，今据陈旸《乐书》辑录相关文字，并大致依据传统八音理论对佚文略加分类。

一、管弦乐器

1. 胡部安国乐器有双觱篥焉。《唐乐图》所传也。(《乐书》卷130“双觱篥”。见图6)

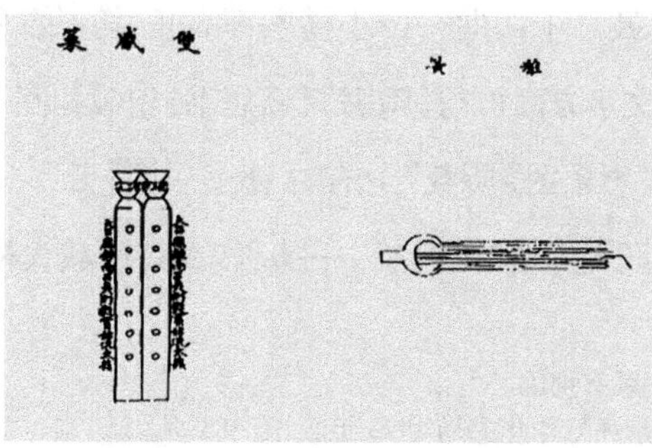

图 6

2.《唐乐图》所传之箫，凡十八管，取五声四清倍音通林钟、黄钟二均声，西梁部用之。二十一管箫，取七音而三倍之，龟兹部所用。(《乐书》卷130“十八管箫”)

按:《乐书》引文有直接引用、间接引用，亦有加入作者论议之复合引用，有时难以将佚文与作者转述、论议截然分开，“双觱篥”“十八管箫”等条，虽不能确定文字与原书完全一致，但可以确定的是其内容源出《唐乐图》。

3.《唐乐图》所载大横吹部有节鼓、角、笛、箫、笳、觱篥七色；小横吹部有角、箫、笳、觱篥、桃皮觱篥六色。惟大横吹二十四曲，内三曲马上警严用之(小注:一曰权乐树，二曰空口莲，三曰贺六运，其余二十一曲，备拟所用。一曰灵泉崔，二曰达和若轮空，三曰白净王子，四曰他贤送勤，五曰鸣和罗纯羽□，①六曰叹度热，七曰吐久利能比轮，八曰□比敦，九曰植普离，十曰胡笛尔笛，十一曰鸣罗特罚，十二曰比久伏大汗，十三曰于理真斤，十四曰素和斛律，十五曰鸣才真，十六曰乌铁甘，十七曰特介汗，十八曰度宾哀，十九曰阿若于楼达，二十曰大贤真，二十一曰破阵乐)。(《乐书》卷130“小横吹”)

按:此条佚文述及隋唐大、小横吹乐，《隋书》《新唐书》等有相近记载。《隋书·音乐志》载大、小横吹云:“大横吹，二十九曲供大驾，九曲供皇太子，七曲供王公。其乐器有角、节鼓、笛、箫、筚篥、笳、桃皮筚篥。小横吹，十二曲供大驾，夜警则十二曲俱用。其乐器有角、笛、箫、筚篥、笳、桃皮筚篥。”②《新唐书·仪卫志》:“大横吹部有节鼓二十四曲……小横吹部有角、笛、箫、笳、觱篥、桃皮觱篥六种，曲名失传。”③文字方面可与《隋书》《新唐书》记载相互参校发明。

另:此节文字“《唐乐图》所载”上有“《律书乐图》云”一段话，文字为“《律书乐图》云:横吹，胡乐也。昔张博望……《唐乐图》所载大横吹部”，疑其或本

① 按:“羽”下文字疑有讹脱。

② (唐)魏徵等:《隋书》，中华书局1973年版，第383页。

③ (宋)欧阳修、宋祁等:《新唐书》，中华书局1975年版，第508页。

《律书乐图》佚文（详见《〈律书乐图〉辑考》一节）。

4.《唐乐图》以线为首尾，直一线，一手贯其纽，一手鼓其线，横于口中嘘吸成音。（《乐书》卷131“雅簧”。见图6）

这条佚文所载乐器，似后世口簧琴，即口弦，但形制似乎更为简单。

二、打击乐器

1.《唐乐图》及《大周正乐》：皆外黑内朱。（《乐书》卷124“应”，卷169“应”）

2.《唐乐图》所传天竺部用之。（《乐书》卷125“小铜鼓”）

3.《唐乐图》所传龟兹、疏勒部用之。（《乐书》卷127“答腊鼓下”）

4.《唐乐图》所传形制如此，亦龟兹部用之。（《乐书》卷127“鞉牢下”。见图7）

5.《唐乐图》：其制有一大鼓，鼓上负一小鼓，皆卧之。（《乐书》卷139“中鼓、小鼓”）

6.《唐乐图》所传羽葆部、熊罴十二案用之。（《乐书》卷140“熊罴鼓上”）

7.（熊罴鼓）与《唐乐图》所传制度异矣。（《乐书》卷140“熊罴鼓下”。见图7）

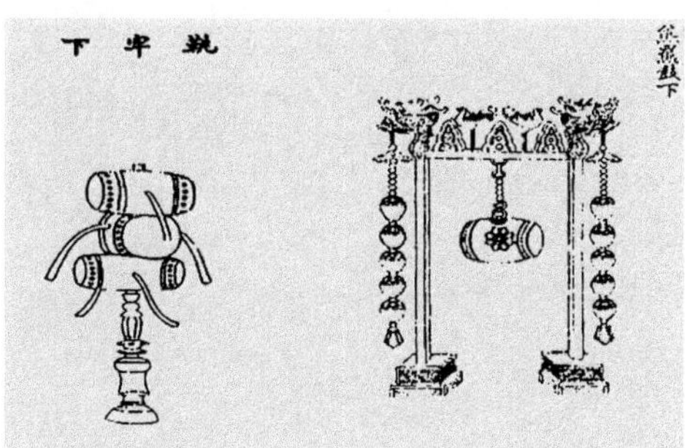

图7

8.(骆驼管)《唐乐图》有之,非古制也。(《乐书》卷148“骆駞管”)

9.《唐乐图》所传十七管之笙,通黄钟二均声,清乐用之。(《乐书》卷150“十七管笙”)

10.《唐乐图》所传十二管之笙。燕乐用之。(《乐书》卷150“十二管笙”)

以上文字或属直接援引原书文字,或已经陈旸转述,但大略可知原文意旨。就引文特征而言,多是在描述唐代乐器时征引此书文字;就佚文内容看,《唐乐图》以记载唐代乐器为主,涉及清乐、燕乐、胡部、天竺部、龟兹部、疏勒部、羽葆部、大小横吹部以及熊罴十二案等多个唐代乐部。此书唐前无著录无征引,综合书名及内容特点看,应属唐人所著。

论及《唐乐图》的价值不能不谈及《乐书》的一大特质。陈旸《乐书》二百卷,成书于北宋时期。内容包括乐律理论、典礼音乐制度、乐器、声乐、乐舞、百戏等。尤为重要的是,《乐书》除文字介绍外,附有五百余张图片,保存了大量珍贵的乐图资料。乐器图主要采自散佚的《唐乐图》《乐法图》《律书乐图》《大周正乐》等唐五代及北宋乐书,保留了许多乐器的真实图片,我们不仅可以根据文字了解其特点,还可以通过图片察其形制,辨其真伪,亦可尝试模仿、复制古乐器。今存《唐乐图》佚文虽仅十余条,但佚文所载多具有唯一性,其文献价值十分重要。

三　佚名《辨音集》

《辨音集》不见于目录文献,《云仙杂记》《白孔六帖》《古今合璧事类备要》等皆有征引。

《云仙杂记》十卷,旧题后唐冯贽撰。主要记录唐五代时期名人隐士及显贵等的逸闻轶事,内容比较驳杂。但四库馆臣认为该书为宋元人伪作,《四库全书总目》云其"实伪书也","其为后人依托,未及详考明矣"。[①] 余嘉锡《四库提要辨证》亦以为该书为伪书,并谓系宋元人所为。如果《云仙杂记》确为宋元人伪作,那么其中所引《辨音集》的真实性或恐需重新考量。但《云仙杂记》之外,白居易、孔传《白孔六帖》、宋谢维新《古今合璧事类备要》等对《辨音集》文字亦有征引,故该书存在是确定无疑的。

《辨音集》不见于唐前文献,但被多部唐及宋元文献征引。今辑录其佚文如下:

1. 辨琴秦楚声

李龟年至岐王宅,闻琴声,曰:"此秦声。"良久,又曰:"此楚声。"主人入问之,则前弹者,陇西沈妍也。后弹者,扬州薛满。二妓大服,乃赠之破红绡、蟾酥麨。龟年自负,强取妍秦音琵琶捍拨而去。

---

① (清)永瑢等:《四库全书总目》,中华书局2003年版,第1186页。

(《云仙杂记》卷2,又见《白孔六帖》卷62,《古今合璧事类备要前集》卷57)

按:岐王李范,原名李隆范,唐睿宗第四子。景云元年(710)六月封为岐王。李范曾任礼乐机关太常寺太常卿,李龟年为盛唐著名乐工,李龟年入李范宅事当在盛唐时期。

2. 以海駮皮为鼓

凡鼓以海駮(原注:疑是鲛字)皮为之,泥以象骨,则雄而清。用杂皮则浊而易散云。(《云仙杂记》卷4)

3. 高丽丝结

张均妓多丽,弹琵琶曲顶,上有高丽丝结,赵诗争夺,致伤二指。(《云仙杂记》卷5)

佚文提及张均,玄宗朝有兵部侍郎张均,后任大理寺卿。《旧唐书》卷二五《礼仪志》载开元二十二年(734),太常卿韦縚、兵部侍郎张均与韦述等议郊祀奠献事宜。安史乱起,张均未能扈从玄宗奔蜀,"自陈希烈、张均已下数十人尽赴洛阳",①乱平后,张均被留配合浦(今属广西)。

4. 造笙

初造笙每管中入荻根,细沙一豆许,遇吹时,飞沙于中激扬,声愈清彻,近世乐工未有知者,惜夫。(《云仙杂记》卷8)

"辨琴秦楚声"条载及唐代李龟年入岐王宅事,此值盛唐时期。如《辨音集》中所载张均即玄宗朝兵部侍郎张均,结合李龟年事看,记载盛唐故事细节详细,十分生动,极像是当时人记当时事,或是撰者亲见亲闻之事,总体看来,《辨音集》一书很可能是唐五代人所撰。

① (后晋)刘昫等:《旧唐书》,中华书局1975年版,第3350页。

四　佚名《琴式图》

《崇文总目》卷一："《琴式图》二卷，阙。不著撰人名氏，以琴制度为图，杂载赵邪利《指诀》，又有白云先生《三诀》。"①《宋史·艺文志》亦载该书，但著录为一卷。

《琴式图》一书杂载赵邪利《指诀》及司马承祯《三诀》。赵邪利、司马承祯皆道教人士，故推测《琴式图》撰者或亦道教中人？

《琴式图》不见于唐前文献，除《崇文总目》外，《玉海》卷一一〇"唐琴谱、琴书"条："《琴略》《琴式图》各一卷。"据其著录特点及王应麟所言，该书似为唐人所撰。但明张应文《清秘藏》卷下有"宋人《琴式图》"之记载，以该书为宋人所撰。今暂存疑，以待进一步研究。

---

① (宋)王尧臣等：《崇文总目》，《中国历代书目丛刊》，现代出版社1987年版，第21页。

五　佚名《琴谱调》

《崇文总目》卷一:“《琴谱调》三卷,不著撰人名氏。杂录琴谱大小数曲,其前一大曲亡其名。旧本或云《李翱用指法》,与诸琴法无异而云翱者,岂其所传欤。阙。”文末《辑释》补云“见天一阁钞本”。① 《玉海》卷一一〇“唐琴谱、琴书”条:“《琴谱调》三卷(《李翱用指法》)。”《宋史·艺文志》:“《琴谱调》八卷,《李翱用指法》。”

《崇文总目》等载《琴谱调》杂录琴谱琴法,“与诸琴法无异”,内容上似并无特出之处。该书又名《李翱用指法》,北宋朱长文《琴史》载董庭兰生平亦提及李翱:“天后时凤州参军陈怀古善沈、祝二家声调,以胡笳擅名,怀古传于庭兰。为之谱,有赞善大夫李翱者序焉。”②目前尚无法判断作序之李翱是否即传写《琴谱调》之李翱。中唐有文学家李翱,为韩愈弟子,是否可能为《琴谱调》撰者呢?

韩门弟子李翱(774—836),字习之。陈留(今河南开封)人,贞元十四年(798)进士,历任国子博士、史馆修撰、礼部郎中、中书舍人、山南东道节度使等。两《唐书》皆有传,但未载其好琴能琴。李翱生于代宗大历九年(774),德宗贞元十四载,始进士及第,时年24。查阅李翱诗文,其《复性书上》一文有:

---

① (宋)王尧臣等:《崇文总目》,《中国历代书目丛刊》,现代出版社1987年版,第22页。

② (宋)朱长文:《琴史》,中国书店2018年版,第194页。

"圣人知人之性皆善,可以循之不息而至于圣也。故制礼以节之,作乐以和之……无故不废琴瑟。"①其中讲到琴瑟,但仔细审读,其所论与先秦两汉以来儒家礼乐思想中古琴音乐理论相同,并无个人体会或新观点,此外亦无作品涉及古琴或琴乐。无论就文学家李翱生平事迹还是作品看,均无线索能将其与传写《琴谱调》或作序之李翱联系起来。

① (清)董诰等编:《全唐文》,中华书局1983年版,第6434页。

六　佚名《乐部》

《乐部》一书不见于目录文献,《太平御览》引其文字一条:

> (《乐部》曰)觱篥者,笳管也。卷芦为头,截竹为管,出于胡地。制法角音,九孔漏声,五音咸备。唐以编入卤部,名为笳管,用之雅乐,以为雅管。六窍之制则为凤管,旋宫转气,以应六管者也。(《太平御览》卷584,又见《记纂渊海》卷78,又见《续教训抄》第11册)

文中有"唐以编入卤部"之说,《御览》引唐人文字,有时会在原文前加"唐"字,如卷五八四《乐部二一》引《乐府杂录》文字:"《乐府杂录》曰:'唐文宗朝……'"据引文特点看,该书可能为唐五代人所撰。《资治通鉴》卷二三七《唐纪五十三》文字与此相近,但注明引自唐段安节《乐府杂录》:

> 胡人吹葭管谓之觱篥。《乐府杂录》:觱篥,葭管也。卷芦为头,截竹为管,出于胡地。制法角音,九孔漏声,五音,唐编入卤簿,各为笳管,用之与乐以为管。六窍之制则为凤管,旋宫转器,以应律者也。杜佑曰……又《乐府杂录》云,觱篥,本龟兹乐。

比堪以上两段文字,虽文字多寡、详略相异,其原始文字应是同一段。查今《乐府杂录》并无"制法角音,九孔漏声"等文字,《太平御览》所引文从字顺,而《资治通鉴》所引似有脱讹。疑《通鉴》所载书名有误,或实引自《乐部》。

七　佚名《琴议》

《琴议》一书不见于目录文献。《乐府诗集》《春渚纪闻》等征引该书文字两条：

《乐府诗集》卷五九《琴曲歌辞》"蔡氏五弄"解题：

(《琴议》曰)隋炀帝以《嵇氏四弄》《蔡氏五弄》通谓之九弄。

《春渚纪闻》卷八《杂书琴史》"辨《广陵散》"：

(刘潜《琴议》称)杜□妙于《广陵散》,嵇中散就其子猛求得此声。(又见《郑忠肃奏议遗集》卷下,又见《天中记》卷42)

《琴议》佚文中述及隋炀帝,其作时不会早于隋代,该书文字为《乐府诗集》所引,产生时间或在唐五代时期。第二条佚文见于北宋何薳《春渚纪闻》,该书卷八"杂书琴事"主要记录琴人琴事。文中提及"刘潜《琴议》",《天中记》卷四二引此句,句末小字亦注云"刘潜《琴议》",二书并记《琴议》撰者为刘潜。

唐宋时期有二刘潜,一为唐人,一为宋人。《全唐文》卷八三二录钱珝《授刘玉新州刺史刘潜南五州防遏使高州刺史制》一篇,其中云:"潜好谋不惑,任智能通,仍怀恤隐之心,颇慕徇公之节……以潜之智立于事。则吾南极之地,又何忧乎黎庶哉!"①宋人刘潜《宋史》有传,载其著有《东皋集》及《群书集》,但均未载《琴议》,亦未提及其喜好古琴。如果作者为其中之一,唐人刘潜的可能性似乎大一些。

① (清)董诰等编:《全唐文》,中华书局1983年版,第8772页。

八　佚名《管弦记》

《旧唐书·经籍志》乐类:“《管弦记》十二卷,留进录,凌秀注。”《新唐书·艺文志》著录为两本书,分别为:“留进《管弦记》十二卷”“凌秀《管弦志》十卷”。若向上追溯,《隋书·经籍志》又有:“《管弦记》十卷,凌秀撰。”①《玉海》卷一〇五《音乐》:“管弦钟磬则有留进之《记》,凌秀、公孙崇之《志》。”②按《玉海》上下文看,此所谓“管弦钟磬”是指记录管弦、钟磬的书籍,《管弦记》或《管弦志》以记载管弦乐器及其音乐为主。

宛委山堂本《说郛》卷一百存阙名《管弦记》一篇,载录唐代乐曲、乐器。就其内容分析,可能是唐或稍后人所撰。检视文献资料,自唐以来,该书未见文献征引。而目录文献方面,与两《唐书》等所录相近。

留进、凌秀二人事迹史籍无载,从诸家著录看,唐前凌秀《管弦记》十卷。旧志卷数增加至“十二卷”,多出两卷。结合“留进录,凌秀注”推测,似是留进又“录”《管弦记》十卷,并以凌秀书文字为注,对该书文字加以注释补充,使原书增至十二卷。故记作“留进录,凌秀注”。至新志则以唐前凌秀《管弦志》十卷及留进《管弦记》十二卷各为一书。凌秀为唐前人无疑,留进其人隋志未载

① (后晋)刘昫等:《旧唐书》,中华书局 1975 年版,第 1975 页。(宋)欧阳修、宋祁等:《新唐书》,中华书局 1975 年版,第 1435 页。(唐)魏徵等:《隋书》,中华书局 1973 年版,第 926 页。

② (宋)王应麟:《玉海》,《四库全书》第 945 册,上海古籍出版社 1987 年版,第 752 页。

而两唐志同时著录，或可能为唐人。

《旧唐书·经籍志》据开元间毋煚《古今书录》编成，其著录方式正如王重民所言“略去序录，删去提要，仅留下撰人姓氏，对于原有五万一千八百五十二卷图书是照样著录下来的”①。《旧唐书·经籍志》序云：“开元三年，左散骑常侍褚无量、马怀素侍宴，言及经籍。玄宗曰：‘内库皆是太宗、高宗先代旧书，常令宫人主掌，所有残缺，未遑补缉，篇卷错乱，难于检阅。卿试为朕整比之。’至七年，诏公卿士庶之家，所有异书，官借缮写。及四部书成，上令百官入乾元殿东廊观之，无不骇其广。九年十一月，殷践猷、王惬、韦述、余钦、毋煚、刘彦真、王湾、刘仲等重修成《群书四部录》二百卷，右散骑常侍元行冲奏上之。自后毋煚又略为四十卷，名为《古今书录》，大凡五万一千八百五十二卷……今录开元盛时四部诸书，以表艺文之盛。”②序中云“内库皆是太宗、高宗先代旧书”，说明至开元时，内库藏书仍以初唐书为主，虽其后有所补充增广，但恐“公卿士庶之家”藏书亦以前代及初唐书居多。因此如果留进是唐人，根据旧志著录特点，应该为初唐时人。

《说郛》所收《管弦记》是否即唐志所著录留进等《管弦记》，因资料所限，目前尚难以遽断。但该书自宋以后既无著录、隋唐以来未见征引，至《说郛》方收录此书，其真实性值得推敲。

元末陶宗仪辑《说郛》抄成于元、明间，所据多是宋元刻本。但《说郛》传本亦多，张宗祥据明抄本抄校《说郛》一百卷本，即涵芬楼百卷本，文字颇有胜处。陶珽重编百二十卷本《说郛》，即宛委山堂本，改窜较多，难以为据。本次暂据宛委山堂本《说郛》卷一百录入《管弦记》文字，以待进一步研究。

1.《霓裳羽衣曲》凡十三迭，前六迭无拍，至第七迭方谓之迭遍。

2.《霓裳》一名法曲《献仙音》，明皇入月宫，记其曲，遂于笛中写之。

① 王重民：《中国目录学史论丛》，中华书局1984年版，第106页。

② （后晋）刘昫等：《旧唐书》，中华书局1975年版，第1962页。

3. 蔡翼《琴曲》载有大小《胡笳十八拍》，平调《昭君》三十六拍。琴以“散”名如《广陵散》云。“散”是曲名，如掺弄、掺淡、序引之类。

4. 鼓有《渔阳参揰》，“揰”及“挝”并击鼓杖也。“参挝”是击鼓之法。

5. 琵琶有八十四调，内黄钟、太簇、林钟宫声弹不出，止二十八调。

6. 马融状长笛空洞无底，剡其上五孔，一孔出其背，似今之尺八也。

7. 胡角有双角，即今画角。后用之横吹，有大横吹部、小横吹部。

8. 铜鼓形如坐墪而空其下，两人舁行，拊之声如鞞鼓，响亮不下鸣鼍。

从佚文看，除长笛、琵琶等管弦乐器外，《管弦记》中又记载了乐府曲名及鼓乐器等，内容丰富，且不乏独特之处。如掺弄、掺淡以及击鼓法参挝等，极少有乐家论及。第 8 条载及铜鼓，陈旸书引《唐乐图》亦有相关记载。《乐书》卷一二五“小铜鼓”条云：“《唐乐图》所传天竺部用之，盖以革冒其一面，形如腰鼓，面广二尺，与身连遍，有虫鱼草之状，击之响亮，不下鸣鼍。唐贞元中骠国进乐亦有是鼓。①不知二者是否存在关联。

① (宋)陈旸:《乐书》,《四库全书》第 211 册，上海古籍出版社 1987 年版，第 546 页。

九　李守真《古今乐记》

《旧唐书·经籍志》:"《古今乐记》八卷,李守真撰。"[①]新志、《通志》同。旧志著录音乐文献29家,大略依时间先后为序,《古今乐记》位在29家之末。《玉海》卷一〇五《音乐》有"唐《古今乐记》,陈《古今乐录》"[②],故此书应为唐人所撰。旧志经部乐类所著录唐音乐论著中,注明作者有赵邪利、武后、季玄楚、李守真等,赵邪利、武则天等均初唐时人,《旧唐书·经籍志》序又云"内库皆是太宗、高宗先代旧书",以此推测,李守真等可能同为初唐人。

《玉海》将《古今乐记》归为"乐律之书",《玉海》卷一〇五《音乐》载:李玄楚《乐经》、李守真《古今乐记》、《武后要录》皆"乐律之书"[③]。该书大约是有关隋唐乐律理论的论著。

---

① (后晋)刘昫等:《旧唐书》,中华书局1975年版,第1976页。

② (宋)王应麟:《玉海》,《四库全书》第945册,上海古籍出版社1987年版,第751页。

③ (宋)王应麟:《玉海》,《四库全书》第945册,上海古籍出版社1987年版,第751页。

一〇　季玄楚《乐经》

《旧唐书·经籍志》:“《乐经》三十卷,季玄楚撰。”《新唐书·艺文志》:“李玄楚《乐经》三十卷。”[①]《玉海》同。

旧志中季玄楚之姓氏“季”字,新志作“李”。何者为正,难以遽断。

旧志中《乐经》位在武后《乐书要录》之上。旧志经部乐类所著录唐音乐论著中,注明作者有赵邪利、武后、季玄楚、李守真等,赵邪利、武则天等均初唐时人,《旧唐书·经籍志》序又云“内库皆是太宗、高宗先代旧书”,以此推测,季玄楚等可能同为初唐人。

《玉海》将此书归为“乐律之书”,《玉海》卷一〇五《音乐》:李玄楚《乐经》、李守真《古今乐记》、《武后要录》皆“乐律之书”。大约是这一时期乐律理论的论著。

① (后晋)刘昫等:《旧唐书》,中华书局1975年版,第1976页。(宋)欧阳修、宋祁等:《新唐书》,中华书局1975年版,第1435页。

一一　刘氏、周氏《琴谱》

《旧唐书·经籍志》:"《琴谱》四卷,刘氏、周氏等撰。"《新唐书·艺文志》:"刘氏、周氏《琴谱》四卷。"①

《玉海》:"唐以前有刘氏、周氏《琴谱》四卷、陈怀《琴谱》二十一卷。按此琴有谱之始,其谱已不可考。"将此书归入唐前文献,但此书不见于隋志及其他唐前目录而旧志、新志同时著录,似应为唐代文献。《旧唐书·经籍志》著录刘氏、周氏《琴谱》位在陈怀、赵邪利之上,陈怀初唐时人,赵邪利为由隋入唐之人,疑刘氏、周氏或亦初唐人。

---

① (后晋)刘昫等:《旧唐书》,中华书局1975年版,第1976页。(宋)欧阳修、宋祁等:《新唐书》,中华书局1975年版,第1435页。

一二　《鼓吹乐章》与《汉魏吴晋鼓吹曲》

《旧唐书·经籍志》乐类:“《鼓吹乐章》一卷。”阙名。新志同。①

《旧唐书·经籍志》总集类:“《汉魏吴晋鼓吹曲》四卷。”阙名。新志乐类同。②

就书名看,《鼓吹乐章》所载应与鼓吹乐有关;若从著录位置看,该书位于《十二律谱义》之下、《古今乐记》之上,据《玉海》载,《十二律谱义》等二书可能成书于初唐,推测《鼓吹乐章》或亦初唐人所作。

《汉魏吴晋鼓吹曲》在郑樵撰录时或已亡佚。《通志·校雠略》卷七一“书有名亡实不亡论一篇”云:“《文言略例》虽亡,而《周易》具在。《汉魏吴晋鼓吹曲》虽亡,而乐府具在。”③

两唐志著录《鼓吹乐章》一卷及《汉魏吴晋鼓吹曲》四卷,从书名看二者同涉鼓吹乐,但旧志将前者录入经部乐类,而将后者著录于集部总集类。就其著录特点看,《鼓吹乐章》可能重在记录鼓吹乐乐曲特点,而《汉魏吴晋鼓吹曲》可能是汉魏吴晋时期鼓吹曲辞的汇集。

---

① (后晋)刘昫等:《旧唐书》,中华书局1975年版,第1976页。(宋)欧阳修、宋祁等:《新唐书》,中华书局1975年版,第1436页。

② (后晋)刘昫等:《旧唐书》,中华书局1975年版,第2080页。(宋)欧阳修、宋祁等:《新唐书》,中华书局1975年版,第1435页。

③ (宋)郑樵:《通志》,中华书局1987年版,第832页。

一三　田琦《声律要诀》

《崇文总目》:"《声律要诀》十卷,唐田琦撰。推本律吕及制管定音之法。文虽近俗,而于礼乐尤谙焉。"①《郡斋读书志》:"《声律要诀》十卷,唐上党郡司马田畴撰。畴序谓:'一切乐器依律吕之声,皆须本月真响,若但执累黍之文,则律吕阴阳不复谐矣。故据经史参校短长,为此书云。'"②《宋史·艺文志》:"田琦《声律要诀》十卷。"

《声律要诀》撰者或作"田琦",或作"田畴",生平不详。该书不见于两唐志,仅据晁志可知,其人曾任唐上党郡(今属山西)司马一职。从今存的序文看,该书是有关古代律吕的专著。

① (宋)王尧臣等:《崇文总目》,《中国历代书目丛刊》,现代出版社1987年版,第18页。
② (宋)晁公武撰,孙猛校证:《郡斋读书志校证》,上海古籍出版社1990年版,第92页。

一四　翟子《乐府歌诗》《三调相和歌辞》

翟子《乐府歌诗》《三调相和歌辞》不见于旧志及其他唐前文献，《新唐书·艺文志》："翟子《乐府歌诗》十卷，又《三调相和歌辞》五卷。"[①]《通志·艺文略》："翟子《乐府歌诗》十卷，翟子《三调相和歌辞》五卷。"《玉海》卷一〇五"唐乐三十家"有"翟子《乐府歌诗》《三调歌辞》"皆"乐曲"之书。

就著录特点而言，似为唐代文献。就书名看，无论是《乐府歌诗》还是《三调相和歌辞》都是歌词汇编性质的歌诗集，后者以记录相和歌辞为主，部分此类著作还带有解题内容。但目前史籍无有关于翟子的记载，亦未见该书引文。

① （宋）欧阳修、宋祁等：《新唐书》，中华书局1975年版，第1435页。

一五 佚名《外国伎曲名》

《旧唐书·经籍志》:“《外国伎曲名》一卷。”又:“《外国伎曲》三卷。”编撰者均阙。《新唐书·艺文志》:“《外国伎曲》三卷,又一卷。”①或是将旧《志》二书合而为一了。就书名而言,《外国伎曲名》《外国伎曲》大致同属曲名、解题类著述,或亦兼录歌词乐章。

文献中保留了数量较多的汉民族乐府曲名、解题、歌诗等,但少数民族乃至外国伎曲名资料零散,极为稀见。隋唐时期是各民族文化大融合的时期,外国及国内各族民族乐舞纷纷输来中原,与汉民族音乐共同造就了唐代乐舞的兴盛。《外国伎曲名》及《外国伎曲》当是对隋唐时期多元乐舞曲名或曲辞等的记录,是乐府文献中较为特殊的一类,这种专录少数民族与外国伎曲的文献从目录学角度证明了隋唐时期民族文化交流融合的繁荣。

---

① (后晋)刘昫等:《旧唐书》,中华书局1975年版,第1976页。(宋)欧阳修、宋祁等:《新唐书》,中华书局1975年版,第1435页。

一六　佚名《古解题》

《古解题》一书不见于目录文献，唯《乐府诗集》及《唐语林》征引此书文字一条。

《乐府诗集》时或简称郗昂、吴兢书为“郗昂《乐府解题》”“吴兢《乐府解题》”，而此引文称“《古解题》”，应非对郗、吴二家书的简称。另外，所引《古解题》文字不见于今本吴兢《乐府古题要解》，推测《古解题》可能是另一种乐府解题论著。今据《乐府诗集》卷八十《近代曲辞》中《相府莲》解题录其佚文如下：

> (《古解题》曰)《相府莲》者，王俭为南齐相，一时所辟，皆才名之士。时人以入俭府为莲花池，谓如红莲映绿水。今号莲幕者，自俭始，其后语讹为“想夫怜”。亦名之丑尔。(《诗集》卷80，又见《唐语林》卷6)

有关此书的作者、作时等，因资料所限，目前尚难以推断。

一七　佚名《历代歌辞》

《历代歌辞》不见于目录文献，《乐府诗集》《容斋随笔》对该书皆有征引。

《乐府诗集》等引《历代歌辞》文字三条：

1.(《历代歌辞》曰)《穆护砂》曲，犯角。(《诗集》卷80，又见《容斋随笔》四笔卷8)

2.(《历代歌辞》曰)《破阵乐》，小歌曲。(《诗集》卷80)

3.(《历代歌辞》曰)《山鹧鸪》，羽调曲也。(《诗集》卷80)

以上三首曲题不见于隋及隋前文献，《破阵乐》为初唐太宗时所创制乐舞，崔令钦《教坊记》曲名部分有《山鹧鸪》《穆护子》。据此看来，以上三曲题产生于初盛唐。乐曲或为唐人自创，或源出西域。综合以上特点看，《历代歌辞》似为唐五代乐府文献。

以《山鹧鸪》为题的诗歌最早见于初唐，苏珽《山鹧鸪词》二首："玉关征戍久，空闺人独愁。寒露湿青苔，别来蓬鬓秋。人坐青楼晚，莺语百花时。愁多人易老，断肠君不知。"(《全唐诗》卷七四)盛唐诗人李白亦有《山鹧鸪词》："苦竹岭头秋月辉，苦竹南枝鹧鸪飞。嫁得燕山胡雁婿，欲衔我向雁门归。山鸡翟雉来相劝，南禽多被北禽欺。紫塞严霜如剑戟，苍梧欲巢难背违。我今誓死不能去，哀鸣惊叫泪沾衣。"(《全唐诗》卷一六七)白居易《山鹧鸪》诗："山鹧鸪，山鹧鸪，朝朝暮暮啼复啼，啼时露白风凄凄。黄茅冈头秋日晚，苦竹岭下寒月低。畬田有粟何不啄，石楠有枝何不栖。迢迢不缓复不急，楼上舟中声暗入。梦乡迁客展转卧，抱儿寡妇彷徨立。山鹧鸪，尔本此乡鸟，生不辞巢不别群，何苦声声啼到晓。啼到晓，唯能愁北人，南人惯闻如不闻。"(《全唐诗》卷四三五)李益、徐凝均有《山鹧鸪词》传世。综合诗歌内容看，这一曲题大多倾向于抒发别离、怀乡等比较愁苦、忧伤的情感。句式既有五、七言亦有杂言，形式比较灵活。

《穆护砂》曲题，一名《穆护子》，最早出现在唐代。唐诗人张祜有《穆护砂》诗："玉管朝朝弄，清歌日日新。折花当驿路，寄与陇头人。"(《全唐诗》卷四三五)唐代外来宗教有祆教、景教(又称大秦教)和摩尼教。《旧唐书·武宗本纪》载武宗会昌间："其大秦、穆护等祠，释教既已厘革，邪法不可独存，其人并勒还俗。""勒大秦、穆护、祆三千余人还俗，不杂中华之风。"①《新唐书·食货志》："大秦、穆护、祆二千余人。"舒元舆《唐鄂州永兴县重岩寺碑铭》(并序)："国朝沿近古而有加焉，亦容杂夷而来者，有摩尼焉，大秦焉，祆神焉。合天下三夷寺，不足当吾释寺一小邑之数也。"②以上文献中摩尼、大秦、祆教三教分明。陈垣先生指出："唐时火祆与大秦、摩尼相异之点，有一显而易见者：即大秦、摩尼二教，均有传教举动，且翻译经典……火祆则不然。又大秦、摩尼寺均称寺，而火祆祠独称祠，间有称庙者，亦隐与大秦、摩尼有别。"③三教有别，不能混同。三教法师，景教称大秦，祆称祆僧，摩尼称穆护。从曲名来看，《穆护砂》应属外来乐曲，此曲或与摩尼教存在一定关联。④ 但亦有学者认为，"汉文献所记载'穆护'，乃音译自古伊朗语文，其应是对波斯琐罗亚斯德教所有祭司阶层的泛称"。唐宋乐府辞中《穆

---

① (后晋)刘昫等：《旧唐书》，中华书局1975年版，第605页。

② (清)董诰等编：《全唐文》，中华书局1983年版，第7498页。

③ 陈垣：《陈垣学术论文集》，中华书局1980年版，第324页。

④ 韩宁：《乐府〈穆护砂〉曲调文本探源》，《民族文学研究》2018年第1期。

护辞》或《穆护歌》，均属典型的汉文原创作品，这一胡调的运用与宗教信仰无关。①

《破阵乐》作为唐王朝的代表乐舞，史籍记载详细，学界研究成果丰富，故不再赘述。

① 张小贵：《“穆护”与〈穆护歌〉考辨》，《文史》2013年第2辑。

附录

一　乐府古题要解

吴　兢[①]

《乐府古题要解》卷上

序

乐府之兴，肇于汉魏。历代文士，篇咏实繁。或不睹于本章，便断题取义。赠夫利涉，则述《公无度河》；庆彼载诞，乃引《乌生八九子》；赋雉斑者，但美绣锦臆；歌天马者，唯叙骄驰乱蹋。类皆若兹，不可胜载。递相祖习一作袭，积用为常，欲令后生，何以取正？余顷因涉阅传记，用诸家文集，每有所得，辄疏记之。岁月积深，以成卷轴，向编次之，目为《古题要解》云尔。

○江南曲

右《江南曲》古词云："江南可采莲，莲叶何田田。"又云："鱼戏莲叶东，鱼戏莲叶西，鱼戏莲叶南，鱼戏莲叶北。"盖美其芳晨丽景，嬉游得时。若梁简文"桂楫晚应旋"，唯歌游戏也。又有《采菱曲》等，疑皆出于此。

① （唐）吴兢：《乐府古题要解》，《历代诗话续编》本，中华书局 2006 年版。

○度关山

右《关山》古词，曹魏乐奏武帝所赋“天地间，人为贵”，言人君当自勤劳，省方黜陟，省刑薄赋也。若梁戴暠云“昔听《陇头吟》，平居已流涕”，但叙征人行役之思焉。

○长歌行

右古词：“青青园中葵，朝露待日晞。”言荣华不久，当努力为乐，无至老大乃伤悲也。曹魏改奏文帝所赋“西山一何高”，言仙道洪濛不可识，如王乔、赤松，皆空言虚辞，迂怪难信，当观圣道而已。若晋陆士衡“逝矣经天日”，复言人运短促，当乘闲长歌，不与古文合。

○薤露歌（亦曰《薤露行》）。蒿里传（亦曰《蒿里什》）。亦曰泰山吟行

右丧歌。旧曲本出于田横门人，歌以葬横。一章言人命奄忽如薤上之露，易晞灭也。词云：“薤上露，何易晞。露晞明朝已复落，人死一去何时归！”二章言人死精魄归于蒿里。词云：“蒿里谁家地，聚敛魂魄无贤愚。鬼伯一何相催促，今乃不得少踟蹰。”至汉武帝时，李延年分为二曲，《薤露》送王公贵人，《蒿里》送士大夫庶人，挽柩者歌之，亦呼为《挽柩歌》。《左氏春秋》：“齐将与吴战于艾陵，公孙夏使其徒歌《虞殡》。”杜预注云：“送葬歌也。”即丧歌不自田横始矣。复有《泰山吟行》，亦言人死精魄归于泰山，《薤露》《蒿里》之类也。

○鸡鸣

右古词：“鸡鸣高树颠，狗吠深宫中。”初言天下方太平，荡子何所之。次言黄金为门，白玉为堂，置酒作倡乐为乐，兄弟三人近侍，荣耀道路，其文与《相逢狭路间行》同。终言桃伤而李仆，谕兄弟当相为表里。若梁刘孝威《鸡

鸣篇》,但咏鸡而已。

○对酒行

右阙古词。曹魏乐奏武帝所赋“对酒歌太平”。其旨言王者德泽广被,政理人和,万物咸遂。若梁范云“对酒心自足”,则言但当为乐,勿殉名自欺也。

○乌生八九子

右古词:“乌生八九子,端坐秦氏桂树间。”言乌母生子,本在南山岩石间,而来为秦氏弹丸所杀;白鹿在苑中,人得以脯;黄鹄摩天,鲤鱼在深渊,人可得而烹煮之。则寿命各有定分,死生何叹前后也。若梁刘孝威“城上乌,一年生九雏”,但咏乌而已,不言本事。

○平陵东

右古词:“平陵东,松柏桐,不知何人劫义公。”此汉翟义门人所作也。义,丞相方进之少子,字文中,为东郡太守。以王莽篡汉,起兵诛之,不克而见害。门人作歌以怨之。

○陌上桑

右古词:“日出东南隅,照我秦氏楼。”旧说邯郸女子秦姓名罗敷,为邑人千乘王仁妻。仁后为赵王家令。罗敷出采桑陌上,赵王登台见而悦之,置酒欲夺焉。罗敷善弹筝,作《陌上桑》以自明,不从。案[按]其歌词,称罗敷采桑陌上,为使君所邀,罗敷盛夸其夫为侍中郎以拒之,与旧说不同。若晋陆士衡“扶桑升朝晖”等,但歌佳人好会,与古调始同而末异。

○短歌行

右魏武帝“对酒当歌,人生几何”,晋陆士衡“置酒高堂,悲歌临觞”,皆言当及时为乐。又旧说《长歌》《短歌》，大率言人寿命长短分定，不可妄求也。

○燕歌行

右晋乐奏魏文帝“秋风萧瑟天气凉”“别日何易会日难”二篇，言时序迁换而行役不归，佳人怨旷无所诉也。

○秋胡行

右旧说：鲁有秋胡子，纳妻五日而宦于陈，五年乃归。未至家，于路傍见妇人采桑，美，悦之。下车谓曰：“力田不如逢丰年，力耕不如见公卿。吾今有金，愿以与夫人。”妇曰：“妇人当采桑力作，以养舅姑，不愿人之金。”秋胡归至家，奉金遗母。母使人呼妇，妇至，乃向采桑者妇也。妇恶其行，因东走投河而死。后人哀而赋焉。

○苦寒行

右晋乐奏魏武帝“北上太行山”，备言冰雪溪谷之苦。或谓《北上行》，盖因魏武帝作此词，今人效之。

○董桃行

右古词：“吾欲上谒从高山，山头危险大难言。”言五岳之上，皆以黄金为宫阙，而多灵兽仙草，可以求长生不死之术，令天神拥护人君以寿考也。旧说《董桃行》，后汉游童所作，终有董卓作乱，卒以逃亡。后人习之为歌章，乐府奏之，以为炯戒焉。陆士衡“和风习习薄林”，宋谢灵运“春虹散采银河”，但言节物芳华，可及时行乐，无使徂龄坐徙而已。晋傅休奕著《历九秋篇》十二章，具叙夫妇别离之思，亦题云《拟董桃行》，未详也。

○塘上行

右前志云晋乐奏魏武帝“蒲生我池中”，而诸集录皆言其词魏文帝甄后所作，叹以谗诉见弃，犹幸得新好不遗故恶焉。

○善哉行

右古词：“来日大难，口燥唇干。”言人命不可保，当乐见亲友，且求长生术，与王乔八公游焉。又魏文帝词云：“有美一人，婉如清扬。”言其妍丽，知音识曲，善为乐方，令人忘忧。此篇诸集所出，不入《乐志》。

○东门行

右古词云：“出东门，不顾归。”言士有贫不安其居者，拔剑将去，妻子牵衣留之，愿共铺糜，不求富贵，且曰：“今时清，不可为非也！”若鲍照“伤禽恶弦惊”，但伤离别而已。

○西门行

右古词云：“出西门，步（一作少）念之。”始言醇酒肥牛，及时为乐，次言“人生不满百，常怀千载忧。昼短苦夜长，何不秉烛游”，末言无贪财惜费，为后世所嗤。诸家乐府诗又有《顺东西门行》，为三七言，亦伤时顾阴，有类于此也。

○煌煌京洛行

右晋乐奏魏文帝“夭夭桃园，无子空长”，言虚美者多败。又有“韩信鸟尽弓藏；子房保身全名；苏秦倾侧卖主；陈轸忠而有谋，楚怀不纳；吴起智小谋大；郭生古之雅人，燕昭臣之”及“仲连高士，不受千金”等语。若宋鲍照“凤楼二十重”，梁戴暠“欲知佳丽地”，始则盛夸帝京之美，而末言君恩歇薄，有怨旷沈沦之叹也。

○艳歌何尝行(亦曰《飞鹤行》)

右古词:“飞来双白鹤,乃从西北来。”言雌病,雄不能负之而去,“五里一反顾,六里一徘徊”,虽遇新相知,终伤生别离也。又云“何尝快,独无忧”,不复为后人所拟也。

○步出夏(一多东字)门行(亦曰《陇西行》)

右古词云:“天上何所有,历历种白榆。”此篇出诸集,不入《乐志》。始言妇有容色,能应门承宾,次言善于主馈,终言送迎皆合于礼。

若梁简文“陇西四战地”,但言辛苦征战,佳人怨思而已。

○野田黄雀行

右晋乐奏魏曹植“置酒高殿上”,始言丰膳乐饮,盛宾主之献酬;中言欢乐极而悲,嗟盛时不再;终归于知命而不复忧焉。

○满歌行

右古词:“为乐未几时,遭世险巇。”其始言逢此百罹,零丁荼毒,古人逊位躬耕,遂我取愿;次言穷达天命,智者不忧,庄周遗名,名垂千载;终言命如凿石见火,当自娱以颐养,保此百年也。

○棹歌行

右晋乐奏魏明帝辞云“王者布大化”,备言平吴之熏。若陆士衡“迟迟春欲暮”,又如梁简文帝“妾信在湘川”,但言乘舟鼓棹而已。

○雁门太守行

右古词云:“汉孝和帝时,洛阳令王君。”当时广汉郪人王涣,字稚子,父顺,安定太守。涣少好侠,尚气力,数通轻剽少年。晚改节博学,通于法律。举茂才,除温令,政化大行。人畜牧于野,辄云以付稚子,终无失盗。迁兖州刺史,一年,除拜侍御史。转洛阳令,狱讼止息,发擿奸伏如神。元兴初病卒。老少咨嗟,奠酬以千数。及丧西归,至弘农,人多设祭于路。吏问其故,言我平常持租诣洛阳,有司钞截,恒亡其半,自王君在事,不复见侵枉,故来报耳。人思其德,立祠在安阳亭。有食酒肉,辄往弦歌而祭之。后邓太后下诏褒美,拜其子石为郎。帝事黄老之道,悉毁诸祠庙,惟涣及卓茂庙存焉。按其歌词历述涣本末,与本传合,而题云《雁门大守行》,所未详也。若梁简文帝“轻霜中夜下”,备言边城征战之思。及皇甫规雁门之问,盖依题焉。

○白头吟

右古词:“皑如山上雪,皎若云间月。”又云:“愿得一心人,白头不相离。”始言良人有两意,故来与之相决绝;次言别于沟水之上一作北,叙其本情;终言男儿当重意气,何用于钱刀也。一说司马相如将聘茂陵人女为妾,文君作《白头吟》以自绝,相如乃止。若宋鲍照“直如硃丝绳”,陈张正见“平生怀直道”,唐虞世南“叶如幽径兰”,皆自伤清直芬馥,而遭铄金点玉之谤,君恩似薄,与古文近焉。

以上乐府《相和歌》。案相和而歌,并汉世街陌讴谣之词,丝竹更相和,执节者歌之。本一部,魏明帝分为二部,更递夜宿。本十七曲,后为十三曲,今所载之外,复有《气出唱》《精列》《东光引》等三篇。自《短歌行》以下,晋荀勖采择旧词施用,以代汉魏,故其数广焉。

○殿前生桂树

古乐府《鞞舞歌》。按《鞞舞歌》,汉代燕享用之,不详所起。其歌又有《关东有贤女》、章帝所造《章和二年中》《乐久长》《四方皇》共五篇,其词皆亡。近史亡,《鞞舞》本汉《巴渝舞》。高祖自蜀汉伐楚,其人勇而善斗,好为歌舞,帝观之曰:"武王伐纣之歌。"使工习之,号曰《巴渝》。渝,美也。或云其地有渝水,因以取名,未详也。

○白鸠篇

右其词首章曰:"翩翩白鸠,载飞载鸣。怀我君德,来集君庭。"按晋杨泓《舞序》云:"自到江南,见有《白符舞》,或言《白凫鸠舞》,察其词旨,乃吴人患孙皓虐政,思从晋也。"《齐史》载其本歌云:"平平白符一作'凫',思我君惠,集我金堂。"言晋为金德,"符"与"鸠"皆"合"也。则上"翩翩白鸠"之词,盖后晋人改也。

○碣石篇

右晋乐奏魏武帝词。首章言东临碣石,见沧海之广,日月出入其中。二章言农功毕而商贾往来。三章言乡土不同,人性各异。四章言"老骥伏枥,志在千里。烈士暮年,壮心不已"也。

○淮南王篇

右古词:"淮南王,自言尊。"淮南小山所作也。旧说汉淮南王安服食求仙,遍礼方士,遂与八公相携俱去,莫知所适。小山之徒,思恋不已,乃作《淮南王歌》。其词实言安仙去。

以上乐府《拂舞歌》。按《拂舞》,前史云出自江右。复有《济济》《独禄》等共五篇。今读其词,除《白鸠》一篇,余并非吴歌,未知所起。

〇白纻歌

右古词盛称舞者之美，宜及芳时为乐。其誉白纻曰："质如轻云色如银，制以为袍余作巾，袍以光躯巾拂尘。"

以上乐府曰《白纻歌》。按旧史称白绽吴地所出，《白纻舞》本吴舞也。梁武帝令沈约改其词为四时之歌，若"兰叶参差桃半红"即其春歌也。周处《风土记》云："吴黄龙中，童谣云：'行白者，君追汝，句骊马。'后孙权征公孙渊，海浮乘舶。舶，白也。时和歌犹云行白纻。"盖出于此。

〇上之回

右汉武帝元封初因至雍，遂通回中道，后数出游幸焉。其歌称帝"游石关，望诸国，月支臣，匈奴服"，皆美当时事也。

〇战城南

右其词大略言"战城南，死郭北"，野死不得葬，为乌鸟所食，愿为忠臣，朝出攻战而暮不得归也。

〇巫山高

右其词大略言江淮水深，无梁可度，临水远望，思归而已。若齐王融"想像巫山高"、梁范云"巫山高不极"，杂以阳台神女之事，无复远望思归之意也。

〇君马黄

右初言"君马黄，臣马苍，二马同逐臣马良"，终言美人归以南，归以北，驾车驰马，令我心伤。

〇芳树

右古词，中有云："妒人之子愁杀人，君有他心，乐不可禁。"若齐王融"相思早春日"、谢朓"早玩华池阴"，但言时暮众芳歇绝而已。

〇有所思

右其辞大略言"有所思，乃在大海南，何用问遗君？双珠毒瑁簪。闻君有他心，烧之当风扬其灰。从今已往，勿复相思，而与君绝"也。若齐王融"如何有所思"、梁刘绘"别离安可再"，但言离思而已。

〇雉子斑

右古词，中有云："雉子高飞止，黄鹄飞之以千里。雄来飞，从雌视。"若梁简文帝"妒场时向陇"，但咏雉而已。

〇临高台

右古词，大略言"临高台，下有清水清且寒。江有香草目以兰，黄鹄高飞离哉翻。开弓射鹄，令吾主寿万年"。若齐谢朓"千里常思归"，但言临望伤情而已。（一作古词言"临高台，下见清水中有黄鹄飞翻，关弓射之，令我主万年"。）

〇钓竿

右旧说有伯常子避仇河滨为渔者，其妻思之而为《钓竿歌》。每至河侧辄歌之。后司马相如作《钓竿》诗，遂传以为乐曲。若刘孝威"钓舟画彩鹢"，但称纶钓嬉游而已。

以上乐府《铙歌》。案汉明帝定乐有四品，最末曰《短箫铙歌》，军中鼓吹之曲。旧说黄帝所造，以建武扬德。《周礼》所谓"王大捷则恺乐，军大献则恺歌”是也。自《上之回》皆汉曲。又有《硃鹭》《思悲翁艾如张》《拥离》《战城南》《巫山高》《上陵》《将进酒》《君马黄》《芳树》《有所思》《雉子斑》《圣人出》《上邪》《临高台》《远如期》《石留》等十八曲,字多纰缪不可晓。《钓竿》一篇,晋代亦称为汉止于十八,恐非是也。铙如铃而有舌,执柄而鸣之,《周礼》以止鼓也。

《黄鹤吟》(一曰《黄鹄》)。《陇头吟》(一曰《陇头水》)。

《出关》《入关》《出塞》《入塞》(一本阙上四曲)。

《折黄柳》《黄覃子》《赤之扬》(一本阙上二曲)。

《望行人》(魏晋以来,惟传十曲)。《关山月》《洛阳道》

《长安道》《梅花落》《紫骝马》

《骢马》《雨雪》《刘生》(合一十八曲。一本多《豪侠行》《古剑行》《洛阳公子行》三题,误)。

○刘生

右刘生不知何代人,观齐梁已来所为《刘生》词者,皆称其任侠豪放,周游五陵三秦之地。或云抱剑专征为符节官,所未详也。

以上乐府横吹曲,有鼓角。《周礼》:“以鼖鼓鼓军事用角。”旧说云,蚩尤氏帅魍魅与黄帝战于涿鹿之野,帝始命吹角为龙鸣以御之。其后魏武北征乌丸,越涉沙漠,军士闻之,悲而思归。于是减为中鸣,尤更悲矣。又有胡角者,本以应胡笳之声,后渐用之,有双角,即胡乐也。汉博望侯张骞入西域,传其法,唯得《摩诃兜勒》一曲。李延年因胡曲更造新声二十八解(一本多“其法”二字)。乘舆以为武乐。东汉以给边将。又有《出关》《入关》《出塞》《入塞》《黄覃子》《赤之扬》《黄鹄吟》《陇头吟》《折杨柳》《望行人》等十曲,皆无其词。

若《关山月》已下八曲,后代所加也。

〇王昭君

右旧史五嫱字昭君，汉元帝时，匈奴入朝，诏以嫱配之，号胡阏氏。一说汉元帝后宫既多，不得常见，乃使画工图其形，案图召幸。宫人皆赂画工，多者十万，少者亦不减五万。昭君自恃容貌，独不肯与。工人乃丑图之，遂不得见。及后匈奴入朝，选美人配之，昭君之图当行。及入辞，光彩射人，悚动左右。天子方重失信外国，悔恨不及，穷案其事，画工有杜陵毛延寿，为人形，丑好老少，必得其真。安陵陈敞，新丰刘白龚宽，并工狗马，人形不逮延寿。下杜阳望樊青，尤善布众色。皆同日弃市，籍其资财。汉人怜昭君远嫁，为作歌诗。始武帝以江都王建女细君为公主，嫁乌孙王昆莫，令琵琶马上作乐，以慰其道路之思。其送明君亦然。晋文王讳"昭"，故晋人改为"明君"。石崇有妓曰绿珠，善歌舞。以此曲教之，而自制《王明君歌》，其文悲雅，"我本汉家子"是也。《琴操》载：昭君，齐国王穰女。端正闲丽，未尝窥看门户。穰以其有异于人，求之者皆不与。年十七，献之元帝。元帝以地远不之幸，以备后宫。积五六年。帝每游后宫，昭君常恐不出。后单于遣使朝贺，帝宴之，尽召后宫，昭君乃盛饰而至。帝问："欲以一女赐单于，谁能行者？"昭君乃越席请往。时单于使在旁，帝惊恨不及。昭君至匈奴，单于大悦，以为汉与我厚，纵酒作乐。遣使者报汉，送白璧一双，骏马十匹，胡地珠宝之类。昭君恨帝始不见遇，乃作怨思之歌。单于死，子世达立。昭君谓之曰："为胡者妻母，为秦者更娶。"世达曰："欲作胡礼。"昭君乃吞药而死。

〇子夜

右旧史云晋有女子曰子夜所作，声至哀。晋武帝太元中，琅琊王轲家有鬼歌之。后人依四时行乐之词，谓之《子夜四时歌》，吴声也。

○前溪歌

右晋车骑将军沈玩所造舞曲也。

○乌夜啼

右宋临川王义庆造也。宋元嘉中，徙彭城王义康于豫章郡。义庆时为江州，相见而哭。文帝闻而怪之，征还宅。义庆大惧，妓妾闻乌夜啼，叩斋阁云："明日应有赦。"及旦，改南兖州刺史，因作此歌。故其和云："笼窗窗不开，夜夜望郎来。"亦有《乌栖曲》，不知与此同否。

○石城乐

右宋臧质所作也。石城在竟陵。质为竟陵守，于城上眺瞩，见群少年歌谣通畅，因而为之词云："生长石城下，开窗对城楼。城中美少年，出入相依投。"

○莫愁

右出于《石城乐》。石城有女子名莫愁，善歌谣，故《石城乐》和中复有莫愁声。其辞曰："莫愁在何处？莫愁石城西。艇子打两桨，催送莫愁来。"古歌亦有莫愁，洛阳女，与此不同。

○襄阳

右宋随王诞始为襄阳郡，元嘉末仍为雍州刺史。夜闻诸女歌谣，因为之词曰："朝发襄阳城，暮至大隄宿。大隄诸女儿，花艳惊郎目。"若裴子野《宋略》称："晋安侯刘道彦为雍州，有惠化，百姓歌之，谓之《襄阳乐》。"盖非此也。

以上乐府清商曲也。按蔡邕云："清商曲，其词不足采著。"其曲名有《出郭西门》《陆地行车》《夹钟》《朱堂寝》《奉法》等五曲，非止《王昭君》等。一说清商曲，南朝旧乐也。永嘉之乱，中朝旧曲散落江右，无复宋梁新声。元魏孝文帝篡汉，收其所复南音，谓之清商乐，即此等是也。隋平陈，因置酒清商署，若《巴渝》《白纻》等曲皆在焉。

《乐府古题要解》卷下

○日重光　月重轮

右为汉明帝乐人所作也。明帝为太子时，乐人作歌诗四章，以赞太子之德。一曰《日重光》，二曰《月重轮》，三曰《星重辉》，四曰《海重润》。汉末丧乱，后二章亡。旧说云，天子之德，光明如日，规轮如月，光耀如星，霑润如海。太子比德，故云重焉。

○上留田行（《古今注》云"上苗田"，此云"上留"，盖传说之误。未知孰是）。

右旧说上留田，地名，此地人有父母死，不字其孤弟者。邻人为弟作悲歌，以讽其兄，因以地名为曲。盖汉代人也。

○相逢狭路间行（亦曰《长安有狭斜行》）

右古词："相逢狭路间，道隘不容车。"其说已具《鸡鸣篇》。

○艳歌行

右古词："翩翩堂前燕，冬藏夏来见。"言燕尚冬藏夏来，兄弟乃流宕在他县，主人妇为绽衣服，其夫见而疑之。

○怨歌行（一曰《怨诗行》）

右古词："为君既不易，为臣良独难。"言周公推心辅政，二叔流言，致有雷雨拔木之变。梁简文帝"十五颇有余"，自言姝艳，而以谗见毁。又曰："持此倾城貌，翻为不肖躯。”与古文意同辞异。班婕妤《纨扇诗》亦云《怨歌行》，不知与此同否。

○饮马长城窟行

右古词：“青青河边草，绵绵思远道。”伤良人流宕不归。或云蔡邕之词。若陈琳“水寒伤马骨”，则言秦人苦长城之役也。

○君子行

右古词云：“君子防未然，不处嫌疑间。”言君子虽瓜田不纳履，李下不正冠，以远嫌疑也。

○君子有所思行

右陆机“命驾登北山”、鲍照“西山登雀台”、沈约“晨策终南首”，其旨言雕室丽色，不足为久欢，晏安酖毒，满盈所宜敬忌，与《君子行》异也。

○朝歌行

右古词三七言。言虽甚奇宝器，不遇知己，终不见重，愿逢知己以托意焉。

○豫章行

右机“泛舟清川渚”、谢灵运“出宿告密亲”，皆伤离别。言寿短景驰，容华不久。傅玄《苦相篇》“苦相身为女”，言尽力于人，终以华落见弃，亦题曰《豫章行》。

○门有车马客行

右曹植等皆言问讯其客，或得故旧乡里，或驾自京师，备叙市朝迁谢，亲戚彫丧之意也。

○猛虎行

右陆士衡"渴不饮盗泉水",言从远役犹耿介,不以艰险改节也。

○齐讴行

右旧说齐人以歌其地。陆士衡"营丘负海曲",述齐地之美。

○吴趋行

右旧说吴人以歌其地。陆士衡"楚妃且勿叹"是也。

○会吟行

右谢灵运"六引缓清唱",其致与《吴趋行》同也。

○从军行

右皆述军旅苦辛之词也。

○出自蓟北门行

右其词与《从军行》同,而兼言燕蓟风物及突骑悍勇之状,与《吴趋行》同也。

○结客少年场行

右言轻生重义,慷慨以立功名也。

○东武吟行(或无"行"字)

右鲍照"主人且勿喧"、沈约"天德深且旷",伤时移世异,芳华但谢而已。

○苦热行

右备言流金铄石火山炎海之艰难也。亦有《苦寒行》,在前相和曲。

○放歌行

右鲍照"蓼虫避葵堇"之类,言朝廷方盛,君上爱才,何为临路相将而去也。

○西长安行

右傅休奕:"所思兮何方?乃在西长安。"其下因叙别离之思。

○怨歌行

右傅休奕:"昭昭朝时日,皎皎最明月。"盖伤十五入君门,一别终华发,望不及偕老,犹望死而同枕之义。

○升天行

右曹植"日月何肯留"、鲍照"家世宅关辅"。曹植又有《飞龙》《仙人》《上仙录》与《神游》《五游》《远游》《龙欲升天》等七篇。如陆士衡《缓声歌》,皆伤人世不永,俗情险艰,当求神仙翱翔六合之外。其词盖出楚歌《远游篇》也。

○凤将雏

右旧说汉世乐曲名也。若晋应璩《百一诗》云"言是《凤将雏》",非魏晋曲明矣。

○楚妃叹

右陆士衡《吴趋行》云:"楚妃且勿叹。"明非近题也。非关晋曲明矣。

○白马篇

右曹植“白马饰金羁”、鲍照“白马骍角弓”、沈约“白马紫金鞍”，皆言边塞征战之状（一作事）。

○空城雀

右鲍照：“雀乳四鷇，空城之隅。”言轻飞近集，免伤网罗而已。

○半度溪

右言战而半涉溪水见迫，所言皆岭南地。又有《武溪深》，亦此类也。

○起夜来

右其词意常念畴昔，思君之来也。

○独不见

右皆言思而不得见也。

○夜夜曲

右皆言独处自伤之意也。

○携手曲

右言携手行乐，恐芳时不留，君恩将歇也。

○阳春曲

右伤时也。

○关山月

右皆言伤离别也。

○博陵王官侠曲

右见《陈琳集》。(云云)

○新城长乐宫行

右备言彫饰刻镂之美也。

○大垂手

右言舞而垂其手。亦有《小垂手》及《独垂手》也。

○行路难

右备言世路艰难及离别悲伤之意,多以"君不见"为首。

○蜀道难

右备方铜梁玉垒之险。又有《蜀国篇》,与此颇同。

○秦王卷衣曲

右言咸阳春景及宫阙之美,秦王卷衣以赠所欢也。

○轻薄篇

右言乘肥衣轻,驰逐经过为乐。与《少年行》同意。

○妾薄命篇

右曹植"日月既逝西藏",盖恨宴私之欢不久。如梁简文"名都多丽质",

伤良人不返，王嫱远聘，卢姬嫁迟。嫱即王昭君也。

○苦哉行

右魏文帝："上山采薇，日暮苦饥。"伤役艰辛也。

○悲哉行

右陆士衡"游客芳春林，春芳伤客心"、谢惠连"羁人感淑节，缘感欲回沉"，皆感时伤别而已。

以上乐府杂题。案自《相逢狭路间行》已下，皆不知所起。自《君子有所思行》已下，又无本词。仲尼称不知则阙之，以俟知者。今但据后人所拟，采其意而注之。如曹植《鸳鸯》《种葛》《胡君》《箜篌》《蒲生》《吾》《生作安乐》《少年行》《东海》《人生》《欢坐玉殿》《阊阖》《日与月》《日月既逝》《日月》《只翼》《太极》《白马》《名都》《盘石》《驱车东岳》《娇歌》《结客》《大南寺》，拟《气出唱》为《惟乾》，《对酒行》为《于穆》，《精列行》为《两仪》，《陌上桑》为《望云》，《有所思》为《嗟佳人》，《善哉行》为《日苦短》，《短长歌》为《鰕□》（一作《拟长歌行》为《鰕□》），出为《尺蠖》，《出东门》为《惟汉》，《苦寒行》为《吁嗟》，《饮马长城窟》为《扶桑嗟生》，《豫章行》为《穷达》，《薤露行》为《天地》，《秋胡行》为《在昔》，《妾薄命》为《日月》，《齐吟行》为《美女》，《泰山梁父吟》为《八方》等篇。虽《□禹行》以上亦多是拟古所作，后人不复继作，故并不录。若傅休奕《有女秋兰》《车遥遥燕美人》，谢灵运《却东西门行》《前有樽酒行》《陈歌越谣》等行《前后声代后移歌》等歌，诸家集后有《城上麻》《携手雍台》《送归》《夹树》《度易水》《胡无人行桐柏山华阴山》《老年行》，近吴均辈多拟此等，并自为乐府，皆不见古词，亦并阙之，以俟知者。

○思归分（一曰《离拘操》）

右旧说卫有贤女，邵王闻其美一作贤，请聘之，未至而王薨。太子曰："吾闻齐桓公得卫女而霸，今卫女贤者，欲留之。”大夫曰：“不可。若贤女必不我听，若听必不贤，则不足取也。”太子遂留之，果不听。拘于深宫，思归不得，援琴而歌，曲终，缢而死。晋石崇亦有《思归引》，但归河阳取居。若刘孝威“胡地凭良马”，备言思归之状而已。

○雉朝飞

右旧说齐宣王时，处士犊沐一作水，子所作也。年七一作五，十无妻，出采薪于野，见雉雄雌相随而飞，意动心悲，乃仰天而叹曰：“圣王在上，恩及草木鸟兽，而我独不获！”因援琴而歌以自伤。其声中绝。魏武帝宫人有卢女者，故将军阴淑一作升，之妹。七岁入汉宫，学鼓琴，特异于余妓，善为新声，能传此曲。至魏明帝崩，出降为尹更生妻。若梁简文帝“晨光照麦畿”，但咏雉而已。

○走马引

右樗里牧恭所造也。为父报仇，杀人而藏匿山谷之中。有天马夜降，鸣于其室。奔逃入沂泽中，援琴而弹之，为天马之声，因以为引焉。

○别鹤操

右旧说商陵牧子所作也。娶妻五年无子，父兄将为之改娶，妻闻之，中夜起，倚户而悲啸。牧子闻之，怆然而悲，乃援琴而歌曰：“将乖比翼兮隔天端，山川悠远兮路漫漫，揽衣不寐兮食忘餐。”后人因传以为曲焉。

○水仙操

右旧说伯牙学鼓琴于成连先生，三年而成。至于精神寂寞，情志专一，尚未能也。成连云“吾师子春在海中，能移人情。”乃与伯牙延望，无人。至蓬莱山，留伯牙曰：“吾将迎吾师。”刺船而去，旬时不返，但闻海上水汩汲澌澌之声。山林窅冥，群鸟悲号，怆然叹曰：“先生将移我情。”乃援琴而歌之。曲终，成连刺船而还。伯牙遂为天下妙手。

○公无渡河(本《箜篌引》)

右旧说朝鲜津卒霍里子高妻丽玉所作也。子高晨起刺船,有一白首狂夫,被发携壶,乱流而渡,其妻随呼止之,不及,遂溺死。于是其妻援箜篌而鼓之,作歌曰:“公无渡河,公竟渡河,公堕而死当奈何!”声甚凄怆。曲终,亦投河而死。子高还,以其声语丽玉。丽玉伤之,乃引箜篌写其声。闻者莫不堕泪饮泣。丽玉以其声传邻女丽容,名曰《箜篌引》。旧史称汉武帝灭南越,祠太乙后土,令乐人侯晖依琴造坎言,坎坎节应也。侯,工人之姓。后语讹“坎”为“空”也。

以上乐府琴曲。案上诸语说多出《琴操》等书,《琴操》纪事好与本传相违,今两存者,以广异闻也。

○长门怨

右为汉武帝陈皇后作也。后,长公主嫖女,字阿娇。及卫子夫得幸,后退居长门宫,愁闷悲思。闻司马相如工文章,奉黄金百斤,令为解愁之辞。相如作《长门赋》,帝见而伤之,复得亲幸者数年。后人因其赋为《长门怨》焉。

○婕妤怨

右为汉成帝班婕妤作也。婕妤,徐令彪之姑,况之女,美而能文。初为帝所宠爱,后幸赵飞燕姊娣,冠于后宫,婕妤自知恩薄,惧得罪,求供养皇太后于长信宫,因为赋及《纨扇诗》以自伤。后人伤之,为《婕妤怨》及拟其诗。

○铜雀台(一曰《铜雀妓》)

右旧说魏武帝遗命令其诸子曰:“吾婕妤妓人,皆著铜雀台中。于台上施八尺繐帐，朝晡上酒脯粻糒之属，每月朝十五，辄向帐前作妓乐。汝等时时登铜雀台望吾西陵墓田。”后人悲其意而为之咏也。铸铜雀置于台上，因名为铜雀台。

○四愁　七哀

右《四愁》，汉张衡所作，伤时之文也。其旨以所思之处方朝廷，美之为君子，珍玩为义，岩险雪霜为谗谄。其流本出于《楚辞》《离骚》。《七哀》起于汉末。如曹植《明月照高楼》、王仲宣“南登霸陵岸”，皆《七哀》之一也。

○同声歌行

右汉张衡所作也。妇人自言幸得充闺房，愿勉供妇职，不离君子。思为莞簟，在下以蔽匡床；思为衾帱，在上以卫霜露。缱绻枕席，没齿不忘焉。盖以喻当时士君子事君之心焉。

○定情篇

右汉繁钦所作也。言妇人不能以礼从人，而自相说媚，乃解衣服玩好致之，用叙绸缪之志。若臂环致拳拳，指环致殷勤，耳珠致区区，香囊致扣扣，跳脱致契阔，佩玉结恩情，自以为志而期于山隅、山阳、山西、山北，终而不答，乃自伤悔焉。

○合欢诗

右晋杨方所作也。妇人言虎啸风起，龙跃云浮，磁石引针，阳燧致火，皆以同声相应，同气相求，我情与君，亦犹形影宫商之不离也。常愿食共并根穗，饮共连理杯，衣共双丝绢，寝共无缝裯，坐必接膝，行必携手，如鸟同心，如鱼比目，利断金石，密逾胶漆焉。

〇招隐　反招隐

右《招隐》本《楚词》,汉淮南王安小山所作也。言山中不可以久留。后人改以为五言。若晋左思"杖策招隐士"等数篇,最为首出。晋王康居反其致,谓之《反招隐》。旧说《淮南》书有《小山》,亦有《大山》,政有大小,犹诗之有《大雅》《小雅》焉。

〇砧藁今何在

右古词。"砧藁今何在",藁砧,趺也,问夫何处也;"山上复有山",重"山"为"出"字,言夫不在也;"何当大刀头",刀头有环,问夫何时当还也;"破镜飞上天",言月半当还也。

〇连句

右起汉武帝柏梁宴作。人为一句,连以成文,本七言诗。诗有七言,始于此也。

〇爱妾换马

右其词有淮南王,作者不知是刘安否。

〇自君之出矣

右出汉徐幹《室思诗》。其第三章云:"自君之出矣,明镜暗不治。思君如流水,无有穷已时。"

〇离合诗

右起汉孔融,合其字以成文也。

○盘中诗

右盘屈书之。傅休奕云:“山树高鸟悲。”末云“当从中央周四角”是也。

○回文诗

右回复读之,皆歌而成文也。

○百年诗

右起“总角”至“百年”,历述其幼小丁壮耆耄之状。十岁为一首。陆士衡至百二十时也。

○步虚词

右道观所唱,备言众仙缥缈轻举之美。

○道里名诗

右“道”谓汉孝文帝称“北走邯郸道”,“里”谓高祖中阳里之类,集以为诗也。

○星名

右据《天文志》所载也。

○郡县名

右据《地理志》所载也。

○卦名

右据《周易》所载也。

〇药名

右据《本草》所载。

〇姓名

右据古人之知名者。

〇相名

右据相书所载,若“山庭”“月角”是也。

〇宫殿名

右若《三辅黄图》等所载。

〇草树鸟兽名

右见于记录者,皆可用也。

〇歌曲名

右据乐府所载。

〇针穴名

右据医家《明堂》所载。

〇将军名

右据职官所载。

〇车名

右据《周礼》《汉官仪》所载。

○船名

右若《左氏传》吴艅艎之类也。

○无名

右言本无名氏，若“无是公”“乌有先生”。

○寺名

右若白马、青龙之类也。

○数

右从一至十也。

○八音

右金、石、丝、竹、匏、土、革、木。

○六甲

右十二辰是也。

○十二属

右十二辰所配，若子鼠、丑牛之类。

○六府

右水、火、金、木、土、谷。

汉武帝时乃立乐府，以李延年为协律都尉，举司马相如等数十人，造为诗赋，略论律吕，以合八音之调，盖乐府之所肇也。自汉迄唐，作者猋起云合，从未有汇成一编者。惟唐史臣吴兢纂采汉魏以来古乐府词,分为十卷,惜乎不传。传者仅《古题要解》二卷,于传记及诸文集中,采其命名缘起,令后人知所祖习。又有《乐府解题》,不著撰人名氏,与吴兢所撰差异。今人混为一书,谬矣。但太原郭氏诸叙中辄引《乐府题解》,不及《古题要解》,不知何故。余家藏是书凡三本,一得之虞山杨氏,一得之锡山顾氏。二氏素称藏书家,不意施硃傅墨,较订数遍,其间脱简讹字,尚多于几上凝尘。既得元版,颇善,但《会吟行》俱误作《吴吟行》。按"会"谓会稽,谢灵运诗"咸共聆《会吟》",故云"其致与《吴趋行》同"也。如《采薇操》亦曰《晨游高举》,《琴曲》注中引吴兢云云。兹集中不载,岂逸文尚多耶?海隅毛晋识。

吴兢,汴州人。少励志,贯知经史,方直寡谐。比魏元忠荐其才堪论撰,诏直史馆,修国史。私撰《唐书》《唐春秋》,叙事简核,人以董孤目之。其捃摭乐府故实,与正史互有异同,真堪与《国史补》并垂不朽云。晋又识。

二　教坊记

崔令钦

《教坊记》序[①]

昔阴康氏之王也，元气肇分，灾沴未弥。水有襄陵之变，人多肿腿之疾，思所以通利关节，于是制舞。舜作歌以平八风，非慆心也。春秋之时，齐遗鲁以女乐，晋梗阳之大宗，亦以上献子，始淫声色矣！施及汉室，有若卫子夫以歌进，赵飞燕以舞宠。自兹厥后，风流弥盛。晋氏兆乱，涂歌是作，终被诸管弦，载在乐府。吕光之破龟兹，得其乐名称，多亦佛曲百余成。我国家玄元之胤，未闻颂德，高宗乃命工白明达造道曲、道调。玄宗之在藩邸，有散乐一部，戢定妖氛，颇藉其力。及膺大位，且羁縻之。常于九曲阅太常乐，卿姜晦（嬖人楚公皎之弟也），押乐以进。凡戏辄分两朋，以判优劣。则人心竞勇，谓之"热戏"。于是诏宁王主藩邸之乐以敌之。一伎戴百尺幢，鼓舞而进，太常所戴即百余尺，比彼一出，则往复矣，长欲半之，疾仍兼倍。太常群乐鼓噪，自负其胜。上不悦。命内养五、六十人各执一物，皆铁马鞭、骨檛之属也。潜匿袖中，杂于声儿后立（坊中呼太常人为"声儿"）。复俟鼓噪，当乱捶之。皎、晦及左右初

① （唐）崔令钦：《教坊记》，《中国古典戏曲论著集成》（一），中国戏剧出版社 1980 年版。

怪内养麡至，窃见袖中有物，于是夺气褫魄，而戴幢者方振摇其竿，南北不已。上顾谓内人者曰：“其竿即自当折。”斯须中断，上抚掌大笑，内伎咸称庆，于是罢遣。翌日，诏曰：“太常礼司，不宜典俳优杂伎。”乃置教坊，分为左右而隶焉。左骁卫将军范安及为之使。开元中，余为左金吾，仓曹武官十二、三是坊中人。每请俸禄，每加访问，尽为余说之。今中原有事，漂寓江表，追思旧游，不可复得。粗有所识，即复疏之，作《教坊记》。

西京右教坊在光宅坊，左教坊在延政坊。右多善歌，左多工舞，盖相因成习。东京两教坊俱在明义坊。而右在南，左在北也。坊南西门外，即苑之东也，其间有顷余水泊，俗谓之月陂。形似偃月，故以名之。

妓女入宜春院，谓之内人，亦曰前头人。常在上前头也，其家得在教坊，谓之内人家。四季给米，其得幸者，谓之十家，给第宅，赐亦异等。初，特承恩宠者有十家，后继进者敕有司给赐同十家。虽数十家，犹故以十家呼之。每月二日、十六日，内人母得以女对，无母则姊妹若姑一人对。十家就本落，余内人并坐内教坊对。内人生日，则许其母、姑、姊妹皆来对，其对所如式。

楼下戏出队，宜春院人少，即以云韶添之。云韶谓之宫人，盖贱隶也，非直美恶殊貌，居然易辨明：内人带鱼，宫人则否。平人女以容色选入内者，教习琵琶、五弦、箜篌、筝等者，谓之搊弹家。

开元十一年，初制《圣寿乐》，令诸女衣五方色衣以歌舞之。宜春院女教一日，便堪上场，惟搊弹家弥月不成。至戏日，上令宜春院人为首尾，搊弹家在行间，令学其举手也。宜春院亦有工拙，必择尤者为首尾。首既引队，众所属目，故须能者，乐将阕，稍稍失队，余二十许人舞。曲终，谓之合杀，尤要快健，所以更须能者也。

《圣寿乐》舞，衣襟皆各绣一大窠，皆随其衣本色制纯缦衫。下才及带，若短汗衫者以笼之，所以藏绣窠也。舞人初出乐次，皆是缦衣。舞至第二叠，相聚场中，即于众中从头上抽去笼衫，各内怀中。观者忽见众女咸文绣炳焕，莫不惊异。

凡欲出戏，所司先进曲名。上以墨点者即舞，不点者即否，谓之进点。戏日，内伎出舞。教坊人惟得舞《伊州》《五天》，重来叠去，不离此两曲，余尽让内人也。《垂手罗》《回波乐》《兰陵王》《春莺啭》《半社渠》《借席》《乌夜啼》之属，谓之软舞，《阿辽》《柘枝》《黄麞》《拂林》《大渭州》《达摩支》之属，谓之健舞。

凡楼下两院进杂妇女，上必召内人姊妹入内赐食。因谓之曰："今日娘子不须唱歌，且饶姊妹并两院妇女。"于是内妓与两院歌人更代上舞台唱歌。内妓歌，则黄幡绰赞扬之，两院人歌，则幡绰辄訾诟之。有肥大年长者，即呼为屈突干阿姑，貌稍胡者，即云康太宾阿妹，随类名之，僄弄百端，诸家散乐，呼天子为"崖公"。以欢喜为蚬斗，以每日长在至尊左右为"长入"。

筋斗裴承恩妹大娘善歌，兄以配竿木侯氏。又与长入赵解愁私通，侯氏有疾，因欲药杀之。王辅国、郑衔山与解愁相知，又是侯乡里，密谓薛忠、王琰曰："为我语侯大兄，晚间有人送粥，慎莫吃。"及期，果有赠粥者，侯遂不食。其夜裴大娘引解愁谋杀其夫，衔山情愿擎土袋。灭灯既黑，衔山乃以土袋置侯身上，不压口鼻，余党不之觉也。比明，侯氏不死，有司以闻，上令范安穷治其事，于是赵解愁等皆决一百，众皆不知侯氏不掩口鼻而不死也。或言土袋绽裂故活，是以诸女戏相谓曰："女伴，尔自今后缝压婿土袋，当加意夹缝缝之，更无令开绽也。"

坊中诸女，以气类相似，约为香火兄弟。每多至十四五人，少不下八九辈，有儿郎聘之者，辄被以妇人称呼。即所聘者，兄见呼为新妇。弟见呼为嫂也。儿郎有任宫僚者，宫参与内人对同日。垂到内门，车马相遇，或褰车帘呼阿嫂。若新妇者，同党未达，殊为怪异，问被呼者，笑而不答。儿郎既聘一女，其香火兄弟，多相奔，云学突厥法，又云："我兄弟相怜爱，欲得尝其妇也。"主者知，亦不妒。他香火即不通。

苏五奴妻张四娘善歌舞，有邀迓者，五奴辄随之前。人欲得其速醉，多劝酒，五奴曰："但多与我钱，吃□子亦醉，不烦酒也。"今呼鬻妻者为五奴，自苏始。

范汉女大娘子，亦是竿木家。开元二十一年，出内，有姿媚而微愠羝(谓腋气也)。

曲　名

献天花　和风柳　美唐风　透碧空(小石)　巫山女　度春江　众仙乐(正平)大定乐　龙飞乐(小石)　庆云乐　绕殿乐　泛舟乐　抛球乐　清平乐(大石)放鹰乐　夜半乐　破阵乐(贞观时制)　还京乐　天下乐(正平)　同心乐　贺圣朝(南吕宫、薄媚)　奉圣乐　千秋乐　泛龙舟　泛玉池　春光好　迎春花　凤楼春　负阳春　章台春　绕池春　满园春　长命女　武媚娘　杜韦娘　柳青娘　杨柳枝　柳含烟　替杨柳　倒垂柳　浣溪沙　浪淘沙　撒金沙　纱窗恨　金簑岭　隔帘听　恨无媒　望梅花　望江南　好郎君　想夫怜　别赵十　忆赵十　念家山　红罗袄　乌夜啼　墙头花　摘得新　北门西　煮羊头　河渎神　二郎神　醉乡游　醉花间　灯下见　太边邮　太白星　剪春罗　会佳宾　当庭月　思帝乡(正平)　醉思乡　归国遥　感皇恩(道调宫)恋皇恩　皇帝感　恋情深　忆汉月　忆先皇　圣无忧　定风波　木兰花　更漏长　菩萨蛮　破南蛮　八拍蛮　芳草洞　守陵宫　临江仙　虞美人　映山红　献忠心　卧沙堆　怨黄沙　遐方怨　怨胡天　送征衣　送行人　望梅愁　阮郎迷　牧羊怨　扫市舞　凤归云　罗裙带　同心结　一捻盐　阿也黄　劫家鸡　绿头鸭　下水船　留客住　离别难　喜长新　羌心怨　女王国　缭踏歌　天外闻　贺皇化　五云仙　满堂花　南天竺　定西番　荷叶杯　感庭秋　月遮楼　感恩多　长相思　西江月　拜新月　上行杯　团乱旋　喜春莺　大献寿　鹊踏枝　万年欢　曲玉管　倾杯乐　谒金门　巫山一段云　望月婆罗门　玉树后庭花　西河狮子　西河剑气　怨陵三台　儒士谒金门　武士朝金阙　掺工不下　麦秀两歧　金雀儿　浐水吟　玉搔头　鹦鹉杯　路逢花　初漏归　相见欢　苏幕遮　游春苑　黄钟乐　诉衷情　折红莲　征步郎　洞

仙歌 太平乐 长庆乐 喜回銮 渔父引 喜秋天 大郎神 胡渭州 梦江南 濮阳女 静戎烟 三台 上韵 中韵 下韵 普恩光 恋情欢 杨下采桑 大酺乐 合罗缝 苏合香 山鹧鸪 七星管 醉公子 朝天乐 木笪 看月宫 宫人怨 叹疆场 拂霓裳 驻征游 泛涛溪 胡相问 广陵散 帝归京 喜还京 游春梦 柘技引 留诸错 如意娘 黄羊儿 兰陵王 小秦王 花王发 大明乐 望远行 思友人 唐四姐 放鹘乐 镇西乐 金殿乐 南歌子 八拍子 鱼歌子 七夕子 十拍子 措大子 风流子 吴吟子 生查子 醉胡子 山花子 水仙子 绿钿子 金钱子 竹枝子 天仙子 赤枣子 千秋子 心事子 胡蝶子 沙碛子 酒泉子 迷神子 得蓬子 剉碓子 麻婆子 红娘子 甘州子 刺历子 镇西子 北庭子 采莲子 破阵子 剑器子 师子 女冠子 仙鹤子 穆护子 赞普子 蕃将子 回戈子 带竿子 摸鱼子 南乡子 大吕子 南浦子 拨棹子 河满子 曹大子 引角子 队踏子 水沽子 化生子 金蛾子 拾麦子 多利子 毗砂子 上元子 西溪子 剑阁子 嵇琴子 莫壁子 胡攒子 唧唧子 玩花子 西国朝天

大曲名

踏金莲 绿腰 凉州 薄媚 贺圣乐 伊州 甘州 泛龙舟 采桑 千秋乐 霓裳 后庭花 伴侣 雨霖铃 柘枝 胡僧破 平翻 相駞逼 吕太后 突厥三台 大宝 一斗盐 羊头神 大姊 舞大姊 急月记 断弓弦 碧宵吟 穿心蛮 罗步底 回波乐 千春乐 龟兹乐 醉浑脱 映山鸡 昊破 四会子 安公子 舞春风 迎春风 看江波 寒雁子 又中春 玩中秋 迎仙客 同心结

大面，出北齐，兰陵王长恭，性胆勇而貌若妇人。自嫌不足以威敌，乃刻木为假面，临阵着之，因为此戏，亦入歌曲。

踏谣娘，北齐有人姓苏，□鼻，实不仕而自号为郎中。嗜饮酗酒，每醉辄殴其妻，妻衔悲，诉于邻里。时人弄之，丈夫著妇人衣，徐步入场行歌，每一叠，傍人齐声和之云："踏谣和来，踏谣娘苦和来，"以其且步且歌，故谓之踏谣。以其称冤，故言苦，及其夫至，则作殴斗之状以为笑乐。今则妇人为之，遂不呼郎中，但云阿叔子，调弄又加典库。全失旧旨，或呼为谈容娘，又非。

乌夜啼，宋彭城王义康、衡阳王义季，帝囚之浔阳，后宥之。使未达，衡王家人扣二王所囚院曰："昨夜乌夜啼，官当有赦。"少顷，使至，故有此曲，亦入琴操。

安公子，隋大业末，炀帝将幸扬州。乐人王令言以年老不去，其子从焉。其子在家弹琵琶，令言惊问此曲何名？其子曰："内里新翻曲子，名《安公子》。"令言流涕悲怆，谓其子曰："尔不须扈从，大驾必不回。"子问其故，令言曰："此曲宫声往而不返，宫为君，吾是以知之。"

春莺啭，高宗晓声律。晨坐闻莺声，命乐工白明达写之，遂有此曲。

记曰：夫以廉洁之美，而道之者寡，骄淫之丑，而陷之者众，何哉？志意劣而嗜欲强也，借如涉畏途，不必皆死，而人知惧，溺声色，则必伤夭，而莫之思，不其惑欤。且人之生身，所禀五常耳，至有悦其妻而图其夫，前古多矣，是违仁也。纳异宠而薄糟糠，凡今众矣，是忘义也。重衽席之虞，轻宗祀之敬，是废礼也。贪耳目之玩，忽祸败之端，是无智也。心有所爱，则靦冒苟得，不顾宿诺，是弃信也。敦谕履仁，蹈义修礼，任智而信以成之。呜呼！国君保之，则比德尧舜，士庶由之，则齐名周孔矣。当为永代表式，宁止一时称举，傥谓修小善而无益，犯小恶而无伤。殉嗜欲近情，忘性命大节，施之于国则国风败，行之于家则家法坏，败与坏不其痛哉！是以楚庄悔惧，斥遣夏氏，宋武纳谏，遽绝慕容，终成霸业，号为良主。岂比高纬以冯小怜灭身，叔宝以张贵妃亡国，汉成以昭仪绝家嗣，燕熙以符氏覆邦家乎！非无元龟，自有人鉴，遂形简牍，敢告后贤。

补录：

失落。上偏私左厢，故楼下戏，右厢竿木多失落，是其隐让也。

打鼓。吕元真打鼓，头上置水碗，曲终而水不倾动，众推其能定头项。上在蕃邸召之，元真恃其能，多不时至，乃云："须得黄纸。"黄纸，谓敕也。上衔之，故流辈皆有爵命，惟元真素身。

打球落马。上尝三殿打球，荣王堕马闪绝，移时不苏。黄幡绰奏曰："大家如今年纪不为小，圣体又重，不宜自劳。何不着女婿等与诸人为之？如臣坐对食盘，口眼俱饱，此为乐耳。旁观大家驰逐忙遽，何暇笑乐？"上曰："尔言大有理。"后不复自为也。

筋斗。上于天津桥南设帐殿，酺三日。教坊一小儿，筋斗绝伦，乃衣以彩缯，梳洗，杂于内伎中。少顷，缘长竿上，倒立，寻复去手，久之，垂手抱竿，翻身而下。乐人等皆舍所执，宛转于地，大呼万岁。百官拜庆，中使宣旨云："此伎尤难，近教坊教成。"其实乃小儿也。

声伎儿。坊中谓太常乐人为"声伎儿"。

四女善歌。任智方四女善歌，其中二姑子吐纳凄惋，收敛浑沦。三姑子容止闲和，意不在歌。四儿发声遒润，似从空中来。

卖假金贼。庞三娘善歌舞，其舞颇脚重，然特工装束。又有年，面多皱，帖以轻纱，杂用云母和粉蜜涂之，遂若少容。尝大酺汴州，以名字求雇。使者造门，既见，呼为阿婆，问庞三娘子所在。庞绐之曰："庞三是我外甥，今暂不在，明日来，当奉留之。"使者如言而至。庞乃盛饰，顾客不之识也，因曰："昨日已参见娘子阿姨。"其变状如此，故坊中呼为"卖假金贼"。

娘子眼破。有颜大娘，亦善歌舞，眼重脸深，有异于众。能料理之，遂若横波，虽家人不觉也。尝因儿死，哀哭拭泪，其婢见面，惊曰："娘子眼破也！"

左转。魏二容色粗美，歌舞甚拙。尝与同类宴集，起舞。杨家生者笑视之。须臾歌次，架上鹦鹉初移足右转，俄复左转。家生顾曰："左转也。"意指鹦鹉，实无他也。魏以为斥己，辍歌极骂，罢乐。人呼失律为"左转"。

三　羯鼓录

南　卓①

羯鼓出外夷,以戎羯之鼓,故曰羯鼓。其音主太簇一均,龟兹部、高昌部、疏勒部、天竺部皆用之,次在都昙鼓、答腊鼓之下。(都昙鼓似带鼓而小。答腊鼓者,即揩鼓也)鸡娄鼓之上。𣞀如漆桶(山桑木为之)。下以小牙床承之。击用两杖,其声焦杀鸣烈,尤宜促曲急破,作战杖连碎之声,又宜高楼晚景,明月清风,破空透远,特异众乐。杖用黄檀狗骨花楸等木,须至干紧绝湿气,而复柔腻;干取发越响亮,腻取战裹健举。棬用刚铁,铁当精炼,棬当至匀,若不刚,即应条高下,摺捩不停;不匀,即鼓面缓急,若琴徽之敓病矣。诸曲调如《太簇曲》《色俱腾》《乞婆娑》《曜日光》等九十二曲名,玄宗所制。(其余徵、羽调曲,皆与胡部同。故不载。)上洞晓音律,由之天纵,凡是丝管,必造其妙。若制作诸曲,随意即成,不立章度,取适短长,应指散声,皆中点拍。至于清浊变转,律吕呼召,君臣事物,迭相制使,虽古之夔旷,不能过也。尤爱羯鼓、玉笛(玉笛之说见《遗事》)。常云:八音之领袖,诸乐不可为比。尝遇二月初,诘旦巾栉方毕,时当宿雨初晴,景色明丽,小殿内庭,柳杏将吐,睹而叹曰:"对此景物,岂得不为他判断之乎!"左右相目,将命备酒,独高力士遣取羯鼓。上旋命

① (唐)南卓:《羯鼓录》,《中国文学参考资料小丛书》,古典文学出版社 1957 年版。

之临轩纵击一曲,曲名《春光好》。(上自制也)神思自得。及顾柳杏,皆已发拆,上指而笑谓嫔御曰:"此一事不唤我作天公,可乎?"嫔御侍官,皆呼万岁。又制《秋风高》,每至秋空迥彻,纤翳不起,即奏之,必远风徐来,庭叶随下。其曲绝妙入神,例皆如此。

汝南王琎,宁王长子也。姿容妍美,秀出藩邸,玄宗特钟爱焉,自传授之。又以其聪悟敏慧,妙达音旨,每随游幸,顷刻不舍。琎常戴砑绢帽打曲。上自摘红槿花一朵,置于帽上笪处,二物皆极滑,久之方安,遂奏《舞山香》一曲,而花不坠落(本色所谓定头项,难在不动摇)。上大喜笑!赐琎金器一厨,因夸曰:"花奴(琎小字)姿质明莹,肌发光细,非人间人,必神仙谪堕也!"宁王谦谢,随而短斥之。上笑曰:"大哥不必过虑,阿瞒自是相师(上于诸亲常自称此号)。夫帝王之相,且须有英特越逸之气,不然有深沈包育之度,若花奴但端秀过人,悉无此相,固无猜也;而又举止淹雅,当更得公卿间令誉耳!"宁王又笑曰:"若如此,臣乃输之。"上笑曰:"若此一条,阿瞒亦输大哥矣。"宁王又谦谢。上笑曰:"阿瞒赢处多,大哥亦不用㧑挹。"众皆欢贺。

上性俊迈,酷不好琴,曾听弹琴,正弄未及毕,叱琴者出,曰:"待诏出去!"谓内官曰:"速召花奴,将羯鼓来,为我解秽!"

黄幡绰亦知音,上尝使人召之,不时至,上怒,络绎遣使寻捕。绰即至,及殿侧,闻上理鼓,固止谒者不令报。俄顷上又问侍官:"奴来未?"绰又止之。曲罢后,改奏一曲,才三数十声,绰即走入。上问:"何处去来?"曰:"有亲故远适,送至郊外。"上颔之。鼓毕,上谓曰:"赖稍迟,我向来怒时,至必挞焉。适方思之,长入供奉,已五十余日,暂一日出外,不可不放他东西过往。"绰拜谢讫。内官有相偶语笑者。上诘之。具言绰寻至,听鼓声,候时以入。上问绰。绰语其方怒及解怒之际,皆无少差。上奇之,复厉声谓曰:"我心脾肉骨下事,安有侍官奴闻小鼓能料之耶!今且谓我何如?"绰走下阶,面北鞠躬大声曰:"奉敕竖金鸡!"上大笑而止。

宋开府璟,虽耿介不群,亦深好声乐,尤善羯鼓(乐部行王询云,南山起云,北山起雨。即开府所为也)。始承恩顾,与上论鼓事,曰:"不是青州石末,即是鲁山花甆。"捻小碧上掌,下须有朋(去声)肯之声,据此乃是汉震(一作侲)第二鼓也。且𬴂用石末花甆,固是腰鼓,掌下朋肯声,是以手拍,非羯鼓明矣(第二鼓者,左以杖,右以手指)。又开府谓上曰:"头如青山峰,手如白雨点,此即羯鼓之能事也。"山峰取不动,雨点取碎急。上与开府兼擅两鼓,而羯鼓偏好,以其比汉震稍雅细焉。开府之家悉传之。东都留守郑叔则祖母,即开府之女,今尊贤里郑氏第有小楼,即宋夫人习鼓之所也。开府孙沇,亦工之,并有音律之学,贞元中进乐书三卷,德宗览而嘉之,又知是开府之孙,遂召对赐坐,与论音乐喜甚。数日又召至宣徽,张乐使观焉。曰:"有舛误乖谬,悉可言之。"沇沈吟曰:"容臣与乐官商摧讲论,具状条奏。"上使宣徽使、教坊使就教坊与乐官参议数日,然后进奏。二使奏,乐工多言沇不解声律,不审节拍,兼有聩疾,不可议乐。上颇异之。又召宣徽使对,且曰:"臣年老多病,耳实失聪,若迨于声律,不致无业。"上又使作乐,曲罢,问其得失。承禀舒迟,众工多笑之。沇顾笑者忽忿怒作色,奏曰:"曲虽妙,其间有不可者。"上惊问之。即指一琵琶云:"此人大逆戕忍,不日间兼即抵法,不宜在至尊前。"又指一笙云:"此人神魂已游墟墓,不可更留供奉。"上尤惊异,令主者潜伺察之。旋而琵琶者为同辈告讦,称六七年前,其父自缢,不得端由。即令按鞫,遂伏其罪。笙者乃忧恐不食,旬日而卒。上益加知遇,面赐章绶,累召对,每令沇察乐,乐工惴恐胁息,不敢正视。沇惧罹祸,辞病而退。

嗣曹王皋精晓器用,为荆南节度使,有羁旅士人,怀二棬欲求通谒。先启于宾府,观者讶之曰:"岂足尚耶?"士曰:"但启之尚书,当解矣。"及皋见棬,捧而叹曰:"不意今日,获逢至宝!"因指其刚匀之状,宾佐唯唯,或腹非之。皋曰:"诸公必未信,命取食柈,自选其极平者,遂置二棬于柈心,以油注之棬中,棬满而油不浸漏,盖相契无际也。"皋曰:"此必开元天宝中供御棬,不然,无以至此。"问其所自,答曰:"某先人在黔中,得于高力士之家。"众方深伏。宾府又潜问客,直偿几何。客曰:"不过三五百缗。"及皋遗财帛器皿,其直果称焉。

广德中，前双流县丞李琬者亦能之，调集至长安，僦居务本里，尝夜闻羯鼓声，曲颇妙，于月下步寻，至一小宅，门极卑隘，叩门请谒，谓鼓工曰："君所击者，岂非《耶婆色鸡》乎（一本作《耶婆娑鸡》）？虽至精能而无尾，何也？"工大异之曰："君固知音者，此事无人知。某太常工人也，祖父传此艺，尤能此曲，近张通獳入长安，某家事流散，父没河西，此曲遂绝。今但按旧谱数本寻之，竟无结尾声，故夜夜求之。"琬曰："曲下意尽乎？"工曰："尽。"琬曰："意尽即曲尽，又何索尾焉？"工曰："奈声不尽何！"琬曰："可言矣！夫曲有不尽者，须以他曲解之，方可尽其声也。夫《耶婆色鸡》，当用楄柘急遍解之。"工如所教，果相谐协，声意皆尽（如《柘枝》用浑脱解，《甘州》用急了解之类是也）。工泣而谢之，即言于寺卿，奏为主簿，后累官至太常少卿，宗正卿。

代宗朝，宰相杜鸿渐亦能之。永泰中为三州副元帅，兼西川节度使。至成都，有削杖者在蜀，以二鼓杖献，鸿渐得之，示于众曰："此尤物也。当衣衾中收贮积时矣。"匠曰："某于脊沟中养者十年。"及鸿渐出蜀，至利州西界，望嘉陵驿路入汉州矣，自西南来，始临嘉陵江，颇有山水景致。其夜月色又佳，乃与从事杨炎、杜亚辈，登驿楼，望江月，行觞謔话："今日出艰危，脱猜迫，外则不辱命于朝廷，内则免中祸于微质，皆诸贤之力也。既保此安步，又瞰此殊景，安得不自贺乎？"遂命家僮取鼓与板笛，以前所得杖，酣奏数曲，四（一作西）山猨鸟皆惊，飞鸣嗷嗷。从事悉异之。曰："昔夔之搏拊，百兽舞庭，此岂远耶！"鸿渐曰："若某于此稍曾致功，未臻尤妙，尚能及此，况至圣御天，贤臣考乐，飞走之类，何有不感？"因言某有别墅，近华严阁，每遇风景晴朗，时或登阁奏此，初见群羊牧于山下，忽数举头踯躅不已，某不谓以鼓然也。及止鼓，羊亦止；某复鼓，亦复然。遂以疾、徐、高、下而节之，无不应之而变。旋有二犬自其家走而吠之，及群羊侧，遂渐止声，仰首（一作逐声俯仰）若有所听。少选，即复宛颈摇尾，亦从而变态，是知率舞固不难矣。其后乃不敢为也。近士林中无习之者，唯仆射韩皋善，亦不甚露焉。为鄂州节度使时，间于黄鹤楼一月两习而已。

会昌元年，卓因为洛阳令，数陪刘宾客、白少傅宴游，白有家僮，多佐酒。

卓因谈往前三数事,二公亦应和之,谓卓曰:“若吾友所谈,宜为文纪,不可令堙没也。”时过而未录。及陕府卢尚书任河南尹,又话之,因遣为纪,即粗为编次,尚未脱藁。至东阳,因曝书见之,乃详列而竟焉。虽不资儒者之博闻,亦助宾筵之谈话,属之好事,庶几流传。

前录大中二年所著,四年春阳罢免,旋自海南,路由广陵,崔司空为镇。司空遇合素厚,留止旬朔,辄献之,过蒙奖饰,因曰:“宋沇即某之中外亲丈人,知音之异事,非止于此也。尝为太常丞,每诸悬钟磬,亡坠至多,补亡者又乖律吕。一日早于光宅佛寺待漏(贞元中犹未有待漏院,朝士多立城门衢中,或立近坊人家,及光宅寺也)。闻塔上风铎声,倾听久之。朝回,复至寺舍,问寺主僧曰:‘上人塔上铎,皆知所自乎?’曰:‘不能知。’沇曰:‘其间有一是古制,某请一登塔循金索,试历扣以辨之,可乎?’僧初难后许。乃扣而辨焉。寺众即言:‘往往无风自摇,洋洋有闻,非此也耶?’沇曰:‘是耳,必因祠祭考本悬钟而应也。’固求摘取而观之,曰:‘此姑洗之编钟耳,请且独缀于僧庭。’归太常,令乐工与僧同临之,约其时彼扣本乐悬,此果应之,遂购而获焉。又曾送客出通化门,逢度支运乘,驻马俄顷,忽草草揖客别,乃随乘至左藏门,认一铃,言亦编钟也。他人但觉镕铸独工,不与众者埒,莫知其余;及配悬,音形皆合其度。”异乎!此亦识微在金奏者与?列于鼓录则浸寝差矣。以大君子所传,又精义入神,岂容忽而不载,遂附之于末。

诸　宫　曲

太　簇　宫

色俱腾　耀日光　乞婆娑　大勿　大通　舞山香　罗犁罗　苏莫赖耶　俱伦仆　阿箇盘陀　苏合香　藏钩乐　春光好　无首罗　鶻岭盐　疏勒女　要杀盐　通天乐　万载乐　景云　紫云　承天乐　顺天乐

太　簇　商

苏罗　□利梵　大借席　耶婆色鸡　堂堂　半杜梁　君王盛神武赫赫君之明　大钵乐背　大娑野婆　破阵乐　黄骏蹛　放鹰乐　英雄乐　思归忆新院　西楼送落月　□霜风　九成乐　倾杯乐　百岁老寿　还成乐　打球乐　饮酒乐　舞厥么赋　太平乐　大酺乐　大宝乐　圣明乐　婆罗门　斛加那　万岁乐　秋风高　回婆乐　夜半击羌兵　香山　优婆师　匝天乐　禅曲渡积破敌回　五更啭　黄莺啭　大定乐　越殿　须婆　钵罗背　大秋秋盐栗时　突厥盐　踏蹄长

太　簇　角

火苏赖耶　大春杨柳　大东祇罗　大郎赖耶　即渠沙鱼　大达么友　俱伦毗　悉利都　移都师　阿鹍鹲乌歌　飞仙　凉下采桑　西河师子三台舞石州　破勃律　徵、羽调与胡部不载

诸佛曲词

九仙道曲　卢舍那仙曲　御制三元道曲　四天王　半阁么那　失波罗辞见柞　草堂富罗(二曲)　于门烧香宝头伽　菩萨阿罗地舞曲　阿陀弥大师曲

食　曲

云居曲　九巴鹿　阿弥罗众僧曲　无量寿　真安曲　云星曲　罗利儿芥老鸡　散花　大燃灯　多罗头尼摩诃钵　婆娑阿弥陀　悉驮低　大统　蔓度大利香积　佛帝利　龟兹大武　僧箇支婆罗树　观世音　居么尼　真陀利大与　永宁贤者　恒河沙　江盘无始　具作　悉家牟尼　大乘　毗沙门　渴农之文德　菩萨缑利陀　圣主与　地婆拔罗伽

四　乐府杂录

段安节[①]

序

爰自国朝初修郊礼，刊定乐悬，约三代之歌钟，均九威之律度，莫不韶音尽美，雅奏克谐。上可以吁天降神，下可以移风变俗也。以至桑间旧乐，濮上新声，金丝慎选于精能，本领皆传于故老。重翻曲调，全袪淫绮之音；复采优伶，尤尽滑稽之妙。洎从离乱，礼寺隳颓，簨簴既移，警鼓莫辨。梨园弟子，半已奔亡；乐府歌章，咸皆丧坠。安节以幼少即好音律，故得粗晓宫商。亦以闻见数多，稍能记忆。尝见《教坊记》，亦未周详。以耳目所接，编成《乐府杂录》一卷。自念浅拙，聊且直书，以俟博闻者之补兹漏焉。朝议大夫守国子司业上柱国赐紫金鱼袋段安节撰。

雅乐部

宫悬四面，天子乐也；轩悬三面，诸侯乐也；判悬二面，大夫乐也；特悬一

① （唐）段安节：《乐府杂录》，《中国古典戏曲论著集成》（一），中国戏剧出版社1980年版。段安节撰，亓娟莉校注：《〈乐府杂录〉校注》，上海古籍出版社2015年版。本节脚注中“亓校”为段安节撰，亓娟莉校注的《〈乐府杂录〉校注》校改内容。

面，士乐也。宫悬四面，每面五架。架即簨虡也，其上安金铜仰阳，以鹭鸶孔雀羽装之；两面缀以流苏，以彩翠丝绒为之也。十二律上钟九乳①，依月排之。每面石磬及编钟各一架，每架列钟十二所，亦依律编之。四角安鼓四座：一曰应鼓（四旁有两小鼓为鞕鼓也），二曰腰鼓，三曰警鼓，四曰雷鼓；皆彩画，上各安宝轮，以珠翠妆之。乐即有箫、笙、竽、埙、篪、龠、跋膝、琴、瑟、筑，将竽（形似小钟，以手将之，即鸣也）。次有登歌。皆奏法曲：御殿，即奏《凯安》《广平》《雍熙》三曲；宴群臣，即奏□□、□□、《鹿鸣》三曲。近代内宴，即全不用法乐也。郊天及诸坛祭祀，即奏《太和》《冲和》《舒和》三曲。凡奏曲，登歌先引，诸乐逐之。其乐工皆戴平帻，衣绯大袖，每色十二，在乐悬内。已上谓之“坐部伎”。八佾舞则六十四人，文武各半，皆著画帻，俱在乐悬之北。文舞居东，手执翟，状如凤毛；武舞居西，手执戚。文衣长大，武衣短小。其钟师及磬师、登歌、八佾舞并诸色舞，通谓之“立部伎”。柷、敔、乐悬既陈，太常卿押乐在乐悬之北面。太乐令、鼓吹令俱在太常卿之后，太乐在东，鼓吹居西。协律郎二人，皆执麾竿，亦用彩翠妆之，一人在殿上，②麾竿倒，殿下亦倒，遂奏乐。协律郎皆绿衣大袖，戴冠。

云韶部

用玉磬四架。乐即有琴、瑟、筑、箫、篪、籥、跋膝、笙、竽、登歌、拍板。乐分堂上、堂下。登歌四人，在堂下坐。舞童五人，衣绣衣，各执金莲花引舞者。金莲，如仙家行道者也。舞在阶下，设锦筵。宫中有云韶院。

清乐部

乐即有琴、瑟，云和筝（其头像云），笙、竽、筝、箫、方响、篪、跋膝、拍板。戏即有弄《贾大猎儿》也。

---

① 亓校：上钟，乙倒为“钟上”。

② 亓校：“一人在殿上”句下，校补“一人在乐悬西北面立，将发乐，殿上”十四字。

鼓吹部

即有卤簿、钲、鼓及角。乐用弦鼗、笳、箫。又即用哀笳,①以羊角为管,芦为头也。警鼓二人,执朱幡引乐,衣文,戴冠。已上乐人皆骑马,乐即谓之"骑吹"。俗乐亦有骑吹也。天子卤簿用"大全仗",鼓一百二十面,金钲七十面。郊天谒庙吉礼,即衣云花黄衣,鼓四,钲二;下山陵凶礼,即衣云花白衣,鼓二,钲二;下册太后、皇后及太子,②用鼓七十面,金钲四十面,谓之"小全仗"。公主出降及册三公并祔庙礼葬,并用"大半仗",鼓四十面,钲二十面。诸侯用"小半仗。"鼓三十面,钲十四面,吉凶如上。自太子已下,册礼及葬祔庙,并无警鼓。

驱傩

用方相四人,戴冠及面具,黄金为四目,衣熊裘,执戈,扬盾,口作"傩、傩"之声,以除逐也。右十二人,皆朱发,衣白□画衣。各执麻鞭,辫麻为之,长数尺,振之声甚厉。乃呼神名,其有甲作,食歹凶者;胇胃,食虎者;腾简,食不祥者;揽诸,食咎者;祖明、强梁,共食磔死寄生者;腾根,食蛊者等。侲子五百,小儿为之,衣朱褶、素襦,戴面具,以晦日于紫宸殿前傩,张宫悬乐。太常卿及少卿押乐正到西閤门,丞并太乐署令、鼓吹署令、协律郎并押乐在殿前。事前十日,太常卿并诸官于本寺先阅傩,并遍阅诸乐。其日,大宴三五署官,其朝寮家皆上棚观之,百姓亦入看,颇谓壮观也。太常卿上此。岁除前一日,于右金吾龙尾道下重阅,即不用乐也。御楼时,于金鸡竿下打赦鼓一面,钲一面,以五十人,唱色十下,鼓一下,钲以千下。

---

① 亓校:又,作"凶"。

② 亓校:"鼓四钲二……皇后及太子"一段,校补、标点为:"鼓四下,钲二下。山陵凶礼,即衣云花白衣,鼓二下,钲二下。册太后、皇后及太子"。

熊罴部

其熊罴者有十二，皆有木雕之，悉高丈余，其上安版床，复施宝幰，皆金彩装之，于其上奏雅乐。含元殿方奏此乐也，奏唐《十二时》《万宇清》《月重轮》三曲。亦谓之“十二案”。

鼓架部

乐有笛、拍板、答鼓，即腰鼓也，两杖鼓。戏有《代面》，始自北齐神武弟，有胆勇，善斗战，以其颜貌无威，每入阵即著面具，后乃百战百胜。戏者衣紫，腰金，执鞭也。

《钵头》，昔有人父为虎所伤，遂上山寻其父尸。山有八折，故曲八叠。戏者被发，素衣，面作啼，盖遭丧之状也。

《苏中郎》，后周士人苏葩，嗜酒落魄，自号《中郎》，每有歌场，辄入独舞。今为戏者，著绯，戴帽；面正赤，盖状其醉也。即有《踏摇娘》《羊头浑脱》《九头狮子》，弄《白马益钱》，以至寻橦、跳丸、吐火、吞刀、旋槃、斤斗，悉属此部。

龟兹部

乐有觱篥、笛、拍板、四色鼓、揩羯鼓、①鸡楼鼓。戏有五方狮子，高丈余，各衣五色。每一狮子有十二人，戴红抹额，衣画衣，执红拂子，谓之“狮子郎”，舞《太平乐》曲。《破阵乐》曲亦属此部，秦王所制，舞人皆衣画甲，执旗旆；外藩镇春冬犒军亦舞此曲，兼马军引入场，尤甚壮观也。《万斯年曲》，是朱崖李太尉进此曲名，即《天仙子》是也。

① 亓校：“揩”下，校补“鼓腰鼓”三字。

胡部

乐有琵琶、五弦、筝、箜篌、觱篥、笛、方响、拍板。合曲时，亦击小鼓、钹子。合曲后立唱歌，①凉府所进，本在正宫调，大遍、小遍，②至贞元初，康昆仑翻入琵琶玉宸宫调。初进曲，在玉宸殿，故有此名。合诸乐，即黄钟宫调也。《奉圣乐曲》，是韦南康镇蜀时南诏所进，在宫调，亦舞伎六十四人，遇内宴，即于殿前立奏乐，更番替换；若宫中宴，即坐奏乐。俗乐亦有坐部、立部也。

歌

歌者，乐之声也，故丝不如竹，竹不如肉，迥居诸乐之上。古之能者，即有韩娥、李延年、莫愁。（莫愁者，女子也。乐府诗云："莫愁在何处？住在石城西。艇子打两桨，催送莫愁来。"）善歌者必先调其气。氤氲自脐间出，至喉乃噫其词，即分抗坠之音。既得其术，即可致遏云响谷之妙也。明皇朝有韦青，本是士人，尝有诗："三代主纶诰，一身能唱歌。"青官至金吾将军。

开元中，内人有许和子者，本吉州永新县乐家女也，开元末选入宫，即以永新名之，籍于宜春院。既美且慧，善歌，能变新声。韩娥、李延年殁后千余载，旷无其人，至永新始继其能。遇高秋朗月，台殿清虚，喉啭一声，响传九陌。明皇尝独召李谟吹笛逐其歌，曲终管裂，其妙如此。又一日，赐大酺于勤政楼，观者数千，万众喧哗聚语，莫得闻鱼龙百戏之音。上怒，欲罢宴。中官高力士奏请："命永新出楼歌一曲，必可止喧。"上从之。永新乃撩鬓举袂，直奏曼声，至是广场寂寂，若无一人；喜者闻之气勇，愁者闻之肠绝。洎渔阳之乱，六宫星散，永新为一士人所得。韦青避地广陵，因月夜凭阑于小河之上，忽闻舟中奏水调者，曰："此永新歌也。"乃登舟与永新对泣久之，青始亦晦其事。后士人卒，与其母之京师，竟殁于风尘。及卒，谓其母曰："阿母钱树

① 亓校："合曲后立唱歌"下，校补"戏有《参军》《婆罗门》。《凉州曲》，此曲"十二字。

② 亓校：大遍、小遍，作"有大遍者"。

子倒矣!"

大历中有才人张红红者,本与其父歌于衢路丐食。过将军韦青所居(在昭国坊南门里),青于街牖中闻其歌者喉音嘹亮,仍有美色,即纳为姬。其父舍于后户,优给之。乃自传其艺,颖悟绝伦。尝有乐工自撰一曲,即古曲《长命西河女》也,加减其节奏,颇有新声。未进闻,先印可于青,青潜令红红于屏风后听之。红红乃以小豆数合,记其节拍。乐工歌罢,青因入问红红如何,云:"已得矣。"青出,绐云:"某有女弟子,久曾歌此,非新曲也。"即令隔屏风歌之,一声不失,乐工大惊异,遂请相见,叹伏不已。再云:"此曲先有一声不稳,今已正矣。"寻达上听。翊日,召入宜春院,宠泽隆异,宫中号"记曲娘子",寻为才人。一日,内史奏韦青卒,上告红红,乃于上前呜咽奏云:"妾本风尘丐者,一旦老父死有所归,致身入内,皆自韦青,妾不忍忘其恩。"乃一恸而绝。上嘉叹之,即赠昭仪也。贞元中有田顺郎,曾为宫中御史娘子。元和、长庆以来,有李贞信、米嘉荣、何戡、陈意奴。武宗已降,有陈幼寄、南不嫌、罗宠。咸通中有陈彦晖。

舞工①

舞者,乐之容也,有大垂手、小垂手,或如惊鸿,或如飞燕。婆娑,舞态也;蔓延,舞缀也。古之能者,不可胜记。即有健舞、软舞、字舞、花舞、马舞。健舞曲有《稜大》《阿连》②《柘枝》《剑器》《胡旋》《胡腾》。软舞曲有《凉州》《绿腰》《苏合香》《屈柘》《团圆旋》《甘州》等(字舞,以舞人亚身于地,布成字也。花舞,着绿衣,偃身合成花字也。马舞者,栊马人著彩衣,执鞭,于床上舞蹀躞,蹄皆应节奏也。开元中有公孙大娘善舞剑器,僧怀素见之,草书遂长,盖准其顿挫之势也)。

① 亓校:舞工,作"舞"。"工"为衍文。

② 亓校:《稜大》《阿连》,作"《火袄》《阿辽》"。

俳优

开元中，黄幡绰、张野狐弄参军。始自后汉馆陶令石耽，耽有赃犯，和帝惜其才免罪。每宴乐，即令衣白夹衫，命优伶戏弄辱之，经年乃放。后为参军，误也。开元中有李仙鹤善此戏，明皇特授韶州同正参军，以食其禄，是以陆鸿渐撰词云"韶州参军"，盖由此也。武宗朝有曹叔度、刘泉水。咸通以来，即有范传康、上官唐卿、吕敬迁等三人。弄假妇人，大中以来有孙乾、刘璃瓶，近有郭外春、孙有熊。僖宗幸蜀时，戏中有刘真者，尤能，后乃随驾入京，籍于教坊。弄婆罗，大中初有康乃、李百魁、石宝山。大别有夷部乐，即有扶南、高丽、高昌、骠国、龟兹、康国、疏勒、西凉、安国；乐即有单龟头鼓及筝、蛇皮琵琶，盖以蛇皮为槽，厚一寸馀，鳞介具焉，亦以楸木为面，其捍拨以象牙为之，画其国王骑象，极精妙也。风头箜篌、卧箜篌，其工颇奇巧。三头鼓、铁拍板、葫芦笙；舞有骨鹿舞、胡旋舞，俱于小圆毬子上舞，纵横腾踏，两足终不离于毬子上，其妙如此也。

琵琶

始自乌孙公主造，马上弹之。有直项者，曲项者，曲项盖使于急关也。古曲有《陌上桑》。范晔、石苞、谢奕，皆善此乐也。开元中有贺怀智，其乐器以石为槽，鹍鸡筋作弦，用铁拨弹之。贞元中有康昆仑，第一手。始遇长安大旱，诏移两市祈雨。及至天门街，市人广较胜负，及斗声乐。即街东有康昆仑琵琶最上，必谓街西无以敌也。遂请昆仑登彩楼，弹一曲新翻羽调《录要》（即《绿腰》是也，本自乐工进曲，上令录出要者，因以为名。自后来误言《绿腰》也）。其街西亦建一楼，东市大诮之。及昆仑度曲，西市楼上出一女郎，抱乐器，先云："我亦弹此曲，兼移在枫香调中。"及下拨，声如雷，其妙入神。昆仑即惊骇，乃拜请为师。女郎遂更衣出见，乃僧也。盖西市豪族，厚赂庄严寺僧善本（姓段），以定东廛之胜。翊日，德宗召入，令陈本艺，异常嘉奖，乃令教授昆仑。段奏曰:“且请昆仑弹一调。”及弹,师曰:“本领何杂? 兼带邪声。”昆仑惊曰:“段师神人也。臣少年,初学艺时,偶于邻舍女巫授一品弦调,后乃易数师。段师精鉴,如此玄妙也!”段奏曰:“且遣昆仑不近乐器十余年,使忘其本领,然后可教。”诏许之。后果尽段之艺。

贞元中有王芬、曹保。保其子善才、其孙曹纲皆袭所艺。次有裴兴奴,与纲同时。曹纲善运拨,若风雨,而不事扣弦,兴奴长于拢捻,不拨稍软。时人谓:“曹纲有右手,兴奴有左手。”武宗初,朱崖李太尉有乐吏廉郊者,师于曹纲,尽纲之能。纲尝谓侪流曰:“教授人亦多矣,未曾有此性灵弟子也。”郊尝宿平泉别墅,值风清月朗,携琵琶于池上弹蕤宾调,忽闻芰荷间有物跳跃之声,必谓是鱼;及弹别调,即无所闻;复弹旧调,依旧有声。遂加意朗弹,忽有一物锵然跃出池岸之上。视之,乃一片方响,盖蕤宾铁也。以指拨精妙,律吕相应也。

某门中有乐史杨志,善琵琶,其姑尤更妙绝。姑本宣徽弟子,后放出宫,于永穆观中住。自惜其艺,常畏人闻,每至夜方弹。杨志恳求教授,坚不允,且曰:“吾誓死,不传于人也。”志乃赂其观主,求寄宿于观,窃听其姑弹弄,仍系脂鞓带,以手画带,记其节奏,遂得一两曲调。明日,携乐器诣姑弹之,姑大惊异,志即告其事,姑意乃回,尽传其能矣。

文宗朝,有内人郑中丞,善胡琴(中丞,即宫人之官也)。内库有二琵琶,号大、小忽雷。郑尝弹小忽雷,偶以匙头脱,送崇仁坊南赵家修理。大约造乐器悉在此坊,其中二赵家最妙。时有权相旧吏梁厚本,有别墅在昭应县之西,正临河岸。垂钩之际,忽见一物浮过,长五六尺许,上以锦绮缠之。令家僮接得就岸,即秘器也。及发棺视之,乃一女郎,妆饰俨然,以罗领巾系其颈。解其领巾,伺之,口鼻有余息,即移入室中,将养经旬,乃能言,云:“是内弟子郑中丞也,昨以忤旨,命内官缢杀,投于河中。锦绮,即弟子相赠尔。”遂垂泣感谢,厚本即纳为妻。因言其艺,及言所弹琵琶,今在南赵家。寻值训、注之乱,人莫有知者,厚本赂乐匠赎得之。每至夜分,方敢轻弹。后遇良辰,饮于花下,酒酣，不觉朗弹数曲。洎有黄门放鹞子过其门，私于墙外听之，曰："此郑中丞琵琶声也。"翊日，达上听。文宗方追悔，至是惊喜，即命宣召；乃赦厚本罪，仍加锡赐焉。咸通中，即有米和（即嘉荣子也），申旋尤妙。[①] 后有王连儿也。

筝

筝者，蒙恬所造也。元和至大和中，李青青及龙佐，大中以来，有常述本，亦妙手也。史从、李从周，皆能者也。从周，即青孙，亚其父之艺也。

箜篌

箜篌乃郑、卫之音，权舆也；以其亡国之音，故号"空国之侯"，亦曰"坎侯"。古乐府有《公无渡河》之曲：昔有白首翁，溺于河，歌以哀之；其妻丽玉善箜篌，撰此曲，以寄哀情。咸通中第一部有张小子，忘其名，弹弄冠于今古，今在西蜀。太和中有季齐皋者，亦为上手，曾为某门中乐史，后有女，亦善此伎，为先徐相姬。大中末，齐皋尚在，有内官拟引入教坊，辞以衰老，乃止。胡部中此乐妙绝。教坊虽有三十人，能者一两人而已。

笙

笙者，女娲造也。仙人王子晋于缑氏山月下吹之。象凤翼，亦名"参差"。自古能者固多矣。大和中有尉迟章，尤妙。宣宗已降，有范汉恭，有子名宝师，尽传父艺，今在陕州。

笛

笛者，羌乐也。古有《落梅花》曲。开元中有李谟，独步于当时，后禄山乱，流落江东。越州刺史皇甫政月夜泛镜湖，命谟吹笛，谟为之尽妙。倏有一

① 亓校："即有米和（即嘉荣子也），申旋尤妙"，作"即有米和郎（嘉荣子也），田从道尤妙"。

老父泛小舟来听，风骨冷秀，政异之，进而问焉。老父曰："某少善此，今闻至音，辄来听耳。"政即以谟笛授之。老父始奏一声，镜湖波浪摇动；数叠之后，笛遂中裂。即探怀中一笛，以毕其曲。政视舟下，见二龙翼舟而听。老父曲终，以笛付谟，谟吹之，竟不能声，即拜谢以求其法。顷刻，老父入小舟，遂失所在。

觱篥

觱篥者，本龟兹国乐也，亦曰"悲栗"，有类于笳。德宗朝有尉迟青，官至将军。大历中，幽州有王麻奴者，善此伎，河北推为第一手。恃其艺倨傲自负，戎帅外莫敢轻易请者。时有从事姓卢，不记名，台拜入京，临岐把酒，请吹一曲相送。麻奴偃蹇，大以为不可。从事怒曰："汝艺亦不足称，殊不知上国有尉迟将军，冠绝今古。"麻奴怒曰："某此艺，海内岂有及者耶？今即往彼，定其优劣。"不数月，到京，访尉迟青所居在常乐坊，乃侧近僦居，日夕加意吹之。尉迟每经其门，如不闻。麻奴不平，乃求谒见，阍者不纳，厚赂之，方得见通。青即席地令坐，因于高般涉调中吹一曲《勒部羝曲》曲终，汗浃其背。尉迟颔颐而已，谓曰："何必高般涉调也？"即自取银字管，于平般涉调吹之。麻奴涕泣愧谢，曰："边鄙微人，偶学此艺，实谓无敌；今日幸闻天乐，方悟前非。"乃碎乐器，自是不复言音律也。元和、长庆中有黄日迁、刘楚材、尚陆陆，皆能者。大中以来，有史敬约，在汴州。

五弦

贞元中，有赵璧者，妙于此伎也。白傅《讽谏》有《五弦弹》，近有冯季皋。

方响

咸通中，有调音律官吴缤，为鼓吹署丞。善打方响，其妙超群，本朱崖李太尉家乐人也。

击瓯

武宗朝，郭道源后为凤翔府天兴县丞，充太常寺调音律官，善击瓯。率以邢瓯越瓯共十二只，旋加减水于其中，以箸击之，其音妙于方响也。咸通中有吴缤，洞晓音律，亦为鼓吹署丞，充调音律官，善于击瓯。击瓯，盖出于击缶。

琴

古者，能士固多矣。贞元中，成都雷生善斫琴，至今尚有孙息，不坠其业，精妙天下无比也。弹者亦众焉，大和中有贺若夷尤能，后为待诏，对文宗弹一调，上嘉赏之，仍赐朱衣，至今为《赐绯调》。后有甘党，亦为上手。

阮咸

大中初，有待诏张隐耸者，其妙绝伦。蜀郡亦多能者。

羯鼓

明皇好此伎。有汝阳王花奴，尤善击鼓。花奴时戴砑绢帽子，上安葵花，数曲曲终，花不落，盖能定头项尔。黔帅南卓著《羯鼓录》中具述其事。咸通中有王文举，尤妙。弄三杖打撩，万不失一，懿皇师之。

鼓

其声坎坎然，其众乐之节奏也。祢衡常衣彩衣击鼓，其妙入神。武宗朝，赵长史尤精。

拍板

柏板本无谱，明皇遣黄幡绰造谱，乃于纸上画两耳以进。上问其故，对："但有耳道，则无失节奏也。"韩文公因为乐句。

安公子

隋炀帝游江都时，有乐工笛中吹之。其父老废，于卧内闻之，问曰："何得此曲子？"对曰："宫中新翻也。"父乃谓其子曰："宫为君，商为臣，此曲宫声往而不返，大驾东巡，必不回矣。汝可托疾勿去也。"精鉴如此。

黄骢叠（急曲子）

太宗定中原时所乘战马也。后征辽，马毙，上叹惜，乃命乐工撰此曲。

离别难

天后朝，有士人陷冤狱，籍没家族。其妻配入掖庭，本初善吹觱篥，乃撰此曲以寄哀情。始名《大郎神》，盖取良人行第也。既畏人知，遂三易其名，亦名《悲切子》，终号《怨回鹘》。

夜半乐

明皇自潞州入，平内难，正夜半，斩长乐门关，领兵入宫翦逆人，后撰此曲。

雨霖铃

《雨淋铃》者，因唐明皇驾回至骆谷，闻雨淋銮铃，因令张野狐撰为曲名。

还京乐

明皇自西蜀返，乐人张野狐所制。

康老子

唐老子者，本长安富家子，酷好声乐，落魄不事生计，常与国乐游处。一旦家产荡尽，因诣西廊，遇一老妪，持旧锦褥货鬻，乃以半千获之。寻有波斯见，大惊,谓康曰:“何处得此至宝?此是冰蚕丝所织,若暑月陈于座,可致一室清凉。”即酬价千万。康得之,还与国乐追欢,不经年复尽,寻卒。后乐人嗟惜之,遂制此曲,亦名《得至宝》。

得宝子

《得宝歌》,一日《得宝子》,又曰《得鞛子》。明皇初纳太真妃,喜谓后宫曰:“朕得杨氏,如得至宝也。”遂制曲,名《得宝子》。

文叙子

长庆中,俗讲僧文叙善吟经,其声宛畅,感动里人。乐工黄米饭依其念四声“观世音菩萨”,乃撰此曲。

望江南

始自朱崖李太尉镇浙西日,为亡妓谢秋娘所撰。本名《谢秋娘》,后改此名。亦曰《梦江南》。

杨柳枝

白傅闲居洛邑时作。后入教坊。

新倾杯乐

宣宗喜吹芦管,自制此曲,内有数拍不均,上初捻管,令俳儿辛骨骨出拍,不中,上瞋目瞠视之,骨骨出忧惧,一夕而殒。

道调子

懿皇命乐工敬约吹觱篥,初弄道调,上谓“是曲误拍之”,敬约乃随拍撰成曲子。

傀儡子

自昔传云:“起于汉祖在平城,为冒顿所围,其城一面即冒顿妻阏氏,兵强于三面。垒中绝食。陈平访知阏氏妒忌,即造木偶人,运机关,舞于陴间。阏氏望见,谓是生人,虑下其城,冒顿必纳妓女,遂退军。史家但云陈平以秘计免,盖鄙其策下尔。”后乐家翻为戏。其引歌舞有郭郎者,发正秃,善优笑,闾里呼为郭郎,凡戏场必在俳儿之首也。

别乐识五音轮二十八调图

舜时调八音,用金、石、丝、竹、匏、土、革、木,计用八百般乐器。至周时,改用宫、商、角、徵、羽,用制五音,减乐器至五百般。至唐朝,又减乐器至三百般。太宗朝,三百般乐器内挑丝、竹为胡部,用宫、商、角、羽,并分平、上、去、入四声。其徵音有其声,无其调。

平声羽七调

第一运中吕调,第二运正平调,第三运高平调,第四运仙吕调,第五运黄钟调,第六运般涉调,第七运高般涉调(虽去中吕调,六运如车轮转,却去中吕一运声也)。

上声角七调

第一运越角调,第二运大石角调,第三运高大石角调,第四运双角调,第五运小石角调,亦名正角调,第六运歇指角调,第七运林钟角调。

去声宫七调

第一运正宫调,第二运高宫调,第三运中吕宫,第四运道调宫,第五运南吕宫,第六运仙吕宫,第七运黄钟宫。

入声商七调

第一运越调，第二运大石调，第三运高大石调，第四运双调，第五运小石调，第六运歇指调，第七运林钟商调。

上平声调

为徵声，商角同用，宫逐羽音。

右件二十八调。琵琶八十四调方得足。五弦五本，共应二十八调本。笙除二十八调本外，别有二十八调中管调。初制胡部乐，无方响，只有丝竹。缘方响有直拔声，不应诸调。太宗于内库别收一片铁方响，下于中吕调头一运，声名大吕，应高般涉调头，方得应二十八调。筝只有宫、商、角、羽四调，临时移柱，应二十八调。

乐具库在望仙门内之东壁；俗乐古都属乐园新院，①院在太常寺内之西北也。开元中始别署左右教坊，上都在延政里，东都在明义里，以内官掌之。至元和中，只署一所，又于上都广化里、太平里，兼各署乐官院一所。

古乐工都计五千余人，内一千五百人俗乐，系梨园新院于此，旋抽入教坊。计司每月请料，于乐寺给散。太乐署在寺院之东，令一，丞一；鼓吹署在寺门之西，令一，丞一。

① 亓校："古都"二字，作"部"。

主要参考文献

一、基本文献及古籍整理成果

阮元校刻:《十三经注疏》,中华书局 1980 年版。

许慎:《说文解字》,中华书局 1979 年版。

班固撰,颜师古注:《汉书》,中华书局 1962 年版。

范晔撰,李贤等注:《后汉书》,中华书局 1965 年版。

沈约:《宋书》,中华书局 1983 年版。

魏徵等:《隋书》,中华书局 1982 年版。

刘昫等:《旧唐书》,中华书局 1975 年版。

欧阳修、宋祁等:《新唐书》,中华书局 1975 年版。

脱脱:《宋史》,中华书局 1977 年版。

赵尔巽等:《清史稿》,中华书局 1976 年版。

司马光撰,胡三省音注:《资治通鉴》,中华书局 1956 年版。

李林甫等撰,陈仲夫点校:《唐六典》,中华书局 1992 年版。

杜佑:《通典》,中华书局 1984 年版。

刘知幾撰,浦起龙释:《史通通释》,上海古籍出版社 1987 年版。

王溥:《唐会要》,中华书局 1955 年版。

郑樵:《通志》,中华书局 1987 年版。

马端临:《文献通考》,中华书局 1986 年版。

《中国历代书目丛刊》(第一辑),现代出版社 1987 年版。

晁公武撰,孙猛校证:《郡斋读书志校证》,上海古籍出版社 1990 年版。

陈振孙撰，徐小蛮、顾美华点校：《直斋书录解题》，上海世纪出版股份有限公司、上海古籍出版社 2015 年版。

王钦若等编：《册府元龟》，中华书局 1982 年版。

李昉等编：《文苑英华》，中华书局 1982 年版。

李昉等编：《太平广记》，中华书局 1961 年版。

李昉等编：《太平御览》，中华书局 1985 年版。

王应麟：《玉海》，《四库全书》本，上海古籍出版社 1987 年版。

应劭撰，吴树平校释：《风俗通义校释》，天津人民出版社 1980 年版。

刘餗撰，程毅中点校：《隋唐嘉话》，中华书局 1979 年版。

封演撰，赵贞信校注：《封氏闻见记校注》，中华书局 2005 年版。

崔令钦撰，任半塘笺订：《教坊记笺订》，中华书局 1962 年版。

段成式撰，方南生点校：《酉阳杂俎》，中华书局 1981 年版。

南卓：《羯鼓录》，上海古籍出版社 1988 年版。

段安节撰，亓娟莉校注：《〈乐府杂录〉校注》，上海古籍出版社 2015 年版。

李肇：《唐国史补》，上海古籍出版社 1991 年版。

张彦远：《历代名画记》，浙江人民美术出版社 2011 年版。

赵璘：《因话录》，上海古籍出版社 1979 年版。

刘肃：《大唐新语》，中华书局 1985 年版。

李匡义：《资暇集》，中华书局 1985 年版。

范摅：《云溪友议》，古典文学出版社 1957 年版。

钱易：《南部新书》，中华书局 1958 年版。

义楚撰：《释氏六帖》，京都朋友书店 1991 年版。

陈旸：《乐书》，《四库全书》本，上海古籍出版社 1987 年版。

赵明诚：《宋本金石录》，中华书局 1991 年版。

张君房：《云笈七签》，书目文献出版社 1995 年版。

朱长文：《琴史》，中国书店 2018 年版。

李上交：《近事会元》，中华书局 1991 年版。

王灼：《碧鸡漫志》，上海古籍出版社 1988 年版。

赵彦卫撰，傅根清点校：《云麓漫钞》，中华书局 1996 年版。

洪迈：《容斋随笔》，上海古籍出版社 2006 年版。

胡仔撰，廖德明校点：《苕溪渔隐丛话》，人民文学出版社 1981 年版。

吴曾：《能改斋漫录》，上海古籍出版社 1984 年版。

计有功撰,王仲镛校笺:《唐诗纪事校笺》,巴蜀书社 1989 年版。

辛文房撰,傅璇琮主编:《唐才子传校笺》,中华书局 1987 年版。

郭棐撰,黄国声、邓贵忠点校:《粤大记》,广东人民出版社 2014 年版。

胡应麟:《少室山房笔丛》,中华书局 1958 年版。

胡震亨:《唐音癸签》,上海古籍出版社 1981 年版。

曾慥辑:《类说》,北京文学古籍刊行社影印明天启刊本,1956 年版。

胡道静校正:《新校正梦溪笔谈》,上海人民出版社 2011 年版。

陶宗仪纂:《说郛》,中国书店 1986 年版。

萧统编,李善注:《文选》,岳麓书社 2002 年版。

白居易著,朱金城笺校:《白居易集笺校》,中华书局 1988 年版。

韩愈撰,马其昶校注,马茂元整理:《韩昌黎文集校注》,上海古籍出版社 1986 年版。

元稹撰,周相录校注:《元稹集校注》,上海古籍出版社 2011 年版。

刘开扬笺注:《高适诗集编年笺注》,中华书局 2018 年版。

董诰等编:《全唐文》,中华书局 1983 年版。

彭定求等编:《全唐诗》,中华书局 1960 年版。

郭茂倩编撰:《乐府诗集》,中华书局 1979 年版。

钱曾撰,丁瑜点校:《读书敏求记》,书目文献出版社 1984 年版。

凌廷堪:《燕乐考原》,商务印书馆民国二十七年版。

永瑢等:《四库全书总目》,中华书局 1983 年版。

二、近人著述

王重民:《中国目录学史论丛》,中华书局 1984 年版。

岑仲勉:《隋唐史》,中华书局 1982 年版。

向达:《唐代长安与西域文明》,生活 · 读书 · 新知三联书店 1979 年版。

丁福保辑:《历代诗话续编》,中华书局 1983 年版。

陈寅恪:《元白诗笺证稿》,上海古籍出版社 1978 年版。

陈寅恪:《隋唐制度渊源略论》,上海古籍出版社 1982 年版。

王易:《乐府通论》,《民国丛书》,上海书店 1990 年版。

罗根泽:《乐府文学史》,东方出版社 2012 年版。

朱谦之:《中国音乐文学史》,上海人民出版社 2006 年版。

陈垣:《陈垣学术论文集》,中华书局 1980 年版。

《文学遗产》编辑部:《〈胡笳十八拍〉讨论集》,中华书局 1959 年版。

王运熙:《乐府诗述论》,上海古籍出版社 1996 年版。

傅璇琮:《唐代诗人丛考》,中华书局 1980 年版。

吴相洲:《乐府学概论》,人民文学出版社 2015 年版。

孙猛:《日本国见在书目录详考》,上海古籍出版社 2015 年版。

周绍良、赵超:《唐代墓志汇编续集》,上海古籍出版社 2001 年版。

周勋初:《唐人笔记小说考索》,江苏古籍出版社 1996 年版。

吉联抗:《古乐书佚文辑注》,人民音乐出版社 1990 年版。

萧涤非:《萧涤非说乐府》,上海古籍出版社 2002 年版。

杨荫浏:《中国古代音乐史稿》,人民音乐出版社 2001 年版。

丘琼荪遗著,隗芾辑补:《燕乐探微》,上海古籍出版社 1989 年版。

任半塘:《唐戏弄》,上海古籍出版社 2006 年版。

王昆吾:《隋唐五代燕乐杂言歌辞研究》,中华书局 1996 年版。

李浩:《唐代三大地域文学士族研究》,中华书局 2008 年版。

沈冬:《唐代乐舞新论》,北京大学出版社 2004 年版。

周贻白:《中国戏曲论集》,中国戏剧出版社 1960 年版。

秦序:《一苇凌波——秦序音乐学术论文集》,上海音乐学院出版社 2004 年版。

郑祖襄:《郑祖襄音乐文集》,上海音乐学院出版社 2005 年版。

赵维平:《中国古代音乐文化东流日本的研究》,上海音乐学院出版社 2004 年版。

赵玉卿:《〈乐书要录〉研究》,中央音乐学院出版社 2004 年版。

孙晓辉:《两唐书乐志研究》,上海音乐学院出版社 2005 年版。

责任编辑：汪　逸　黄煦明
封面设计：石笑梦
版式设计：胡欣欣

图书在版编目（CIP）数据

唐人乐府论著辑考与研究/亓娟莉 著. —北京：人民出版社，2024.1
ISBN 978－7－01－026196－6

Ⅰ.①唐…　Ⅱ.①亓…　Ⅲ.①乐府诗－诗歌研究－中国－唐代　Ⅳ.①I207.226

中国国家版本馆 CIP 数据核字（2024）第 005875 号

唐人乐府论著辑考与研究

TANGREN YUEFU LUNZHU JIKAO YU YANJIU

亓娟莉　著

人民出版社 出版发行
（100706　北京市东城区隆福寺街 99 号）

北京九州迅驰传媒文化有限公司印刷　新华书店经销

2024 年 1 月第 1 版　2024 年 1 月北京第 1 次印刷
开本：710 毫米×1000 毫米 1/16　印张：26.75
字数：381 千字

ISBN 978－7－01－026196－6　定价：99.00 元

邮购地址 100706　北京市东城区隆福寺街 99 号
人民东方图书销售中心　电话（010）65250042　65289539